ALYSON NOËL

Soul Seeker

GOLDMANN
Lesen erleben

Buch

Das Schicksal hat sie eng miteinander verbunden und doch scheint es sie jetzt auseinanderreißen zu wollen. Daire und Dace müssen sich dem letzten großen Kampf stellen, in dem sich entscheiden wird, ob ihre Liebe stark genug ist, um allen Widrigkeiten zu trotzen. Denn Daire ist die einzige Seelensucherin, die die mächtige Familie der Richters aufhalten kann. Ohne den Rückhalt ihrer Großmutter und mit dem grundbösen Cade zurück in Enchantment, muss Daire allerdings alles geben, um es mit den Richters aufzunehmen und ihr Schicksal zu erfüllen. Nur würde sie auch den Menschen dafür opfern, den sie am meisten liebt? Dace ist nämlich im Blut mit den Richters verbunden und kämpft gegen die Dunkelheit an, die sich in ihm ausbreitet und die langsam auch auf Daire übergreift. Und obwohl Daire ihn nicht aufgeben will, scheint es nicht mehr in ihrer Macht zu stehen, ihn zu schützen. Der große Kampf zwischen Gut und Böse steht bevor, die Welt steht vor dem Untergang. Wird Daire die Dunkelheit besiegen können?

Weitere Informationen zu Alyson Noël
sowie zu lieferbaren Titeln der Autorin
finden Sie am Ende des Buches.

Alyson Noël

SOUL SEEKER

Licht am Horizont

Band 4

Roman

Ins Deutsche übertragen
von Ariane Böckler

GOLDMANN

Die Originalausgabe erschien 2013 unter dem Titel
»Horizon« bei St. Martin's Press, New York.

Dieses Buch ist auch als E-Book erhältlich.

MIX
Papier aus verantwortungsvollen Quellen
FSC® C014496

Verlagsgruppe Random House FSC® N001967
Das FSC®-zertifizierte Papier *Holmen Book Cream* für dieses Buch
liefert Holmen Paper, Hallstavik, Schweden.

1. Auflage
Taschenbuchausgabe Juni 2015

Umschlaggestaltung: UNO Werbeagentur, München
Umschlagmotiv: FinePic®, München; Arcangel Images/Mark Fearon
NG · Herstellung: Str.
Druck und Bindung: GGP Media GmbH, Pößneck
Printed in Germany
ISBN: 978-3-442-48270-2
www.goldmann-verlag.de

Besuchen Sie den Goldmann Verlag im Netz

Zum Gedenken an
MATTHEW SHEAR,
eine Seele von Mensch mit einem großen Herzen,
einem schallenden Lachen
und einem stets abrufbaren Lächeln.
Er hat es gewagt, auf mich zu setzen,
als er vor acht Jahren meinen ersten Roman verlegte.
Ihn gekannt zu haben
hat mein Leben für immer verändert.

Unsere größte Angst ist nicht, unzulänglich zu sein.
Unsere größte Angst besteht darin,
unermesslich mächtig zu sein.
Unser Licht, nicht unsere Dunkelheit
ängstigt uns am meisten.

Marianne Williamson

Geistpferd

Eins

Daire

Es ist Monate her, seit ich den Traum zuletzt hatte.

Monate, seit ich zuletzt seinem erbarmungslosen Griff ausgesetzt war.

Und obwohl ich mich wehre und versuche, mir den Weg zurück in die Sicherheit meines wachen Bewusstseins zu erkämpfen, rutsche ich immer wieder in ihn hinein.

Ich bin wach, aber nicht bei klarem Verstand.

Ich habe den Traum nicht unter Kontrolle.

Wie immer beginnt er im Wald. Einem Wald, der in der Unterwelt existiert – jener unsichtbaren Dimension, die unter dieser Welt, der Mittelwelt, klafft, während sich darüber die Oberwelt erstreckt.

Es ist ein Ort, den ich schon oft besucht habe, sowohl im Wachen als auch im Träumen. Ein Ort, der überwiegend aus Mitgefühl, Liebe und Licht besteht.

Überwiegend.

Aber nicht ganz.

Zumindest nicht heute Nacht.

Rabe führt mich. Er schwebt hoch über einer unveränderten Landschaft aus frischer, kühler Luft und weiten, grünen Wiesen mit saftigen Grashalmen, die unter den Füßen elastisch wippen. Seine violetten Augen glitzern, während er mich eilig an einem Wäldchen aus hohen Bäumen vorbeischeucht, die so dick belaubt sind, dass nur matte Lichtstreifen hindurchdringen.

Rabe wird von einem Ziel angetrieben.

Ich von blanker Not.

Gepaart mit einer unstillbaren Sehnsucht danach, zu dem Jungen zu gelangen, der mich erwartet.

Einem Jungen, der mir nicht mehr fremd ist. Der nicht mehr gesichts- und namenlos ist.

Jetzt, da wir einander sterben gesehen haben, jetzt, da wir miteinander intim waren, gibt es keine Geheimnisse mehr zwischen uns.

In dem Traum hat Dace dasselbe dunkel glänzende Haar und die schimmernde braune Haut wie im richtigen Leben. Dieselben verblüffenden eisblauen, golddurchwirkten Augen, die mein Bild unzählige Male zurückwerfen.

Kaleidoskopaugen.

Er ist für mich bestimmt, genau wie ich für ihn.

Und obwohl so viele Antworten bereits gegeben wurden, bleibt doch die eine Frage unbeantwortet: *Wer von uns wird – in diesem speziellen Traum – sterben?*

Rabe lotst mich durch ein Tal voller Felsen – an einem schnell fließenden Bach voller munterer blauer Fische vorbei –, nur um in dem Moment zu verschwinden, als wir die Lichtung erreicht haben. Er lässt mich allein stehen, während ich mir beklommen mit der Hand übers Kleid fahre. Ein mir einst unerklärlich scheinendes Kleid, welches ich nun aber als dasjenige erkenne, das ich bei meiner Rückkehr aus der Oberwelt anhatte.

Endlich beginnen die Teile dieses sonderbaren, surrealen Puzzles zusammenzupassen.

Doch wie das Ganze enden wird, steht nach wie vor in den Sternen.

»Daire.«

Er spricht meinen Namen von einer Stelle direkt hinter

mir, und einen süßen Moment lang schließe ich die Augen und atme seinen intensiven erdigen Duft ein. Ich dehne die Zeit so lang wie möglich aus, denn ich weiß nur allzu gut, wie kurz dieser Augenblick sein wird.

Er legt mir eine Hand auf die Schulter und dreht mich zu sich um. Und obwohl ich diese Rolle schon unzählige Male gespielt habe, kann ich mir ein schnelles Luftschnappen nicht verkneifen, als mein Blick auf die makellosen Konturen seiner Gesichtszüge fällt. Die kräftigen, geraden Brauen, die durch eine winzige Verschiebung Ärger, Belustigung oder Verlangen signalisieren können – die hohen, eleganten Wangenknochen – das kantige Kinn und der starke Kiefer – die schnurgerade Nase – die verführerischen, vollen Lippen. Er steht wie eine Einladung vor mir, sein Oberkörper schlank und nackt. Dabei kommen seine breiten Schultern und der ausgeprägte Sixpack ebenso zur Geltung wie die schmalen Hüften, auf denen gefährlich tief alte, verwaschene Jeans sitzen.

Er greift nach mir und hebt eine Hand zu meinem Gesicht. Mit den Fingern zeichnet er die Kurve meines Kinns nach und schenkt mir einen Blick, der mir versichern soll, dass auch er eingeweiht ist. Durchaus im Bilde über die drohende Gefahr, aber ebenso entschlossen, die Szene zu genießen, ehe sich eine andere an ihre Stelle schiebt, gehen wir zur anderen Seite des Wäldchens und waten ins schäumende, sprudelnde Wasser der verzauberten Quelle. Wir wissen beide ganz genau, dass der Traum hier eine Wendung nimmt, doch da wir nur unfreie Spielfiguren sind, verschmelzen wir miteinander, außerstande, vom vorgegebenen Drehbuch abzuweichen.

Dace lässt seine Finger über meine Haut gleiten und hinterlässt dabei warme Wellen, während er seine Lippen auf meine presst. Sein Kuss ist so betörend, dass er mich atemlos macht, trunken von seiner Berührung, begierig nach mehr.

Er fasst nach den schmalen Trägern meines Kleids und schiebt mir den Stoff über Schultern und Taille, bis ich entblößt vor ihm stehe. Dann senkt er den Kopf und legt die Lippen an meine Brüste. Das Gefühl, wie er mit der Zunge meine Haut liebkost, lässt meine Knie weich und mein Rückgrat schwach werden. Alle beide sind wir versunken in der süßen, verzehrenden Wonne des Zusammenseins, bis er das Kinn hebt und sagt: »Es ist Zeit.« Sein Blick bohrt sich brennend in meinen.

Rasch stimme ich mit einem Nicken zu. Ich spüre die Wahrheit hinter seinen Worten, obwohl ich keine Ahnung habe, was sie bedeuten.

»Es gibt kein Zurück. Du bist dazu bestimmt, mein zu sein.«

Zurück?

Warum sollte ich das wollen?

Ich wurde geboren, um ihn zu finden – dessen bin ich sicher.

Ich schiebe meine Gedanken beiseite und ziehe ihn wieder an mich. Meine Lippen schwellen an, pressen sich auf seine, bis ich begreife, dass nicht mehr Dace vor mir steht – jemand anders hat seinen Platz eingenommen.

Jemand mit dem gleichen starken, schlanken Körper – den gleichen gemeißelten Gesichtszügen. Und obwohl die Augen die gleiche Farbe haben und mit leuchtend goldenen Bändern durchwirkt sind, endet die Ähnlichkeit damit.

Diese Augen sind kalt.

Grausam.

Und statt zu reflektieren, absorbieren sie die Leere, die ich in ihnen spüre.

Cade.

Mein Todfeind.

Der eineiige Zwillingsbruder von Dace.

Derjenige, den zu töten ich geboren wurde.

Falls er mich nicht zuerst erledigt.

Ich zerre unsanft an meinem Kleid, im verzweifelten Versuch, mich zu bedecken, während ich ihm die andere Hand gegen die Brust ramme und versuche, ihn wegzustoßen. Doch er ist unfassbar stark und bleibt einfach stehen.

»Wohin ist er verschwunden? Was hast du getan?« Hektisch blicke ich mich um.

Meine Frage wird quittiert von einem schief gelegten Kopf, einem Hochziehen der Brauen und einem absurden, geknurrten »Wer?«.

»Dace! Wo ist er? Was hast du getan?« Meine Worte klingen hoch und schrill, sind aber noch harmlos im Vergleich zu dem tosenden Rauschen des Bluts in meinen Ohren und dem Hämmern meines Herzens im Brustkorb.

»Ich bin Dace«, sagt er lächelnd. »Und Dace ist ich. Wir sind ein und derselbe. Ich dachte, das wüsstest du inzwischen?« Er grinst, und ich sehe entsetzt zu, wie sich sein Gesicht verwandelt und zu dem von Dace wird, ehe er wieder seine eigene düstere Visage annimmt. Hin und her verformt es sich, wieder und wieder, während ich mit der Faust auf seine Schulter eindresche und mich loszumachen suche.

So verläuft der Traum nicht.

Mir gefällt dieses neue Ende nicht.

»Licht und Dunkel. Yin und Yang. Das Negative und das Positive. Wir sind verbunden, auf mystische Weise verquickt. Das eine kann nicht ohne das andere existieren. Wie du mittlerweile weißt.«

»Ihr mögt ja verbunden sein, aber ihr seid *nicht* gleich. Dace ist *ganz und gar nicht* wie du! Du bist ein Dämon – ein Trickster … ein …« Sein Gesicht verformt sich wieder zu Cade, und ich komme endlich frei. Begierig versuche ich, auf trockenen Boden zu gelangen, nur um festzustellen, dass sich die Landschaft verändert hat.

Die verzauberte Quelle ist zu einem steilen, schmalen Tafelberg mutiert, der aus der Erde aufragt.

Vor mir tut sich ein endloser Abgrund auf.

Hinter mir steht Cade.

Da ich lieber zu meinen eigenen Bedingungen sterbe, auf meine eigene Art, tappe ich langsam vorwärts, bis ich mit den Fußspitzen am Rand angelangt bin.

»Daire, bitte. Keine Spielchen mehr. Kein Weglaufen mehr«, bettelt er.

Ich umfasse das Kleid mit beiden Händen, das sich ebenfalls verwandelt hat. Weit entfernt von dem weißen Abendkleid, das ich in der Oberwelt getragen habe, ist dieses Kleid von einem tiefen Sonnenuntergangsrot, mit wirbelnden Röcken, freiem Rücken und einem tiefen Dekolleté.

Ohne zu zögern, hebe ich beide Arme und komme gefährlich ins Wanken. Dann lasse ich mich vom Wind ergreifen und hochheben, sodass ich fließend durch den Äther schwebe, leicht wie eine Rabenfeder.

Ein herrliches Gefühl, das ich unbedingt länger auskosten will. Doch es findet ein jähes Ende, als Cade mich hinten am Kleid packt und zu sich zurückzieht.

Er umfasst mich mit festem Griff. »Hör auf, mich zu bekämpfen«, sagt er. »Ob es dir passt oder nicht, dies ist deine Bestimmung. Höchste Zeit, dass wir es endlich tun.«

Ich versuche, etwas zu entgegnen, doch mir versagt die Stimme.

Versuche, mich aus seiner Umarmung zu winden, doch ich bin wie gelähmt.

Gefangen im endlosen Abgrund seines Blicks bin ich ihm hilflos ausgeliefert.

Und muss zusehen, wie er meine Hand hochhebt und mir einen glitzernd blauen Turmalinring an den Finger steckt.

Zwei

Dace

Von lautem Geschrei wache ich auf.

Von lautem Geschrei und davon, dass mir jemand unsanft auf die Brust trommelt.

Ich schrecke hoch, mache Licht und packe Daire am Handgelenk, ehe sie mich erneut attackieren kann.

»Daire …« Ich flüstere ihren Namen und bemühe mich nach Kräften, ihren Körper zur Ruhe zu bringen und ihren Atem. Sie aus der Finsternis der Albträume herauszuholen und sie wieder ans Licht des klaren Bewusstseins zu bringen.

Ihre Lider fliegen auf, und als sie mich sieht, geht sie mit erneuter Heftigkeit auf mich los.

»Daire, ich bin's! Hör auf. Hör auf damit. Du bist in Sicherheit. Es ist alles okay.«

Sie weicht zurück, reißt ihre Hände aus meinen. Abgehackt atmend und mit rasendem Puls zieht sie die Knie bis zum Kinn hoch und mustert mich mit zutiefst argwöhnischer Miene.

Ich bleibe auf meiner Seite. Versuche, ihr etwas Raum zu geben. Zeit, sich aus dem unheilvollen Traum zu lösen, der sie derart verschreckt hat.

»Wie kann ich sicher sein, dass du es bist – bei der Frisur?« Sie funkelt mich an und verzieht grimmig die Miene, was mich veranlasst, mir verlegen durch die frisch geschorenen Haare zu fahren. »Wie kann ich sicher sein, dass du nicht Cade bist?«

»Ist das dein Ernst?« Ihre Worte lassen mich zusammenzucken. Ich ermahne mich, nicht gekränkt zu sein. Diesem Irrtum sind schon viele aufgesessen, seit ich meine neue Frisur habe. Doch von ihr hätte ich das nicht erwartet. Sie konnte von Anfang an auseinanderhalten, was nur wenige erkannt haben: Es sind die Augen, die den wahren Unterschied zwischen Cade und mir definieren.

Langsam nähere ich mich ihr, sorgsam darauf bedacht, sie nicht zu erschrecken. Ich halte mein Gesicht ins Licht, damit sie meine Augen besser sehen kann. Dann warte ich ein wenig, bis sie schließlich tief aufseufzt und ihre Abwehrhaltung lockert.

»Möchtest du darüber reden?« Ich riskiere einen schnellen Blick auf die Uhr und unterdrücke ein Gähnen. Es ist kurz nach zwei. Kein Wunder, dass es draußen noch dunkel ist.

»Nein.« Sie rutscht auf der Matratze nach unten, legt den Kopf aufs Kissen und streckt die nackten Beine aus. »Na ja, vielleicht. Ja, doch.« Sie sieht mich von der Seite her an. »Bist du sicher, dass du nicht zu müde bist?«

Ich schüttle den Kopf, reibe mir das Kinn und verkneife es mir, die Notlüge auszusprechen.

»Na ja, ich hatte wieder den Traum.« Dabei lässt sie die Schultern sinken, als würde sie eine schwere Last abwerfen.

Ich nicke, denn das habe ich mir schon gedacht. Der Traum ist mir nicht fremd, und ich weiß aus erster Hand, wie verstörend es ist, meinen Bruder Daire töten zu sehen, während ich hilflos danebenstehe. Das schreckliche Bild hat die Angewohnheit, sich noch im Wachzustand lange zu halten – und mich tagelang zu verfolgen.

Nur dass Daire in ihrem Traum mit ansehen muss, wie ich durch Cades Hand sterbe.

Nach allem, was sie mir erzählt hat, ist der Effekt allerdings der gleiche.

So oder so, die allgemeine Botschaft ist so laut und deutlich, dass man sie nicht überhören kann: Daire und ich mögen ja vom Schicksal bestimmt sein – aber wir sind dazu bestimmt, unser Ende zu finden.

Doch auch wenn die Botschaft noch so eindringlich ist, weigere ich mich, sie zu glauben.

Weigere mich, ihr irgendein reales Gewicht beizumessen.

Ob es nun eine Art Prophezeiung ist oder ob Cades perverse Machenschaften in unseren Schlaf eindringen, kann ich nicht mit Sicherheit sagen.

Was ich aber weiß, ist, dass die Dinge, an die wir am festesten glauben, am ehesten in Erfüllung gehen.

Deshalb glaube ich an uns.

Glaube an eine Zukunft, die wir selbst gestalten können.

Nachdem ich meine Seele verloren habe und sechs Monate zuvor beinahe auch noch Daire verloren hätte, weiß ich, wie leer meine Welt ohne sie ist. Nie wieder werde ich mir den geringsten Zweifel daran erlauben, dass wir zusammengehören.

Ich würde alles tun, um mit diesem Mädchen zusammen zu sein.

Ich lege ihr eine Hand auf die Schulter und umfasse mit zwei Fingern eine Strähne ihres seidenweichen Haars. Rasch rufe ich ihr in Erinnerung, dass wir den Traum am vergangenen Heiligabend erlebt haben, als wir ihn ganz real vor uns ablaufen sahen. Cade hat Daire getötet, und nachdem ich entdeckt hatte, dass Cade und ich verbunden sind – dass, wenn er stirbt, auch ich sterbe, und wenn ich lebe, auch er lebt –, habe ich mir im Versuch, alles wieder in Ordnung zu bringen, das Athame selbst in den Bauch gerammt.

Nur dass es dann nicht so lief wie geplant …

»Aber diesmal hatte der Traum ein anderes Ende.« Sie wendet den Blick ab und zieht die Schultern ein, sodass meine Hand herabfällt, während ich mich vor dem wappne, was als Nächstes kommt. »Er …« Sie verzieht das Gesicht, leckt sich über die Lippen und beginnt erneut. »Sein Gesicht hat ständig zwischen seinem und deinem gewechselt, und dann, als es gerade seines war, hat er mir gewaltsam einen Ring über den Finger gestreift.«

Ich zucke zusammen und weiß nicht, was ich sagen soll. Also starre ich auf die abblätternde Farbe an der Wand gegenüber und schweige lieber.

Doch als sie kaum hörbar schnaubt, weiß ich, dass sie auf eine Antwort von mir wartet. Dass ich etwas Beruhigendes sage. Sie davon überzeuge, dass es nicht so schlimm ist, wie sie denkt.

Da ich besser mit Daten und Fakten umgehen kann, platze ich mit dem Ersten heraus, was mir einfällt. »Willst du damit sagen, dass er dir einen Heiratsantrag gemacht hat? Dass er … dass er tatsächlich auf die Knie gesunken ist und dich um deine Hand gebeten hat?« Schlagartig wird mir klar, dass ich etwas Falsches gesagt habe, als ich sehe, wie sie mich anblickt.

Mit verkniffener Miene und trotzig verschränkten Armen reckt sie das Kinn. »Kein Kniefall«, sagt sie. »Nur ein Ring. Ein glitzernder blauer Turmalin von der Größe eines Felsblocks.« Sie hebt die Hand und mustert finster ihren Ringfinger, als würde sie halb damit rechnen, dass er noch da ist.

»Wollte er dich dann also heiraten oder deine Seele rauben?«

»Bei Cade, würde ich sagen, ist das ein und dasselbe.«

Ich nicke und warte einen Moment, ehe ich darauf eingehe. »Okay, und was hab ich dabei gemacht?«

Sie sieht mich von der Seite her an. »Na ja, danach zu urteilen, wie du dich auf deiner Bettseite verschanzt hast, muss ich in meiner Traumversion wohl irgendwas Übles getan haben. Was immer es war, ich entschuldige mich dafür. Wäre ich tatsächlich dabei gewesen, hätte ich anders reagiert, das garantiere ich dir.«

Sie schüttelt den Kopf und streicht sich das Haar aus den Augen. »Es ist einfach … na ja, zuerst haben du und ich uns geküsst, du weißt schon, wie der Traum eben abläuft, aber dann, im nächsten Moment ist Cade an deine Stelle getreten, und …«

»Hört sich für mich ganz wie das altbekannte Drehbuch an«, werfe ich ein, doch ich habe schon wieder das Falsche gesagt.

»Wohl kaum.« Sie schickt noch ein paar unverständlich gemurmelte Worte hinterher. Und auch wenn sie nicht die Augen verdreht, sehe ich ihr an, dass sie es gern täte. »Wie auch immer …« Sie seufzt und zwingt sich zum Weiterreden. »Als ich gefragt habe, was mit dir passiert ist, hat er gesagt, ihr wärt ein und derselbe. Es gäbe keinen Unterschied, keine Trennlinie. Ihr wärt aneinander gebunden – könntet nicht ohne den anderen existieren.«

Ich lehne mich gegen die Kissen und starre wieder die hässliche Wand an. Obwohl ich mich bemühe, die Schärfe aus meiner Stimme herauszuhalten, gelingt es mir nicht einmal ansatzweise. »Und weil niemand Cade gesehen hat, seit das Rabbit Hole vor einem halben Jahr in der Silvesternacht in die Luft geflogen ist, und ich mir nicht lange nach diesem dramatischen Ereignis die Haare abgeschnitten habe, die trotzdem noch wesentlich länger sind als seine, aber hey, das ist ein winziges Detail, bei dem wir uns nicht aufhalten sollten, glaubst du also allen Ernstes, ich könnte Cade sein, der vorgibt, ich zu sein.« Ich schüttle den Kopf, verkneife es mir aber genau wie Daire, die Augen zu verdrehen. Mein Bruder ist verabscheuungswürdig.

Böse.

Mein Bruder ist ganz allein für den Tod von Daires Großmutter verantwortlich.

Und dennoch verwechselt sie mich mit ihm?

»Du glaubst tatsächlich, ich hätte irgendwelche irren, verspiegelten Kontaktlinsen, damit meine Augen so reflektieren, wie du es kennst? Du kannst tatsächlich nicht spüren, dass ich aus tiefster Seele spreche, wenn ich sage: *Ich liebe dich*? Du kannst tatsächlich weder daran, wie ich dich berühre, noch daran, wie ich dich ansehe, erkennen, dass du mir absolut alles bedeutest?«

»Dace …« Sie rollt sich zu mir herüber, legt ihre Hand auf meine und sieht mich mit ihren verblüffenden smaragdgrünen Augen an. »Es tut mir leid, dass ich das gesagt habe. Ganz ehrlich. Es war dumm und paranoid und vollkommen unsinnig und so ziemlich das krasse Gegenteil davon, wie ein guter, verantwortungsbewusster Soul Seeker unter massivem Stress reagieren sollte. Es ist nur …« Sie schluckt schwer, reckt die Schultern und spricht weiter. »Manchmal drängt sich mir einfach der Gedanke auf, dass ich etwas übersehe. Etwas total Offensichtliches, das mir direkt vor Augen steht. Und dann, als ich den Traum hatte und neben dir aufgewacht bin … na ja, in diesem Sekundenbruchteil dachte ich …«

»Du dachtest, ich könnte der Schlüssel sein. Du dachtest, du liegst mit dem Feind im Bett.« Sowie ich ihr Gesicht sehe, schwindet meine Angriffslust dahin. Sie ist verängstigt. Unsicher. Hat große Lasten zu tragen. Und seit Paloma gestorben ist, fühlt sie sich allein und verlassen. Es ist meine Aufgabe, sie zu lieben und zu unterstützen. Es ist meine Aufgabe, ihr Kraft zu geben, wenn sie welche braucht. Ich schlinge die Arme um sie und ermuntere sie, näher zu kommen, während sie die Augen schließt und das Gesicht in meiner Brust vergräbt. »Du hast nichts übersehen«, flüstere ich in ihr seidenweiches Haar und drücke ihr einen Kuss nach dem anderen auf den Scheitel.

Sie weicht ein Stückchen zurück und sieht mich mit einem Blick an, der das Ausmaß ihrer Angst verrät. »Doch, hab ich«, entgegnet sie und nickt heftig. »Da bin ich mir absolut sicher. Ausgeschlossen, dass alles wirklich so friedlich ist, wie es oberflächlich betrachtet aussieht.«

»Haben wir nicht alle ein bisschen Frieden verdient?« Ich ziehe sie wieder an mich und wiege mich in der trügerischen Hoffnung, wenn ich sie nur genug umarme, sie genug liebe, ihre Ängste besiegen zu können.

»Wir sind hier in Enchantment.« Der Laut, der darauf folgt, ähnelt von allem, was ich seit geraumer Zeit von ihr vernommen habe, am ehesten einem Lachen. »Seit wann bekommt irgendjemand, was er verdient?«

Ich ringe mir ein Lächeln ab und hoffe, dass sie es erwidert. Doch der Moment zieht vorüber, und im Handumdrehen ist sie schon wieder am Grübeln über das nächste Problem.

»Ich habe schon x-mal darüber nachgedacht.« Sie setzt sich auf. »Und ich habe nicht den geringsten Zweifel daran, dass Cade Paloma mittels dieses verfluchten Turmalins umgebracht hat, den ich ihr völlig nichts ahnend gegeben habe. Ich habe einige Nachforschungen angestellt, und es ist nicht annähernd so verrückt, wie es sich anhört. Kristalle und Edelsteine strahlen Energie aus. Alles besteht in seinem innersten Wesen aus Energie. Und obwohl Energie nie verloren geht, kann sie verändert, transformiert werden, und in den falschen Händen kann ein Edelstein mit einem Haken versehen werden, der den Geber mit dem Empfänger verbindet. Dadurch lässt sich entweder die Seele des Empfängers kontrollieren, die Seele des Empfängers stehlen oder die Seele des Empfängers auslöschen – je nachdem, was man bezweckt.«

Die Worte lassen mich so kalt wie beim ersten Mal, als ich sie gehört habe. Obwohl ich nicht genau weiß, warum sie sie wiederholen muss, es sei denn, sie sucht Bestätigung, die ich ihr nur zu gern liefere. »Daran zweifle ich nicht, Daire. Mann, Leftfoot, Chepi und Chay haben es ja längst bestätigt.«

Sie senkt den Blick auf ihre Beine und dehnt die Waden, sodass die straffen Muskeln an der Vorderseite ihrer Oberschenkel, das Ergebnis täglicher Zehn-Kilometer-Läufe, auf so verführerische Art anschwellen, dass ich mich gezwungen sehe, den Blick abzuwenden.

»Der Punkt ist – falls die Stammesältesten recht haben, wie kommt es dann, dass alle, die auf der Silvesterparty im Rabbit Hole waren, mit einer Geschenktüte mit einem Turmalin nach Hause gegangen sind und trotzdem keiner von ihnen auch nur die geringsten Anzeichen irgendwelcher schlimmen Auswirkungen zeigt?« Sie hebt den Blick zu mir und zieht sich das Laken bis zur Taille hoch. »Die Leute leben weiter wie bisher. Eher sogar ein bisschen besser. Ich weiß nicht, ob es dir aufgefallen ist, aber Enchantment wirkt nicht mehr ganz so trist und grau wie einst. Die Einwohner sind nicht mehr so niedergeschlagen. Sie gehen beschwingter, lachen öfter und lockerer.«

»Vielleicht freuen sie sich einfach darüber, in einer von den Richters befreiten Stadt zu leben? Vielleicht sind sie glücklich darüber, dass man in den letzten sechs Monaten keine Spur von Cade, Leandro oder Gabe zu Gesicht bekommen hat? Vergiss nicht, du und ich haben beide zugesehen, wie Cade in das qualmende Haus gelaufen ist – vielleicht ist El Coyote ja endlich tot? Vielleicht haben uns Phyre und ihr durchgeknallter, mit Schlangen jonglierender, den Weltuntergang prophezeiender Vater Suriel einen Gefallen getan?«

War ich selbst schon nicht restlos von dem überzeugt, was ich da gerade gesagt habe, tut Daire es noch schneller ab. »Sie sind nicht tot. Weit davon entfernt.« Heftig schüttelt sie den Kopf. »Vergiss nicht, Cade befand sich in menschlicher Gestalt, als er in das brennende Haus gelaufen ist. Er war außerstande, sich in seine dämonische Form zu verwandeln. Was bedeutet, wenn er umgekommen wäre, wärst du auch tot.«

»Aber ich bin noch da, und ich habe mir die Haare abgeschnitten, und jetzt bist du misstrauisch.« Ich kann kaum glauben, dass ich das Gespräch wieder an seinen Ausgangspunkt zurückgebracht habe. Doch nachdem es schon einmal so weit ist, können wir die Sache ebenso gut aufklären, damit wir sie nicht noch einmal durchkauen müssen.

Niemals wäre ich auf die Idee gekommen, dass ein Haarschnitt ein solches Theater auslösen könnte. Hätte ich es gewusst, hätte ich auch nur die leiseste Ahnung von dem Aufruhr gehabt, den er verursachen würde, ich hätte die Finger davon gelassen. Ehrlich gesagt, weiß ich nicht einmal, was mich dazu getrieben hat. Ich schätze, seit dem letzten Silvesterabend, als ich mich von einer fremden, alles vereinnahmenden Macht überrollt fühlte, die sich nie richtig zu erkennen gab – aber definitiv dafür verantwortlich ist, mir das Leben gerettet zu haben –, fühle ich mich verändert.

Im tiefsten Inneren meines Wesens verändert.

Als wäre ich dabei, jemand anderes zu werden.

Etwas anderes.

Und seitdem ruht mein altes Ich nicht mehr ganz so gelassen in meiner Haut.

Da die meisten Verwandlungen mit dem Körperlichen beginnen, beschloss ich, mit meinen Haaren anzufangen.

Weil ich Daire überraschen wollte, bat ich Lita um Beistand. Und ihrer Reaktion nach zu urteilen, wie sie quiekend in die Hände klatschte, hätte man glauben können, ich hätte ihr das Los für den Hauptgewinn in der Lotterie überreicht. Das Mädchen steht offenbar total auf neues Styling.

Kaum hatte ich den Gedanken ausgesprochen, da zerrte sie mich schon in ihr Auto und raste mit mir zu ihrem Friseur.

»Wir schneiden diesen wirren Wust ab!«, verkündete sie, während sie mich am Ärmel in den Salon zog und vor ihre Stylistin schubste. »Endlich!«, fügte sie hinzu.

Sofort warfen sie mir einen Umhang über, stießen mich zu Haarwäsche und Conditioner auf einen Sessel und dann für den Schnitt auf einen anderen. Lita blieb die ganze Zeit in der Nähe und gab lautstark eine Liste detaillierter Anweisungen von sich, als hätte sie diesen Augenblick von dem Tag an geplant, als wir uns das erste Mal gesehen haben.

»Du musst ihm hinten mindestens zwölf Zentimeter wegmachen«, wies sie die Stylistin an. »Vielleicht sogar fünfzehn.« Sie rümpfte die Nase über mein unzumutbares Aussehen und schnalzte mit der Zunge. »Und dann mach ums Gesicht herum ein paar Stufen rein. Aber es muss unbedingt lang und weich und irgendwie strubbelig aussehen, damit es so zerzaust und natürlich wirkt, als sollte es so sein, weil wir ja beide wissen, dass er es wahrscheinlich nie bürsten wird.« Dem letzten Teil sandte sie ein kleines Lachen hinterher, um den Seitenhieb abzumildern, weshalb ich mich erneut fragte, was mein früherer Geistführer Axel an diesem Mädchen findet.

»Oh, aber nicht zu kurz!«, kreischte Lita, sowie die Stylistin ihre Schere hob. »Was auch immer du tust – lass ihn bloß nicht so aussehen wie seinen Zwillingsbruder!«

Ich vermute, die Stylistin war an Litas Ansprüche gewöhnt, denn sie nickte nur lächelnd und machte sich daran, mir die Haare zu schneiden. Als sie die Schere ablegte und ich in den Spiegel blickte, riss ich die Augen auf, während die Stylistin grinste und Lita abermals in die Hände klatschte. »Herzlichen Glückwunsch, Dace Whitefeather«, rief sie. »Du hast den ersten Schritt zur Coolness getan.«

Doch dummerweise war Daires Reaktion nicht ganz so begeistert. Und auch wenn sie mich nicht wirklich mit Cade verwechselt hat – zumindest damals nicht –, dauerte es eine ganze Weile, bis sie sich daran gewöhnt hatte. Aber angesichts ihrer Reaktion fürchte ich, sie ist noch nicht restlos überzeugt.

»Dace …« Daire schlängelt sich erneut an mich heran und legt die Handflächen um mein Gesicht. »Es tut mir leid. Ehrlich. Ich hab's nicht so gemeint. Oder vielleicht doch – keine Ahnung. Ich fühle mich einfach … einfach so aus der Bahn geworfen. Ich kann diese böse Vorahnung nicht abschütteln. Diese tiefe Gewissheit, dass der Schein trügt. Ich wette, dass El Coyote noch immer frei herumläuft und Leandro und Cade nur den richtigen Moment abwarten. Sie lecken sich ein paar harmlose Wunden und lauern im Hintergrund, um mich in Sicherheit zu wiegen.«

»Nur dass sie das nie schaffen werden.« Ich lege die Hände über ihre und falte sie zwischen uns. »Du bist ihnen nämlich meilenweit voraus, Santos. Du bist auf der Hut, du achtest auf die Anzeichen, und wenn sich herausstellt, dass du recht hast, bist du bereit, sowie sie aus der Deckung gestürmt kommen.«

»Bin ich das?« Sie mustert mich mit geröteten Augen, während ihre Unterlippe kaum wahrnehmbar zu beben beginnt.

»Natürlich.« Ich ziehe sie in meine Arme. Halte sie fest, bis ihr Körper schlaff und weich wird und mein Atem synchron mit ihrem geht.

Angesichts ihres täglichen Joggingpensums, ihrer erbarmungslosen Work-outs und ihrer strikt gesunden Ernährung, die nicht einmal die kleinste Sünde gestattet – angesichts ihrer unermüdlichen Konzentration darauf, Palomas Kunst zu erlernen und die bestmögliche Seelensucherin zu werden – vergesse ich manchmal, wie verletzlich sie in Wahrheit ist. Doch hier, in meinen Armen, mit ihrer zarten Haut und ihrem Herzen, das sachte neben meinem schlägt, versinke ich in Scham darüber, was für ein Idiot ich gewesen bin.

Es ging überhaupt nie um mich. Die gesamte Debatte mag ja von dem Traum ausgelöst worden sein und von der wirklich grässlichen Erinnerung daran, wie mein Bruder ihr unter Zwang einen Ring über den Finger stülpt, aber es ging niemals um meine Frisur.

Nie darum, dass sie mich mit Cade verwechselt hätte.

Das war alles nur ein Vorwand für das, was sie wirklich belastet.

Sie vermisst ihre Großmutter.

Sie leidet unter einem Berg von Trauer, den sie unbedingt streng unter Verschluss halten will.

Und ehe sie dazu imstande ist, sich damit zu konfrontieren, ist es meine Aufgabe, ihr Trost zu spenden – und ihr ein sicherer Hafen inmitten des ganzen Chaos zu sein.

Ich ziehe sie enger an mich, bis die beiden identischen goldenen Schlüssel, die wir als Symbol unserer Liebe um den Hals tragen, leise klirrend gegeneinander schlagen, während ich ihr Worte ins Ohr flüstere. Ich erinnere sie daran, dass sie nicht allein ist – wir sitzen im selben Boot. Ich werde sie nie, nie verlassen.

»Wenn Paloma hier wäre, könnte sie mir dabei helfen zu erkennen, was mir entgangen ist. Sie hatte ein feines Gespür für alles und hat nie ein Zeichen übersehen. Wenn meine *abuela* hier wäre, würde sie …« Daire unterdrückt ein Schluchzen und presst die Augen zusammen, um die Flutwelle aus Tränen zurückzudrängen, die sie nicht vergießen will.

»Hey du, Grünauge«, flüstere ich. »Alles wird gut. Ehrlich, ich bin da. Ich werde immer da sein. Wir stehen das gemeinsam durch. Ich versprech's.« Ich besänftige ihre Ängste mit einem Kuss und versuche sie abzulenken, so gut ich kann.

Drei

Daire

Als ich diesmal erwache, liege ich dicht neben Dace, der die Arme behaglich um mich geschlungen hat. Sein gleichmäßiger Atem weht mir auf die Wange.

Langsam drehe ich den Kopf und erfreue mich an seinem schönen Anblick. Ich lasse den Blick über seine feste Brustmuskulatur wandern, über das Tal seiner Taille, hin zu dem weichen Haarstreifen, der vom Rand seines Nabels zu Körperteilen führt, die jetzt von der Decke verhüllt werden.

Er ist so liebevoll, so loyal, so anständig und gut, dass ich überhaupt nicht mehr begreife, wie ich ihn jemals, selbst in einem benommenen Moment der Sinnestäuschung, mit Cade verwechseln konnte.

Sie mögen ja an der Oberfläche identisch sein, Dace mag ja ein Stück von Cades schwarzer Seele in sich haben, doch damit endet die Ähnlichkeit auch schon.

Sie sind sich überhaupt nicht ähnlich.

Er regt sich. Von der Last meines Blicks geweckt, schlingt er den Arm fester um mich und zieht mich so dicht an sich heran, dass ich unwillkürlich spüre, wie sehr sein Verlangen dem meinen gleicht.

Ganz egal, wie oft wir schon zusammen waren, ganz egal, an wie vielen Morgen wir so aufwachen, es scheint immer wieder Neues zu entdecken zu geben.

Manchmal habe ich das Gefühl, ich werde seine Geheimnisse nie vollständig ergründen.

Der Gedanke lässt mich schmunzeln.

Ich lasse meine Fantasie in eine weit entfernte Zukunft driften. Stelle mir vor, wie wir mit faltigen Gesichtern und grauem Haar aussehen. Immer noch liebend, immer noch lachend, immer noch hingebungsvoll, immer noch entdeckend …

Doch kaum haben die Bilder vor meinem inneren Auge abzulaufen begonnen, da zwinge ich mich schon, diese Gedanken abzuschütteln.

Von der Zukunft zu träumen ist ein leichtfertiger Luxus, den ich mir nicht leisten kann. Paloma hat mich von Anfang an gewarnt, dass Soul Seeker nicht gerade für ihre Langlebigkeit bekannt sind – und ihre Liebesbeziehungen enden immer tragisch.

Die Erinnerung an ihre Worte lässt mich unwillkürlich zusammenzucken.

»Was ist denn?«, fragt Dace sofort. Langsam hebt er die Lider und zeigt seine eisblauen Augen, die ganz glasig sind von Schlaf und Lust.

Ich schüttle den Kopf und presse meine Lippen auf seine, ehe ich mit den Fingerspitzen seinen Hals entlangfahre. Indem ich sämtliche Gedanken an die Vergangenheit und sämtliche Wünsche für die Zukunft über Bord werfe, ankere ich in der Gegenwart – der einzigen Zeit, die ich je als mein Eigentum reklamieren kann.

Dace begegnet meinem Kuss mit drängenden Lippen, während ich seine Schultern umfasse und ihn so dicht an mich ziehe, dass unsere Körper zu einem Knäuel aus Zungen und Gliedmaßen werden, die sich gierig ineinanderschlingen, hungrig danach, miteinander zu verschmelzen. Bis er mich in einer geschmeidigen Bewegung unter sich schiebt und sich in mich gleiten lässt.

Wir umklammern uns, weichen ein paar unbeschreiblich köstliche Momente voneinander ab, nur um uns dann so vollständig zu vereinigen, dass es keine Grenze mehr zwischen uns gibt. Ich kann nicht mehr sagen, wo Dace aufhört und ich anfange. Unsere Herzen ebenso verbunden wie unsere Körper, fliegen wir gemeinsam in die Höhe und halten noch einen rauschhaft beglückenden Augenblick inne, ehe wir erschöpft und befriedigt in die Laken sinken.

Als ich die Augen aufschlage, liegt Dace aufgestützt neben mir und lässt den Blick über mein Gesicht schweifen. »Ich werde nie müde, dich anzusehen.«

Ich beiße mir auf die Unterlippe und grinse. Versuche, nicht an die verschmierte Mascara unter meinen Augen zu denken, die Abdrücke der Bettwäsche auf meiner Wange und die Haare, die mir schlaff auf der Stirn kleben. Ich lächle nur, als würde ich es glauben, und erwidere seinen liebenden Blick mit einem ebensolchen. »Weißt du, so langsam beginnt mir dein neuer Look zu gefallen.« Mit den Fingern fahre ich sachte an den langen Strähnen seines Ponys entlang. »Wer hätte gedacht, dass Lita so viel Weitblick besitzt?«

Er sieht mich an, als wollte er etwas entgegnen, doch stattdessen presst er die Augen zusammen, als hätte er es sich anders überlegt.

»Ich weiß, was du denkst.« Ich stemme mich auf den Ellbogen, schüttle mein Kissen etwas auf und lehne mich dagegen. »Es hat eine Weile gedauert, bis ich mich damit angefreundet habe, aber ich meine es ehrlich. Die neue Frisur bringt dein Gesicht viel besser zur Geltung. Und du weißt ja, wie ich dein Gesicht finde.«

Er schüttelt den Kopf. Wirft mir einen Blick zu, der zu weiteren Erläuterungen einlädt.

Also drücke ich ihm ein paar Küsse auf Stirn, Kinn und Lippen, um das Ganze deutlicher zu illustrieren. Und im Handumdrehen bin ich schon wieder ganz in seiner Magie gefangen.

Doch da ich einen Tag voller Lernaufgaben und Termine vor mir habe, zwinge ich mich, vom Bett aufzustehen, und folge der chaotischen Spur von Kleidungsstücken, die ich gestern Nacht achtlos auf den Boden geworfen habe, nur um mit ihm zusammen zu sein.

»Das war's?« Dace rutscht am Kopfteil in die Höhe, um mir beim Anziehen zuzusehen. »Du liebst mich und verlässt mich? Sang- und klanglos?«

»Hm.« Ich sammle meine zerknüllt daliegenden Shorts auf und schlüpfe hinein. Indem ich übertrieben mit dem Po wackle, streife ich sie mir mit einer schwungvollen Bewegung über die Hüften, die ausschließlich seinem Vergnügen dienen soll.

»Quälgeist.« Er zerrt meinen BH unter dem Kissen hervor und wirft ihn nach mir, begleitet von einem Grinsen.

»Selber Quälgeist.« Ich fange den BH auf und kämpfe mit Häkchen und Trägern, bis alles richtig sitzt.

»Wie kommst du darauf?« Er reibt sich das Kinn und wirft mir einen koketten Blick zu.

»Du bist doch derjenige, der nicht bei mir einziehen will.«

»Ach, das.« Mit einer einzigen fließenden Bewegung ist er vom Bett gesprungen und hat aus dem Waschkorb, der ihm als Kleiderschrank dient, eine saubere Jeans herausgesucht. Ein Versuch, einem Gespräch auszuweichen, das ich unbedingt führen will.

»Ich begreife deine Abwehr nicht«, sage ich nicht zum ersten Mal. »Ich meine, wir sind doch ohnehin die meiste

Zeit zusammen. Und wenn wir zusammenleben würden, müsste ich nicht jeden Morgen von hier aufbrechen, und du müsstest nicht so schwer darum ringen, deine Bude in Schuss zu halten. Ist ja bloß ein besseres Vogelnest.«

Seine Finger erstarren am Reißverschluss, während er den Blick zu mir hebt. »Wie kannst du so etwas sagen?«

»Was?«

»Das mit dem Vogelnest. Mann, Daire, du wirst von Rabe geleitet. Was meinst du, wie er es fände, wenn er dich so abfällig reden hört?«

»Willst du das Thema wechseln?«

»Hat's geklappt?« Er grinst schelmisch.

»Nicht mal ansatzweise.« Stirnrunzelnd ziehe ich mir das Top über den Kopf, ehe ich mich auf die alte Holzkiste in der Ecke setze und in die Sneakers schlüpfe.

»Okay, ich geb's zu. Ich bin altmodisch. Es gibt Schlimmeres, weißt du.«

»Altmodisch?« Mir entfährt ein Geräusch zwischen Schnauben und Lachen. »Bitte.« Ich verdrehe die Augen und fasse mein ungekämmtes Haar zu einem Pferdeschwanz zusammen. »An dem, was wir gerade gemacht haben, ist ja wohl nichts altmodisch.« Ich nicke zum Bett hin, in der Hoffnung, ihn erröten zu sehen. Ein solcher Anblick wird mir nicht allzu oft gegönnt.

»Ich bin altmodisch, wenn es drauf ankommt. Soll heißen, wir ziehen nicht zusammen, weil es praktisch ist oder billiger kommt oder was für Gründe auch immer dir einfallen. Wenn wir zusammenziehen, und das habe ich fest vor, dann deshalb, weil wir offiziell verheiratet sind.«

»Offiziell verheiratet?« Ich verziehe angewidert das Gesicht. Rücke das weiche Wildlederbeutelchen zurecht, das mir Paloma geschenkt hat und das die Sammlung magischer

Talismane birgt, die ich im Laufe meiner Soul-Seeker-Ausbildung erworben habe – und das schöne Türkisherz, das mir Dace geschenkt hat. »Meinst du nicht, wir sollten zuerst die Highschool zu Ende machen? Und dann, na ja, zum Beispiel aufs College gehen und ein Studium abschließen. Einen Rattenschwanz an beeindruckenden Titeln einheimsen, unseren Traumjob ergattern, zigmal befördert werden, und dann, wenn es keine weiteren Gipfel mehr zu erklimmen gibt, machen wir es uns in der allein seligmachenden Fiktion gemütlich, die unweigerlich mit dem heiligen Bund der Ehe einhergeht?«

Dace sieht mich abschätzend an und pfeift leise. »Wow, da hat aber jemand ein Problem mit dem Heiraten.«

»Ich bin auf Filmsets aufgewachsen«, sage ich achselzuckend. »Umgeben von Promis, die alle zehn Sekunden entweder geheiratet haben oder sich scheiden ließen oder ihre Angetrauten mit jedem betrogen haben, der oder die bereit war, mit ihnen ins Bett zu springen. Das könnte mich ein klein wenig desillusioniert haben.«

»Ein klein wenig?« Dace zieht eine Braue hoch und streift sich einen alten, grauen V-Pulli über. Jenen Pulli, der sich eng an seine Brust schmiegt, an seinem Sixpack klebt und seinen Bizeps betont, sodass ich keine andere Wahl habe, als mich abzuwenden, wenn ich auch nur die leiseste Aussicht darauf haben will, mit meinem Tagesplan voranzukommen. »Ich hab ja nicht vor, dir gleich morgen einen Antrag zu machen oder nächstes Jahr. Aber eben … irgendwann.«

»Schön. Dann befassen wir uns mit deinem *Irgendwann*, wenn es so weit ist. Falls es so weit kommt. Aber ich warne dich – keine öffentlichen Auftritte. Kein Heiratsantrag zur Halbzeit im Stadion auf Großbildleinwand. Kein Ring, der sich unten in meinem Sektglas versteckt. Nichts, was aus einem Film oder einer kitschigen Realityshow stammen könnte.«

»Das sind also die Regeln für den Heiratsantrag, den du nicht haben willst?«

»Das ist die Liste für den Anfang. Es kommt noch mehr. Glaub mir, noch viel mehr. Aber bis dahin wirst du dich schon mit Lieb-mich-und-verlass-mich-Santos zufriedengeben müssen, aber nur, weil du *meinen Antrag*, mietfrei bei mir zu wohnen, ablehnst.« Ich spreche in lockerem, scherzhaftem Tonfall, da ich die tief in mir verwurzelte Angst über unsere ungewisse Zukunft nicht zeigen will, die wir mit Gesprächen wie diesem lieber nicht zu sehr herausfordern sollten.

Ehe Paloma starb, hat sie an mir eine Verwandtschaftsübertragung vorgenommen, die es mir ermöglichte, all die Dinge zu sehen, die sie mir sonst nur durch jahrelanges Training hätte beibringen können. Darunter auch die tragische Geschichte ihrer Vergangenheit – wie ihr Ehemann, mein Großvater Alejandro und ein brasilianischer Jaguarschamane der höchsten Ordnung, durch die Hand der Richters sein Leben verlor – ebenso wie ihr einziges Kind, mein Vater Django, der noch als Teenager sterben musste. So hat sie mir die gesamte Bandbreite ihres Wissens blitzschnell vermittelt.

Dabei habe ich auch die Geschichte jedes Soul Seekers gesehen, der vor mir kam.

Habe zugesehen, wie sie alle – jeder Einzelne – durch das Tun von El Coyote zu Tode kamen.

Also warum sollte es bei mir anders ausgehen?

Warum sollte mir das lange, glückliche Leben vergönnt sein, das meinen Ahnen versagt blieb?

»Zweifle nicht an der Zukunft, Daire.«

Ich wende mich zu Dace um. Registriere erstaunt, dass er direkt vor mir steht und erneut seine unheimliche Fähigkeit beweist, jeden Stimmungswandel bei mir wahrzunehmen. Ich ringe mir ein verkniffenes Lächeln ab, drehe mich rasch um und krame in meiner Tasche. »Wie sollte ich nicht?«

»Ich weiß etwas, was du nicht weißt.«

Genau wie erwartet ziehen mich seine Worte in ihren Bann, veranlassen mich, ihn wieder anzusehen. »Ach ja, und was ist das? Möchtest du deine große Weisheit mit mir teilen?«

Ohne den leisesten Anflug von Belustigung legt er mir die Hände auf die Schultern und fixiert mich mit seinem Blick. »Es gibt nur eine Macht, die stärker ist als das Böse …«

Ich blinzle ein paarmal und komme nicht darauf, was er meint. Jedenfalls meint er nicht mich. Keinem Soul Seeker ist es je gelungen, das Böse in Schach zu halten – zumindest nicht auf Dauer.

»Die Liebe.«

Ich kann das Wort spüren, noch während er es ausspricht. Spüre regelrecht, mit welcher Kraft es auf mich zuschießt, während es ihm noch von der Zunge rollt – ihm von den Fingerspitzen tropft. Seine Heftigkeit – seine Dringlichkeit – seine absolute, unbestreitbare Wahrheit verblüfft mich dermaßen, dass mir keine Erwiderung einfällt.

»Liebe, Daire. Liebe ist stärker als das Böse. Liebe ist die Antwort. Liebe ist alles, was es gibt. Liebe siegt. Liebe heilt. Liebe vereint. *All You Need Is Love. Love Makes the World Go Round* …«

Die Energie wirbelt unaufhörlich um mich herum, bis sich in meinem Kopf alles dreht und mein Herz ins Flattern gerät – jedoch nur so lange, wie Dace meine Schultern umfasst hält. Sowie er die Hände sinken lässt und zurückweicht, ist die Illusion dahin. Lässt mich traurig, leer und enttäuschter, als ich zugeben will, zurück, während das Gefühl zwar oberflächlich betrachtet schön klingt, es aber alles nicht so einfach ist.

So gern ich ihm auch glauben möchte, ist es doch bestenfalls Wunschdenken, und ich kann es mir nicht leisten, in diese Falle zu tappen. Ich habe die letzten Monate damit zugebracht, die Rache für den Tod meiner *abuela* vorzubereiten und die Welt ein für alle Mal von den Richters zu befreien. Ich kann es nicht riskieren, weich zu werden.

»Hm, ich bin mir aber ziemlich sicher, dass es *Money Makes the World Go Round* heißt. Auf jeden Fall heißt der Song so.« Ich schone mein Herz, indem ich seine Worte mit einer sarkastischen Antwort quittiere, doch sowie ich sie ausgesprochen habe, zucke ich betreten zusammen. Die Worte klingen unnatürlich und gezwungen – und schmerzen wie ein Verrat, nach allem, was wir durchgemacht haben.

Ich beiße mir fest auf die Lippe und wühle erneut in meinem Rucksack, doch als Dace nach meiner Hand fasst und mich zwingt, ihn anzusehen, bleibt mir nichts anderes übrig, als nachzugeben.

Sein Tonfall ist so ernst wie seine Miene, als er zu sprechen beginnt. »Nicht unser Lied. Nicht dieses Lied. Nicht das Lied von dir und mir.«

Er spricht mit solcher Überzeugungskraft, dass ich schon nachgeben will, als mir die Verwandtschaftsübertragung wieder einfällt und die unleugbare Wahrheit, die sie preisgegeben hat.

Die Fakten, die mir an jenem Tag enthüllt wurden, sind unbestreitbar.

Dennoch kann ich nicht umhin, ein wenig aufzutauen, als Dace mir die Lippen auf die Nasenspitze drückt.

»Du musst nur daran glauben. Hab ein bisschen Zutrauen. Weiter braucht es nichts. Wunder sind nicht annähernd so selten, wie die Leute immer glauben. Leftfoot sagt, sie manifestieren sich durch Liebe, und die haben wir im Übermaß. Es spricht nichts dagegen, dass wir auch selbst ein paar Wunder schaffen können.«

Ich gebe nach. Räume ein, dass er vielleicht sogar recht haben könnte. Dass es wirklich so einfach sein könnte. Paloma hat immer gesagt, Entschlusskraft sei der wichtigste Bestandteil von Magie. Vielleicht, wenn ich nur fest genug daran glaube …

Ich schüttle den Kopf und zwinge mich dazu, mich loszumachen. Zwinge mich dazu, zu sagen: »Arbeite du weiter an deinem Glauben, ich muss los zum Work-out.«

»Skeptikerin.« Er grinst.

»Optimist.« Im Spaß strecke ich ihm die Zunge heraus.

»Hast du noch Zeit für einen Kaffee?«

Ich schüttle erneut den Kopf.

»Soll ich dich fahren?« Er schnappt sich die Autoschlüssel von der Anrichte und lässt sie vor mir baumeln.

»Nö, ich glaube, ich jogge gleich los.«

Er zieht eine Braue hoch.

»Ich bringe lieber noch einen Work-out unter, bevor die Temperaturen wieder auf über fünfunddreißig Grad steigen.«

»Du weißt schon, dass man ab und zu eine Pause machen darf?«

Das überhöre ich. Ich kann mir keine Pausen leisten. Kann es mir nicht leisten, meine Wachsamkeit schleifen zu lassen.

»Okay. Dann setz wenigstens das auf, damit dir die Sonne nicht ins Gesicht scheint.« Er wirft mir eine Baseballkappe mit dem Aufdruck eines Surfbrettherstellers zu. »Und grüß Axel schön von mir.« Er begleitet mich zur Haustür hinaus und die wackeligen Stufen hinab, die zum Parkplatz führen.

»Der war wenigstens bereit, bei mir einzuziehen.« Ich sehe mich um und warte auf Dace.

»Soweit ich mich erinnere, konnte er ja sonst nirgendwohin.« Er drückt mir die Hand und grinst mich gutmütig an.

»Und du bist nicht einmal ein klein bisschen eifersüchtig?« Ich lege den Kopf schief und bekomme mit, wie seine Augen amüsiert aufblitzen.

»Ist das dein Ernst? Eifersüchtig auf Axel?«

»Ja, auf Axel«, erwidere ich und fühle mich unerklärlicherweise in die Defensive getrieben, aber dann bricht es aus mir heraus. »Ein junger Mann, der sogar ziemlich gut aussieht, wenn man große, starke, engelsgleiche Typen mit vielen Muskeln und lavendelfarbenen Augen mag. Er war praktisch schon in mein altes Zimmer eingezogen, ehe ich ihm auch nur das Angebot gemacht habe.«

Dace bleibt neben seinem Pick-up stehen. »Daire, ich bin nicht eifersüchtig auf Axel. Erstens war er seit meiner frühesten Kindheit mein Geistführer, und er hält es noch immer für nötig, auf mich aufzupassen, obwohl er offiziell von der Pflicht befreit wurde. Und zweitens – ich vertraue dir. Ich vertraue unserer Liebe. Schließlich bin ich der Optimist, schon vergessen?«

»Und drittens?« Ich stemme eine Hand in die Hüfte. »Ich sehe es dir an, dass es noch einen dritten Punkt gibt.«

»Und drittens – muss ich Lita extra erwähnen?« Er lacht, sodass seine Iriden betörend glitzern. »Du magst ja ein Soul Seeker sein, aber würdest du es ernsthaft wagen, dich zwischen Lita Winslow und die erklärte große Liebe ihres Lebens zu drängen?«

Seufzend senke ich den Kopf. Seit die Schule vorbei ist, hat Lita ihren ganzen Sommer dem Beisammensein mit Axel gewidmet. Was heißt, dass sie ein permanenter Anwesenheitsfaktor in meinem Wohnzimmer ist – wenn sie sich nicht gerade in seinem Zimmer verkrochen haben.

Eine weitere Liebesgeschichte, die unter einem schlechten Stern steht und schon zum Scheitern verurteilt war, noch ehe sie richtig begonnen hat.

Oder zumindest laut Paloma, die mir gesagt hat, dass nichts Gutes dabei herauskommen würde.

Paloma war pragmatisch. Eine Realistin wie ich. Und obwohl es auch recht erfrischend ist, es mit einem wahren Glaubenden zu tun zu haben wie Dace, kann ich mich nicht dazu überwinden, in diesem Land der ewigen Glückseligkeit an seine Seite zu treten.

»Lita ist ziemlich besitzergreifend, wenn es um Axel geht. Ich weiß nicht einmal, ob jemand so Mächtiges wie die Suchende einen Keil zwischen sie treiben könnte«, sagt Dace, der mich damit aus meinem Tagtraum reißt und ein weiteres Mal beweist, wie gut er meine Stimmungen lesen kann.

»Apropos mächtig …« Ich lasse die Frage in der Luft hängen, denn es ist nicht nötig, sie auszusprechen. Wir wissen beide, dass ich von letztem Silvester spreche, als die Hölle losbrach und Dace selbst sich in den Fängen einer unbegreiflichen Verwandlung befand, die er nicht richtig abschütteln konnte, ja laut seinen eigenen Worten nicht einmal wollte.

Doch trotz seiner optimistischen Einstellung weiß ich, dass er fürchtet, es könnte durch das Stückchen schwarzer

Seele verursacht worden sein, das er seinem Bruder gestohlen hat und das noch immer in ihm steckt. Ich kann auch nicht behaupten, dass ich es ausgeschlossen hätte.

»Keine Spur von dem Monster.« Er zieht die Tür seines Pick-ups auf und wirft seine Tasche auf den Sitz. »Muss im Tiefschlaf liegen.« Er dreht das Gesicht zur Sonne, wobei er eine Hand schützend vor die Augen hält. »Bist du sicher, dass du nicht mitfahren willst? Es sieht ganz danach aus, als würde es heute wieder brütend heiß werden.«

Ich lehne sein Angebot ab und schüttle meine Gliedmaßen, um sie für den langen Dauerlauf zu lockern, der vor mir liegt.

»Na dann okay.« Er steigt in den Wagen. »Sehen wir uns heute Abend?«

Ich nicke.

»Bei dir, bei mir oder an der verzauberten Quelle?« Er schließt die Tür zwischen uns und lehnt sich aus dem Fenster.

»Bei mir«, sage ich und verziehe die Miene. Es kommt mir immer noch merkwürdig vor, das Haus als meines zu bezeichnen statt Palomas, doch ich verdränge den Gedanken sofort wieder. »Xotichl und Auden kommen vorbei. Und natürlich werden auch Lita und Axel da sein.«

Dace gibt mir einen schnellen Abschiedskuss und lässt den Motor an. Ich hole tief Luft, rücke meine Kappe zurecht und laufe los.

Vier

Lita

Ich ziehe die Backofentür auf und runzle die Stirn. Obwohl ich mich haargenau an Palomas Rezept gehalten habe, riechen meine Blaumais-Muffins weder wie die von Paloma, noch sehen sie so aus. Und wie kommt es eigentlich, dass sie alle in der Mitte eingesunken sind, statt fluffig und locker aufzugehen, wie es ihre immer taten?

»Wie lange bist du schon wach?«

Axel kommt in die Küche getappt und fährt sich durch die platinblonden, vom Schlaf zerzausten Locken, während ich die Ofentür zuknalle und hoffe, dass zwischen jetzt und den nächsten fünf Minuten, wenn die Herduhr klingelt, Palomas Küchenzauber zu wirken beginnt.

Doch tief in meinem Inneren kenne ich die Wahrheit – Paloma selbst ist die fehlende Zutat. Sie ist einfach unersetzlich. Wahrscheinlich werden wir uns zum Frühstück wieder mit Bagels vom Vortag begnügen müssen.

Seufzend werfe ich den Ofenhandschuh auf die Arbeitsfläche. »Ich konnte nicht schlafen. Und ich wollte dich nicht wecken, also dachte ich, ich mache uns was zum Frühstück. Aber wie es aussieht, braucht es dazu ein Wunder, also mach dir keine allzu großen Hoffnungen.« Ich lasse den Blick über seine glatte, muskulöse Brust schweifen und über seinen ausgeprägten Sixpack bis hin zum Gummizug seiner neuen grauen Sweathose.

»Als Mystiker habe ich schon viele Wunder bewirkt.«

Er durchquert die Küche, bis er direkt vor mir steht. Dann senkt er den Kopf und drückt mir einen Kuss auf die Lippen. »Wie schlimm ist es?«, fragt er mit einem Blick auf den Backofen. »Soll ich eine Heilung durchführen?« Er schlingt die Arme um mich, hält mich an den Hüften umfasst und fixiert mich aus seinen tiefvioletten Augen.

»Ich bin mir ziemlich sicher, dass es dafür längst zu spät ist. Aber du könntest deine Hose in Ordnung bringen.« Ich zupfe an dem Etikett am Hosenbund. »Du hast sie verkehrt herum an.«

Verlegen schaut er an sich hinab und lacht. »Dachte mir schon, dass sie sich irgendwie komisch anfühlt. An manchen Stellen locker, an anderen eng. Irgendwie bin ich immer noch nicht an diese Teile gewöhnt.«

»Du meinst Hosen?« Ich unterdrücke ein Kichern. Genieße das Spektakel, wie er sie fallen lässt und sie ohne jede Scham wieder anzieht, nicht ohne einen beklommenen Blick zur Tür zu werfen. Es hätte mir gerade noch gefehlt, wenn Daire hereinkäme und Axel nackt in ihrer Küche erwischte. »Da muss man sich wohl erst dran gewöhnen.« Ich lege den Kopf schief und tue so, als müsste ich angestrengt nachdenken. »Die getrennten Löcher für die Beine erfordern natürlich ganz andere Fertigkeiten, als ein Kleid zu tragen.«

»Eine Tunika.« Axel lächelt und fasst mich erneut um die Taille. »In der Oberwelt habe ich eine Tunika getragen. Die weiblichen Wesen hatten Kleider.«

»Ein wichtiger Unterschied.« Mein Blick weidet sich gierig an seinem Gesicht, während ich mich frage, ob ich wohl je genug davon bekommen werde, ihn anzusehen.

»Schön, dass wir das geklärt haben.« Er grinst. »Aber was ich nicht verstehe, ist, warum ich überhaupt etwas anziehen muss, obwohl du mich doch laut eigener Aussage am liebsten im Naturzustand siehst.«

»Axel!« Ich presse mir eine Hand auf den Mund und schlucke ein verlegenes Kichern hinunter, kann aber nicht vermeiden, dass mir die Röte in die Wangen steigt. Normalerweise würde mich eine solche Äußerung nicht aus der Ruhe bringen. Normalerweise würde ich mit einem ähnlich koketten Spruch kontern. Doch da Axel es mit solcher Ernsthaftigkeit sagt, solch entwaffnender Aufrichtigkeit, kann ich nur erröten.

Obwohl er in allen wichtigen Punkten eindeutig ein richtiger Mann ist, wirkt er manchmal fast kindlich, da er so unverdorben von der Welt ist. Im Gegensatz zu den meisten Leuten wird er nicht von den gewohnten Dingen angetrieben – Eitelkeit, Stolz und Ego haben keine Bedeutung für ihn. Er ist absolut ehrlich und steht hundertprozentig hinter jedem seiner Worte. Und sein Glaube an mich ist so unerschütterlich, dass ich mich manchmal regelrecht unter dieser Last beuge und mich frage, ob ich das überhaupt verdient habe.

Das liegt sicher daran, dass es ein solcher Gegensatz zu Cade ist, bei dem alles eine Manipulation war, ein Spiel. Und auch wenn ich diese Zeit nicht im Geringsten vermisse, ja mir beinahe wünsche, ich könnte sie aus meinem Gedächtnis streichen, muss ich zugeben, dass ich nicht immer weiß, wie ich Axels Form der aufrichtigen, grenzenlosen Liebe aufnehmen soll.

Während feststeht, dass er völlig anders ist als Cade, weiß ich doch oft nicht genau, was er eigentlich ist. Er ist kein Mystiker mehr, denn seit er einen seiner heiligsten Schwüre gebrochen hat, als er am vergangenen Heiligabend beschloss, Daires Leben zu retten, ist ihm der Zugang zur Oberwelt verwehrt, dem Ort, den er sein Zuhause nannte.

Doch ein richtiger Mensch ist er auch nicht.

Was heißt, dass ihm unsere Gebräuche immer noch fremd sind.

Und einmal, als er beim Versuch, eine Tomate zu schneiden, versehentlich seinen Finger erwischt hat, habe ich gesehen, dass er golden blutet.

»Wie wär's mit ›strahlendes Wesen‹?« Er grinst und beweist damit erneut seine unheimliche – und nervtötende – Fähigkeit, meine Gedanken zu lesen. Als er meine finstere Miene sieht, weicht er zurück und sagt: »Entschuldige, hab ich gelauscht?«

»Allerdings.« Ich kehre zum Backofen zurück, wenn auch nur, um mir zu bestätigen, dass ich einen weiteren Muffinmord begangen habe. Dann also Bagels von gestern. Ich schalte den Ofen aus, stelle das Blech zum Abkühlen obendrauf und gehe zum Kühlschrank, um Frischkäse und Marmelade zu holen.

»Lita, habe ich dich verärgert?« Er steht neben mir, mit dem Ausdruck eines getretenen Hündchens auf seinem schönen Gesicht. Er hat bei etwas einen Fehler gemacht, das er nicht ganz durchschaut – dabei möchte er es doch immer allen recht machen. »Entschuldige bitte«, sagt er. »Ich versuche, eure Sitten zu lernen, ehrlich. Verliebt zu sein ist etwas ganz Neues für mich. Ich dachte, es ginge in erster Linie darum, alles zu teilen?«

Er legt den Kopf schief, sodass ihm ein Schwall weißblonder Locken verführerisch in die hinreißenden lavendelfarbenen Augen fällt.

»Für mich ist die Liebe auch etwas Neues.« Missmutig betrachte ich das leere Marmeladenglas, stelle es in die

Spüle und schubse den Becher mit dem Frischkäse auf die Arbeitsfläche. »Und obwohl die Leute behaupten, sie wollten alles miteinander teilen, meinen sie das nicht wirklich.« Ich verschränke die Arme vor der Brust und mustere ihn. »Gedanken sind privat, okay? Es ist nicht in Ordnung zu lauschen.«

Er nickt heftig, als wollte er sich meine Worte ins Gedächtnis einprägen, und ich muss unwillkürlich grinsen. Noch nie hat mich jemand so ernst genommen.

»Es freut dich vielleicht zu hören, dass die Fähigkeit in Bezug auf alle anderen abnimmt. Aber aus irgendeinem Grund bleibt sie dir gegenüber so stark wie immer.«

»Ich Glückliche.«

Er geht auf mich zu, löst meine Hände und legt sie sich auf die Schultern. »Ich nehme das als Beweis für die tiefe Verbundenheit zwischen uns. Einen Beweis dafür, dass es das Richtige war hierherzukommen.«

Die Worte treffen mich hart, und ich brauche einen Moment, um sie zu verarbeiten. Die letzten sechs Monate, seit wir zusammen sind, waren ein solcher Wirbelwind, ein solch beglückender, rauschhafter Taumel, dass ich wohl nie innegehalten und mir überlegt habe, was er alles aufgegeben hat, um in meine Welt kommen zu können.

»Axel, sag mal, bereust du eigentlich manchmal, dass du hier bist?«

Als seine Antwort nicht sofort erfolgt, lasse ich erleichtert die Schultern sinken. Ich bin froh, dass er sich Zeit zum Nachdenken nimmt, da ich weiß, dass seine Antwort, wenn sie schließlich kommt, aufrichtig sein wird. Dass seine Worte stets absolut ehrlich sind, heißt, dass er einem nicht immer sofort eine Bestätigung liefert.

»Manchmal bekomme ich Heimweh.« Er verzieht nachdenklich die Miene. »Aber dann sehe ich dich an, und auf einmal erlebe ich all die wundervollen Gefühle, die mir zuvor versagt waren. Vor dir war alles, was ich übers Verliebtsein wusste, graue Theorie. Und auch wenn ich mich allmählich an ein Leben ohne Magie und Tunika gewöhne, könnte ich mir jetzt, da ich dich gefunden habe, nie wieder ein Leben ohne dich vorstellen.«

Ich unterdrücke ein Schluchzen und wende mich ab. Doch dann fasst er mich am Kinn und dreht mein Gesicht zu sich. »Ich könnte aufs Frühstück verzichten, wenn du das auch willst.«

Ich kann nur nicken.

Und im nächsten Moment hebt er mich schon hoch, als wäre ich leicht wie eine Feder, und trägt mich den Flur entlang zu seinem Zimmer.

Fünf

Dace

Da ich noch ein bisschen Zeit habe, bevor ich zur Arbeit an der Tankstelle antreten muss, fahre ich in die Stadt und parke die alte, weiße Schrottkarre direkt vor Gifford's, in der Absicht, eine Tasse des im Fenster angepriesenen frisch gebrühten Kaffees zu genießen und vielleicht etwas aus dem Bücherstapel zu lesen, den ich mit mir herumschleppe.

Ich winke dem alten Gifford zu und steuere einen Tisch weiter hinten an, bis auf einmal jemand von der anderen Seite des Raums meinen Namen ruft. Als ich mich umsehe, erblicke ich Leftfoot und Chay, die ungeduldig auf den dampfenden Kaffeebecher deuten, der schon bei ihnen auf mich wartet.

Woher sie wussten, dass ich auftauchen würde, nachdem ich mich selbst erst vor ein paar Minuten dazu entschlossen habe, ist mir schleierhaft.

Doch die Stammesältesten kriegen so ziemlich alles mit. Wahrscheinlich haben sie sogar ohne mein Wissen auf mich eingewirkt, damit ich hierherkomme.

Ich schnappe mir den Stuhl neben Chay und lasse die Bücher vor mir auf den Tisch fallen. Während ich die Tasse an die Lippen führe, greift sich Leftfoot gleich ein Buch vom Stapel, mustert dessen Vorder- und Rückseite, schnaubt missbilligend und wirft es wieder hin.

»Wo hast du die denn her?« Chay sieht erst die Buchrücken und dann mich an. »Aus Lucios Hinterzimmer?«

»Santa Fe.«

Er kneift die Augen zusammen und trinkt einen Schluck Kaffee. »Seit wann bist du unter die Schmuggler gegangen? Solche Bücher sind in Enchantment schon seit Jahren verboten.« Er spricht die Worte leichthin aus, und seine Miene bleibt so stoisch wie immer.

»Was kannst du wohl aus einem Buch über mystische Kräfte lernen, was du nicht von uns lernen kannst?«, faucht Leftfoot beleidigt.

Achselzuckend stelle ich die Tasse ab und beschließe, ihm eine ehrliche Antwort zu geben. »Bis jetzt noch nichts.«

Leftfoot knurrt etwas Unverständliches, doch diesmal klingt es eher zufrieden.

Nachdem wir den üblichen Small Talk durchgehechelt haben – die drückende Sommerhitze, das heißeste Jahr seit Beginn der Aufzeichnungen; Chepis Gesundheit und ihr allgemeines Befinden sowie ihr anhaltendes Misstrauen gegenüber Daire, das allerdings seit Palomas Tod etwas nachzulassen scheint –, kommen wir endlich darauf zu sprechen, warum sie mich hierhergelotst haben. Natürlich hängt es mit den Richters zusammen. Vor allem mit dreien von ihnen: Gabe, Leandro und Cade. Bekannt auch als mein Cousin, mein Vater und mein Zwillingsbruder. Obwohl ich sie lieber nicht als das sehe.

Gabe ist ein Widerling.

Leandro ist ein finsterer Hexenmeister und Vergewaltiger, der meine Mutter benutzt hat, um seine schwarze Magie zu verbreiten und einen Sohn zu zeugen, der noch finsterer ist als er.

Und was Cade angeht – also, wenn ich ihn das nächste Mal sehe, habe ich vor, ihn zu töten.

Ich schätze, man könnte sagen, dass hinsichtlich der

Richter-Seite meiner Familie keine großen Gefühle im Spiel sind.

Und obwohl noch immer keiner von ihnen gesehen wurde, sind die Stammesältesten genau wie Daire nicht der Ansicht, dass das zwangsläufig als positiv zu beurteilen ist.

»Am Rabbit Hole wird weiter gebaut. Das heißt, dass jemand die Bauarbeiten in Auftrag gegeben haben muss, und wenn es nicht Leandro war, wer dann?« Chay sieht erst Leftfoot und dann mich an.

»Die Familie ist groß.« Ich neige den Kopf, um noch einen Schluck Kaffee zu trinken. »Es herrscht kein Mangel an Cousins. Jeder von ihnen könnte sich an die Spitze gestellt haben.«

»Glaubst du das wirklich?« Leftfoot mustert mich aus schmalen Augen. Er fordert mich einerseits regelrecht dazu heraus, ihn zu enttäuschen, und verbietet es mir zugleich.

Ich schüttle den Kopf. Wäre ich mal lieber nicht so neunmalklug gewesen. Als langjähriger Schüler von Leftfoot weiß ich besser als die meisten, dass er in solchen Angelegenheiten absoluten Ernst erwartet. »Nein«, antworte ich. »Das glaube ich keine Sekunde lang. Ich versuche nur, die Ruhepause zu genießen, solange sie anhält.«

»Wirklich?« Leftfoot beugt sich zu mir vor, während sich Chay an seinem weichen Ei und der Obstplatte zu schaffen macht.

Vorbei sind die Tage des gedeckten Käsekuchens. Jetzt, da Paloma nicht mehr da ist und ihn über die Übel des Zuckers belehrt, hat er offenbar endlich beschlossen, auf sie zu hören. Eine weitere Art, wie er ihr Andenken ehrt. Die andere ist das geflochtene Lederarmband an seinem Handgelenk mit dem in Silber gravierten Wolfskopf.

Palomas spirituelles Leittier war der Wolf. Ich kann mir

gar nicht vorstellen, wie er Tag für Tag ohne sie durchsteht. Wenn ich an seiner Stelle wäre …

Ich schüttle den Gedanken ab und wende mich wieder Leftfoot zu, der noch immer auf meine Antwort wartet.

»Und auf diese Art genießt du die Ruhepause? Indem du Bücher über Gestaltwandlung liest?« Mit Daumen und Zeigefinger schnippt er gegen den Bücherstapel.

»Offenbar hast du dir die Antwort schon selbst gegeben.« Ich sehe ihn unverwandt an. Obwohl er streng genommen mein Onkel ist, hat mich Leftfoot immer wie ein Vater behandelt. Und obwohl es ihm nicht leichtgefallen ist, seinen Sohn Lucio allein aufzuziehen, hat er nie gezögert, sich um mich zu kümmern. Und ich habe ihn immer als einen echten Vater empfunden. Deswegen streiten wir uns auch so oft wie Vater und Sohn.

Er wirft mir einen Blick zu, mit dem er seinen geballten Groll ebenso übermittelt wie seinen väterlichen Beistand. Dann wirft er ein Bündel Geldscheine auf den Tisch, steht ungeduldig auf und bedeutet mir, ihm zu folgen.

»Wo wollen wir denn hin?« Ich schaue zwischen ihm und Chay hin und her, doch Chay erhebt sich nur achselzuckend, obwohl ich mir sicher bin, dass er Bescheid weiß. Die beiden Männer sind die dicksten Freunde. Stecken immer unter einer Decke. Da passt kein Blatt Papier dazwischen.

»Deine Schonfrist ist vorüber.« Leftfoot legt mir einen Arm um die Schultern und schiebt mich ins Sonnenlicht hinaus. »Auf uns wartet einiges an Arbeit. Ernsthafte Arbeit. Und täusch dich nicht, das Schlimmste kommt erst noch.«

Sechs

Daire

Nachdem ich die ersten sechzehn Jahre meines Lebens so ziemlich alle Formen der körperlichen Betätigung vermieden habe, die nicht mit Herumliegen und Lesen verbunden waren, verblüfft es mich, wie sehr ich inzwischen das Laufen lieben gelernt habe. Wie schnell ich mich daran gewöhnt habe. Wie schnell ich Fortschritte gemacht habe.

Im Grunde gibt es nichts Besseres als eine schöne, schnelle Joggingrunde, um den Kopf freizubekommen. Ganz zu schweigen davon, dass es eine sinnvolle Methode ist, um nach einer Nacht bei Dace wieder nach Hause zu kommen. Oder zumindest so lange, bis ich es schaffe, den Führerschein zu machen. Und obwohl es kürzere Strecken gäbe, bietet keine einen so guten Ausblick auf das Rabbit Hole.

Ich verlangsame mein Tempo, als ich an der vorderen Ecke ankomme, und sehe mich in alle Richtungen um, ehe ich über die Straße spurte und auf die Gasse zuhusche. Dort mache ich einen kurzen Umweg und laufe an dem Maschendrahtzaun mit dem Vorhängeschloss vorbei, das ich als Symbol der Liebe zwischen Dace und mir dort angebracht habe, um mich zu vergewissern, dass es noch da ist. Nachdem so viele Kräfte gegen uns arbeiten, gibt es dafür keine Garantie. Dann nähere ich mich dem Lärm, den die Arbeiter mit ihrem Gehämmere und Gebrüll auf der anderen Seite der Baustellenabsperrung erzeugen. Die Staubwolken und der Krach sind Beweis genug dafür, dass der Wiederaufbau in vollem Gang ist. Die Absperrung ist allerdings so massiv, so hoch und wuchtig, dass man unmöglich hineinspähen kann. Aber eines ist sicher: El Coyote lebt und gedeiht und plant ein höllisches Comeback.

Und ich hege keinen Zweifel daran, dass Dace das auch weiß.

Nie und nimmer glaubt er ernsthaft, dass sie tot seien.

Dace ist zu intelligent, um jemals so etwas zu glauben.

Genau wie ich bereitet er sich auf das vor, was als Nächstes kommt – was auch immer das sein mag.

Ich habe ihn schon dabei ertappt, wie er Liegestütze, Crunches und Kniebeugen trainiert hat, wenn er dachte, ich sehe es nicht. Ich habe ihn sogar Tai-Chi machen sehen, doch ich bin einfach wortlos wieder ins Bett geschlüpft. Wenn er will, dass ich davon weiß, würde er es mir sagen. Außerdem bin ich mir sicher, dass es bei seiner Heimlichtuerei weniger darum geht, Dinge von mir fernzuhalten, als mehr darum, meine Ängste zu dämpfen. Und obwohl ich keinen Zweifel daran hege, dass seine Absichten gut und freundlich gemeint sind, funktioniert es nicht richtig.

Große Staubwolken wallen über die Absperrung, während ein Chor aus Presslufthämmern und Bohrmaschinen endlos vor sich hin dröhnt. Etwa zwei Monate nach der Explosion haben die Bauarbeiten begonnen. Und jetzt, nachdem sie vier Monate lang zielstrebig gearbeitet haben, mutmaße ich schwer, dass es bald fertig sein wird.

Und dann was?

Die Türen springen auf, und der gewohnte Betrieb wird wiederaufgenommen?

Horden von Leuten stehen Schlange nach überteuerten Drinks, lauter Musik und mittelmäßigem Essen?

Ich senke den Kopf, stemme die Hände auf die Knie und

atme stoßweise ein und aus, als bräuchte ich dringend eine Pause vom Joggen, doch in Wirklichkeit nutze ich nur den Augenblick, um mich ausgiebig umzusehen. Ich suche nach wenigstens einem bekannten Gesicht – irgendetwas, das mich darüber aufklärt, was sich hier abspielt.

Mein Wunsch geht scheinbar in Erfüllung, als ein großer schwarzer Pick-up auf das Grundstück fährt, den ich auf den ersten Blick mit Cades Auto verwechsle. Erst als ich die an den Seiten auflackierten rot-orangefarbenen Flammen sehe und Marliz hinter dem Steuer erkenne, wird mir klar, dass es der Wagen von Gabe ist, ihrem Verlobten.

Obwohl sie nicht direkt diejenige ist, auf die ich gehofft habe, frage ich mich zwangsläufig, warum sie immer noch hier ist und sein Auto fährt, obwohl Gabe doch angeblich tot ist.

Ich ziehe meine Kappe herunter, presse das Kinn auf die Brust und stütze ein Knie auf den Boden. Während ich an den Schnürsenkeln herumfingere, als müsste ich mir den Schuh neu binden, verfolge ich, wie Marliz aussteigt, sich nervös nach allen Seiten umsieht und auf die Absperrung zuläuft, sodass mir nur wenige Sekunden bleiben, um zu entscheiden, was ich tue.

Unsere Beziehung, wenn man es überhaupt so nennen kann, war von Anfang an gestört. Sie war die erste Person, die ich – abgesehen von Paloma und Chay – in Enchantment kennengelernt habe, und ich muss ihr zugutehalten, dass sie versucht hat, mich vor dem Ort zu warnen. Doch abgesehen davon – und der kurzen Phase, in der ich es geschafft habe, sie dem Fluch der Richters zu entreißen, als sie mit ein bisschen Unterstützung durch meine Mom nach L. A. geflüchtet war – hat sie die meiste Zeit gegen mich gearbeitet. Als wir uns das letzte Mal sprachen, hat sie ihre Drohung wahr gemacht, meine Pläne zu durchkreuzen. Und da die Richters sie jetzt wieder unter ihrem Bann haben, ist eher unwahrscheinlich, dass sie zu einem Plausch aufgelegt ist.

Trotzdem schreie ich so laut wie möglich ihren Namen, um über den Baustellenlärm hinweg gehört zu werden. Sie bleibt stehen und dreht sich um, wobei ihr das gelbblonde Haar um die schmalen, sonnengebräunten Schultern fliegt und sich ihre dick geschminkten Augen weiten, als sie mich aus nächster Nähe winken sieht.

Wie erstarrt steht sie vor mir, während ihr tätowierter Arm, auf dem sich eine Schlange um den Bizeps windet, ihre Handtasche umklammert und ihre langen, dünnen Beine aus ein paar unwahrscheinlich hohen Schuhen mit Keilabsätzen ragen.

Indem ich beide Hände ergeben in die Höhe halte, damit sie weiß, dass ich ihr nichts Böses will, gehe ich langsam auf sie zu. Ich weiß nur allzu genau, dass der kleinste Fehltritt sie in die Flucht schlagen wird.

»Marliz – ich bin's. Bitte lauf nicht weg. Ich muss mit dir reden …«

Ihr Blick springt hektisch hin und her. Und im nächsten Moment wirbelt sie auf ihren hohen Absätzen herum und rennt auf die Absperrung zu. Die linke Hand vor sich erhoben, hält sie ihren leuchtend blauen Turmalinring der Wand entgegen, sodass ein Blitzstrahl gleißend hellen Lichts und ein glitzernder Staubnebel entstehen, der sie komplett verschlingt. Im einen Moment ist sie noch da, und im nächsten starre ich nur noch auf die leere Stelle, an der sie gerade noch stand. Ich frage mich, ob ich mir das alles nur eingebildet habe, bis ich den zertrampelten Hügel aus glitzerndem Pulver sehe, den sie zurückgelassen hat.

Nachdem ich mich rasch vergewissert habe, dass niemand hersieht, knie ich mich hin und fahre vorsichtig mit der Hand darüber. An meinen Fingern bleibt eine seltsame, dunkel glitzernde Substanz mit rasiermesserscharfen Kanten kleben, die ganz und gar nicht wie der übliche Baustellenstaub aussieht.

Schnell schaufle ich zwei Hände voll davon auf, zerre mir die Kappe vom Kopf und fülle den Staub hinein. Auch wenn ich nicht weiß, was es ist, eines steht auf jeden Fall fest: Das hier ist kein gewöhnlicher Wiederaufbau.

Das Rabbit Hole wird mystisch aufgerüstet.

Das Haus ist verhext – durch irgendeinen Zauber geschützt –, und die Richters stehen an der Spitze all dieser Machenschaften.

Genau wie ich vermutet habe, sind sie nicht tot – und sie sind auch nicht verschwunden. Sie mögen sich momentan verborgen halten, aber sie sind irgendwo dort drinnen – das spüre ich in meinen Knochen.

Sie hecken etwas aus.

Schmieden Pläne.

Warten auf den passenden Moment.

Genau wie ich.

Sieben

Dace

»Wie lange wird das dauern? Ich muss in einer Stunde in der Arbeit sein.« Beunruhigt sehe ich Leftfoot an, doch er ignoriert mich geflissentlich und eilt neben mir auf meinen Pick-up zu.

Während er sich auf dem Beifahrersitz niederlässt, zeigt er ungeduldig aus dem Fenster und sagt: »Bieg an der Ecke links ab.«

»Möchtest du mir vielleicht sagen, wohin es gehen soll?« Ich drehe den Schlüssel im Zündschloss, einmal, zweimal, bis der Motor endlich anspringt.

»Musst du immer wissen, wo es hingeht?« Er wirft mir einen Blick zu, seine Miene so spöttisch wie seine Frage.

»Als Fahrer finde ich das ganz praktisch, ja.« Ich beiße die Zähne zusammen und ignoriere das Stoppschild an der Ecke, indem ich kaum abbremse, sondern in vollem Tempo um die Kurve brettere.

»Bei wem hast du denn Fahren gelernt?« Leftfoot zwinkert. Seine Lider hängen so tief, dass man unmöglich sagen kann, ob er Witze macht oder es ernst meint.

»Bei dir«, antworte ich achselzuckend. Ich spüre, wie mir die Anspannung aus Schultern und Rückgrat weicht, als sein belustigtes Lachen ertönt.

»Aber dass ich zur Arbeit muss, ist mein voller Ernst«, sage ich in der Hoffnung, dass er diesmal zuhört. »Ich darf nicht zu spät kommen. Das kommt nicht gut an.«

»Das hier ist wichtiger als Arbeit.« Leftfoot nickt bekräftigend und mustert eine Reihe heruntergekommener Lehmziegelhäuser am Straßenrand.

»Du hast leicht reden.« Kopfschüttelnd reibe ich mir das Kinn.

»Willst du ewig an der Tankstelle arbeiten?«

»Ewig?« Ich wende mich zu ihm. »Nein danke. Aber den Sommer über? Tja, also, darauf hatte ich gehofft. Ich brauche Geld zum Leben, Leftfoot. Ich lebe in der realen Welt, weißt du.«

»Du lebst in der Mittelwelt.« Leftfoot grinst und schlägt sich aufs Knie, während er sich vor Lachen über seinen Scherz ausschüttet.

»Und du nicht?«

Er schüttelt den Kopf, und seine Augen glitzern angesichts dieser Wendung des Gesprächs. »Als Medizinmann habe ich einen Fuß in dieser Welt und einen in den Geistwelten. Und wenn du irgendwann aufhörst, dich meinen Bemühungen zu widersetzen, bringe ich dir heute bei, wie man diese beiden Welten überbrückt.«

»Im Ernst?« Ich ziehe eine Braue hoch. »Und das schaffen wir alles innerhalb von einer Stunde? Mehr Zeit hab ich nämlich nicht, wie bereits erwähnt.«

»Mach dir nichts vor.« Sein Grinsen schwindet, und sein Tonfall wird schärfer. »Dieser Tag dürfte eigentlich keine Überraschung für dich sein. Ich habe dich auf diesen Augenblick vorbereitet, seit du ein Kind warst. Jetzt wirst du endlich für reif erachtet.«

»Ich werde endlich für reif erachtet? Oder die Situation mit El Coyote ist so bedrohlich geworden, dass mein Reifedatum vorgezogen wurde?«

»Spielt es eine Rolle, was es ausgelöst hat?«

»Du bist der Boss, sag du's mir.«

Er lacht erneut, obwohl ich in vollem Ernst gesprochen habe und keinen Witz machen wollte. Er hält sich den Bauch und wiehert wie ein Wahnsinniger, und so kommt er mir auch vor. Endlich hat er sich so weit beruhigt, dass er mich mehrere Abzweigungen entlanglotst, bis wir am Reservat anlangen, dort, wo ich geboren und aufgewachsen bin.

»Warum hast du mir nicht einfach gesagt, dass wir hierher wollen?« Ich mache keinen Hehl aus meinem Ärger.

»Weil du eine Route deiner Wahl genommen hättest, was höchstwahrscheinlich ein oder zwei Abkürzungen bedeutet hätte.«

»Um Zeit und Sprit zu sparen, allerdings, da hast du recht.«

»Und was hätte das für einen Sinn gehabt, wenn du dich daran gewöhnen sollst, Anweisungen zu befolgen?« Er sieht mich an, als erwartete er eine Antwort, doch ehe ich dazu komme, redet er schon hastig weiter. »Täusch dich nicht, seit deinem ersten Atemzug ist dein Leben eine Prüfung gewesen, bei der du jederzeit durchfallen kannst. Wenn du bestehen willst, und du bist in einem Maße ehrgeizig, dass ich mir dessen sicher bin, dann musst du zuhören. Du musst aufpassen. Du musst deine Bindung an Dinge aufgeben, die keine wirkliche Bedeutung haben. Und du musst lernen, wie wichtig es ist, die richtigen Maßnahmen zu ergreifen, um eine Aufgabe korrekt zu erledigen.«

»Was spielt das schon für eine Rolle, wenn das Endergebnis das Gleiche ist – oder in meinem Fall sogar besser?«

»Du glaubst, nur weil du zehn Minuten Zeit und ein oder zwei Liter Sprit sparst, wärst du besser dran?«

Verblüfft sehe ich ihn an. Das kann doch nur eine rhetorische Frage sein.

»Dann, fürchte ich, wird das Ganze noch länger dauern, als ich dachte.« Betrübt schüttelt er den Kopf und bedeutet mir weiterzufahren.

Statt mich zu seinem Haus zu lotsen, wie ich erwartet habe, dirigiert mich Leftfoot zu Chay, wo er und Leftfoots Lehrling Cree gerade vier Pferde aus Chays großem Stall satteln.

»Alles bereit?« Leftfoot sieht zwischen den zwei Männern hin und her.

Chay nickt, Cree schnaubt, und ich unterdrücke den Drang, auf die Uhr zu sehen.

Der Punkt ist, so nervös es mich auch macht, wenn ich zu spät zur Arbeit komme – beziehungsweise, was wahrscheinlicher ist, meinen Job verliere –, weiß ich doch, dass ich Leftfoot lieber nicht dauerhaft infrage stelle. Hier im Reservat wird er geachtet, ja verehrt. Und obwohl er mich seit meiner Geburt unter seine Fittiche genommen hat, versuche ich seine Unterweisung nicht für selbstverständlich zu nehmen. Es hat mich jahrelange harte Arbeit gekostet, mehr als ein Jahrzehnt, in dem ich mir sein Vertrauen und seinen Respekt erworben habe, um auch nur so weit zu kommen.

Nach allem, was ich im Lauf der letzten sechzehn Jahre mitbekommen habe, haben schon viele bei ihm angeklopft, doch nur wenige wurden eingelassen.

Was auch immer er mir heute enthüllen will, muss wichtig – vielleicht sogar heilig – sein. Er weiß, wie sehr Chepi und ich immer finanziell zu kämpfen hatten. Er würde niemals einen Job aufs Spiel setzen, den ich dringend brauche, wenn er nicht davon überzeugt wäre, dass es von höchster Wichtigkeit ist.

Mit wissendem Blick sieht er mich an und lässt mich vermuten, dass er in den letzten Minuten meine intimsten

Gedanken belauscht hat. Dann nickt er zum kleinsten Pferd der Gruppe hin – einem Tier, das kaum größer ist als ein kleines Shetlandpony – und bedeutet mir aufzusitzen.

Ich stehe vor dem Pferd und tue keinen Schritt. Bestimmt ist das wieder eine dieser Prüfungen, bei denen ich zwangsläufig durchfalle, aber unter keinen Umständen werde ich dieses Viech reiten. Ich würde mich nur lächerlich machen. Es ist kleiner als das Pony, auf dem ich reiten gelernt habe.

Leftfoot schüttelt den Kopf und mahlt mit dem Kiefer. »Tu dir selbst einen Gefallen und befrei dich von deinen Eitelkeiten und den dummen Annahmen, zu denen sie dich verleiten. Du hast Big Thunder noch nie geritten. Ich garantiere dir, er wird dich überraschen.«

»Big Thunder?« Unentschlossen scharre ich mit den Füßen. Doch nach ein paar sich hinziehenden Momenten unter den ungeduldigen Blicken der Stammesältesten sitze ich auf. Und genau wie ich erwartet habe, gönnen sie sich ein ausgiebiges, herzhaftes Gelächter auf meine Kosten.

Chay und Cree reiten voraus und unterhalten sich vorwiegend miteinander, während Leftfoot verschiedenen Vögeln und anderen Tieren gelegentlich etwas zuruft. Viele von ihnen gelten als gefährliche Raubtiere, doch im Bann von Leftfoots ruhiger, friedvoller Energie begleiten sie uns nur ein Stück des Wegs, ehe sie sich wieder trollen. Währenddessen ringe ich vor allem darum, Schritt zu halten und auf meinem Reittier zu bleiben, dessen Kraft und Dynamik seine kleine Statur Lügen strafen. Angestrengt versuche ich, so viel wie möglich zu beobachten und aufzunehmen, stets eingedenk Leftfoots Äußerung, dass mein Leben eine Prüfung sei. Ich weiß, dass diese spezielle Lektion ihren Anfang nahm, als ich ihm bei Gifford's begegnet bin. Es steht außer

Zweifel, dass er später von mir verlangen wird, aus diesen Beobachtungen zu schöpfen.

Der Ritt zieht sich länger hin als erwartet und nimmt den größten Teil des Tages in Anspruch. Er endet schließlich, als Leftfoot an einem kleinen Wäldchen absteigt, wo wir unsere Reittiere im Schatten anbinden und zu Fuß einen langen, steilen Pfad hinaufsteigen, der am Eingang zu einer Höhle endet.

Derselben Höhle, die ich besucht habe, als meine Visionssuche mit der Daires zusammenfiel.

Sie war verängstigt. Hungrig, durstig, müde und voller Sehnsucht danach, dass es ein Ende haben möge. Gefangen in einem dunklen Reich zwischen Halluzinationen und Realität, wollte sie gerade schon über die Grenzlinie treten und die weiße Flagge hissen, um sich zu ergeben, als ich ihr erschien und sie drängte zu bleiben. Ihre Initiation bis zum Ende durchzustehen.

Ich erklärte ihr, dass wir anders sind. Nicht wie andere Menschen. Dass unsere Wege vorgezeichnet sind und es unsere Aufgabe ist, ihnen zu folgen und uns der Aufgabe gewachsen zu zeigen. Etwas, von dem ich Tag für Tag überzeugter bin.

Dann habe ich ihr einen Ausblick auf die Zukunft gewährt.

Ihr das strahlende, großartige Wesen vor Augen geführt, das sie eines Tages sein könne, wenn sie nur bei der Stange bliebe.

Zum Glück hat es funktioniert.

Trotzdem kommt es mir jetzt irgendwie falsch vor, dass wir hier sind. Diese Höhle gehört der Familie Santos. Ohne Daire habe ich nicht das Recht, sie zu betreten.

Die Stammesältesten bewegen sich um mich herum, als

wäre ich ein störendes Hindernis, das sie in Kauf nehmen müssen. Chay streut einen frischen Streifen Salz quer vor den Eingang, der Raubtiere und Eindringlinge abhalten soll – womöglich uns eingeschlossen? Leftfoot sieht mich an. »Erkennst du den Ort wieder?«, fragt er und interpretiert meine Miene richtig.

Ich nicke. »Es ist geheiligter Boden für Soul Seeker.« Ich fange seinen Blick auf. »Ich weiß nicht, ob wir das Recht haben, hier einzudringen. Wir haben unsere eigenen geheiligten Orte – warum sollten wir uns in ihre hineindrängen?«

»Wann hätte ich mich je irgendwo hineingedrängt?« Leftfoot zieht eine verdrossene Miene und marschiert davon, bis er bei Cree und Chay in der Höhle anlangt, während ich stur draußen stehen bleibe. Ich bemühe mich, unter Leftfoots durchdringendem Blick nicht zusammenzuzucken, als er mich anspricht. »Willst du mich infrage stellen?«

Ich trete von einem Bein aufs andere und weiß, dass ich ihn nicht infrage stellen soll, dass ich keinen Grund habe, an seiner Weisheit zu zweifeln, doch kann ich die Wahrheit nicht verleugnen.

Ich reibe mir das Kinn und werfe ihm einen entschuldigenden Blick zu.

Und schon grinst er. »Gut«, sagt er. »Du hast bestanden. Betritt nie ohne eindeutige Aufforderung geheiligtes Land. Aber jetzt, da du gerufen wurdest, bleiben dir nur ein paar Sekunden, um dich zu uns zu gesellen, ehe das Angebot abläuft und du für die ganze Dauer ausgeschlossen bleibst.«

Acht

Daire

Als ich das Haus betrete, dringen durch die Tür meines alten Zimmers Quiek- und Kichergeräusche an mein Ohr, die nur eines bedeuten können: Lita und Axel sind mal wieder bei der Sache.

Ich gehe zur Spüle, werfe meine Kappe auf die Arbeitsfläche, drehe das Wasser auf und halte den Kopf unter den Strahl. Nach einem langen Dauerlauf in der brütenden Hitze brauche ich Abkühlung, und außerdem will ich die Geräuschkulisse des Liebesgeplänkels am anderen Ende des Flurs ausblenden.

Während mir der Pferdeschwanz am Nacken klebt und mir das Wasser hinten ins Top läuft, leere ich ein großes Glas eisgekühlten Ingwertee und postiere mich vor den Ventilator, den ich auf die Arbeitsfläche gestellt habe. Ich mustere den Stapel schmutziger Schüsseln in der Spüle, den verkrusteten Becher des Rührgeräts, das Backblech, das zum Abkühlen oben auf dem Herd steht – all die altbekannten Überreste eines weiteren fehlgeschlagenen Frühstücksexperiments.

Die Schlamperei regt mich auf.

Es regt mich auf, dass ich jedes Mal beim Nachhausekommen ein solches Chaos vorfinde.

Aber vor allem regt mich die schiere Wucht ihres Glücks auf – und meine Unfähigkeit, sie davor zu warnen, dass ihre Zukunft unter einem schlechten Stern steht.

Wir sind alle dem Untergang geweiht.

Jeder Einzelne von uns.

Ich fühle mich wie ein Virus, das jeden um mich herum ansteckt.

Die Einzigen, die noch halbwegs eine Chance haben, sind Auden und Xotichl. Trotzdem lässt sich nicht verleugnen, dass es zwischen ihnen nicht mehr ganz so intensiv ist wie früher. Seit Auden seine Band Epitaph verlassen hat, um an einer Solokarriere zu arbeiten, hat er oft Auftritte in weit entfernten Städten. Und obwohl Xotichl das zu schaffen macht, ist sie meistens richtig stolz auf ihn. Sie weiß, wie hart er darum gekämpft hat und wie viel es ihm bedeutet.

Ich kehre an die Spüle zurück und drehe erneut das Wasser auf. Entschlossen fülle ich das Becken mit warmem seifigen Wasser und mache mich daran, Litas Sauerei zu beseitigen, als sie mit glänzenden Augen, rosigen Wangen und ihrer zerzausten dunklen Lockenmähne, deren frisch gebleichte Spitzen ihr fast bis zur Taille reichen, die Küche betritt.

»Hab dich gar nicht kommen hören.« Sie lächelt selig, als sich Axel in einer Dark-Denim-Jeans und einem weißen T-Shirt mit V-Ausschnitt, das Lita für ihn ausgesucht hat, an ihre Seite gesellt. Und obwohl er unbestreitbar gut aussieht, ist es immer noch seltsam, ihn in etwas anderem zu sehen als in der weißen Tunika, die er in der Oberwelt getragen hat.

»Ihr wart beschäftigt.« Die Worte fallen barscher aus als beabsichtigt oder vielleicht auch nicht. Meine Stimmung ist instabil, meine Nerven sind angegriffen, und obwohl ich versucht bin, es auf die Hitze zu schieben, weiß ich es besser. Es liegt an dem Traum. Ganz egal, wie sehr ich mich beim Joggen auch angestrengt habe, ich wurde ihn einfach nicht los.

»Entschuldige bitte.« Litas Stimme ist so verlegen wie ihr Gesichtsausdruck. »Entschuldige bitte die Geräusche, die Unordnung und das massive Eindringen in dein Leben.« Sie wirft Axel einen Blick zu und macht ihm gestenreich klar, dass er sich das Geschirrtuch schnappen soll, während sie mich in Richtung Ventilator davonschiebt und mit dem Abwasch beginnt. »Offen gestanden, Daire, ich weiß langsam gar nicht mehr, wie ich mich in deiner Gegenwart verhalten soll.«

Ich lehne mich gegen die Arbeitsfläche und frage mich, wie sie das meint. Mir entgeht nicht, dass ihr Axel einen warnenden Blick zuwirft.

Doch Lita lässt sich nicht so leicht einschüchtern, und so reicht sie ihm eine Schüssel zum Abtrocknen, während sie mich ansieht. »Es ist doch so: Wenn du nicht offen verärgert bist, dann bist du derart abwesend und unnahbar, dass mir deine verdrossenen Seufzer und missmutigen Grimassen regelrecht fehlen.«

Ich senke den Blick. Ihre Worte treffen mich bis ins Mark, und doch kann ich sie nicht abstreiten.

»Und obwohl mir alle raten, mich zurückzuhalten und dir den Raum zu geben, den du brauchst – der Punkt ist, es ist jetzt sechs Monate her, und …«

»Sechs Monate, und *was?* Was soll das heißen? Ist das der Zeitplan, den du meiner Trauer verordnest?« Ich koche vor Wut, funkle sie an und bin kurz vorm Explodieren, doch sie lässt sich zum Glück nicht stören und spült gelassen weiter das Geschirr.

»Das ist nicht fair, und das weißt du. Mir fehlt Paloma auch. Kein Tag vergeht, ohne dass ich an sie denke. Was ich gemeint habe, ist, dass du uns jetzt schon sechs Monate lang alle abblockst und uns behandelst, als wären wir dir im

Weg. Und auch wenn mir klar ist, dass wir das theoretisch wohl wirklich sind, sind wir trotzdem nicht der Feind hier, okay? Wir sind deine Freunde. Und wir wollen dir helfen. Wir brennen darauf, dir zu helfen. Wir betteln darum, dir zu helfen. Und wir haben das Gefühl, du lässt uns am ausgestreckten Arm verhungern und die Zeit mit Däumchendrehen vergeuden. Wir suchen nach Wegen, dir etwas von deiner Last abzunehmen, aber du lässt uns nicht.«

Ergeben senke ich die Schultern. Obwohl es höchste Zeit war, dass ich das zu hören bekam, heißt das nicht, dass es mich nicht trifft. »Aber das ist es ja gerade – ihr könnt mir nicht helfen.« Ich fange ihren Blick auf.

»Woher willst du wissen, dass wir dir nicht helfen können, wenn du es uns nicht einmal versuchen lässt?« Sie reicht Axel die letzte Schüssel, wischt sich die Hände an ihren Shorts ab und geht zum Herd, wo sie sich das Backblech greift und die Muffinreste sang- und klanglos in den Abfall kippt.

»Ihr könnt mir nicht helfen, weil ich mich weigere, euch noch mehr in Gefahr zu bringen, als ich es ohnehin bereits getan habe.«

Sie tunkt das Backblech ins Spülbecken, um es einzuweichen, während sie weiter auf mich einredet. »Also, ich sage dir das ja nicht gerne, Daire, aber allein schon dass wir in dieser gottverlassenen Stadt leben, bringt uns in Gefahr. An deiner Seite kämpfen wir wenigstens auf der Seite des Guten. An deiner Seite werden wir wenigstens von Wissen und Bewusstsein geschützt. Komm schon, Daire, lass uns mitmachen. Lass uns helfen. Du musst das nicht allein durchstehen.«

Ich sehe mich Hilfe suchend nach Axel um. Mehr als jeder andere müsste er wissen, wie es für Menschen wie mich ist. Doch er räumt weiterhin seelenruhig Schüsseln in Schränke und Löffel in Schubladen, während ich vor den surrenden Blättern des Ventilators stehe. »Aber das ist es ja gerade«, erwidere ich. »Ich muss das alleine durchstehen. Das ist mehr oder weniger das Wesen eines Daseins als Soul Seeker. Wir trainieren bei einem Mentor, genießen vielleicht eine kurze, zu einem traurigen Ende verurteilte Liebesgeschichte, aus der meist ein Kind hervorgeht, nur um einsam und allein zu enden und diese armen Kinder zum gleichen einsamen Schicksal zu verdammen. Genau das ist Paloma passiert und allen, die vor ihr kamen. Es ist eine wohlbekannte Tatsache. Ich kann es beweisen, wenn du willst.«

»Nicht nötig, ich glaube dir.« Lita runzelt die Stirn. »Trotzdem drängt sich mir einfach der Gedanke auf, dass du schon viel zu oft gegen alle Widrigkeiten gesiegt hast, um so leicht aufzugeben.«

Ich löse mich von der Arbeitsfläche und drehe mich um, um aus dem Fenster auf Palomas Garten und die Sammlung sonderbarer, eigens gezüchteter Hybridpflanzen hinauszublicken, deren Pflege ich gezwungenermaßen übernommen habe. Zwar blühen und gedeihen sie weiterhin, aber nicht mit derselben Intensität wie unter den Händen meiner Großmutter. Paloma bleibt unerreicht. Und obwohl ich mein Möglichstes tue, habe ich das dumpfe Gefühl, dass ich weit hinter den Erwartungen zurückbleibe.

Obwohl ich nicht daran zweifle, dass Litas Gefühle auch beim Rest meiner Freunde vorherrschen und sie lediglich als Sprachrohr fungiert, ist es nicht annähernd so einfach, wie sie meinen. Und die Ironie ist, dass Litas alles verzehrende Liebe zu Axel genauso dem Untergang geweiht ist wie meine Liebe zu Dace.

So ist es immer gewesen. Und die Geschichte hat die unheimliche Angewohnheit, sich zu wiederholen.

»Entschlusskraft ist der wichtigste Bestandteil der Magie«, sagt Axel. »Und der Glaube ist das Rückgrat der Entschlusskraft.«

Ich fahre zu ihm herum, denn beinahe hätte ich seine unheimliche Gabe vergessen, Gedanken zu belauschen. »Ich dachte, das ließe nach?«

»Es kommt und geht«, entgegnet er achselzuckend. »Jedenfalls gebe ich nicht kampflos auf. Also warum hast du aufgegeben, lange bevor der Kampf überhaupt richtig begonnen hat?« Seine Stimme ist gelassen, seine Miene entschlossen. Seine lavendelfarbenen Augen gehen von einem tiefen Violett zu einem zarten Fliederton über.

»Dann weißt du es also.« Mein Tonfall ist resigniert, mein Blick fragend.

Er erwidert ihn mit einem ebensolchen.

»Du fällst nicht auf ihr Stillhalten rein. Du weißt, dass sie wieder auftauchen werden.«

Lita sieht erst mich und dann Axel an und wartet darauf, dass ihr jemand verrät, was in Wahrheit hinter unserem verschlüsselten Gespräch steckt.

»Ich wette, das ist nur die Ruhe vor dem Sturm. Und ich bin fest entschlossen, die Verschnaufpause so lange wie möglich zu genießen.« Axel streckt einen Arm nach Lita aus, die sofort an seine Seite eilt. »Ich bereite mich vor, Daire, genau wie du. Aber ich gönne mir auch die Gelegenheit, mich auszuruhen, wieder aufzutanken und, ja, sogar ein bisschen Spaß zu haben.« Er schließt Lita fest in die Arme und drückt ihr einen Kuss auf den Scheitel. »Vielleicht solltest du das auch mal ausprobieren. Könnte dir guttun.«

Ich sehe von einem zum anderen. Sie sind so glücklich

und zufrieden – so in ihrem rauschhaften Glückstaumel gefangen – wer bin ich denn, dass ich ihnen das streitig machen wollte? Außerdem bin ich mir ziemlich sicher, dass Axel längst weiß, dass womöglich bereits alles gegen sie arbeitet. Nach allem, worauf er verzichtet hat – zuerst, um mich zu retten, und dann, um hier mit Lita zusammen zu sein –, haben die beiden jedes Fitzelchen Freude verdient, das sie greifen können. Es wird nicht mehr lange dauern, bis solche Genüsse wesentlich schwerer zu erlangen sind.

Ich deute mit dem Daumen in Richtung ihres Zimmers. »Und das nennst du eine geruhsame Pause?«, frage ich und weide mich daran, wie Axels blasses Gesicht knallrot anläuft, während mir Lita einen besorgten Blick zuwirft, der in dem Moment erlischt, als ich zu grinsen beginne. »Zieht Leine«, sage ich und wedle sie davon, ehe ich in mein Zimmer gehe. »Amüsiert euch. Tut euch keinen Zwang an. Wir unterhalten uns heute Abend weiter. Jetzt muss ich mich erst mal umziehen. Mein erster Patient muss jeden Moment da sein.«

Neun

Dace

Cree macht ein kleines Feuer, während mir Leftfoot bedeutet, mich danebenzusetzen.

Ich wische mir die Stirn und sehe ihn skeptisch an. »Ist das wirklich nötig?« Ich zeige auf die Flammen. »Draußen sind es über fünfunddreißig Grad. Ich war froh über die Abkühlung.«

»Setz dich.« Leftfoot sieht mich missbilligend an. Chay zieht eine finstere Miene. Rasch gehorche ich. »Es geht nicht um deine Erfrischung«, sagt er.

»Offensichtlich.« Ich erlaube mir ein kurzes Grinsen, doch Leftfoot duldet es nicht.

»Sag mir, was du siehst.« Er kniet sich neben mich und neigt den Kopf zu den Flammen.

»Ich sehe ein Feuer, brennende Holzscheite und Rauchschwaden«, erwidere ich achselzuckend, da ich weiß, dass ich nicht vorgeben soll, etwas zu sehen, was ich gar nicht sehe.

»Schau tiefer hinein. Meditiere so lange wie nötig über den Flammen.«

»So lange wie nötig *wofür?*«

»Du wirst es wissen, wenn du es siehst.«

Er lässt sich neben mir nieder und summt eine Melodie, die ich aus meiner Kindheit kenne, während sich Chay im Hintergrund hält und Cree an der Wand gegenüber lehnt.

Ich starre in die Flammen. Zwinge mich, langsamer zu

atmen und den Blick zu lockern, während ich mich bemühe, alle Erwartungen abzuschütteln. Trotz Leftfoots ständiger Ermahnungen, dass es beim magischen Sehen keine richtigen und falschen Bilder gebe, fällt es mir schwer, mein angeborenes Bedürfnis zu überwinden, es ihm recht zu machen.

Die letzten sechs Monate habe ich mich geistig und körperlich vorbereitet. Meinen Körper mit anstrengenden Work-outs an den Rand der Erschöpfung gebracht – an meiner Magie gefeilt, um mehr als die gewohnten Künste zu beherrschen – meinen Geist angetrieben, mehr zu sehen, mehr zu erfassen und die absolute Einheit von allem im Universum anzunehmen. Und obwohl ich stets nach Anzeichen einer Verwandlung Ausschau gehalten habe, nach einer Regung des Monsters, das sich am letzten Silvesterabend zu erkennen gegeben hat, war nirgends eine Spur von ihm zu finden.

Bis jetzt.

Das Holz knackt und knistert.

Die Flammen wirbeln und tanzen.

Große Rauchschwaden erheben und winden sich, schrumpfen und wachsen. Verformen sich zu einem Ebenbild des Monsters, das tief drinnen wohnt.

Ich erkenne es im ersten Moment.

Es ist prachtvoll.

Atemberaubend.

Wild und stark.

Ein Wesen von Format und Eleganz, mit langen, scharfen Krallen und einer Krone aus weißen Federn auf dem Kopf – zu so viel mehr imstande, als ich es je aus mir selbst heraus vermöchte.

»Sag etwas«, drängt mich Leftfoot, der meine veränderte Stimmung registriert hat.

Nachdem ich eine detaillierte Beschreibung des Monsters abgeliefert habe, nickt Leftfoot beifällig und weist Chay an, mir den großen Baumwollsack zu bringen, den er den ganzen Weg hierher geschleppt hat. Sein Inhalt klappert, als er ihn neben mir abstellt, und ich sende ein stilles Dankgebet für die mir zugedachte Magie nach oben, ehe ich an dem Zugband zerre und ganz nach unten hineingreife. Meine Finger stoßen gegen einen langen, glatten Gegenstand mit identischen Löchern auf beiden Seiten, den ich aus der Öffnung herausmanövriere und vor mich halte.

Obwohl ich eigentlich nicht von dem überrascht sein sollte, was ich sehe – schließlich ist Chay Tierarzt, womit er ständigen Zugang zu solchen Dingen hat –, starre ich das Ding trotzdem staunend an. Bis jetzt habe ich noch nie einen richtigen Pferdeschädel aus der Nähe gesehen.

Ich drehe ihn hin und her, während Leftfoot zu seinen Erläuterungen ansetzt. »Du wirst von Pferd geleitet – einem Symbol für Freiheit, Macht und Erleuchtung. Pferd ist von souveräner Präsenz. Ein mächtiges Geisttier. Es lehrt uns die Vorzüge von Geduld, Freundlichkeit und Zusammenarbeit. Pferds Geist ermuntert uns, unser Durchhaltevermögen zu wecken und unser volles Potenzial zu entfalten. Jetzt ist es an der Zeit, dass du deines entfaltest.«

Ich hebe den Blick zu den Flammen und verfolge, wie das Bild des Monsters vor mir wabert. Leftfoots Stimme dröhnt durch die Höhle. »Leg den Schädel vor dich, dann halt deine Hand flach über die Oberseite des Sacks und benutze deine Magie, um die anderen Knochen herbeizurufen.«

Schnell gehorche ich und fördere zuerst einen Rippenknochen zutage und dann etwas, das aussieht wie die Halswirbel.

»Wenn du die Knochen der Größe nach sortiert hast,

leg die Hände mit den Handflächen nach oben auf deine Knie und projiziere die Knochen ins Feuer, indem du ausschließlich deinen Willen einsetzt. Und was immer du tust, was immer geschieht, weiche nicht zurück. Wehr dich nicht. Bleib ruhig, stark und beständig in deiner Konzentration. Versuch nicht, die Zeremonie zu kontrollieren. Lass sie einfach ablaufen.«

Ich konzentriere mich auf die Knochen und lasse sie in hohem Bogen ins Feuer fliegen, wo sie, einer nach dem anderen, sofort zerbersten. Der Lärm ist so schrill, so ohrenbetäubend, dass ich meine ganze Willenskraft zusammennehmen muss, um nicht schnurstracks aus der Höhle zu flüchten.

Die Knochen splittern und knacken. Sie lösen sich in Hunderte scharfkantiger Teilchen auf, die in drei separaten Wolken aus unzähligen winzigen Partikeln über unseren Köpfen wirbeln und allmählich den Weg auf den Boden finden, indem sie in perfekter Formation herabfallen, während sich tiefe Stille über uns senkt.

Ich sehe Leftfoot fragend an. Weiß nicht, wie ich das Geschehen einordnen soll. Sehe zu, wie der alte Medizinmann unverändert in die Flammen starrt. »Du sagst, du hättest an dem Tag in der Schwitzhütte deine Entscheidung darauf basiert, was du während deines Seelensprungs gesehen hast. Für den Fall, dass du dich das gefragt hast, ich habe dir diese Botschaft aus einem bestimmten Grund gezeigt.«

Ich nicke zustimmend, da ich genau weiß, welche Botschaft er meint. Obwohl mir Leftfoot an diesem Tag eine Menge Dinge gezeigt hat, mir umfassenden Zugang zu seinem Seelencode gewährt hat, gab es eine Botschaft, die alle anderen überstrahlt hat.

Eine, nach der ich tief tauchen musste.

Eine, die alles verändert hat.

Und obwohl ich weiß, dass die Enthüllung kein Zufall war – nichts, was Leftfoot tut, ist je zufällig –, habe ich mich später, als sich der Plan gegen mich selbst wandte – als die in mir wohnende Dunkelheit sich festsetzte und allen Austreibungsversuchen widerstand – als meine Augen wie die von Cade wurden – als Daire zuerst beunruhigt und dann verängstigt war –, zwangsläufig nach dem *Warum* gefragt.

Warum hat er es mir gezeigt, obwohl er von vornherein wusste, was ich wählen würde?

»Manchmal muss man sich in die Dunkelheit wagen, um das Licht hervorzubringen.« Ich wiederhole die Botschaft, die er mit mir geteilt hat. Da ich es vom Moment seiner Enthüllung an als mein Mantra akzeptiert habe, fallen mir die Worte sofort ein.

»Auch wenn die Aussage wahr ist, hast du den Satz als Beweis dafür verwendet, dass du die Wahl treffen sollst, die du ohnehin treffen wolltest.« Sein Ton ist scharf, ist aber nicht verletzend gemeint. Leftfoot konstatiert lediglich die Wahrheit.

»Und jede Aktion fordert eine Reaktion heraus.« Ich runzle die Stirn, denn die Worte stammen aus einer Quelle, die mir eine lückenlose Erinnerung an jenen Tag gestattet.

»Sowie die beiden sich duellierenden Rauchsäulen vor dir aufgestiegen sind, war deine Entscheidung gefallen. Vielleicht sogar noch davor.« Leftfoots Miene verfinstert sich, wird unergründlich, doch er behält mich scharf im Auge. Die absolute Wahrheit seiner Worte lässt mir nichts anderes übrig, als beschämt den Kopf zu senken.

Lange bevor ich die Schwitzhütte betreten habe, hatte ich bereits entschieden, welchen Weg ich wählen würde, und ich habe die Ereignisse als Vorwand dafür benutzt weiterzumachen. Ich war mir sicher, dass meine Wahl der Dunkelheit anstelle des Lichts mich stärken würde – mir den nötigen Vorteil verschaffen würde, um die Richters zu schlagen und Daire zu beschützen.

Jetzt weiß ich es besser.

Nach langem Schweigen hebe ich das Kinn und mustere ihn mit vom Rauch gereizten Augen und massiver Beklommenheit. »Habe ich die falsche Wahl getroffen – oder bin ich lediglich meiner Bestimmung gefolgt?«

»Die Bestimmung ist unausweichlich.« Leftfoot heftet seinen Blick auf mich, doch seine Gedanken schweifen ab, wandern an einen weit entfernten Ort. »Letztlich führen alle Wege zum Ende.«

»Du hast einmal gesagt, dass das Stückchen Dunkelheit, das ich aufgenommen habe, genau das sei, was mich menschlich macht, vielleicht sogar normal.«

»Die Dunkelheit in dir ermöglicht dir ein menschlicheres Erleben. Sie gibt dir genau das, was dir zuvor gefehlt hat: Insiderwissen über die zwei Gesichter des Menschen – den ständigen Kampf zwischen Hell und Dunkel. Aber täusch dich nicht, du bist nicht nur rein menschlich. Dein angeborenes Wesen reicht weit darüber hinaus.«

Seufzend schließe ich die Augen.

Meine Geburt. Natürlich. Was hätte es auch sonst sein sollen?

Ich bin das Produkt von Gewalt.

Schwarzer Magie.

Dunklen Machenschaften.

Hexerei der schlimmsten Art.

Erschaffen aus der finstersten, reinsten Form des Bösen, erhielt meine Schöpfung Beistand von Dämonen, Monstern, ruhelosen Untoten und anderen dunklen, übel riechenden Wesen, die aus den Tiefen hervorgekrochen kamen.

»Es gibt einen Grund dafür, dass du überlebt hast. Einen Grund dafür, dass Leandro dein Licht nicht löschen konnte, auch wenn er sich noch so bemüht hat. Und das ist nicht der Grund, den du vermutest. Offenbar ist dir noch eine große Rolle zugedacht.«

Ich sehe zu ihm und hoffe, er wird gleich genauer ausführen, was für eine Rolle das sein könnte. Doch er bedeutet mir lediglich, aufzustehen und mich neben ihn zu stellen.

»Zeit, die Knochen zu lesen.« Er zeigt mit dem Finger auf die Skelettteile, die nun verstreut auf der Erde liegen, in einem Muster, das mir auf den ersten Blick überhaupt nichts sagt. »Beschreib, was du siehst.«

Ich lasse den Blick darüber wandern, bis sich drei sehr konkrete Formen herauszubilden beginnen.

Ich atme scharf ein. Wende den Kopf von der verblüffenden Anordnung der Knochen zu dem alten Medizinmann neben mir.

Das kann nicht sein.

Ausgeschlossen.

Wie konnte es nach allem, was geschehen ist, darauf hinauslaufen?

Leftfoot zeigt auf die aufsteigende Rauchsäule, die einst das prachtvolle Tier darin repräsentierte, jetzt verwandelt in das schreckliche Monster, zu dem ich allmählich werde.

»Die Knochen lügen nie.« In seiner Stimme schwingt die Reue mit, die ich empfinde. »Dies ist eine der ältesten Formen der Hellseherei. Und in deinem Fall kann man wirklich sagen, dass du es aus erster Hand erfahren hast.« Er ringt sich ein Lächeln ab und schenkt mir damit ein willkommenes Stückchen Leichtigkeit in einem Raum voller Grauen.

Doch mein eigener Tonfall klingt betrübt. »Gut, jetzt weiß ich es, aber was soll ich tun?«

»Das ist immer die Frage, stimmt's?« Sein Blick wird dermaßen verhangen, dermaßen umschattet, dass ich nichts mehr herauslesen kann. »Ich fürchte, meine Führung endet hier. Jetzt ist es an dir, den nächsten Schritt zu tun.«

Ich stutze. Das kann doch nicht sein Ernst sein. Trotz der absoluten Endgültigkeit, die ich von seiner Miene ablese und seinen Worten entnehme. »Du verlässt mich? Jetzt? Gerade, wenn ich dich am dringendsten brauche?«

»Ich habe dich so gut unterrichtet, wie ich konnte. Dir die Notwendigkeit eingegeben, dich fest in deiner eigenen Wahrheit zu verankern.«

Ich starre ihn ungläubig an. »Und was für eine Art Wahrheit ist das?« Ich zeige auf die Knochen. »Ich wollte das nie! Alles, was du mich gelehrt hast, hat mich dem Licht näher gebracht. Und jetzt …« Ich raufe mir erst mit einer Hand das Haar und presse mir dann die Fäuste in die Augen. Es ist unfassbar, welch entsetzliche Wendung das Schicksal plötzlich genommen hat.

»Du musst eines wissen.« Leftfoot legt mir tröstend eine Hand auf die Schulter. »Es ist nie genug, einfach nur Wissen und Fertigkeiten anzusammeln. Erst das, was man mit seinem Wissen und Können anfängt, macht das Wesen eines Menschen aus.«

»Jeder muss selbst entscheiden, welchen Weg er einschlagen will.« Ich richte meine Aufmerksamkeit wieder auf die Knochen, während ich eine weitere von Leftfoots Weisheiten zitiere. »Aber das stimmt gar nicht. Ich wollte diesen Weg nie. Hab nie um irgendwas hiervon gebeten.«

»Nein?« Leftfoot weicht zurück, lässt mich aber nicht aus den Augen. Doch ich kann ihm nicht in die Augen sehen. Kann die Wahrheit in seinem Blick nicht ertragen. »Du hast an diesem Tag in der Schwitzhütte deine Wahl getroffen. Und jetzt scheint es, als hätte sie ein Eigenleben entwickelt.«

Ich halte mir den Magen, da mir schlecht ist und ich mich fühle, als wäre ich betrunken und müsste mich übergeben. Ich senke den Kopf so tief, bis der Schlüssel so weit nach vorne schwingt, dass er mir gegen das Kinn schlägt und mir als ernüchternde Erinnerung daran dient, dass ich es mir, ganz egal, wie düster die Prophezeiung auch sein mag, nicht leisten kann aufzugeben.

Daire.

Alles, was ich getan habe, war für sie – für uns – und jetzt das.

»Es gibt nur einen Weg, die Dunkelheit zu besiegen …«

Mühsam richte ich mich auf. Mein Blick findet seinen. »Das Licht anmachen?«, sage ich.

»Die Frage ist, wirst du es tun? Kannst du es? Oder ist es zu spät?«

Ich wende mich zu Chay und Cree um, die aufmerksam zusehen. Auf ihren Gesichtern zeichnen sich tiefe Sorgenfalten ab. Dann konzentriere ich mich wieder auf die Knochenfragmente vor mir. Ich studiere ein Bild nach dem anderen, bis sich die Botschaft in mein Gehirn eingebrannt hat, fest in meiner Seele verdrahtet ist. Und als das erledigt ist, weiß ich genau, was ich tun muss.

Ich hebe beide Hände vor mir wie ein Dirigent vor einem Symphonieorchester und schicke die Knochen wirbelnd zurück ins Feuer. Nur dass sie diesmal nicht bersten, sondern die Flammen auslöschen.

Die Höhle wird dunkel.

Die Temperatur fällt.

Und ohne dass auch nur ein einziges Wort zwischen uns fiele, sammeln wir unsere Sachen zusammen und begeben uns hinaus. Die Stammesältesten wahren einen weiten Abstand um mich herum, jetzt, da meine Wahrheit ans Licht gekommen ist.

Sie fürchten mich.

Und das müssen sie auch.

Doch das ist nichts im Vergleich dazu, wie sehr ich mich vor mir selbst fürchte.

Zehn

Daire

Nach einem arbeitsreichen Tag, an dem ich Heilungen vollführt und die Geisttiere von Neugeborenen bestimmt habe – was ich immer am liebsten tue –, regt sich in mir das Bedürfnis nach frischer Luft und der Klarheit, die sich nach einem schönen langen Ausritt einstellt, und so suche ich Kachinas Stall auf. Ich brauche eine kleine Auszeit, ehe sich mein Haus mit Freunden füllt und ich gezwungenermaßen Litas Forderung nachgeben muss, ihre Hilfsangebote anzunehmen.

Kachina bewegt den Kopf auf und ab und wiehert zur Begrüßung, während Kater in der Ecke hockt und mich böse anfunkelt. Immerhin verschwindet er nicht wie sonst sofort, sowie er mich sieht, was ich als Fortschritt verbuche.

Ich trense Kachina auf und führe sie hinaus. Dann lasse ich sie frei umherziehen, während mein Geist das Gleiche tut.

Normalerweise bemühe ich mich sehr darum, meine Gedanken zu steuern, mich zu konzentrieren und klar zu denken. Doch heute übermannt mich die Müdigkeit, und es dauert nicht lange, bis ich in die Erinnerung an den Tag eintauche, an dem wir den Leichnam meiner *abuela* in die Erde gebettet haben. Der intensive Geruch nach frisch umgegrabenem Erdreich – der klagende Ruf des einsamen Raben über uns – so unmittelbar, so nah, es ist, als machte ich eine Zeitreise.

Es sind jetzt volle sechs Monate, seit sie gestorben ist.

Sechs volle Monate seit Cade Richters letzter ruchloser Tat.

Dennoch ist der Schmerz, sie verloren zu haben, so tief, so nah, dass er wie eine schwärende Wunde ist, die nicht heilen will.

Ich kann mir nicht vorstellen, dass dieses Gefühl irgendwann vorbeigeht.

Kann mir nicht vorstellen, wie ich je lernen soll, mit der großen, klaffenden Leere zu leben, die ihr Tod hinterlassen hat.

Wie immer beweist Kachina die unheimliche Fähigkeit, sich auf meine Stimmungen, wenn nicht Bedürfnisse einzustellen, als sie mich auf direktem Weg zu dem kleinen, bescheidenen Friedhof am Straßenrand führt.

Als ich das erste Mal hier war, stufte ich die Anlage als schäbig, unordentlich und bemitleidenswert heruntergekommen ein. Doch sowie ich mir die Zeit genommen habe, mich umzusehen und die unzähligen handgemachten Kreuze und Grabsteine zu würdigen – die dicken, zu Ehren der Toten liebevoll gebundenen Blumenarrangements, die an Steinen befestigten, heliumgefüllten Ballons, mit denen der Verstorbenen gedacht wird –, habe ich rasch meine Meinung geändert.

Es ist ein Ort der Liebe, der Ehre und der Würdigung.

Es ist ein Ort, der für mich inzwischen heilig geworden ist.

Und mein letzter Besuch liegt schon viel zu lange zurück.

Ich gleite von Kachinas Rücken und versetze ihr einen leichten Klaps aufs Hinterteil, um ihr zu bedeuten, dass sie herumlaufen und grasen soll. Unwillkürlich tragen mich meine Beine zu den schlichten rechteckigen Tafeln, die die Stellen markieren, wo die sterblichen Überreste meines Vaters und meiner Großmutter ruhen.

Paloma hat mir eingeschärft, das Grab nie fälschlicherweise als die letzte Ruhestätte der Seele zu betrachten. Sie versicherte mir, dass Zwiesprache überall möglich sei. Doch gerade in diesem Augenblick ist das hier der Ort, an den es mich am meisten gezogen hat. Und ich bin meinem Pferd dankbar dafür, dass es die Wahrheit begriffen hat, die ich nicht erkannt habe.

Das in Büscheln umherstehende, vertrocknete Gras sticht mir in die Knie, als ich mich zu Boden sinken lasse und mich umsehe. Erleichtert stelle ich fest, dass die von den Stammesältesten gewirkte Magie sich gehalten hat und jeglicher Versuch der Richters, diesen Ort zu entweihen, nachhaltig vereitelt wurde. Das Gelände ist noch genauso unberührt wie an dem Tag, als Paloma mich hierhergeführt und mir die traurige Wahrheit über das Leben meines Vaters enthüllt hat. Als Sohn einer mächtigen Seelensucherin und eines geachteten Jaguarschamanen waren Django enorme Kräfte zugedacht. Doch er kehrte seiner Bestimmung den Rücken zu und brannte mit sechzehn nach L. A. durch, nur um sich dort leidenschaftlich in meine Mutter zu verlieben und wenige Monate später bei einem Motorradunfall ums Leben zu kommen, von dem Paloma behauptete, dass es kein Unfall war.

Es war das Werk der Richters.

Allerdings haben sie ein paar Tage zu spät gehandelt.

Die Saat war bereits aufgegangen.

Jennika war mit mir schwanger.

Doch trotz meines Schwurs, Djangos Fehler nicht zu wiederholen, sondern mich meinem Erbe zu stellen und die

Bestimmung anzunehmen, für die ich geboren wurde, habe ich manchmal Angst zu versagen.

Die Zeichen zu übersehen.

Erheblich hinter den Anforderungen zurückzubleiben.

Doch ich bin nicht hier, um Orientierung und Hilfe von den Toten zu erbitten. Ich bin jetzt auf mich allein gestellt. Etwas, das mir an dem Tag, als der einsame Rabe über Palomas Grab kreiste, nur allzu klar wurde. Ich suche lediglich nach der beruhigenden Ermutigung, die nur sie spenden können.

Ich brauche die schützende Umarmung eines Vaters.

Ich brauche die Weisheit einer Großmutter.

Ich brauche die Versicherung, dass ich wirklich dazu gerüstet bin, es mit den Richters aufzunehmen, jetzt, da ich weiß, dass sie ein Comeback planen.

Und auch wenn Jennika im Handumdrehen hier wäre – ich bräuchte nur anzurufen, und schon käme sie –, schrecke ich doch davor zurück, nachdem es schon schwer genug war, sie zur Abreise zu bewegen.

Außerdem gewöhnt sich Jennika endlich an ein Leben, das ihr guttut. Endlich hat sie die Chance, eine echte und dauerhafte Beziehung zu Harlan aufzubauen. Eine Beziehung, in der sie nicht blitzartig die Flucht ergreift, sowie die Sache ernster wird. Ich muss ihr das lassen. Ihr den Raum geben, den sie braucht, um alles ohne mein Einwirken umzusetzen.

Genau wie ich ist Jennika viel zu lange davongelaufen.

Es ist höchste Zeit für uns, Wurzeln zu schlagen.

Ich lasse mich zwischen den Gräbern nieder und lege mich auf den Rücken. Während ich die Kühle des Erdbodens genieße und den über mir dahinziehenden Wolkenfetzen nachschaue, strecke ich die Arme aus, sodass auf jedem Grabhügel einer ruht, und überlege, was ich als Nächstes tun soll.

Wie Paloma mich einst gelehrt hat, besteht alles aus Energie, was heißt, dass alles lebt. Laut Paloma ist es ebenso einfach, aus Feuer und Teeblättern zu lesen wie Botschaften von einer Felswand abzulesen. Das Einzige, was dazu erforderlich ist, ist die Bereitschaft zu glauben, ein der eigenen inneren Stimme zugewandtes Ohr und ein bisschen gezielte Konzentration.

Nur dass diesmal trotz all meiner Entschlusskraft, trotz meines Verlangens, etwas zu sehen, die Wolken ein unlesbarer, faseriger weißer Wust bleiben. Bis ein plötzlicher Windstoß vorbeizieht, meine Haare anhebt und den ausgefransten Saum meiner abgeschnittenen Jeans aufwirbelt. Ich fasse es als Zeichen auf.

Für mich als Tochter des Windes ist das kein Zufall.

Vielmehr ist es eine rechtzeitige Erinnerung daran, dass ich nicht so allein bin wie befürchtet.

Es nie gewesen bin.

Wie Paloma einst sagte: *Mächtig werden heißt, einer großen Macht zu gestatten, durch dich zu wirken. Niemand handelt allein.*

Obwohl ich weiß, dass sie damit die höchste Macht gemeint hat, finde ich momentan großen Trost in dem Wissen, dass sie und Django dabei sind.

Die Sonne geht allmählich unter. Der Wind frischt auf und wird böig. Ich stehe auf und klopfe mich ab.

Bald wird es an der Zeit sein, zurückzugehen und mich der bevorstehenden Nacht zu stellen, doch zuvor habe ich noch etwas Wichtiges zu erledigen.

Auch wenn mir das zunächst nicht klar war, ist es der wahre Grund, aus dem ich hier bin.

Ich atme tief durch und betrachte die herrlichen, sonnenbeschienenen Gipfel der Sangre-de-Cristo-Bergkette. Schließlich gestehe ich mir ein, dass ich, ehe ich mich meinem Kummer stelle, nicht imstande sein werde, etwas anderes in Angriff zu nehmen.

Die letzten sechs Monate habe ich meine Trauer in einer anstrengenden Routine aus anspruchsvollen Work-outs und täglichen Zehnkilometerläufen vergraben. Dann, nachdem ich mich um den nicht enden wollenden Strom von Palomas früheren Patienten gekümmert habe, die ich übernommen habe, fahre ich völlig erschöpft bei Dace vorbei, beseelt von dem Wunsch, in seinen Armen abzuschalten.

Doch in den frühen Morgenstunden, wenn die Straßen still werden und Dace neben mir schlummert, kann ich mich nirgends mehr verstecken. Und dann beginnen die Dinge, die ich anders hätte machen sollen, unablässig durch meinen Kopf zu paradieren. Das Quälendste darunter: Cade zu gestatten, die Oberhand über mich – über uns – zu erringen, als ich Paloma diesen verfluchten Turmalin gegeben habe.

Ganz egal, wie oft ich auch versuche, es umzudeuten, ich kann es nicht ändern. Das Ergebnis ist endgültig.

Was geschehen ist, ist geschehen.

Letztlich besteht das Leben doch aus nicht viel mehr als einer Reihe von Entscheidungen. Manche sind groß, andere klein, aber jede Aktion erzeugt eine Reaktion – und es besteht kein Zweifel daran, dass mich meine eigenen Handlungen hierhergeführt haben.

Genau wie Palomas und Djangos Handlungen sie zwei Meter unter die Erde gebracht haben.

Trotz Palomas Warnungen hat sich Django dafür entschieden, vor seiner Bestimmung zu flüchten, und es hat tragisch geendet.

Obwohl sie vom ersten Moment an den Verdacht hegte, dass der Turmalin verflucht war, entschied sich Paloma dafür, ihn zu behalten.

Und wenn ich mich noch so quäle, das wird nichts daran ändern, was geschehen ist. Es dient einzig und allein dazu, mich selbst für Dinge zu bestrafen, die nie meiner Kontrolle unterstanden haben.

Außerdem – was, wenn Dace doch recht hat?

Was, wenn die Liebe wirklich das Böse besiegen kann?

Was, wenn es so einfach ist?

Meine Gedanken mir selbst gegenüber sind so ziemlich das Gegenteil von liebevoll. Ich bin beherrscht von Selbsthass und Angst, und vielleicht ist es an der Zeit, dass ich mir etwas Besseres einfallen lasse.

Immerhin hat Paloma mir vertraut, an mich geglaubt.

Vielleicht ist es an der Zeit, dass ich mir selbst vertraue und an mich glaube.

Während die Sonne untergeht und die Berge mit einem herrlichen Schimmer aus Rot- und Violetttönen überzieht, hole ich tief Atem, falte vor der Brust die Hände und lege den feierlichen Schwur ab, mir mehr Mühe zu geben als bisher.

Aufzuhören, meinen Kummer zu leugnen.

Aufzuhören, mich selbst zu quälen, indem ich immer wieder einer Vergangenheit nachhänge, die ich nicht ändern kann.

Und meine Freunde mit einzubeziehen.

Lita hat recht. Wir sitzen alle im selben Boot. Für eine kurze Zeit wusste ich das, doch seit Palomas Tod bin ich von Angst getrieben, und so habe ich sie in einem irregeleiteten Versuch, ihnen die Dinge zu ersparen, die ich nicht unter Kontrolle habe, davongejagt.

Aber das ist vorbei.

Während Kachina ein Stück weit weg grast, Wind meine Haut liebkost und der tiefe, kehlige Ruf eines einsamen Raben erklingt, der Kreise über meinem Kopf dreht, verneige ich mich voller Ehrfurcht vor dem Berg und verschreibe mich erneut meinem Erbe.

Der Bestimmung, die zu erfüllen ich geboren wurde.

Ganz egal, was aus mir werden mag – ich werde mich nicht ohne Weiteres geschlagen geben.

Die Richters werden für die skrupellosen Taten bezahlen, die sie dieser Stadt – und meinen Liebsten – und der Unter-, Ober- und Mittelwelt, die ich im Gleichgewicht halten muss, zugefügt haben.

Ich hebe das Gesicht zum Himmel, lasse mich auf die Knie fallen und gebe meinem Schmerz nach. Lasse der Sintflut von Tränen freien Lauf, die ich viel zu lange zurückgehalten habe – lasse endlich den tief vergrabenen Kummer darüber zu, meine Großmutter, meine Mentorin, meine Freundin verloren zu haben, eine Frau, die ich aufrichtig geliebt und zutiefst bewundert habe.

Ich weine, bis mein Blickfeld so verschwommen ist, dass ich kaum noch ein paar Meter weit sehen kann.

Ich weine, bis mein Körper erschöpft und leer ist.

Ich weine, bis ich schlagartig verstumme, auf einmal gestärkt von einer unerwarteten Woge der reinsten, sprudelndsten Freude, Schönheit und Liebe, die mich durchwallen.

Meine Ahnen sind hier.

Ich bin nicht allein.

Bin es nie gewesen.

Obwohl sie sich nicht vor mir materialisieren, demonstrieren sie ihre Anwesenheit durch den herrlichen Gesang, der den gesamten Himmel erfüllt.

Unwillkürlich wiege ich mich hin und her, ergriffen von einer himmlischen Melodie, von der ich sicher bin, dass nur ich sie hören kann. Doch als Kachina schnaubt und wiehert, als sie die Nase hebt und die Ohren aufstellt, weiß ich, dass sie es genauso deutlich hört wie ich.

Es ist eine Symphonie der Blätter, angeschlagen von Wind und begleitet von Rabes süßem Lied. Und wenn ich mich nicht irre, kann ich sogar das tiefe Vibrato von Palomas geliebter Trommel heraushören.

Ein heiliges Instrument, das sie als Geistpferd bezeichnet hat. Seine Musik ähnelt dem Herzschlag, und sein Rhythmus soll angeblich die Portale zu anderen Welten öffnen.

Es gibt nichts zu fürchten, hat sie mir damals erklärt, genauso, wie sie es mir jetzt sagt.

Diese Symphonie der Natur ist eine Botschaft von meiner *abuela*. Dessen bin ich gewiss. Eine Art Werk aus der natürlichen Welt, das mir sagt, dass es an der Zeit ist, mich von Zweifeln zu befreien. An der Zeit, auf die Weisheit meiner Abstammung zu vertrauen. Und es erstaunt mich nicht im Geringsten, dass Paloma in dieser Form mit mir kommuniziert.

Während der herrliche Gesang noch in mir nachschwingt, springe ich auf Kachinas Rücken und galoppiere nach Hause. Dort erwartet mich auf der Schwelle eine große weiße Schachtel mit einem Band, so leuchtend rot wie frisches Blut.

Dace! Er muss mir ein Geschenk gebracht haben, um mich von dem Traum abzulenken.

Ich eile darauf zu, gehe in die Knie und mache mich daran, das Band zu lösen und den Deckel abzunehmen. Doch auf einmal quillt eine Woge hellroter, viereckiger

Verpackungschips heraus, die sich um meine Füße herum verteilen.

Ich tauche die Hände hinein und wühle mit den Fingern herum, bis ich gegen etwas Seidiges und Kaltes stoße, starr und steif, das ich aus der Schachtel befreie und vor mir in die Höhe halte.

Ein Rabe.

Genauer gesagt ein toter Rabe.

Seine blinden Augen sind mit exakt platzierten violetten Farbklecksen verunziert, um jene des Raben zu imitieren, der mich leitet.

Der Hals ist glatt in der Mitte abgeknickt.

Der Kopf brutal verdreht, sodass er zur falschen Seite zeigt.

Und man hat ihm ein Blatt mattweißes Papier in den Schnabel gestopft.

Ich blicke mich um, suche nach Anzeichen für Cades Anwesenheit, doch abgesehen von den Kojotenspuren in dem feinen Kies auf dem Gartenweg hat es den Anschein, als wäre er längst weg.

Ich betaste das Blatt mit den Fingerspitzen, lasse den Blick über den aufgeprägten maskierten Kojoten mit den glühend roten Augen nach unten schweifen und falte die Karte auseinander. Es ist eine Einladung zum Maskenball im Rabbit Hole.

Mondschatten

Ein einziges Ereignis
kann einen uns völlig unbekannten Fremdling
in uns erwecken.
Leben heißt, allmählich geboren zu werden.

Antoine de Saint-Exupéry

Elf

Daire

»Tja, Cade war noch nie für sein Zartgefühl bekannt, das steht mal fest.« Lita lehnt sich gegen die Sofakissen zurück und verzieht das Gesicht. »Ebenso wenig wie für seine originellen Einfälle. Ein Schwarz-Weiß-Ball mit Masken? Bitte.«

»Ich fand es ziemlich clever, ihn den Wiederauferstehungsball zu nennen«, sagt Xotichl. »Ihr wisst schon, das Haus ersteht wieder auf, sie erstehen wieder auf …«

»Wie kannst du dir sicher sein, dass es von Cade ist?«, mischt Axel sich ein. »Man hat ihn monatelang nicht gesehen.«

»Tja, wenn nicht von Cade, dann aber garantiert von einem anderen Richter.« Ich funkle die Einladungskarte an, die angelehnt vor mir auf dem Tisch steht, und ziehe die Beine hoch. »Es spielt keine Rolle, wer die Schachtel gebracht hat: El Coyote war hier und hat eine offene Herausforderung hinterlassen – an mich, an Dace, an uns alle. Aber das Schlimmste ist …« Ich betrachte meine Finger, die ich nervös im Schoß knete. Es fällt mir schwer, meinen Freunden, ohne sie völlig zu verängstigen, beizubringen, dass das Haus kein sicherer Zufluchtsort mehr ist, kein sicheres Versteck mehr.

»Es gibt noch einen schlimmeren Teil?« Lita fasst ihr Haar im Nacken zusammen und fächelt sich mit der Hand Luft zu. »Na, dann schieß los, lass es uns wissen.«

Ich beschließe, ihnen gleich reinen Wein einzuschenken. »Dass ich diesen toten Raben auf der Schwelle gefunden habe, heißt, dass der Schutzzauber nicht mehr wirkt.«

Litas Augen sind weit aufgerissen. Axel blinzelt. Auden zieht Xotichl enger an sich, während Xotichls Miene einen entsetzten Ausdruck annimmt.

»Kurz nachdem ich in Enchantment angekommen war, hat mir Paloma versichert, dass das Anwesen geschützt ist. Sie hat erklärt, ich hätte nichts zu befürchten, solange ich innerhalb der Grundstücksmauern bleibe. Aber jetzt, nach dem hier ...«, ich zeige mit dem Daumen auf die Einladung, »... steht fest, dass das nicht mehr gilt.«

»Aber wir waren doch so aufmerksam!«, schreit Lita. »Wir haben die Salzbarriere aufrechterhalten, indem wir jeden Tag eine frische Schicht aufgeschüttet haben. Und erst letzte Woche hat Axel eine schadhafte Stelle am Kojotenzaun ausgebessert, als er gesehen hat, dass eine Befestigung sich fast ganz gelöst hatte und der Zaun gegen die Mauer gesackt war.«

Axel nickt bestätigend.

»Und jedes Mal, wenn ich herkomme«, fügt Xotichl hinzu, »also so ziemlich jeden Tag, verstärke ich den Schutzzauber auf die Weise, die Paloma mich gelehrt hat.«

»Und doch hat es Coyote trotz all unserer Bemühungen geschafft einzubrechen«, erkläre ich achselzuckend, entschlossen, die Fakten so undramatisch wie möglich zu konstatieren. »Hier seid ihr nicht mehr in Sicherheit. Was ihr daraus für Konsequenzen zieht, ist eure eigene Sache.«

»Was soll das heißen?« Lita lässt ihr Haar los, sodass es ihr in herrlichen, von weißen Spitzen gekrönten Wellen über die Schultern fällt.

»Es heißt, dass es jetzt ernst wird. Die Sache wird eskalieren. Und auch wenn ich mein Bestes tun werde, um euch zu schützen, glaube ich, die Richters haben gerade den ersten Schritt getan, um mir meine Grenzen aufzuzeigen.«

Xotichl mustert misstrauisch die Schachtel und sucht Trost in Audens Nähe. Ein Jammer, dass er nach der langen Zeit, die die beiden getrennt verbringen mussten, ausgerechnet dann nach Enchantment zurückkehrt, als eine neue Runde Kojote gegen Rabe eingeläutet wird.

»Jeder hat seine Grenzen«, sagt Xotichl. »Wir müssen nur ihre ausloten.« Sie schiebt sich die neue Brille auf ihrer schmalen Nase nach oben. Und als unsere Blicke sich begegnen, muss ich einfach grinsen. Trotz unserer beklemmenden Lage bin ich dankbar dafür, dass sie wieder sehen kann. Wenigstens ein positiver Aspekt, an den wir uns inmitten all des Horrors klammern können.

Ich mustere Dace neben mir und frage mich, was er wohl hinter seinem verkrampften Kiefer und den schmalen Augen denkt. Doch er bleibt, wie er ist, still und ernst und in sich gekehrt, in Gedanken versunken, die ich nicht einmal erahnen kann.

»Okay, also Folgendes wissen wir sicher.« Lita erhebt sich vom Sofa und stellt sich vor den Ventilator, in der Hoffnung auf Linderung bei der unerträglichen Hitze. »Die Richters sind wieder im Geschäft, sowohl buchstäblich als auch im übertragenen Sinne. Die Frage ist, was wollen wir dagegen tun?«

»Wir werden uns der Herausforderung stellen.« Ich betrachte mein kleines Grüppchen Freunde, meine Stimme so entschlossen wie mein Blick.

»Soll heißen?« Axel sieht mich an. Er ist der Einzige im Raum, der nicht unter der Hitze leidet, und ich bin zwangsläufig neidisch.

»Es ist genau, wie Xotichl gesagt hat, jeder hat seine Grenzen, niemand ist unbesiegbar. Mann, sogar Superman hatte Kryptonit. Wir müssen nur den Schwachpunkt der Richters finden.«

Sie sehen mich alle an. Na ja, alle außer Dace, der in weit entfernten Gefilden weilt.

»Wir müssen total auf der Hut sein. Wir können es uns nicht leisten, unachtsam oder faul zu werden. Diese Einladung ist zumindest eine deutliche Warnung davor, dass die Schonfrist offiziell beendet ist. In meinen Augen ist es eine direkte Kampfansage.«

»Und was machen wir jetzt konkret? Abgesehen davon, total auf der Hut zu sein und so?«

»Du kannst schon mal damit anfangen, den Ventilator nicht zu blockieren.« Auden wedelt ungeduldig mit den Händen. »Komm schon, Lita, teil das Lüftchen mit uns. Meine Flower und ich verschmachten hier drüben.«

Lita gesellt sich wieder an Axels Seite.

»Zuerst einmal«, sage ich, »werden wir zu diesem Maskenball gehen.« Ich hebe mein Glas mit geeistem Ingwertee und presse es mir gegen Stirn und Wangen, wobei sich das Kondenswasser vom Glas mit den Schweißperlen auf meiner Haut vermischt.

»Das ist alles? Wir machen uns bloß die Haare, ziehen uns was anderes an, setzen eine Maske auf und spazieren los – oder haben wir irgendeinen Plan?« Litas Stimme klingt nicht ganz so sarkastisch, wie ihre Worte vermuten lassen.

»Ich habe keinen Plan. Zumindest noch nicht.« Ich lasse mich tiefer in die Kissen sinken und muss beschämt zugeben, dass ich auch nicht mehr Ahnung habe als sie. Aber Lügen würde auch nichts nützen.

»Okay, dann stecken wir mal die Köpfe zusammen und

lassen uns einen Plan einfallen«, sagt Lita. »Du musst das nicht alleine durchstehen, weißt du. Wir mögen ja keine Soul Seeker sein, aber wir können dir bestimmt helfen.« Sie wiederholt ihren vorherigen Vortrag. »Zuerst einmal, wer sorgt für Unterhaltung? Auden, spielst du auf dem Ball?«

Auden sieht von seinem Handy auf. Verlegen verzieht er die Miene, als er schon wieder beim Simsen ertappt wird. »Entschuldige, ich versuche nur, einen Termin mit Luther auszumachen, um ein paar Verträge zu unterschreiben.«

»Ach, wenn du ihn schon dran hast, frag ihn doch gleich, ob er euch ins Programm einschleusen kann«, schlägt Lita vor.

Auden blickt unsicher drein. »Ich denke schon, dass Epitaph auftreten werden.«

»Na, dann nutzt doch gleich die Gelegenheit zur Wiedervereinigung.« Lita verzieht genervt die Lippen.

»Sie waren ganz schön sauer, als ich ausgestiegen bin. Ich bezweifle, dass sie mich wiederhaben wollen.« Auden dreht das Telefon hin und her.

»Sei dir da nicht so sicher.« Xotichl rutscht näher an ihn heran und flüstert ihm etwas ins Ohr. Er kann ihr nicht widerstehen; schon in der nächsten Sekunde tippt er erneut mit dem Daumen auf das Gerät ein.

»Na ja«, fährt er kurz darauf fort. »Luther ist nicht begeistert, aber er sagt, er tut, was er kann.«

»Gut.« Lita nickt. »Dann haben wir ja hoffentlich jemanden, der die Bühne abdeckt. Dace, wie sieht's mit deinem alten Job aus? Irgendwelche Aussichten darauf, dass du den wiederkriegst?«

Ich drehe mich zu Dace um und frage mich, was mit ihm los ist. Er ist wesentlich später als vereinbart hier eingetroffen und hat seitdem kaum ein Wort gesprochen.

»Leandro hat es mir angeboten.« Er zuckt die Achseln und reibt sich das Kinn. »Aber das war, bevor Phyre den Laden abgefackelt hat. Soweit ich weiß, macht er mich dafür verantwortlich.«

»Unwahrscheinlich. Habt ihr nicht Cade aus der Gefahrenzone gezogen? Das weiß Leandro doch bestimmt.«

»Wir haben es nicht getan, um Cade zu retten.« Ich beeile mich, unser Tun zu verteidigen, obwohl das nicht nötig ist. Meine Freunde wissen gut über die mystische Verbindung Bescheid, die das Leben der Zwillinge miteinander verquickt.

»Der Grund spielt keine Rolle. Jedenfalls hat Cade euch sein Leben zu verdanken.«

»Ja, und als Dank dafür hat er einen toten Raben vorbeigebracht.« Ich schüttle den Kopf.

»Irgendwie so ähnlich, wie wenn eine Katze als Geschenk für ihren Besitzer eine tote Maus hinterlässt«, meint Xotichl, und wir müssen lachen, auch wenn es uns nur allzu schnell wieder vergeht.

»Einen Versuch könnte es immerhin wert sein«, wirft Auden ein. »Vielleicht kannst du mal rüberfahren. Ein bisschen rumschleimen. Seinem Ego schmeicheln. Es wäre gut, jemanden drinnen zu haben.«

Ich studiere die Miene von Dace, doch er achtet peinlichst darauf, sich nicht zu verraten.

»Was soll's.« Sein Blick begegnet kurz meinem. »Die Tankstelle kann ich sowieso vergessen. Nach dem heutigen Tag.« Ich lehne mich vor und hoffe, dass er das genauer ausführt, doch er geht einfach darüber hinweg. »Und das Geld könnte ich auf jeden Fall gut gebrauchen. Vielleicht gibt er mir sogar einen Vorschuss, damit ich meine Miete bezahlen kann. Wenn ich genug rumschleime, meine ich.«

Er wechselt einen raschen Blick mit Auden. »Also gut. Einverstanden. Einen Versuch ist es wert, oder?«

»Okay«, sagt Xotichl. »Nachdem wir jetzt zwei potenzielle Insider haben, was ist mit uns anderen? Posieren wir als normale, ahnungslose Partygäste? Oder gehen wir mit einem Plan hin? Oder beides?«

»Ein Jammer, dass Axel nicht mehr unsichtbar ist«, bemerkt Auden. »Das wäre hilfreich gewesen.«

»Unwahrscheinlich«, erwidere ich. »Aus irgendeinem unerfindlichen Grund konnte Cade Axel an dem Abend sehen, nachdem er mich niedergestochen hatte und Axel gekommen war, um mich in die Oberwelt zu bringen.«

»Das war ein Fehler, den ich mir nach wie vor nicht erklären kann.« Axel verzieht ratlos die Miene. »Ich war früher mal ziemlich gut in Lichtbeugung.« Als er Audens verständnislosen Blick auffängt, führt er die Sache weiter aus. »Ich konnte mich durch reine Willenskraft sogar für die Personen unsichtbar machen, die mich eigentlich sehen sollten. Dabei war ich einer der wenigen, die das konnten. Allerdings war es ziemlich verpönt.«

»Du Rebell.« Lita grinst und stupst ihn in die Seite. Axel strahlt.

»Wie auch immer«, sage ich in der Hoffnung, das Gespräch wieder auf den Punkt zu bringen. »Auch wenn wir momentan noch nicht über alle Einzelheiten Bescheid wissen, finde ich, dass wir auf alles vorbereitet sein müssen, da sie eindeutig noch etwas ganz anderes im Schilde führen als eine ganz normale Wiedereröffnung.« Ich berichte ihnen, dass ich Marliz habe hineinhuschen sehen und sie dabei einen Haufen glitzernden Staub zurückgelassen hat.

»Glitzernden Staub?« Axel sieht mich mit grimmig zusammengezogenen Brauen an.

Ich nicke zu der Kappe hin, die ich auf der Arbeitsfläche abgelegt habe. Es ist so vieles passiert, dass ich sie bis jetzt ganz vergessen hatte. Binnen weniger Sekunden ist Axel lautlos vom Sofa in die Küche und wieder zurück an Litas Seite geschwebt, wo er in die Kappe späht, mit einem Finger hineinfährt und mich ansieht. »Onyx«, sagt er schließlich. »Schwarzer Onyx, um genauer zu sein.«

»Okay, könnte mich eventuell jemand aufklären? Ich kann nicht mehr ganz folgen.« Lita sieht zwischen ihm und mir hin und her.

»Vermutlich benutzen sie ihn, um das Gebäude zu verstärken. Allerdings kann man es unmöglich klar erkennen, weil sie alle möglichen Barrieren außen herum aufgestellt haben. Aber das«, ich nicke zu der Kappe hin, die jetzt auf Axels Schoß liegt, »ist definitiv kein gewöhnliches Baumaterial, und das heißt, dass sie ein größeres, besseres, mächtigeres Rabbit Hole bauen.«

»Durch die Verwendung von schwarzem Onyx fügen sie enorme Macht und Stärke hinzu«, erklärt Axel. »Onyx liefert nicht nur Halt und Ausdauer, sondern erhöht auch die energetische Vibration und bewahrt die Erinnerung an all das im Gedächtnis, was sich zuvor abgespielt hat.«

»Hm, willst du uns damit sagen, dass wir bis in alle Ewigkeit zu miesem Essen und verwässerten Drinks verurteilt sind?« Lita grinst und versucht, der plötzlich still gewordenen Runde ein bisschen Lockerheit einzuhauchen. Doch schon im nächsten Moment erlischt ihr Lächeln, und sie stellt sich der hässlichen Realität, die uns erwartet.

»Sie sorgen dafür, dass das Andenken und die Kraft der Richter'schen Ahnen zusammen mit dem Erbe ihrer magischen Kräfte für immer in diesen Wänden erhalten bleiben«, fährt Axel fort, und als sein Blick meinem begegnet, sieht er genauso besorgt aus wie ich.

Die Richters haben einen Weg gefunden, um die Macht ihrer Ahnen und deren zahllose Untaten zu konservieren und sich zunutze zu machen.

In anderen Worten: Wir sind massiv im Hintertreffen.

Doch es könnte noch schlimmer kommen. Womöglich haben sie einen Weg gefunden, um die ganze Stadt gegen uns einzunehmen.

Ich sehe meine Freunde an und sage: »Und dann dürfen wir die Turmaline nicht vergessen, die sie in den Geschenktüten an Silvester verteilt haben. Ich wette, es ist nur eine Frage der Zeit, bis sie ins Spiel kommen. Sonst würden die Richters niemals eine so wertvolle Ressource verschleudern.«

»Aber was glaubst du, warum sie so lange gewartet haben, um sie zu nutzen?« Lita sieht mich fragend an. »Ich meine, es ist seit Monaten nichts Außergewöhnliches mehr passiert.«

»Das ist die Eine-Million-Dollar-Frage.« Xotichl fummelt an der Brille herum, an die sie sich noch immer nicht gewöhnt hat. »Aber auch wenn ich mich noch so anstrenge, ich kann die Energie nicht lesen.«

Trotz der Hitze läuft es mir bei ihren Worten eiskalt über den Rücken. Sie sagt inzwischen derart oft etwas in dieser Richtung, dass ich mich frage, ob sie eigentlich weiß, wie häufig sie sich bereits in Bezug auf ihre nachlassenden Fähigkeiten geäußert hat. Aber vielleicht bin ich auch nur überempfindlich. Vielleicht ist sie von der neuen Erfahrung, sehen zu können, dermaßen überwältigt, dass sie das von ihren mystischeren Begabungen ablenkt.

Ich wende mich wieder an meine Freunde. »Okay, das

Fazit ist also, dass wir von nun an, bis wir einen richtigen Plan geschmiedet haben, auf der Hut sein und genau auf Anzeichen für etwas Ungewöhnliches achten müssen.«

»Und ich muss mir ein neues Abendkleid kaufen«, sagt Lita. »Was definitiv nach einem Trip nach Albuquerque schreit, da man in dieser fashionmäßig zurückgebliebenen Stadt hier ja nichts findet. Xotichl, fährst du mit?«

Xotichl nickt eifrig, während Auden das Wort ergreift. »Ich weiß ja nicht, wie ihr das seht, aber für mich scheint die Debatte beendet zu sein. Kommt jemand mit Pizza holen?«

»Ich dachte, wir könnten vielleicht stattdessen in der Unterwelt abhängen«, sagt Lita. »Dort muss es doch kühler sein als hier.«

»Schon möglich, aber als ich mich das letzte Mal umgesehen habe, gab es dort jedenfalls keine Pizza.«

»Stimmt.« Lita zieht eine Schnute und versucht sich zu entscheiden, was sie mehr reizt.

»Gab es denn in der Oberwelt Pizza?« Xotichl sieht Axel an, doch der lacht nur und schüttelt den Kopf.

»Armer Schatz.« Lita lehnt sich herüber und zerzaust ihm das Haar. »Du musst eine ganze Menge nachholen, und das heißt, dass wir uns keine einzige Gelegenheit zum Pizzaholen entgehen lassen dürfen.« Sie zückt ihr Telefon und geht ihre Kurzwahlliste durch, während Auden nach den Autoschlüsseln greift.

»Ihr müsst auch was zu trinken mitbringen.« Ich gehe in die Küche und spähe in den Kühlschrank. Wie ich vermutet habe, ist er abgesehen von einer fast leeren Schale Frischkäse und einer Tüte eine Woche alter Bagels praktisch leer. »Ich müsste dringend Lebensmittel kaufen.«

»Keine Sorge, wir kümmern uns darum.« Lita greift mit einer Hand nach ihrer Tasche und mit der anderen nach

Axel. »Wir übernehmen den Einkauf. Xotichl und Auden, ihr seid fürs Pizzaholen zuständig, und Daire und Dace …« Sie sieht mich eindringlich an. »Was auch immer zwischen euch schwelt, klärt es, bevor wir zurückkommen. Heute könnte euer letzter schöner Freitag für eine ganze Weile sein. Also würde ich ihn lieber nicht für ein Beziehungsdrama verschwenden.«

Zwölf

Daire

Seit wann ist Lita so einfühlsam?« Ich stelle mich auf die Zehenspitzen und greife in den Hängeschrank. Rasch blicke ich nach hinten, in Erwartung einer Reaktion von Dace, doch er bleibt frustrierend still. »Hallo? Jemand da?« Ich lasse mich wieder auf die Fersen sinken und stelle einen Arm voller Gläser auf die Arbeitsfläche. Schließlich bohre ich ihm einen Finger in die Schulter. »Dace? Hey, bist du da?«

Er blinzelt. Schüttelt den Kopf. Braucht ein paar Sekunden, um aus seinen weit entlegenen Gedanken in die kleine Küche in Enchantment zurückzukehren, wo wir beide stehen.

»Entschuldige. Ich schätze, ich hab den Kopf ein bisschen voll.« Er fährt sich durchs Haar.

»Ein bisschen?« Ich ziehe eine Braue hoch und schneide eine Grimasse, doch er reagiert nicht. »Gibt es irgendwas, worüber du reden möchtest?«

Er begegnet meiner Frage mit einem widersprüchlichen Blick.

»Ist in der Arbeit irgendwas passiert?«

Er reibt sich das Kinn und weicht meinem Blick geflissentlich aus. »Hab's heute nicht in die Arbeit geschafft. Hab den Tag stattdessen mit Leftfoot verbracht.«

Er wendet sich wieder mir zu, doch es ist zu spät. Seine Worte sollen eindeutig irgendetwas verbergen, doch ich habe nicht die geringste Ahnung, was für ein Geheimnis er unbedingt für sich behalten will.

Ich studiere sein Gesicht und stelle erleichtert fest, dass sich mein Abbild in seinen Pupillen spiegelt. Als er sich das letzte Mal so benommen hat, war das nicht der Fall. »Warum bist du nach einem Tag mit Leftfoot so geworden?«

»Wie?«

»Kalt. Distanziert. Abweisend. Räumlich nah, aber emotional unerreichbar.«

Er sieht mich an, als wäre er soeben aus einem sehr langen Schlaf erwacht. »Mann, das tut mir leid. Hab ich so gewirkt?«

Ich beiße mir auf die Unterlippe und nicke.

»Komm her.« Er umfasst meine Taille und zieht mich in seine Arme. »Ich will dich nicht abweisen, ehrlich.« Doch als sein Mund seitlich zuckt, weiß ich nicht, ob ich ihm glauben kann. Dass Dace außerstande ist zu lügen, ohne sich dabei zu verraten, ist eines der Dinge, die ich an ihm liebe.

»Dace, was ist denn los? Was ist heute passiert?«

Er schüttelt den Kopf, als müsste er sich dazu überwinden, sich mehr anzustrengen. Die Tatsache, dass er sich durch Willenskraft zwingen muss, vertieft nur meine Sorge. Was ist nur aus meinem Optimisten von heute Morgen geworden, von wegen die Liebe besiegt alles?

»Es war ein langer Tag. Ein langer und anstrengender Tag. Du weißt ja, wie Leftfoot ist.«

Seine lässigen Worte passen nicht zu den feinen Linien, die sich um seine Augen bilden, und den grimmig nach unten gezogenen Lippen. Da ich nicht gewillt bin, seine Scharade mitzumachen, versuche ich, mich aus seiner Umarmung zu lösen. Zu meinem Erstaunen lässt er es zu.

Ich werkle in der Küche herum und stelle Teller, Servietten und Gläser auf ein Tablett. Dann trage ich es ins Wohnzimmer, wo wir uns mit Pizza vollstopfen und einen Film nach dem anderen angucken werden und Lita mich darüber ausquetschen wird, welche Schauspieler ich in meinem früheren Leben als durch die Welt jettende Tochter einer Hollywood-Maskenbildnerin gekannt – und welche ich geküsst – habe. Das übliche Prozedere, wenn wir nicht in die Unterwelt aufbrechen.

Ich stelle das Tablett auf den Tisch und beginne ihn zu decken, als ich merke, dass ich die Chiliflocken vergessen habe, die Xotichl so liebt, und ich drehe mich so schnell um, dass ich mit Dace zusammenstoße.

»Zum letzten Mal – was ist eigentlich los mit dir?«, schreie ich, frustriert darüber, dass er auf Distanz geht, gerade wenn ich ihn am dringendsten brauche.

»Daire, wann hast du eigentlich zum letzten Mal in der Prophezeiung nachgelesen?« Seine Augen glitzern so seltsam, dass mich kalte Schauer überkommen.

Ich halte inne. Versuche, mich zu erinnern, bis ich schließlich zugeben muss, dass es eine ganze Weile her ist. »Vielleicht vor einem Monat oder auch schon länger.« Ich zucke die Achseln. »Warum? Warum ist das wichtig? Was hast du erfahren?«

Ohne ein Wort packt er meine Hand und führt mich aus dem Wohnzimmer, durch die Küche und die Rampe hinauf zum Arbeitszimmer, wo der Kodex liegt.

Dreizehn

Dace

Als sich unsere schlimmsten Befürchtungen bestätigt haben und wir das Thema erschöpfend besprochen haben, können wir nur noch still dasitzen und darauf warten, dass unsere Freunde zurückkehren.

Wie erstarrt und mit den Gedanken in unserer ganz persönlichen Hölle gefangen, schrecken wir auf, als auf einmal lautes Geplapper und Gelächter hereindringt, ehe unsere Freunde hereinstürmen und uns schweigend und erschüttert vorfinden, den Kodex aufgeschlagen auf dem Tisch.

Lita reagiert als Erste. Sie schiebt sich den schweren Band zurecht und liest die Worte, die sich in mein Gedächtnis eingebrannt haben, auch wenn ich mich noch so sehr darum bemühe, sie zu verdrängen.

Wenn Luft verbrennt und Wasser verdunstet
Wenn Sturmwinde über feuerversengten Ebenen wüten
Wenn Schatten die Sonne verfinstert –
dann soll der Seher fallen
Und drei Welten in ewige Dunkelheit stürzen lassen.

»Okay, hier haben wir es also mit einem weiteren Vierzeiler zu tun.« Lita zuckt die Achseln und stößt sich von dem Buch ab, als bräuchte man es nicht ernst zu nehmen. Doch auch wenn sie sich noch so ungerührt gibt, ihre erschrockene Miene verrät sie. Das hindert sie allerdings nicht daran, noch einen Schritt weiterzugehen. »Wir haben die letzte Prophezeiung abgewendet, also warum sollte es bei der hier anders sein?« Sie sucht Axels Blick, heischt nach Bestätigung.

»Die letzte Prophezeiung wurde zum Teil meinetwegen abgewendet.« Axels Miene verdüstert sich, während seine Augen in dunklem Violett leuchten. »Ich habe einen meiner heiligsten Schwüre gebrochen. Ich habe mich in etwas eingemischt, was streng verboten ist.«

Beklommenes Schweigen legt sich über den Raum, während alle seine Worte einen Moment lang auf sich wirken lassen. Ich hingegen konzentriere mich auf die Worte, die er nicht ausgesprochen hat.

Er ist jetzt einer von uns.

Sein Himmelspass wurde eingezogen, zusammen mit seinen überirdischen Kräften.

Was bedeutet, dass niemand mehr da ist, der mich leitet.

Niemand mehr, der eingreifen und uns retten kann.

Und nach allem, was ich gesehen habe, sollte lieber niemand auch nur versuchen, mich zu beschützen.

Der Kodex gibt genau dieselbe Geschichte wieder, die ich in den Knochen gelesen habe.

Das herrliche, von Federn gekrönte Monster, das tief im Inneren lebt, verwandelt sich in etwas komplett anderes.

Etwas Böses und Widerliches.

Etwas, das zu dunklen, niederträchtigen Taten imstande ist.

Alles, was ich vor zwölf Stunden noch zu wissen glaubte, wurde auf den Kopf gestellt.

Offenbar bin ich doch nicht der Mann, der zu sein ich für meine Bestimmung hielt.

Statt einer Lichtgestalt, statt des Retters, als den ich mich sah, bin ich allmählich auf dem Weg dazu, der schlimmste Feind zu werden, den die Menschheit je gesehen hat.

Wenn Schatten die Sonne verfinstert –
dann soll der Seher fallen

Es ist die verräterische Zeile, die alles sagt.

Irgendwo tief in meinem Inneren brodelt die Dunkelheit, die die Menschen fürchten. Und es ist genau diese Dunkelheit, die das Licht der Welt verfinstern und Daire stürzen lassen wird.

Das Mädchen, das zu beschützen ich gelobt habe. Das Mädchen, für das ich mein Leben geben würde. Dieses Mädchen soll ich jetzt zerstören.

Der Countdown läuft. Es ist nur eine Frage der Zeit, bis sich meine Dunkelheit über die Welt ergießt.

Komisch, dass Cade bei unserer letzten Begegnung außerstande war, sich zu verwandeln, während ich jetzt dazu verdammt bin, mich in etwas so Bösartiges zu verwandeln, dass sich sein zweiköpfiges, schlangenzüngiges Untier wie die Pointe eines schlechten Witzes dagegen ausnimmt.

Wäre denkbar, dass das Untier, das einst in ihm lebte, jetzt eine neue Wohnstatt in mir gefunden hat?

Eine Wohnstatt, in der es wachsen und gedeihen und mein Licht gegen mich selbst richten kann – gegen uns alle?

»Und was machen wir jetzt?«, fragt Auden. Diese fünf simplen Worte beschwören den Augenblick herauf, den ich so unbedingt vermeiden wollte. Den ich wenigstens noch ein paar Minuten verzögern zu können hoffte.

Es ist der Grund dafür, dass ich mich so unsicher und abwesend benommen habe. Ich weiß genau, was als Nächstes kommt, und finde es unerträglich.

Es mag unausweichlich und unvermeidbar sein, doch es zerfrisst mich innerlich, zermalmt mein Herz zu Staub. Und furchtbarer noch – es hat mich zur schlimmsten Art von Lügner gemacht.

Erst heute Morgen habe ich Daire geschworen, dass ich immer bei ihr bleiben und sie nie verlassen würde und wir das alles gemeinsam durchstehen würden – und jetzt bin ich drauf und dran, jeden Schwur zu brechen.

Daire hat etwas Besseres verdient.

Etwas Besseres als mich.

Wir sind tatsächlich füreinander bestimmt – damit hat sie von Anfang an recht gehabt.

Doch anstatt dazu bestimmt zu sein, sie zu lieben und ein gemeinsames Leben aufzubauen, bin ich dazu bestimmt, sie zu töten.

Solange ein Teil von mir noch heil ist, bin ich es Daire schuldig, mich zusammenzureißen und die Sache besser zu regeln. Seit ich hier angekommen bin, blende ich sie aus. Bin voll und ganz in den inneren Aufruhr verstrickt, die bestmögliche Art zu finden, wie ich mich von dem Menschen verabschieden kann, ohne den zu leben ich mir unter keinen Umständen jemals vorstellen kann.

Statt offen und ehrlich zu sein und die richtigen Worte dafür zu finden, es ihr selbst zu sagen, überlasse ich die Aufgabe der Prophezeiung, lasse den Kodex das erklären, was ich nicht in Worte fassen konnte. Ein feiger Akt, den ich wiedergutmachen muss.

Ich gönne mir einen Moment, um meinen Mut und meine Gedanken zu sammeln, bevor ich aufstehe und mich zuerst an meine Freunde wende. »Nur um das klarzustellen – der Schatten, von dem die Prophezeiung spricht, bin ich. Ich habe dieselbe Vorhersage heute bei einem Knochenleseritual gesehen. Trotz meines normalen Aussehens wird es nicht mehr lange dauern, bis das Monster ganz die Oberhand erringt. Und nach allem, was ich gesehen habe, wird es keinen Weg geben, es aufzuhalten, geschweige denn es zu kontrollieren. Im Interesse eurer Sicherheit und eurer Unversehrtheit gehe ich deshalb jetzt und kehre nicht zurück.«

Lita schnappt nach Luft und schlägt sich eine Hand vor den Mund.

Xotichl schmiegt sich Trost suchend an Auden.

Nur Axel nickt zustimmend. Nur Axel begreift es ganz.

Während Daire fast genauso aussieht wie damals, als sie mir in meinen Träumen erschienen ist – ein schönes Mädchen, das sich darauf verlässt, dass ich das Richtige tue.

Ich versuche, noch mehr zu sagen, doch die Worte wollen einfach nicht kommen. Und so trotte ich als der Verdammte, der ich bin, in Richtung Haustür. Daire läuft mir nach.

Ich greife nach dem Türgriff und trete auf die Schwelle. Ich sehne mich so sehr danach, sie in meine Arme zu ziehen, meine Lippen auf ihre zu drücken, bin mir aber nicht sicher, ob ich das darf. »Als du zum ersten Mal bemerkt hast, dass ich ein Stück von Cades Dunkelheit gestohlen hatte, hast du dich gefragt, ob es vielleicht gar kein Irrtum war – ob die Dunkelheit in mir vielleicht ein Teil meines Schicksals ist. Offenbar hattest du recht.« Mein Blick wandert über ihre jetzt von Schmerz verzerrten schönen Gesichtszüge. »Ich wünschte, es wäre alles anders. Ich wünschte, ich hätte nie …« Ehe ich zu Ende sprechen kann, presst sie mir einen Finger auf die Lippen und stoppt meinen Redefluss.

»Verschwende deine Wünsche nicht auf eine Vergangenheit, die wir nicht ändern können.« Ihre grünen Augen fangen meinen Blick auf. »Jetzt zählt nur, was wir als Nächstes tun.«

Die Hoffnung in ihrer Stimme ist wie ein Pfeil, der mein Herz durchbohrt. Es gibt keinen Raum für Hoffnung – nicht für jemanden wie mich. Das Monster in mir löscht all das Gute aus, das ich einst besaß, und davon muss ich sie überzeugen, und wenn es das Letzte ist, was ich tue.

»Daire, du weißt nicht, was ich gesehen habe. Es ist schlimmer, als du denkst. Schlimmer, als du es dir je ausmalen könntest.«

»Oh, sei dir da nicht so sicher. Ich hatte die Träume auch. Außerdem wurde mein Herz von deinem Zwillingsbruder fast entzweigespalten. Und was ich nicht aus erster Hand erlebt habe, also, da kann ich mir den Rest mit meiner morbiden Fantasie locker ausmalen.« Sie ringt sich ein tapferes Lächeln ab, und ich bewahre das Bild im Gedächtnis, noch lange nachdem es weg ist. Es soll das Bild sein, das ich für immer bei mir trage. Nach allem, was sie durchgemacht hat, und bei allem, was ihr noch bevorsteht, ist es unglaublich, wie ihr strahlender Geist nach wie vor leuchten kann.

Ich werde tun, was auch immer nötig ist, um dieses Mädchen zu beschützen.

Sogar wenn das bedeutet, dass ich sie vor mir selbst schützen muss.

»Trotz aller Beweise für das Gegenteil – trotz allem, was die Knochen und der Kodex behaupten, sie werden nicht siegen. Ich habe vor zu gewinnen, und zwar haushoch. Ich lasse mich nicht ohne Weiteres besiegen, und ich werde auch garantiert nicht allein untergehen. Ich werde Cade Richter mit mir in den Abgrund ziehen, wenn es darauf ankommt.« Mit festem Blick reckt sie entschlossen das Kinn. Doch ihre Stimme bebt ein bisschen und verrät die tief sitzende Unsicherheit hinter jedem Wort.

Obwohl ich weiß, dass ich das nicht tun sollte – obwohl

ich weiß, dass ich schnell und leise verschwinden sollte, kann ich es nicht lassen, sie noch einmal zu berühren. Meine Finger pulsieren vor Wärme, sobald sie auf ihre zarte Haut treffen und ich mit beiden Händen ihr Gesicht umfasse.

Erst heute Morgen schwelgte ich noch in der Gewissheit, das Glück zu haben, sie für immer lieben zu dürfen. Doch jetzt ist die Zukunft, von der ich geträumt habe, dahin, einfach so.

Ein weiteres Mal lacht das Schicksal zuletzt.

»Ich habe das ernst gemeint, was ich vorhin gesagt habe.«

Sie legt den Kopf schief und sieht mich neugierig an. Das Gewicht ihres Blicks schickt einen kleinen Funken in den finsteren Abgrund, wo meine Seele früher strahlte.

Es wird nicht mehr lange dauern, bis das Monster auch sie verdunkelt hat.

»Du hast heute Morgen eine Menge Dinge gesagt. Dinge, an die du anscheinend nicht mehr glaubst.« Ihre Miene verfinstert sich, als könnte sie die in mir ablaufende Verwandlung bereits erkennen.

Ich kann sie nicht so zurücklassen. Kann uns kein solches Ende bescheren. Also rede ich weiter. »Als ich gesagt habe, dass wir eines Tages zusammenleben, uns eine gemeinsame Zukunft aufbauen, ein normales Leben miteinander führen würden – da habe ich das ernst gemeint. Ich will es noch immer.«

Sie legt ihre Hand über meine und verschränkt unsere Finger, bis sie ganz fest miteinander verflochten sind. »Ich weiß nicht, ob ich je für ein normales Leben vorgesehen war.« Sie blinzelt. Reibt die Lippen aufeinander. Die altbekannten Anzeichen dafür, dass mein Mädchen mit den Tränen ringt. »Doch das hindert mich nicht daran, von einem Leben mit dir zu träumen. Nur wir zwei, wie wir zusammen alt werden und die völlig normalen Momente zusammen genießen, die für normale Menschen ganz selbstverständlich sind. Wir können das auch haben, Dace. Und wir werden es bekommen. Ich gebe uns nicht verloren. Ich lasse dich nicht ziehen.«

»Daire …« Ihre Worte schockieren mich. Ich dachte, ich hätte mich klar ausgedrückt. Ich dachte, sie hätte verstanden. Bei mir ist sie in Gefahr. Ohne mich ist sie … na ja, auch nicht direkt in Sicherheit, aber sie hat wesentlich bessere Überlebenschancen.

»Ja, ich habe die Prophezeiung gelesen.« Ihre Stimme ist gehetzt, ihre Miene angespannt. »Und ja, ich habe alles gehört, was du über das Knochenlesen berichtet hast. Aber ich weiß auch das: Du hattest recht, als du heute Morgen gesagt hast, dass das Böse der Liebe nicht gewachsen ist. Ich konnte die Wahrheit in deinen Worten fühlen. Ich gebe zu, dass ich in dem Moment mein Möglichstes getan habe, um sie abzuwehren, aber nur, weil ich dachte, ich müsste im Kriegerinnenmodus bleiben, um zu siegen. Ich war mir sicher, dass in meiner Trickkiste kein Platz für solche weichen, flauschigen Gefühle wäre. Aber als ich endlich richtig zum Nachdenken gekommen bin, wurde mir klar, dass es noch nie einen Soul Seeker im Stammbaum der Familie Santos gegeben hat, der nicht aus dem Herzen agiert hat. Und auch wenn sie daran gescheitert sein mögen, die Richters auf Dauer in Schach zu halten, heißt das nicht, dass mir nicht gelingen kann, was ihnen misslungen ist. Es heißt nicht, dass ich meinem Herzen nicht folgen und dich an meiner Seite behalten darf und nicht trotzdem die Richters ein für alle Mal zur Strecke bringen könnte, denn genau das habe ich nämlich vor. Ich bin fest entschlossen zu siegen, und das will ich mit dir zusammen tun. Es spricht nichts dagegen, dass wir zwei zusammenarbeiten, dass wir diese Sache gemeinsam durchkämpfen. Vielleicht kannst du das Monster sogar dazu verwenden, mir dabei zu helfen, sie niederzuringen.«

Ihre strahlend grünen Augen lodern vor Entschlossenheit, sie glaubt eindeutig jedes ihrer Worte. Ihr Sarkasmus und ihr Zynismus von heute Morgen wurden von ihrer Liebe zu mir verdrängt.

Ich presse die Daumen auf ihre Wangenknochen und streiche damit über ihre zarte Haut. Sie zu spüren jagt mir einen unerträglichen Schmerz durch den Körper, während das Monster in mir grollt und tobt. Sein stetes Rumoren ist eine bittere Erinnerung daran, dass ich Daire nach dem heutigen Abend nie wieder so nahe sein werde.

»Offensichtlich habe ich mich geirrt«, sage ich mit erstickter, fast brechender Stimme. »Es gibt doch etwas Stärkeres als die Liebe, etwas, das bereit, imstande und allzu geneigt ist, uns beide zu bezwingen – und es lebt in mir. Sosehr ich mich auch anstrenge, Daire, ich kann es nicht kontrollieren. Das Monster hat seine eigene Lebenskraft, seinen eigenen Plan, und es wird nicht mehr lange dauern, bis es mich komplett überwältigt hat. Du musst mir glauben, wenn ich dir sage, dass du ohne mich besser dran bist.«

Meine Warnungen können sie nicht abschrecken.

»Gut. Ich habe es vernommen. Das heißt aber nicht, dass ich mit deinem Vorhaben einverstanden sein muss. Du kannst dich von unseren Freunden verabschieden, aber nicht von mir. Ich werde uns beide nicht aufgeben, Dace. Weder jetzt noch in der Zukunft.«

Wir sehen uns viel länger in die Augen, als wir dürften. Nur widerwillig gebe ich die Schatztruhe voller Träume auf, die wir dank unserer Bestimmung niemals werden ausleben dürfen.

Sie hat ihren Schwur geleistet und ich meinen – alle beide von unseren Herzen geleitet. Als ich geschworen habe, alles zu tun, was für ihre Rettung nötig ist, habe ich das genau so gemeint. Und so schwer dieser Augenblick auch ist, die Rettung beginnt jetzt. Je länger ich bleibe, desto mehr riskiere ich es, sie in Gefahr zu bringen.

Ich umfasse ihre Hände und drücke sie einen süßen, kurzen Augenblick lang, ehe ich sie für immer loslasse und die Arme kalt und fremd auf beiden Seiten fallen lasse. »Ich habe eine Tasche neben meinem Platz auf dem Sofa liegen lassen, und zwar absichtlich, weil du das haben sollst, was darin ist. Außerdem möchte ich, dass du Axel, Lita, Auden und Xotichl zeigst, wie man es benutzt. Unterrichte sie, bis sie es richtig beherrschen. Und wenn der Moment gekommen ist, musst du ihnen klare Anweisungen geben, wie sie es gegen mich einsetzen sollen.« Sie hebt zum Protestieren an, doch diesmal ist es an mir, sie zum Schweigen zu bringen. »Kein Zaudern. Keine Zweifel. Soweit ich gesehen habe, *wird* der Moment kommen, und ich will, dass ihr bereit seid, wenn es so weit ist.«

Wir sind in einer Sackgasse angelangt, da ich entschlossen bin zu gehen und sie entschlossen ist, mich zu retten. Und so schwer es auch ist, es ist meine Aufgabe, die Sache durchzuziehen.

Ohne ein weiteres Wort neige ich den Kopf und drücke meine Lippen sanft auf ihre. Ich hoffe, dass der Kuss vermitteln kann, was Worte nicht vermögen – meine unsterbliche Liebe – mein tiefstes Bedauern. Dann mache ich mich genauso schnell wieder los und haste den Gartenweg entlang, ohne mich auch nur noch einmal umzusehen.

Vierzehn

Daire

Ich presse den Rücken an die Tür, verlasse mich darauf, dass sie mich stützt, während ich Dace auf seinem Weg über den gekiesten Gartenweg nachsehe und verfolge, wie er durchs Tor tritt und aus meinem Leben verschwindet. Und obwohl mein Haus voller Freunde ist, habe ich mich in Wahrheit noch nie so einsam gefühlt.

Zuerst meine *abuela*. Jetzt Dace.

Ich weiß nicht, wie viel ich noch aushalte.

So ist es mit Verlusten – ganz egal, wie oft man auch einen erleidet, es wird nie leichter.

Allerdings ist das hier mit dem Verlust meiner *abuela* nicht zu vergleichen. Während meine Großmutter die körperliche Welt verlassen hat, ist Dace noch fest in dieser hier verwurzelt. Solange er unter den Lebenden weilt, gebe ich den Traum von einer gemeinsamen Zukunft nicht auf.

Die Hoffnung stirbt zuletzt. Und ganz egal, was er sagt, ich bin fest entschlossen, die Sache durchzustehen.

Es ist genau, wie ich ihm sagte: Die Soul Seeker haben immer vom Herzen her agiert, und ich sehe keinen Grund, das zu ändern.

Ich nehme mir einen Moment, um mich zu sammeln, fahre mir mit einer Hand durchs Haar und trockne mit dem Handrücken meine Tränen. Dann gehe ich hinein und stelle mich meinen Freunden, wobei ich hoffe, den Schmerz über das, was ich gerade erlebt habe, verbergen zu können.

»Ich habe zwar immer noch Lust auf Pizza«, sage ich ganz gelassen, »aber ich glaube, die Filme müssen warten.«

Alle starren mich an, bis Axel als Erster das Wort ergreift. »Daire, ist mit Dace alles in Ordnung?«

Ich nicke. Setze eine heiterere Miene auf, als ich für möglich hielt.

»Und du? Ist mit dir auch alles okay?« Xotichl beugt sich vor und mustert mich eingehend.

Einen Moment lang sehe ich sie einen nach dem anderen an, um mich zu vergewissern, dass ich ihre ungeteilte Aufmerksamkeit habe. »Ja. Mehr als nur okay. Und wisst ihr, warum?«

Lita stöhnt laut und geht vor dem großen Felsblock, der kühn mitten aus der Wand ragt, auf und ab. »Daire, du musst unseretwegen nicht die Starke spielen.« Sie wirft mir einen verständnisvollen Blick zu. »Wir wissen ganz genau, was da draußen gerade passiert ist. Nachdem Dace sich von uns verabschiedet hatte, hat er sich von dir verabschiedet und dir das Herz gebrochen. Du musst innerlich restlos am Ende sein, und es ist in Ordnung, das zu zeigen. Wir sind deine Freunde, du brauchst deine Gefühle niemals vor uns zu verbergen.«

Ich schüttle den Kopf und tue den Gedanken mit einer unwirschen Handbewegung ab. Es bringt nichts, mich in meinem Liebeskummer zu suhlen. Zumal ich wild entschlossen bin, Dace zurückzugewinnen. »Macht Dace keinen Vorwurf. Er hat getan, was er für richtig hielt. Er versucht nur, uns zu beschützen.«

»Uns vor ihm selbst zu beschützen?«, wirft Auden ein, der sich offenbar nur mit Mühe an den Gedanken gewöhnen kann, dass Dace gefährlich sein soll. »Weil er tief im Inneren nicht das ist, was er zu sein scheint?«

Ich greife nach dem Glas mit dem frischen Eistee, das sie mir eingeschenkt haben. Ich hoffe, sie registrieren nicht, wie meine Hand zittert, als ich das Glas an die Lippen führe.

»Daire, was wird hier eigentlich gespielt?« Lita lässt sich mit trotzig verschränkten Armen gegen den Felsen fallen. »Du nimmst das viel zu gefasst auf. Gibt es etwas, das du uns verschweigst? Denn meiner zugegebenermaßen begrenzten Erfahrung nach irren Prophezeiungen nur selten, und diese spezielle Prophezeiung ist so übel wie nur was.«

Ich stelle mein Glas auf den Tisch und zögere ein bisschen, ehe ich zu sprechen beginne. »Du hast recht, Prophezeiungen irren nur selten.« Lita nickt, offenbar froh darüber, dass wir uns einig sind. »Aber das heißt nicht, dass sie unfehlbar sind.« Ihre Augen werden schmal, und ihre Lippen verspannen sich. »Das Schicksal lässt sich tatsächlich durch den freien Willen gestalten, und genau das habe ich vor.«

»Soll heißen?« Xotichl sieht mich besorgt an.

»Das soll heißen, dass Dace nur vorübergehend abwesend ist.« Beklommenes Schweigen senkt sich über den Raum, während ich den Blick über sie alle schweifen lasse.

Lita reagiert als Erste. Sie zeigt mit einem Daumen auf den Kodex, kein bisschen überzeugt. »Hast du nicht gelesen, was ich gelesen habe? Du bist dem Untergang geweiht. Und deshalb sind wir anderen ebenfalls dem Untergang geweiht. Ja, ich habe vorhin versucht, ein fröhliches Gesicht zu ziehen, so zu tun, als wäre es nicht wahr, aber Fakten sind Fakten, Daire. Und Fakt ist, dass Dace dazu bestimmt ist, uns alle zu zerstören, angefangen mit dir. Sosehr er mir auch ans Herz gewachsen ist, jetzt, da ich weiß, was Sache ist, habe ich keine Lust mehr, mir eine Pizza mit ihm zu teilen. Und wenn du weiter darauf bestehst, ihn mitzubringen, dann …«

Sie rutscht unbehaglich hin und her, nicht geneigt, den Gedanken zu Ende zu führen, doch das ist gar nicht nötig. Das nun folgende Schweigen, das belegt, dass niemand Dace in Schutz nehmen will, sagt mir, dass sie sich alle einig sind.

Auch wenn Dace es geschafft hat, sie alle zu erschrecken, mich hat er nicht erschreckt. Ich weiß, dass ich ihm helfen kann, das Monster zu verjagen. Zumindest muss ich es versuchen.

»Und das war's? Wir kehren ihm einfach den Rücken zu? Wir laufen einfach davon, gerade dann, wenn er uns am dringendsten braucht?«

»Daire, wir können ihm nicht mehr helfen! Er ist ...« Ehe Lita fortfahren kann, tritt Axel an ihre Seite. Seine Gegenwart allein genügt, um sie zum Schweigen zu bringen. Trotzdem entgeht mir nicht, dass er Dace nicht in Schutz nimmt und offenbar nur die Wogen glätten will.

»Hört mal«, sage ich, wobei es mich enorme Anstrengung kostet, ruhig und sachlich zu bleiben. Doch wenn ich mich aufrege, gibt ihnen das nur umso mehr Grund, an mir zu zweifeln, und das kann ich angesichts der Lage nicht riskieren. »Ich verstehe euch ja. Ganz ehrlich. Aber es gibt noch etwas, was ihr nicht wisst: Wir können und wir werden siegen. Allerdings nicht, wenn wir uns hier weiter streiten, konträre Positionen beziehen und uns geschlagen geben, noch ehe wir überhaupt ins Geschehen eingegriffen haben. Wir können nur gewinnen, wenn wir *fest vorhaben* zu gewinnen.« *Und eventuell noch mithilfe eines anderen Gedankens, den ich jetzt noch nicht preisgeben will.*

»Ist es wirklich so leicht?« Auden bemüht sich um einen gelassenen Tonfall, doch seine skeptische Miene verrät ihn. »Tut mir leid, wenn ich das so sage, Daire, aber ich bin Litas

Meinung. Dace ist gefährlich, und was du anbietest, klingt ein bisschen zu vage, um gegen das Monster vorzugehen, das er beschrieben hat.«

»Ich erwarte nicht, dass irgendetwas davon leicht ist, aber wann hat uns das je davon abgehalten, es zu versuchen?« Sie mustern sich alle gegenseitig, doch mir entgeht nicht, dass sie meinem Blick ausweichen.

»Daire, versteh doch, du machst es uns fast unmöglich, zu glauben, dass dir etwas an unserer Sicherheit liegt, wenn du dich darauf versteifst, dass Dace geheilt werden kann. Er hat uns ohne Umschweife gesagt, dass es zu spät ist. Dass er die Sache nicht mehr unter Kontrolle hat. Und da es mit ihm passiert, schätze ich, dass er wohl die Autorität auf diesem Gebiet ist.«

Ich blicke zwischen Xotichl und Axel hin und her und flehe innerlich darum, dass er etwas dazu sagt. Ich verstehe die Besorgnis meiner Freunde, doch eigentlich war ich mir sicher, dass Axel auf meiner Seite steht.

»Auch du, Axel?« Ich fixiere ihn mit einem Blick. »Noch heute Morgen hast du gesagt, dass Entschlusskraft der wichtigste Bestandteil der Magie ist – und dass Glaube das Rückgrat von Entschlusskraft ist. Hast du an das geglaubt, was du gesagt hast, oder wolltest du mir nur nach dem Mund reden?« Er fängt meinen Blick auf, doch seine Stimmung ist undurchschaubar. »Bist du bereit, hinter deinen Worten zu stehen, oder hast du es dir anders überlegt? Und Lita …« Ich wende mich an sie. »Hast du nicht mal gesagt, ich müsste das Ganze nicht alleine durchstehen? Dass ihr alle bereit wärt, mir beizustehen? Trifft das nicht mehr zu? Langsam kommt es mir nämlich so vor, als würdet ihr alle am Rand lauern, begierig darauf, den entscheidenden Kampf zu verfolgen, während ich in der Arena stehe. Ich bin diejenige, die die Sache ausfechten muss – was heißt, dass ich vielleicht einen etwas besseren Blickwinkel habe als ihr.«

Lita zuckt zusammen und schaut auf ihre Füße, während sich Axel von der Wand löst und sich mit einer Hand durch seine Lockenmähne fährt. Er sieht erst Lita, dann Xotichl, Auden und schließlich mich an, bevor er zu sprechen anhebt. »Ich bin für dich da, Daire. Aber es gibt gewisse Grenzen. Wenn es hart auf hart kommt, werde ich nicht zögern, euch anstelle von Dace zu retten, und ich glaube, wir hoffen alle darauf, die gleiche Zusicherung von dir zu bekommen.«

Sie nicken alle synchron, und ich zögere etwas mit meiner Antwort. »Ich versichere euch, dass, wenn ich vor dieser Wahl stehen sollte, eure Sicherheit meine oberste Priorität sein wird. Aber die Frage ist im Grunde müßig, da es dazu nie kommen wird.«

»Nicht direkt die Zusicherung, auf die ich gehofft habe«, knurrt Lita.

»Tja, mehr habe ich nicht zu bieten. Was heißt, dass wir in dieser Sache einen Waffenstillstand schließen und uns darauf einigen müssen, dass wir uns eben nicht einig sind, denn ich werde euch nichts vorlügen. So, und nachdem das nun geklärt ist, können wir hoffentlich damit abschließen und weitermachen. Wir haben eine Schlacht zu schlagen, und wir müssen uns vorbereiten.« Ich drehe mich zu Axel um und bedeute ihm, mir zu folgen. »Ich brauche deine Hilfe, komm mit in mein Zimmer.«

»Äh, muss ich mir Sorgen machen?« Lita schaut mich mit gespielter Besorgnis an, die sich rasch zu Neugier wandelt, als wir mit einer wunderschönen handbemalten und mit Schnitzereien verzierten Holztruhe zurückkehren, die wir mit vereinten Kräften herbeischleppen. »Was ist das?« Sie beugt sich vor, um sie besser in Augenschein zu nehmen.

»Betrachte die Truhe als meinen Werkzeugkasten.« Ich ringe mir ein Lächeln ab. »Paloma hat sie mir geschenkt, zusammen mit den ganzen Werkzeugen, die ich darin aufbewahre.«

»Werkzeuge der Lichtarbeiterbranche?«, fragt Auden. Er ist von uns der am wenigsten Eingeweihte, doch das ändert sich allmählich.

»So etwas Ähnliches.« Ich drehe am Rad des Zahlenschlosses, das ich kurz nach Palomas Tod dort angebracht habe. Angesichts all der Ereignisse in der Zwischenzeit kommt es mir inzwischen regelrecht albern vor. Als ob dieses simple Metallschloss jemals einen Richter fernhalten könnte.

Doch andererseits hätte ein Richter nie auch nur das geringste Interesse an den Werkzeugen, die ich darin aufbewahre.

Und gerade das könnte sich als eine meiner größten Stärken erweisen.

Bei jeder Begegnung mit Cade, jedes Mal, wenn er die Oberhand zu erringen schien, versäumte er es nie, sich über die Weisheit meiner Ahnen lustig zu machen – meine Sammlung magischer Talismane. Der Beutel um meinen Hals, das kleine zweischneidige Messer, das mit Valentinas Essenz getränkt ist – all das ist für ihn ein großer Witz.

Cade stützt sich einzig und allein auf seine Verschlagenheit, seine schwarze Seele und auf das schlangenzüngige Monster in seinem Inneren. Doch soweit ich zuletzt gesehen habe, hat das Untier ihn verlassen. Ganz im Gegensatz zu meinen Werkzeugen, die mich noch nie im Stich gelassen haben.

Was das angeht, so habe ich mich nur selbst im Stich gelassen.

Doch damit ist jetzt Schluss.

Ich knie mich vor die Truhe und hebe den Deckel. Meine Freunde scharen sich enger um mich, während ich die weiche, handgewebte Decke herausnehme, die ich obendrauf gelegt habe, und dann die Werkzeuge eines nach dem anderen darauf ausbreite.

»Och«, macht Lita, wobei ihre Stimme genau wie ihre Miene ihre Enttäuschung verrät. »Ich dachte, da wären coole Sachen drin. Ich dachte, du hättest ein Waffenarsenal darin versteckt.«

»Täusch dich nicht, in den richtigen Händen ist das ein Waffenarsenal.« Ich schiebe die Tasche, die Dace dagelassen hat, außer Reichweite. Ich brauche gar nicht nachzusehen, um zu wissen, was darin ist. Es sind sein Blasrohr und die Pfeile, doch die werde ich nie und nimmer gegen ihn einsetzen. Und nachdem meine Freunde nur allzu bereit sind, sich gegen ihn zu stellen, brauchen sie nicht zu wissen, dass es existiert. Dann, nachdem ich die Teile so angeordnet habe, dass die Rohlederrassel an dem langen Holzstock neben der großen Trommel mit dem Gesicht eines Raben mit violetten Augen zu liegen kommt, ordne ich die drei Federn, die von einem Schwan, einem Raben und einem Adler stammen, alle in einer Reihe an und lege zum Schluss das Pendel mit dem kleinen Amethysten dazu.

»Holt euch Pizza«, sage ich. »Füllt eure Getränke auf und macht es euch gemütlich. Ich bringe euch bei, wie man das hier alles benutzt. Und das wird wahrscheinlich den größten Teil des Abends in Anspruch nehmen.«

Fünfzehn

Lita

Ich habe ein so schlechtes Gewissen.« Ich beiße mir auf die Unterlippe und betrachte finster den überfüllten Kleiderständer vor mir.

»Warum? Was hast du denn jetzt wieder gemacht?«

Ich mustere Xotichl schief von der Seite. »Was soll das heißen, was ich jetzt wieder gemacht habe?«

»Na ja, ich denke mir, wenn du ein schlechtes Gewissen hast, muss es einen Grund dafür geben.«

»Puh.« Ich verdrehe die Augen und schüttle den Kopf, allerdings mehr wegen der dramatischen Wirkung; ich bin nicht mit dem Herzen dabei. »Werde ich je über meine Vergangenheit als Diva hinwegkommen?«

»Unwahrscheinlich.« Xotichl schiebt sich ihre violette Brille mit der Fingerspitze den Nasenrücken hinauf.

»Jedenfalls habe ich nicht direkt etwas *gemacht*. Mein schlechtes Gewissen kommt daher, dass alles um uns herum entweder zerfällt, kurz davorsteht, zu zerfallen, oder dem Kodex zufolge dem Zerfall geweiht ist. Aber trotz der Vorhersage finsterer Verdammnis mit einer neunzigprozentigen Wahrscheinlichkeit für die völlige Auslöschung der Welt sprudelt tief in mir nach wie vor die absolute Euphorie ungehemmten Glücks, und ich weiß, dass das nicht richtig ist.«

»Das macht die Liebe.« Xotichl wackelt mit dem Kopf, als würde sie einem Lied lauschen, das nur sie allein hören kann. Sie wählt ein Kleid von der Stange und mustert es ein paar Sekunden lang, nur um es gegen ein anderes auszutauschen und dieses dann gleichfalls wieder wegzuhängen. »Liebe ist irrational. Unlogisch. Weckt Gefühle in dir, die komplett unpassend erscheinen, wenn du die tatsächlichen Umstände betrachtest. Trotzdem solltest du sie nie infrage stellen, nie an ihr zweifeln. Du solltest sie einfach als das Geschenk akzeptieren, das sie ist.« Sie entfernt sich von dem Kleiderständer und lässt den Blick durch den Laden schweifen.

»Wohl schon …« Ich seufze, nicht bereit, so ohne Weiteres nachzugeben. »Trotzdem kommt es mir falsch vor, sich so gut zu fühlen, wenn alles um mich herum vor die Hunde geht. Es ist, als würden hier drinnen Sektkorken ploppen.« Ich klopfe mir mit der Hand auf die Brust. »Und dazu der tosende Fluss des Hades dort draußen.« Ich zeige mit dem Daumen in Richtung des grünen Ausgangsschilds. »Ganz zu schweigen davon, dass ich mir ziemlich sicher bin, dass wir Daire langsam reichlich auf die Nerven gehen.«

»Langsam?« Xotichl wirft den Kopf in den Nacken und lacht, als wäre dies der lustigste Witz, den ich das ganze Jahr über erzählt habe. »Ich bin mir ziemlich sicher, dass sie schon genervt war, als du und Axel euch zum ersten Mal in die Augen gesehen habt.«

»Ich wusste es!« Auf einmal brauche ich eine Bestätigung für das, was ich schon die ganze Zeit vermutet habe. Ich beuge mich zu ihr, packe sie am Arm und sage: »Du hast es auch gespürt?« Wir haben dieses Gespräch nie geführt, und ich brenne darauf, die Sache bis ins kleinste Detail zu analysieren.

»Gespürt? Ich habe es *gesehen.*« Sie sucht ein anderes Kleid heraus und hält es sich hin. Doch es ist viel zu viel

Stoff und Farbe für ihre zierliche Gestalt, und sie hängt es zurück, ehe ich Einwände dagegen vorbringen kann.

»Aber weshalb? Was glaubst du, weshalb sie so gegen uns ist?« Vielleicht drängle ich, aber ich will dieses Thema unbedingt fortführen, bis es erschöpft ist. »Nach allem, was Axel für sie getan hat – sie in die Oberwelt zu bringen und ihr damit das Leben zu retten. Nach allem, was ich durchgemacht habe – traumatisiert zu werden und den größten Teil meines Lebens durch die Richters meine Wahrnehmung manipuliert zu bekommen. Warum kann sie sich nicht einfach für uns freuen? Warum kann sie uns nicht unterstützen, so wie wir sie und Dace unterstützen?«

»Weil es unnatürlich ist.«

Die Stimme kommt von hinten, und als wir uns umdrehen, steht Cade Richter da, so süffisant, schnöselig und selbstsicher wie immer. Er trägt eine verwaschene Jeans, ein weißes T-Shirt mit V-Ausschnitt, das ihm an Schultern, Brust und Waschbrettbauch klebt und die ganze Pracht optimal zur Geltung bringt, und an den Füßen braune Leder-Flipflops. Er sieht nicht aus, als wäre er vor sechs Monaten mit klaffenden Schnittwunden am Arm und in der Seite in ein brennendes Gebäude gerannt.

Ganz egal, wie oft ich diesen Moment in Gedanken durchgespielt und mir dabei regelmäßig vorgestellt habe, völlig cool zu bleiben, während Cade unter meinem absolute Autorität ausstrahlenden Blick ganz klein wird, läuft es im richtigen Leben genau umgekehrt. Ich schnappe nach Luft und mache vor Schreck einen solchen Satz, dass ich Xotichl beinahe umwerfe.

»Ganz zu schweigen davon, dass es nicht gut gehen wird.« Cades eisblaue Augen bohren sich tief in meine, und sosehr ich mich auch bemühe, ich kann den Blick nicht abwenden.

»Ein Typ wie Axel hat hier nichts verloren. Er gehört nicht in unsere Welt. Bedauere, dass ich dir das beibringen muss, Lita, aber Santos hat anscheinend nicht genug Mumm, um dir das mitzuteilen, was wir beide nur allzu gut wissen. Eure Beziehung war schon gestorben, lange bevor sie begonnen hat.«

Ich stehe da wie ein Ölgötze, außerstande, mich zu bewegen oder etwas zu sagen. Und obwohl ich darauf warte, dass Xotichl die Initiative ergreift und an meiner statt etwas sagt, muss ich mit ansehen, dass sie genauso schreckensstarr ist wie ich.

»Soll das eine Drohung sein?«, stoße ich schließlich hervor. Etwas Besseres fällt mir leider nicht ein. Trotzdem greife ich nach Xotichls Arm, trete einen Schritt zurück und ziehe sie mit mir.

»Nö.« Cade hebt die Schultern und fährt sich mit einer Hand durch die Haare. Er hält sie einen Moment lang fest, ehe er sie wieder loslässt und ihm der Pony erneut in die Augen fällt. Eine seiner vielen typischen Gesten. »Keine Drohung. Nicht einmal eine Warnung. Nur eine Tatsache, weiter nichts.«

Ich verdrehe die Augen. Schnaube unhörbar. Doch es ist alles nur aufgesetzt, und das weiß er genauso gut wie ich. »Vermutlich wirst du mir als Nächstes anbieten, mich zu trösten, wenn dieses sogenannte zwangsläufige Ende eintritt?« Ich verschränke die Arme im Versuch, die sonderbare Sogwirkung seiner Energie abzuwehren. Angewidert muss ich feststellen, dass ich mich nach allem, was er mir angetan hat, nach allem, was ich über ihn weiß, noch immer zu ihm hingezogen fühle.

»Wieder falsch.« Er setzt ein Grinsen auf, fasst in die Tasche und zündet sich eine Zigarette an, trotz des strengen

Rauchverbots. »Es mag dich erstaunen, das zu hören, aber ich habe mich neu orientiert. In den letzten sechs Monaten hat sich vieles verändert. Und auch wenn du dich für noch so unwiderstehlich hältst, stehe ich nicht mehr auf dich.«

Ich kneife die Augen zusammen und versuche, zwischen seinen Worten zu lesen. Sage mir, dass ich erleichtert sein sollte, froh, die Last seines Interesses los zu sein. Und während ich einerseits wirklich froh darüber bin, fühle ich mich andererseits irgendwie enttäuscht, beraubt.

»Was deinen kleinen leuchtenden Mann angeht, so musst du wissen …«

»Axel. Er heißt Axel. Und er leuchtet nicht.« Ich funkle ihn böse an. Doch ich bin eher böse auf mich selbst als auf ihn. Ich habe keine Ahnung, warum ich mich immer noch auf ihn einlasse. Wir hätten verschwinden sollen, sowie wir ihn sahen. Doch jetzt stehe ich hier und plappere wie ein Idiot, während Xotichl sprachlos neben mir ausharrt.

»Er hat sein Leuchten verloren?« Cade zieht eine Braue hoch und nimmt einen tiefen Zug von seiner Zigarette. Dann dreht er den Kopf zur Seite, um uns eine bessere Sicht auf sein perfektes Profil zu gewähren, während er Rauchringe ausstößt. »Ein Jammer. Das Einzige, was für ihn sprach, wenn du mich fragst.«

»Egal. Wir sind hier fertig.« Ich wende mich zum Gehen, doch er greift nach mir und umfasst meinen Arm mit seiner Faust.

»Vergiss eines nicht, Lita, wenn du und Axel in Flammen aufgeht – denn das wird unweigerlich passieren –, dann vergiss nicht, dass du es heute von mir zum ersten Mal gehört hast. Es ist eine Warnung, die du ernst nehmen solltest. Betrachte sie als mein letztes Geschenk an dich.«

»Und warum solltest du mir ein Geschenk machen, wenn du so über mich hinweg bist, wie du behauptest?«

»Was soll ich sagen? Ich bin eben ein sentimentaler Typ.« Er hebt die Schultern und wirft die Zigarette zu Boden, wo sie ein Loch in den Teppich brennt. »Wir hatten eine Menge Spaß zusammen. Irgendwie ist es wohl das Letzte, was ich für dich tun kann.«

»Was machst du wirklich hier? Was willst du?« Xotichl spricht zum ersten Mal, seit er aufgetaucht ist.

»Das Gleiche wie du.« Er murmelt nur, während er seine Aufmerksamkeit zwischen uns und seinem klingelnden Handy aufteilt. »Etwas zum Anziehen für den Ball im Rabbit Hole. Ich nehme an, ihr habt die Einladung bekommen?« Mit sardonischem Grinsen wendet er sich wieder seinem Telefon zu.

»O ja, haben wir.« Xotichl schaut ihn finster an. »Der tote Rabe war eine wirklich hübsche Geste.« Sie stemmt eine Hand in die Hüfte und funkelt ihn böse an, doch die Wirkung prallt an ihm ab. »Okay, ich habe begriffen, dass es ein Ball ist, aber willst du wirklich ein Kleid tragen?«

Er hebt das Kinn und sieht sie verständnislos an.

»Falls es dir nicht aufgefallen sein sollte, du befindest dich in der Damenabteilung. Männersachen sind im Erdgeschoss. Oder vielleicht willst du gar nichts kaufen? Vielleicht stellst du dich nur beim Stalking besonders dämlich an?«

Missmutig sieht er das Telefon an, ehe er sich wieder uns zuwendet. »Bild dir nur nichts ein, Süße. Ich habe kein Interesse an euren banalen Beschäftigungen. Falls du es unbedingt wissen willst, ich suche nach etwas für mein Date. Aber der Laden hier ist mir nicht stylisch genug. Ein besonderes Mädchen verdient ein besonderes Kleid, nicht wahr?«

»Wie besonders kann sie schon sein, wenn sie mit dir ausgeht?«, stichelt Xotichl und vergisst dabei geflissentlich, dass ich mehr oder weniger seit der Grundschule mit Cade gegangen bin, wenn auch mit Unterbrechungen. Doch ich verzeihe ihr die Beleidigung.

Cade grinst. »Wesentlich besonderer, als ihr euch vorstellen könnt.«

»Wer ist es?«, frage ich, nachdem ich endlich meine Stimme wiedergefunden habe. »Jemand, den wir kennen?« Ich ringe darum, meine Gesichtszüge neutral zu halten, bin allerdings außerstande, etwas dagegen zu unternehmen, wie mir das Herz in der Brust klopft.

»Ich nehme schon an, dass ihr sie kennt. Schließlich ist Enchantment eine kleine Stadt.« Er mustert mich aufmerksam. »Eine kleine Stadt mit einem letztlich doch sehr langen Gedächtnis – oder vielleicht ist das nur bei mir so?«

Seine Brauen schießen in die Höhe, und ich habe keine Ahnung, was ich ihm entgegnen soll. Spricht er von dem schwarzen Onyx, mit dem sie das neue Haus verstärken? Wird es tatsächlich die gespenstische Erinnerung an die Freveltaten aus der Vergangenheit der Richters bergen?

»Möchtest du das vielleicht genauer erklären?«, fragt Xotichl mit erstaunlich scharfem Unterton.

»Eigentlich nicht.« Er wirft ihr ein grimmiges Lächeln zu. »Sagen wir einfach, dass es keine gewöhnliche Party werden soll.«

»Als du das letzte Mal eine Party geschmissen hast, ist der Club in Flammen aufgegangen, und Phyre und Suriel Youngblood sind umgekommen. Wie möchtest du das noch toppen?«

»Phyres kleines pyrotechnisches Spektakel war nur der Vorspann. Ein Schritt führt zum anderen, wie man so sagt.«

Sein Telefon klingelt erneut und fordert seine Aufmerksamkeit.

»Tja, war nett, mal wieder geplaudert zu haben.« Damit dreht er sich um und wedelt kurz mit dem erhobenen Handrücken.

»Für dich vielleicht.« Xotichl verschränkt trotzig die Arme und erstarrt, als er stehen bleibt, sich umblickt und sie unverwandt ansieht.

»Immer schön vorsichtig, Kleine. Du wagst dich auf ein Terrain vor, das weit außerhalb deiner Liga liegt.«

Seine Miene verfinstert sich und veranlasst mich, einen Schritt vorzutreten und mich beherzt zwischen sie zu stellen. Ich bin fest entschlossen, Xotichl falls nötig zu verteidigen, doch mein Anblick bringt ihn nur zum Lachen.

»Spar's dir, Lita. Xotichl braucht keinen Bodyguard. Die Kleine hat ihr Augenlicht wieder. Sie kommt selbst klar. Zumindest glaubt sie das. Es gibt allerdings eine ganze Menge Dinge, die ihr nicht wisst, aber ich habe meine gute Tat für heute schon getan. Von mir kriegt ihr nichts mehr.«

Xotichl fummelt an ihrer Brille herum und ringt um Haltung, doch es ist unverkennbar, dass sie erschüttert ist.

Das sind wir beide.

Und so können wir nichts weiter tun, als wie angewurzelt stehen zu bleiben, noch lange nachdem Cade davongeschlendert ist.

Sechzehn

Xotichl

»Bist du sicher, dass wir das tun sollen?« Ich umklammere die Kante meines Sitzes, während Lita so rasant in die Kurve geht, dass ich schwören könnte, das Auto fährt nur noch auf zwei Rädern.

»Wie können wir das *nicht* tun? Wir sind es Daire schuldig, oder?« Sie sucht meinen Blick und sieht mir für meinen Geschmack zu lange in die Augen. Bei diesem Tempo wäre es mir lieber, sie konzentriert sich auf die Straße, nicht auf mich.

»Ich bin mir sicher, dass er uns gesehen hat«, entgegne ich, wobei meine Worte in einem schrillen Ton enden, der mich ebenso erschreckt wie sie.

Das sieht mir gar nicht ähnlich. Normalerweise bin ich die Abenteuerlustige. Die Erste, die sich darum bewirbt, sämtliche Grenzen zu überschreiten.

Doch andererseits bin ich, seit ich mein Augenlicht wiederhabe, nicht mehr die Alte. Es ist, als hätte man mich in eine auf den Kopf gestellte und aus dem Gleichgewicht geratene Welt katapultiert. Mich in ein aufgewühltes Meer geworfen, ohne jede Hoffnung, jemals das Ufer zu erreichen.

»Ich bin mir absolut sicher, dass er uns gesehen hat.« Lita umklammert das Lenkrad so fest, dass ihre Knöchel weiß werden. »Falls du es nicht bemerkt hast, er benutzt den Blinker und reduziert das Tempo, wenn er zu weit voraus ist.

Er will uns eindeutig irgendwohin lotsen. Ganz zu schweigen davon, dass er die vollen zehn Minuten abgewartet hat, bis wir uns dazu aufgerafft haben, ihm nachzufahren.«

»Apropos, was zum Teufel ist da drinnen abgelaufen?«

»Was meinst du? Wir waren eben baff, weiter nichts.« Sie nickt, als wollte sie daran glauben, doch ihr gepresster Unterton verrät etwas anderes.

»Ja, wir waren baff, keine Frage. Der letzte Ort, an dem ich mit Cade Richter gerechnet hätte, war die Abteilung für Damenkleider, aber trotzdem steht außer Zweifel, dass wir stümperhaft aufgetreten sind.«

Lita lässt entmutigt die Schultern sinken. »Es ist mir ja peinlich, das zuzugeben, aber es war echt eine Katastrophe. Ich habe keine Ahnung, was über mich gekommen ist. Es ist, als hätte ich mir ständig die Gründe dafür in Erinnerung rufen müssen, warum ich ihn hasse, und trotzdem hab ich mich zu ihm hingezogen gefühlt.« Sie reibt sich mit der Hand über den Arm und erschauert.

»Und ich konnte kaum sprechen.« Ich verdrehe die Augen beim Gedanken daran. »Es war, als wäre mein ganzer Körper erstarrt und nur mein Verstand hätte noch gearbeitet. In meinem Kopf hat es gerauscht von all den Dingen, die ich sagen wollte. Mir lagen eine ganze Reihe von spöttischen Bemerkungen und spitzen Kommentaren auf der Zunge – aber ich konnte trotzdem nur dastehen und blöd schauen. Es war, als hätte man mir meinen Willen geraubt. Als säße ich in einem Körper fest, der nicht mehr gehorchen will.«

Lita wirft mir einen besorgten Blick zu, ehe sie sich wieder auf die Straße konzentriert und so abrupt beschleunigt, dass es mir die Schultern gegen den Sitz presst.

»Hat er gerade … gewinkt?« Ich blicke zwischen Lita

neben mir und Cades schwarzem Geländewagen vor uns hin und her.

»Allerdings.« Ihre Lippen verziehen sich zu einem Grinsen, während sie sich ein bisschen aufrechter hinsetzt, als wäre das Ganze soeben zu einem Spaß geworden.

»Gehen wir ihm dann nicht gerade in die Falle?«

»Es ist keine Falle.« Sie nickt zur Bekräftigung, obwohl ihre Stimme erneut wenig überzeugend klingt. »Okay, vielleicht ist es eine Falle«, lenkt sie ein. »Ich meine, es steht außer Zweifel, dass er uns irgendwohin lockt. Aber es ist keine Falle, so wie du es dir vorstellst.«

»Das tröstet mich kein bisschen.« Ich schaue aus dem Seitenfenster und runzle die Stirn, während ich überlege, was schlimmer wäre – die Tür weit aufzustoßen und mich aus dem Auto zu werfen oder mich ihrem Plan anzuschließen. Es bleibt sich gleich.

»Es gibt einen zentralen Punkt, den du vergessen zu haben scheinst: Cade Richter ist ein Meister der Manipulation. Er liebt seine kleinen Spielchen. Er lebt praktisch für sie.«

»Ähm, ja. Genau darauf wollte ich hinaus. Daher kommt ja die Angst, von ihm in eine Falle gelockt zu werden. Seine *kleinen Spielchen* können ziemlich brutal werden. Frag Daire.«

Lita schüttelt den Kopf, beugt sich vor und späht durch die staubbedeckte Windschutzscheibe. »Glaub mir, Xotichl, ich kenne diesen Kerl wie meine Handtasche. Er tut uns nichts. Er will nur, dass wir das sehen, was er uns zeigen will, damit wir Daire davon berichten.«

»Hosentasche.« Ich spähe in den Rückspiegel und sehe Staubwolken und wehende Wüstensträucher in unserem Schlepptau.

»Was?« Lita blinzelt und mustert mich so lange, dass ich

einen Finger in Richtung Windschutzscheibe ausstrecke, damit sie wieder auf die Straße schaut anstatt zu mir.

»Der Ausdruck lautet, ich kenne ihn wie meine Hosentasche. Und bitte pass auf, wo du hinfährst!«

»Und was hab ich gesagt?«

»Du hast Handtasche gesagt.«

»Ist das dein Ernst, Xotichl?« Sie runzelt die Stirn und blickt wieder auf die Straße, was mir einen Moment der Erleichterung schenkt, ehe sie sich erneut zu mir umwendet. »Das ist das Einzige, was du von allem, was ich gesagt habe, mitnimmst? Was ist in dich gefahren? Du bist nervös und seltsam. Ich habe dich noch nie so ängstlich erlebt. Sonst bist du immer diejenige, die mich beruhigt. Weißt du noch, als du mich mitgeschleppt hast, um Suriel Youngblood nachzuspionieren?«

Daran erinnere ich mich mit Grausen. Dem Schlangenbeschwörer, Weltuntergangspropheten und Prediger nachzuspionieren war eine der dümmsten Ideen, die ich je hatte. Vielleicht sind die Veränderungen, die ich durchlebe, ja gut. Jetzt, da ich die Welt um mich herum sehen kann, begreife ich vielleicht zum allerersten Mal, wie gefährlich sie sein kann. Vielleicht ist diese neue, ängstliche Xotichl ja eine Verbesserung gegenüber der früheren impulsiven Xotichl, die ich einst war.

»Glaub mir, Suriel Youngblood werde ich garantiert nicht so schnell vergessen. Und nur damit du's weißt, ich hab die Entscheidung praktisch in dem Moment bereut, als wir dort angekommen sind.«

»Tja, das hier wirst du nicht bereuen.« Lita spannt das Kinn an und löst einen Augenblick lang die Finger vom Lenkrad, nur um sie mit doppelt so festem Griff wieder darumzulegen. »Und falls wir es doch bereuen sollten, dann haben wir wenigstens etwas, worüber wir reden können, stimmt's?«

»Ja. Wenigstens das. Ich bin immer auf der Suche nach einem guten Gesprächsthema.« Ich halte die Kante meines Sitzes umklammert, während der Wagen über den von tiefen Furchen durchzogenen Feldweg rumpelt, und frage mich, ob ich nicht lieber die Augen zumachen soll, bis es vorbei ist.

»Wir werden nicht sterben, Xotichl. Zumindest nicht heute. Nicht durch Cade.«

»Wie kannst du dir da so sicher sein?« Ich hebe ein Lid etwas an. »Immerhin hat er Paloma umgebracht.«

»Mit Paloma hatte er andere Pläne. Da ging es um El Coyote gegen Soul Seeker. Vor allem ging es darum, Daire wehzutun. Damit sie sich machtlos und allein auf der Welt fühlt. Und auch wenn kein Zweifel daran besteht, dass ihm das gelungen ist, ist es bei mir anders. Er wird nicht versuchen, mir wehzutun. Aber das wirst du mir leider einfach glauben müssen.«

»Du glaubst doch nicht ernsthaft, dass er immer noch schwer in dich verliebt ist, oder? Denn in dem Punkt hat er meiner Meinung nach eindeutig nicht geblufft.«

Lita lacht. »Bitte, ich bin nicht blöd. Ich glaube nicht, dass Cade Richter jemals schwer in mich verliebt war. Oder auch nur ansatzweise in mich verliebt war, wenn du's genau wissen willst. Ich glaube, er weiß nicht einmal, was Liebe ist. Ich hab's ja auch nicht gewusst, ehe ich Axel kennengelernt habe. Was ich allerdings weiß, ist, dass Cades Stolz und sein Ego schwer dadurch getroffen sind, wie schnell ich über ihn hinweggekommen bin. Und deshalb bin ich mir ziemlich sicher, dass er mich lange genug in seiner Nähe behalten möchte, damit ich meinen Entschluss, ihn zu verlassen, bereue, was natürlich nie passieren wird. Wie auch? Bei Axel habe ich alles. Endlich weiß ich, was wahre Liebe ist, und das würde ich gegen nichts auf der Welt eintauschen.« Sie sieht zu mir her, und ihre Augen werden schmal, als sie meinen skeptischen Blick registriert. »Hast du nicht mitgekriegt, wie Cade unbedingt sein Date erwähnen musste? *Ich suche nach etwas für mein Date. Doch der Laden hier ist mir nicht stylisch genug.*« Sie verdreht die Augen. »Was auch immer Cade im Schilde führt, du kannst darauf wetten, dass es gut geplant ist. Er überlässt nichts dem Zufall. Hat immer einen Plan, den wir noch früh genug erfahren werden. Die eigentliche Frage ist, warum hast du solche Angst? Was ist los mit dir? Warum loggst du dich nicht in die Energie der Situation ein, wie du es sonst immer tust? Das würde dich doch sicher davon überzeugen, dass alles in Ordnung ist.«

Ich runzle die Stirn, da ich nicht weiß, wie ich ihr beibringen soll, wie unsicher ich mich fühle. Dass mein jüngst wiederhergestelltes Augenlicht das einzig Greifbare zu sein scheint, auf das ich zählen kann. Und so platze ich schließlich mit der Wahrheit heraus. »Ich kann Energie nicht mehr so lesen wie früher.«

Sie sieht mich an. Tut ihr Möglichstes, ihren Schreck zu verbergen. »Du musst dich wahrscheinlich erst an deine Sehkraft gewöhnen, oder? Du weißt schon, dass du jetzt lernen musst, mit den Augen zu sehen, statt blind zu sehen. Es kommt bestimmt zurück.«

»Aber was, wenn nicht?« Ich balle die Hände im Schoß. So. Jetzt hab ich es gesagt. Meine schlimmsten Ängste darüber enthüllt, dass die ganzen Fortschritte, die ich mithilfe von Palomas Anleitung gemacht habe, sich auf Nimmerwiedersehen verabschiedet haben.

»Bestimmt.« Sie nickt, als wäre es bereits beschlossene Sache, doch ich bin mir nicht so sicher.

Früher wusste ich, wenn jemand log, allein aufgrund der Farbe seiner Worte.

Ich wusste, wenn irgendwo dunkle Energien lauerten, einfach aufgrund der leichten Veränderung der Atmosphäre.

Doch jetzt hat es den Anschein, als wäre ich ebenso ahnungslos wie alle anderen.

Stelle meine Instinkte infrage.

Zweifle an meinem Bauchgefühl.

»Ich weiß nicht ... Ich glaube, ich bin einfach ...« Ich will gerade sagen, dass ich bei alledem ein schlechtes Gefühl habe, aber in Wirklichkeit fühle ich gar nicht viel. An der Stelle, wo sich einst meine Intuition befand, ist jetzt eine große Leere. »Ehrlich gesagt, ich weiß es einfach nicht«, presse ich schließlich hervor, da ich nicht lügen will. »Aber es fühlt sich einfach ... falsch an. Cade zu folgen – auf den Maskenball zu gehen – nichts davon behagt mir richtig.«

Ich wende mich zu Lita um, nur um festzustellen, dass sie gar nicht mehr zuhört. Sie konzentriert sich nur noch darauf, Cades Geländewagen nachzusetzen.

Ich versuche, Ruhe zu bewahren. Versuche, den Ort der stillen Gelassenheit zu finden, wie Paloma es mir einst gezeigt hat.

Sie sagte immer, in der Stille liege meine Kraft. Dass ich, wenn mir ängstlich, unsicher oder beklommen zumute wird, meinen Atem verlangsamen und meine Gedanken ruhiger fließen lassen soll, damit sich ein Raum auftun kann, in dem sich die Antworten offenbaren. Und obwohl das früher immer geklappt hat, muss ich mir eingestehen, dass es jetzt nicht mehr funktioniert.

Die Stille hat den gegenteiligen Effekt. Sie macht mich

so aufgewühlt und nervös, dass ich mich zum Fenster drehe und die Fingerspitzen fest auf das Glas presse, um mich zu beruhigen.

Früher konnte ich die Energie jedes der heruntergekommenen Lehmziegelhäuser lesen, an denen wir vorbeifahren, doch jetzt nicht mehr.

Ich beiße die Zähne zusammen und versuche es erneut, da ich keinesfalls so leicht aufgeben will.

Nur um urplötzlich gegen das Armaturenbrett geschleudert zu werden, als Lita abrupt auf die Bremse tritt und sagt: »Damit hätte ich ja nie im Leben gerechnet.«

Siebzehn

Dace

Cade stoppt seinen Wagen mitten auf der Straße und lässt das Fenster auf der Fahrerseite herunter, damit er mich besser sehen kann. »Als ich deine SMS bekommen habe, dachte ich, es wäre ein Witz.« Er behält eine Hand am Lenkrad, während der Motor im Leerlauf weiterläuft.

»Es ist kein Witz, das garantiere ich dir.« Ich lehne mich gegen die Tür des alten Mustangs mit seiner grauen Grundierung, den ich nach und nach restauriere. Dabei lasse ich die Arme locker seitlich hängen und schlage die Beine an den Knöcheln übereinander, um möglichst offen, lässig und harmlos zu wirken. Anders ausgedrückt, das Gegenteil dessen, was ich allmählich werde.

»Tja, das ist dein Fehler.« Er mustert mich durch eine dunkle Sonnenbrille. Ahnt nicht, dass ich trotz der getönten Gläser seine Augen sehe. Ich sehe alles. Er ist ein Teil von mir, genau wie ich ein Teil von ihm bin. »Also, komm mal zur Sache. Was willst du? Ich hab zu tun.« Er hebt das Kinn und studiert sein Abbild im Rückspiegel. Sein gewohnt süffisanter und selbstzufriedener Blick verstärkt sich, als er Lita ein paar Meter weiter hinten anhalten sieht.

Er glaubt, er habe die ganze Szene in der Hand.

Er glaubt, er wäre derjenige, der sie hierhergelotst hat, damit er mich öffentlich als eine Art Verräter outen kann.

Er hat keine Ahnung, dass ich das alles geplant habe.

Dies ist kein Höflichkeitsbesuch.

Er hat keine Ahnung, als welch großer Verräter ich mich erweisen werde.

Am Ende mag das Monster mich verzehren, aber nicht, ehe ich jeden Einzelnen von ihnen niedergerungen habe.

»Ich muss mit dir reden.« Ich stoße mich vom Auto ab und recke den Hals in Richtung des großen Lehmziegelhauses hinter dem schmiedeeisernen Tor.

»Du? In meinem Haus?« Er spuckt einen Klumpen Speichel aus, der direkt vor meinem Schuh landet. Ein schwacher Einschüchterungsversuch, den ich geflissentlich ignoriere. »Tut mir leid, wenn ich dir das so sagen muss, Bro, aber näher kommst du nicht ran. Du darfst nicht rein. Du bist keiner von uns. Wirst nie einer von uns sein.«

»Bist du dir da sicher?« Ich schiebe die Sonnenbrille hoch und erwidere seinen Blick mit rot glühenden Augen.

Er lacht. Gibt sein Bestes, um abgebrüht und unbeeindruckt zu wirken. Doch ich blicke hinter die Fassade, und er ist sogar noch erschütterter, als ich ursprünglich erwartet habe.

»Das ist alles? Das ist alles, was du zu bieten hast?« Er fährt sich mit einer Hand durchs Haar. »Vielleicht solltest du das noch mal machen, damit Xotichl und Lita es sehen können. Im Gegensatz zu mir lassen sie sich leicht erschrecken.«

Er zeigt mit dem Daumen nach hinten zu den Mädchen, doch ich folge seinem Blick nicht. Allein der Anblick der beiden würde Tausende Erinnerungen an Daire heraufbeschwören, und ich kann es mir nicht leisten, mich von Gedanken an ein Mädchen ablenken zu lassen, das ich nicht mehr haben kann.

Er legt die andere Hand aufs Lenkrad und schaltet auf

Drive, doch ich kann ihn nicht gehen lassen, nicht, bevor ich das kriege, weswegen ich gekommen bin.

Ich trete vor und will ihn aufhalten, als er abrupt am Lenkrad reißt und den Wagen in Richtung Tor lenkt. Er wirft mir einen abschätzigen Blick zu. »Wie gesagt, du darfst nicht rein. Niemals. Wenn du schlau wärst, was du eindeutig nicht bist, aber wenn du es wärst, hättest du das gewusst. Du hättest deine Zeit nicht damit verschwendet, hier aufzukreuzen.«

Das Tor schwingt auf, während Cade langsam losrollt, doch ich lasse mich nicht einschüchtern. Ich werde ihm bis zur Haustür folgen, falls nötig.

»Ich will meinen Job wiederhaben«, sage ich und gehe neben ihm her.

Er bremst und mustert mich mit einem sardonischen Grinsen, das seine Wangen in die Breite zieht. »Keine Chance.«

»Gut.« Ich zucke die Achseln, als wäre es mir sowieso egal. Ist es aber nicht. Ich bin fest entschlossen, mich durchzusetzen. »Dachte nur, ich frage dich erst, nachdem ich gehört habe, dass du zum Geschäftsführer befördert worden bist. Aber wenn das so ist, gehe ich gleich direkt zu Leandro.«

»Nur zu.« Cade lacht.

»Leandro stellt mich garantiert sofort wieder ein. Mann, er hat mich ja gebeten zurückzukommen, als ich an Silvester das letzte Mal mit ihm gesprochen habe. Du könntest in seinen Augen noch schlechter dastehen, wenn ich ihm erzähle, dass du mich abgewiesen hast. Bestimmt ist ihm klar, dass es in erster Linie deine Schuld war, dass das Rabbit Hole in Flammen aufgegangen ist. Phyre war ein ganz normales Mädchen, ohne besondere Kräfte, und trotzdem konntest du sie nicht daran hindern, deine gesamte Familie in Gefahr zu bringen. Genau wie du es irgendwie auch nicht schaffst, Daire daran zu hindern, jeden deiner Schritte zu durchkreuzen.«

Seine Züge werden schärfer, seine Augen dunkler, doch er macht nicht den Versuch weiterzufahren.

»Denk mal drüber nach.« Ich klopfe gegen die Fahrertür und wende mich zum Gehen. Tue so, als wäre mir gerade noch etwas eingefallen, als ich mich noch einmal zu ihm umdrehe. »Ach, und übrigens für den Fall, dass du es vergessen hast, du verdankst mir dein Leben.«

»Glaubst du das wirklich?« Er lehnt sich aus dem Autofenster und runzelt die Stirn.

»Ich weiß es, und du weißt es auch.«

»Du hast mich gerettet, um dich selbst zu retten.« Er bemüht sich, bedrohlich auszusehen, doch das gelingt ihm nicht einmal ansatzweise.

»Hab ich ausgesehen, als ob ich gerettet werden müsste?«

Er mustert mich. Mahlt mit dem Kiefer. Die Sekunden ticken vorüber.

»Sieh's ein, Cade, du bist nicht mehr das, was du mal warst. Mann, du kannst dich nicht mal mehr in dein jämmerliches schlangenzüngiges Monster verwandeln. Du bist keine Bedrohung für mich.«

»Worauf bist du aus?« Seine Stimme klingt barsch, und seine Miene verspannt sich, doch das ist das Äußerste, wozu er imstande ist, und angesichts dessen muss ich unwillkürlich kichern.

»Letztlich bin ich auf das aus, was mir von Rechts wegen zusteht. Das Haus, die Stadt, alles – mein Erbe als Leandros Sohn. Doch fürs Erste beginne ich mit meinem Job. Erzähl Leandro, dass du mich erst überreden musstest, wenn du willst. Erzähl ihm, dass es deine Art ist, mich im Auge zu behalten. Es ist mir egal, wie du es verkaufst, aber verkauf es ihm. Es könnte dir allerdings schwerfallen, ihn von irgendwas zu überzeugen. Ich glaube, wir wissen alle, dass er allmählich an dir zu zweifeln beginnt. Ihr steht beide auf schwankendem Boden, also ist hier deine Chance, zu beweisen, dass du sowohl als Geschäftsführer wie auch als Nachfolger für Leandros Thron deinen Mann stehen kannst.«

»Und Daire?«

Ich kneife die Augen zusammen. Der Klang ihres Namens auf seinen Lippen behagt mir nicht. Vor allem die Art, wie er es gesagt hat, mit einem unverkennbar sehnsüchtigen Unterton.

»Was ist mit ihr?« Ich verhalte mich ruhig, obwohl ich spüre, wie das Monster sich zu regen und zu grollen beginnt, und es mich meine ganze Willenskraft kostet, es in Schach zu halten. Es wird nicht mehr lange dauern, bis es sich bemerkbar macht. Doch noch ist es nicht so weit. Noch eine ganze Weile nicht.

»Weiß die Seelensucherin, dass du hier bist?« Er legt den Kopf schief und sieht mich verächtlich an.

»Glaubst du, ich muss um Erlaubnis fragen, um das Haus meiner Ahnen zu besuchen?« Anstelle einer Antwort funkelt er mich böse an, was ich als Stichwort dafür nehme, meinen Abgang zu machen. »Sag Leandro, ich trete gleich morgen wieder zur Arbeit an.«

»Niemals«, ruft er, doch ich ignoriere ihn. Ich gehe einfach zu meinem Auto zurück und winke Lita und Xotichl kurz zu, in der Hoffnung, dass sie brav ihre Rollen spielen und Daire davon berichten.

Sagt ihr, dass ich hier war – dass es zu spät ist, um mich daran zu hindern, mich meinem Schicksal zu beugen.

Dass ich bereits zur anderen Seite übergelaufen bin und es in ihrem besten Interesse ist, sich von mir fernzuhalten.

Ich hoffe, dass ihnen gelingt, woran ich gescheitert bin, nämlich sie dazu zu überreden, sich selbst zu retten, ihre Freunde zu retten und mich zu vergessen.

Dann steige ich, ohne mich noch einmal umzusehen, in mein Auto, lasse den Motor an und fahre davon.

Achtzehn

Daire

Als sich mein letzter Patient verabschiedet hat, gehe ich ins Wohnzimmer, wo ich zu meiner Überraschung Chay vorfinde, der mit einer Zeitung auf dem Sofa sitzt und auf mich wartet.

»Wie lange bist du schon da?« Ich stehe vor den wirbelnden Flügeln des Ventilators und drehe die Enden meines Pferdeschwanzes zu einem Knoten, um die kühle Brise in meinem Nacken zu genießen.

»Lange genug, um Kachina Futter zu geben, ihren Stall auszumisten und diese Zeitung fast ganz auszulesen, während sich die Patienten hier die Klinke in die Hand gegeben haben.« Er zeigt auf ein Glas Ingwereistee, das er für mich bereitgestellt hat. »Das Eis ist inzwischen wahrscheinlich geschmolzen.«

Ich greife danach und genieße den Strom der kalten Flüssigkeit, der mir die Kehle hinabrinnt.

»Wie hältst du dich?« Er faltet die Zeitung zusammen und wirft sie auf den Tisch, um mich genauer anzusehen, während ich mich auf den Sessel gegenüber setze und noch einen Schluck von meinem Tee nehme.

Auch wenn die Frage ganz unschuldig gestellt ist, steht der Teil, den er nicht ausgesprochen hat, unübersehbar zwischen uns.

Wie halte ich mich jetzt, da ich ganz allein bin, ohne Paloma, die mich leitet?

Das fragen sich alle.

Während meine Freunde mir den dringend benötigten Trost gespendet haben, habe ich manchmal das Gefühl, als wäre Chay der Einzige, der wirklich versteht, wie leer das Leben ohne sie geworden ist.

Paloma war seine Gefährtin, seine Geliebte, seine engste Vertraute und beste Freundin. Bestimmt vermisst er sie ebenso sehr wie ich.

Ich streife einen Flipflop ab und stelle den nackten Fuß auf den Tisch. »Ganz ehrlich?« Ich sehe ihm in die Augen und kann endlich die Wahrheit eingestehen, die ich schon viel zu lange unter Verschluss gehalten habe. »Ich weiß gar nicht, wie es Paloma neben der Gartenarbeit, den Patienten und der Fürsorge für mich geschafft hat, alles in Schuss zu halten und es dann auch noch so mühelos aussehen zu lassen. Ich habe immer das Gefühl, zwei Schritte hintendran zu sein …« Seufzend sehe ich auf meine Hände. »Es ist schwer, ihr nachzueifern.«

»Aber das ist es ja gerade. Du brauchst ihr nicht nachzueifern.«

»Nein?« Ich sehe erneut zu ihm auf. »Ich bin die Suchende. Ich habe eine Bestimmung – und eine lange Liste von Verpflichtungen, die damit einhergehen.«

Chays Miene wird weicher, während er den silbernen Wolfskopf an seinem Armband betastet. »Keine zwei Soul Seeker sind gleich. Und außerdem war Paloma einst in der gleichen Lage wie du. Musste darum kämpfen, ihren Weg zu finden, nachdem ihre Mutter gestorben war.«

Ich setze mich etwas aufrechter hin. Will unbedingt mehr über Palomas Lebensgeschichte wissen, die sie mir stets verschwiegen hat. »Ich weiß so wenig darüber. Sie hat fast nie über diese Zeit gesprochen.«

»Paloma hielt sich nicht gern mit der Vergangenheit auf.« Er wendet sich von dem Wolf ab und dem fein ziselierten Adlerkopf auf seinem Ring zu.

Ich nicke und weiß, dass ich mich wahrscheinlich auch nicht damit aufhalten sollte. Aber nachdem er es nun schon erwähnt hat, kann ich mir die Frage nicht verkneifen. »Wie war sie früher? Wie habt ihr euch kennengelernt?«

Er zieht die Lippen etwas zusammen, legt den Kopf in den Nacken und lässt seine Gedanken in die Vergangenheit schweifen. Einen kurzen Augenblick lang kann ich mir vorstellen, wie er damals ausgesehen haben mag. Groß, dunkel und von verwegener Attraktivität könnte man es wohl beschreiben.

»Ich habe das Gefühl, Paloma schon immer gekannt zu haben. Eigentlich war sie dir ziemlich ähnlich. Schön. Stark. Begabt. Und erschreckend unsicher.« Er ringt sich ein Lächeln ab und sieht mich an. »Doch später, nachdem sie Alejandro verloren hatte und merkte, dass sie mit Django schwanger war, begann sich die tief verwurzelte Stärke, die allen Soul Seekern innewohnt, Bahn zu brechen.«

»Hast du dich damals in sie verliebt?«

Er blickt in die Ferne. »Ich habe mich schon lange zuvor in sie verliebt.«

»Hat sie das gewusst? Hast du es ihr gesagt?«

Er schmunzelt auf eine Weise, dass seine Wangen sich in Falten legen und sich die Haut um seine Augen kräuselt. »Oh, sie hat es bestimmt gewusst. Schließlich war ich nicht imstande, es zu verbergen. Aber ich war nur einer von vielen. Die meisten von uns hatten damals eine Schwäche für Paloma. Aber ich habe schnell die Schule zu Ende gemacht und bin aufs College gegangen, und während ich weg war, hat sie sich in Alejandro verliebt. Also habe ich mich damit abgefunden und mich gefreut, dass sie jemanden getroffen hat, der es wert war.«

Ich sitze eine Zeit lang still da und frage mich, ob ich bei Dace das Gleiche tun könnte. Mich für ihn freuen, wenn er eine andere fände, eine, die es wert ist. Während ich mir damit schmeichle, dass ich es könnte, fürchte ich im Grunde, dass ich mir damit etwas vormache. Ihn glücklich mit einem anderen Mädchen zu sehen wäre eine schreckliche Last, die ich wahrscheinlich nicht tragen könnte.

»Für die Geduldigen hält das Leben immer eine Lösung bereit.« Ich sehe zu Chay hinüber und begreife verspätet, dass er meinen Gedankengang verfolgt hat. »Paloma und ich hatten viele gute Jahre zusammen. Ich konzentriere mich lieber auf die gemeinsam verbrachte Zeit als auf die Zeit der Trennung.«

»Du hast gesagt, Paloma sei unsicher wie ich gewesen, aber es ist schwer vorstellbar, dass sie je so empfunden hat. Wann ist sie denn umgeschwenkt? Was hat den Ausschlag dafür gegeben?«

Die Frage zaubert ein weiteres Lächeln auf sein Gesicht, obwohl ich keine Ahnung habe, warum. »Auch wenn ich es nicht in der Weise festmachen kann, wie du es gern hättest, kann ich sagen, dass Selbstvertrauen meistens die Belohnung dafür ist, dass man es gewagt hat, man selbst zu sein.«

Ich trommle mit den Fingern auf die Armlehnen und brauche einen Moment, um das zu verdauen.

Habe ich mich möglicherweise dermaßen darauf versteift, genau wie Paloma sein zu wollen, dass ich mich selbst aus den Augen verloren habe?

»Keine zwei Menschen sind gleich – genau wie auch keine zwei Soul Seeker gleich sind. Paloma hat sich auf ihre

Stärken konzentriert und sich nicht für ihre Schwächen bestraft.«

»Dann willst du damit also sagen, dass ich ihrem Beispiel folgen soll?«

»Es gibt schlechtere Beispiele.«

»Aber was, wenn ich gar nicht weiß, was meine Stärken sind? Was, wenn ich so überfordert damit bin, mit allem Schritt zu halten, dass ich …« Ich halte inne, ehe ich komplett ins Weinerliche abdrifte, und wechsle die Taktik. »Ich schätze, ich brauche einen Spickzettel.«

Chay wirft den Kopf in den Nacken und lacht – ein Lachen, das tief aus dem Bauch kommt. Es freut mich, dass er dazu noch imstande ist.

»Du brauchst keinen Spickzettel.« Er erhebt sich vom Sofa und bedeutet mir, ebenfalls aufzustehen. »Allerdings könnte ich wetten, dass du dringend was zu essen brauchst.«

Chay fährt mit mir zu einem Lokal am Stadtrand, wo er jeden zu kennen scheint.

»Das ist ja, wie wenn man mit einem Promi essen geht«, sage ich, nachdem die Bedienung ihn begeistert begrüßt und unsere Bestellung aufgenommen hat. »Und ich muss es wissen, denn ich war schon mit einigen essen.«

»Als einziger Tierarzt im Umkreis von fünfzig Meilen lernt man eben ein paar Leute kennen.« Er breitet sich die Papierserviette über den Schoß, und ich tue es ihm nach. Als die Kellnerin kurz darauf mit zwei Salaten kommt, muss ich grinsen.

»Seit wann ist das bei dir ›das Übliche‹?« Ich steche mit der Gabel in ein Bett aus dunkelgrünen Blättern. »Machst du eine Diät?«

»Nein.« Er hebt die Gabel zum Mund. »Ich esse nur

bewusster, würde ich sagen. Offenbar haben Palomas Lektionen doch gewirkt.«

Wir essen weiter, alle beide froh, in behaglichem, vertrautem Schweigen gemeinsam bei Tisch zu sitzen, bis Chay die Gabel sinken lässt, sich den Mund mit der Serviette abtupft und fragt: »Wann hast du Dace zuletzt gesehen?«

Ich lehne mich gegen die kunstlederne Bank.

»Gestern, als er vorbeigekommen ist, um sich zu verabschieden. Du weißt ja wohl, warum.«

Er dreht den Adlerring immer wieder um seinen Finger. Mit herabgezogenen Mundwinkeln und düsterem Blick sagt er: »Es tut mir leid.«

Ich hebe nur die Schultern und versuche, mich tapfer zu zeigen.

Das Essen mit Chay in dem abgelegenen Lokal erinnert mich an den Tag, an dem wir uns unter ähnlichen Bedingungen zum ersten Mal gesehen haben. Ich war verängstigt und unsicher und stand vor einer Zukunft, die mir völlig schleierhaft war. Er war der weise Berater, dessen Anwesenheit allein genügte, um mir den dringend benötigten Trost zu spenden. Nach allem, was wir zusammen durchgestanden haben, ist es schön zu wissen, dass dieses Gefühl noch anhält.

Er mustert mich eingehend, um den Unterschied zwischen der Wahrheit meiner Gefühle und der Fiktion meiner Handlungen auszuloten. »Du nimmst es gut auf.«

»So gut, wie ich kann.« Ich halte meine Antwort absichtlich vage. Nachdem ich die Reaktionen meiner Freunde angesichts meiner Weigerung, mich von Dace fernzuhalten, gesehen habe, bin ich ein bisschen vorsichtig damit, Chay darauf anzusprechen.

Er senkt den Blick und zückt seine Geldbörse, und ich erkenne, dass ich es doch nicht so stehen lassen kann.

»Allerdings bin ich für jeden Ratschlag enorm dankbar.«

Er wirft ein Bündel Geldscheine auf den Tisch und sagt wie aus der Pistole geschossen: »Verlier dein Ziel nicht aus den Augen.«

Ich blinzle und weiß nicht, was er damit meint.

»Verlier nicht das aus den Augen, was am wichtigsten ist.«

»Und das wäre?«

»Die Menschen, die sich auf dich verlassen, vor den Richters zu schützen.«

Ich senke den Blick, denn ich habe auch das verstanden, was er nicht gesagt hat. »Anders ausgedrückt, soll ich mich durch meine Liebe zu Dace – meine Illusion, dass nur ich allein ihn verändern … ihn zähmen … das Monster in ihm zerstören und ihn wieder zu dem Dace machen kann, den ich kenne und liebe – nicht bei meinen Aufgaben als Soul Seeker sabotieren lassen, für die ich geboren wurde. Willst du das damit sagen?« Ich seufze, da ich das schon erwartet habe, aber dennoch enttäuscht darüber bin, von ihm das Gleiche zu vernehmen wie von meinen Freunden.

Ich sehe ihn an und finde die Bestätigung direkt in seinen Augen. Genau wie bei meinen Freunden lässt sein Zutrauen zu mir allmählich nach.

Obwohl ich zögere, an seiner Weisheit zu zweifeln – zum einen, weil er Chay ist und ich seit jeher auf seinen Rat vertraut habe, und zum anderen, weil er genauso klar in den Knochen gelesen hat wie Dace –, sind wir nun doch gegensätzlicher Ansicht.

»Chay, du hast einmal gesagt, Paloma hätte begriffen, dass große Privilegien mit großer Verantwortung einhergehen. Und dass sie nie in ihren Tragödien verharrt hätte, ebenso wenig wie sie in ihren Triumphen geschwelgt hätte.

Sie blieb gleichmütig, bescheiden und präsent, den Blick stets mit einem Auge auf den Horizont geheftet …«

Seine Augen werden schmal; wahrscheinlich denkt er an jenen Abend bei Leftfoot zurück, vor nicht allzu langer Zeit.

»Tja, das ist genau das Vorbild, dem ich folgen möchte. Was ich eigentlich sagen will, ist, dass ich fest vorhabe, euch allen gerecht zu werden – Dace eingeschlossen.« Ich ringe die Hände und weiß nicht, wie er reagieren wird, doch es musste gesagt werden. »Alle drängen mich, ihn aufzugeben, ihn ohne einen Blick zurück zu verlassen. Aber das kann ich nicht. Das mache ich nicht.«

Ich studiere Chays Miene, doch er gibt sich keine Blöße, bleibt undurchschaubar. Also warte ich mehrere quälende Sekunden lang ab, bis er eine Antwort formuliert hat. »Auch wenn es in der Theorie gut klingt, ist doch die Frage, ob du dir sicher bist, dass es das Richtige ist.«

»Ich kann nichts anderes tun. In meinen Augen gibt es keine Alternative.«

»Tja, dann hast du deine Entscheidung getroffen.«

Wir wechseln einen langen Blick, unterbrochen lediglich vom Hilfskellner, der mit Geklirr unseren Tisch abräumt, und von meinem klingelnden Telefon.

Nachdem ich die Nachricht vom Display abgelesen habe, wende ich mich erneut an Chay. »Was hast du mit dem Turmalin gemacht?«, frage ich.

Er lehnt sich vor, rutscht mit den Ellbogen zu mir herüber und sieht mich argwöhnisch an.

»Ich brauche ihn.«

Sein Blick wird verhangen, seine Stimme rau. »Ausgeschlossen. Er ist noch nicht bereit. Wird womöglich nie bereit sein.«

Ich zucke die Achseln. »Ich brauche ihn trotzdem.«

»Daire, hast du überhaupt eine Ahnung, was du da verlangst?« Er reibt die Lippen aufeinander und schüttelt den Kopf. »Wenn ich dir den Turmalin jetzt geben würde, brächte ich dich in große Gefahr. Der Fluch, den Cade in ihm eingebettet hat, sitzt tief. Die Verankerungen waren die stabilsten, die Leftfoot und ich je gesehen haben. Er ist noch lange nicht gereinigt. Wir sind uns nicht einmal sicher, ob er je wiederhergestellt werden kann.«

Ich halte einen Augenblick inne, um sicherzugehen, dass er fertig ist, dann fahre ich fort: »Auch wenn ich deine Einwände verstehe, muss ich dir sagen, dass ich selbst ein paar Nachforschungen angestellt habe. Hast du gewusst, dass blaue Turmaline traditionell als Schamanensteine gelten? Sie werden seit Jahrhunderten bei Ritualen benutzt. Vor allem zum Schutz, aber auch um den Schamanen oder Soul Seekern, wie wir heute heißen, in unruhigen Zeiten den Weg in die Sicherheit zu weisen.«

»Das ist mir bewusst. Mir ist auch die Ironie daran bewusst, dass Cade ausgerechnet diesen Stein gegen Paloma eingesetzt hat.«

»Er glaubt, das sei die Pointe, aber weit gefehlt.« Ich winke ab, begierig darauf, die Vergangenheit zugunsten einer mir offen stehenden Zukunft zurückzulassen. »Blaue Turmaline werden auch benutzt, um das dritte Auge zu aktivieren, da sie Klarheit und Orientierung liefern und die Intuition verbessern.«

Chay schaut mich ungeduldig an. »Daire, worauf willst du hinaus?«

»Ich brauche ihn. Es ist mir egal, ob er schon bereit ist. Ich brauche diesen Stein jetzt. Sobald du ihn mir besorgen kannst. Die Zeit wird knapp.«

»Das kann ich nicht. Ich kann nicht riskieren, dass du Cade zum Opfer fällst.«

Ich sehe ihm fest in die Augen. Obwohl ich diesen Weg nicht gerne wähle, lässt mir seine Weigerung, mir zu helfen, keine andere Wahl. »Ich bedauere, das sagen zu müssen, aber wenn du ihn mir nicht geben willst, hole ich ihn mir selbst. Ich weiß, du meinst es gut. Ich weiß, du willst nur auf mich aufpassen. Aber dieses Risiko muss ich eingehen. Ob mit oder ohne deinen Segen.«

»Darf ich fragen, worum es geht? Und warum die Eile?«

In diesem Moment weiß ich, dass ich gewonnen habe. »Ich habe gesehen, wie Marliz ihren Turmalinring eingesetzt hat, um Zugang zum Rabbit Hole zu bekommen. Außerdem habe ich entdeckt, dass sie das Gebäude mit schwarzem Onyx verstärken und es so widerstandsfähiger machen und zugleich dafür sorgen, dass die Energie ihrer Ahnen in den Mauern erhalten bleibt. Sie bauen nicht das gleiche alte Rabbit Hole wieder auf, sondern planen eine massive mystische Aufbesserung. Das Haus ist verzaubert – durch Magie gesichert und abgeschirmt. Soweit ich es gesehen habe, kommt man nur hinein, wenn man einen ihrer blauen Turmaline hat, und ich muss unbedingt hinein, ehe die Party beginnt, um das Portal ausfindig zu machen. Bei einem so umfangreichen Umbau wird es nicht leicht zu finden sein.«

»Dann besorge ich dir einen anderen Turmalin. Einen, der nicht verflucht ist.«

»Ich glaube nicht, dass irgendein x-beliebiger Stein funktioniert. Er muss von ihnen stammen.«

»Aber wenn der Stein mit ihnen in Verbindung steht, werden sie erfahren, dass du drinnen bist.«

Ich zucke die Achseln und schiebe mir eine Haarsträhne hinters Ohr. »Das ist ein Risiko, das ich eingehen muss.«

Er hält meinen Blick einen Moment lang fest, seufzt ergeben und steht vom Tisch auf.

»Außerdem habe ich gerade eine SMS von Lita bekommen. Sie ist Cade in die Arme gelaufen. Dace war bei ihm.«

Chay setzt sich wieder und mustert mich nüchtern. »Dann hat es also begonnen.« Seine Miene ist müde, sein Tonfall resigniert.

»Unwahrscheinlich. Dace würde sich nie den Richters anschließen. Wenn er dort war, dann hatte er dafür einen guten Grund.«

»Daire, wenn Dace von dem Monster gelenkt wird, sind die Entscheidungen, die er trifft, nicht mehr seine eigenen.«

»Das wird sich weisen.«

Eine weitere Sackgasse. Chay seufzt. »Der Stein ist tief am Fuß eines unserer Berge vergraben. Es wird den größten Teil der Nacht kosten, dorthin zu gelangen.«

Wir sehen uns an.

»Aber ich mach's. Ich bringe Leftfoot und Cree zur Begleitung mit.«

»Danke.« Ich rutsche aus der Nische heraus und drehe mich gerade rechtzeitig noch einmal um, um zu sehen, wie er mir einen unergründlichen Blick nachschickt.

»Paloma wäre stolz.«

Ich blinzle.

»Auch wenn ich vielleicht nicht mit deinen Entscheidungen einverstanden bin, hast du soeben jedenfalls den ersten wirklichen Schritt in Richtung darauf zu getan, deinen Instinkten zu vertrauen. Es gibt ein altes Sprichwort: Wenn du deine Ängste bezwingst, bezwingst du dein Leben. Hoffen wir mal, dass es in deinem Fall zutrifft.«

Ich lächle und quelle fast über vor Stolz.

»Es gibt noch einen anderen alten Spruch, der besagt, dass Zorn ist wie Gift zu trinken und zu erwarten, dass der andere daran stirbt.« Er legt mir einen Arm um die Schultern und führt mich zur Tür. »In Anbetracht dessen gebe ich dir den Stein unter einer Bedingung.« Er stößt die Tür weit auf und geleitet mich in die Nacht hinaus. »Du reinigst dein Herz vom Hass gegen die Richters, insbesondere Cade.«

Ich bleibe neben seinem Pick-up stehen, überzeugt davon, dass er das nicht ernst gemeint hat. Doch ein Blick auf seine Miene sagt mir, dass dem nicht so ist. »Ich weiß nicht, ob das überhaupt möglich ist.«

»Dann solltest du einen Weg suchen, um es möglich zu machen, denn sonst spielst du ihnen geradezu in die Hände. Der Hass, den du gegen sie hegst, reißt ein Loch in dein Herz, das als Zugangstor dient und ihnen die Möglichkeit eröffnet, dich auf wesentlich effektivere Weise zu kontrollieren, als es irgendein Stein könnte. Hass besitzt eine heimtückische Art, die Oberhand zu erringen – aber nur, wenn wir es zulassen. Also hüte dich davor.«

Neunzehn

Daire

Obwohl ich es nicht für möglich gehalten hätte, sieht Axel betroffener aus als Lita und Xotichl, als er erfährt, dass Dace zu Cade gegangen ist.

Er tigert nervös durchs Zimmer. »Ich habe ihn seit dem Tag seiner Geburt geleitet. Es gab nie den geringsten Hinweis darauf, dass es dazu kommen würde. Keine Warnung, nichts. Aber auch wenn er es uns gesagt hat, habe ich mich wohl insgeheim an die Hoffnung geklammert, dass es nicht so schlimm ist und er irgendwie verschont bleibt. Doch die Tatsachen sprechen für sich.«

»Wie funktioniert das genau?« Xotichl sieht ihn an. »Wie bekommt man einen Geistführer zugeteilt?«

»Ja, und kennst du meinen?« Litas Augen leuchten auf. »Ich meine, jetzt, da du darüber sprechen darfst – ich meine, du darfst doch, oder? Schließlich hast du ja selbst das Thema angeschnitten.«

Axel senkt den Blick. »Ich darf nicht darüber reden. Es ist … heilig.«

»Aber du gehörst doch gar nicht mehr zum Team, oder? Du sitzt nicht mal mehr auf der Ersatzbank. Du bist eiskalt rausgekickt worden.«

Er seufzt, kann ihr aber nicht widerstehen. »Auch wenn wir Geistführer sind, sind wir nicht vollkommen.«

»Aber du warst doch mehr als ein Geistführer, oder? Du warst ein Mystiker.«

»Trotzdem hatte ich genau wie alle anderen mit meinen speziellen Eigenarten zu kämpfen. Daher wurden uns oft Schützlinge mit ähnlichen Schwächen zugeteilt.«

»Und was waren deine Schwächen? Was sind die von Dace?«, frage ich, in der Hoffnung auf eine frische Perspektive, einen neuen Blickwinkel, den ich bisher übersehen habe.

»Wir sind beide von Natur aus rebellisch.«

Ich höre es und überlege, ob das gut oder schlecht ist.

»Wir wollen es den anderen gerne recht machen, aber nur bis zu einem bestimmten Punkt. Wir haben einen ausgeprägten Sinn für Gerechtigkeit und tun unser Möglichstes, um sie zu schützen.«

Unsere Blicke begegnen sich, und ich weiß, was er denkt: *Dace wird von dem Monster geleitet – seine moralischen Koordinaten sind unscharf.*

Doch ich sehe es anders. Das Licht war seit jeher eines der prägnantesten Merkmale von Dace. Ich weigere mich zu glauben, dass es so ohne Weiteres ausgelöscht werden kann. Doch als ich den Gedanken mit meinen Freunden teile, reagieren sie mit dem gleichen misstrauischen Blick, den ich bereits kenne.

»Vergesst nicht, Dace ist eine gespaltene Seele«, erkläre ich ihnen. »Er vertritt die gute, die helle Hälfte, während Cade die dunkle vertritt.«

»Nicht mehr«, murmelt Lita leise, woraufhin alle beklommen ihre Sitzposition verlagern.

»Das Potenzial, die Dunkelheit zu wählen, war von vornherein da«, sagt Axel. »Er hatte einen freien Willen. Doch er hat sich stets dafür entschieden, sich darüber zu erheben. Bis …«

»Bis ich in die Stadt gekommen bin.«

»Es war Schicksal.« Er zuckt die Achseln. »Aber das wusste ich damals natürlich nicht.«

»Wenn du also keine Handlungsanleitung gehabt hast«, sagt Xotichl, »woher hast du dann gewusst, wann du an Heiligabend in der Unterwelt sein musstest, um ihn zu retten – nur dass du dann stattdessen Daire gerettet hast?«

»Meistens bekommen wir den Hinweis erst kurz davor. Es bleibt nicht viel Vorbereitungszeit. Aber bei Dace hatte ich mir schon tagelang Sorgen gemacht. Es gefiel mir nicht, wie sich alles entwickelt hat, also habe ich etwas Verbotenes getan – ich habe einen Blick in sein Seelenbuch geworfen.«

Wir starren ihn mit großen Augen an.

»Dann gibt es das also!«, kreischt Xotichl, sodass wir alle zu ihr hinschauen. »Angeblich hat jeder eines. Darin steht alles, was war, was ist und was sein wird. Paloma hat mir zu Anfang ihres Unterrichts davon erzählt.«

»Oh ja, das gibt es«, bestätigt Axel. »Und jemandem wie mir war es streng verboten.«

»Aber sein Seelenbuch muss sich irren«, meint Lita. »Weil Daire gestorben ist und nicht Dace.«

»Worte enthalten Energie, und Energie kann Umwandlungen und Veränderungen unterliegen. Unsere Gedanken lenken unsere Taten, die wiederum bestimmen, was für ein Leben wir führen. Jede Tat zieht eine Reihe wahrscheinlicher Reaktionen oder Resultate nach sich.«

»Und dass Dace beschlossen hat, ein Stück von Cades Seele zu stehlen, hat seine Zukunft verändert?«

»Sieht so aus.«

»Hast du damals beschlossen, nachzuschauen?«, will Lita wissen.

»In dieser Nacht bin ich gescheitert. Ich habe seine Motive verstanden, aber mein Möglichstes versucht, ihn davon abzuhalten. Doch es ist ihm gelungen, mich abzublocken, und dann hat er ohne einen Blick zurück den Seelensprung gemacht. Kurz darauf habe ich einen Blick in sein Buch geworfen, und den Rest wisst ihr.«

»Was ist mit deinem Buch? Hast du auch eines? Und wenn ja, was steht darin über mich – über uns?« Lita setzt sich aufrechter hin, begierig darauf, einen Blick in die Zukunft zu werfen.

»Es ist, wie ich gesagt habe: Energie unterliegt Wandel und Veränderung. Nichts ist in Stein gemeißelt …« Seine Worte verstummen, während sein Blick in die Ferne driftet.

Lita runzelt die Stirn und lässt die Schultern sinken, während ich das Gefühl habe, uns allen würde ein bisschen Ablenkung guttun. »Also, die gute Nachricht ist«, beginne ich und unterbreche mich kurz, bis ich sicher bin, dass ich ihre volle Aufmerksamkeit habe. »Jennika hat gerade einen Film abgedreht, und die Kostümbildnerin ist bereit, uns ein paar der darin benutzten Kleider auszuleihen, damit wir sie auf der Party im Rabbit Hole tragen können.«

Wie erwartet leuchtet Litas Miene sofort auf, doch Xotichl bleibt skeptisch. »Und die schlechte Nachricht? Du kannst es ruhig sagen. Wir sind hier in Enchantment. Schlechte Nachrichten sind unsere Spezialität.«

»Die schlechte Nachricht ist, dass wir noch viel arbeiten müssen, bis wir gerüstet sind, um den Richters entgegenzutreten. Hat jemand Lust auf ein bisschen Training?«

»Ich bin dabei.« Lita geht auf die Truhe zu, doch noch ehe sie dort anlangt, klingelt es an der Tür. Das Geräusch kommt so unerwartet, dass wir alle erstarren.

Axel reagiert als Erster. Entschlossen, sich dafür, dass er mietfrei hier wohnen darf, nützlich zu machen, hat er sich selbst zu einer Art Butler und Haushaltshilfe ernannt. Doch schon im nächsten Moment ruft er: »Daire, komm lieber mal her und sieh dir das selbst an.«

Ich laufe zur Tür und trete auf die Schwelle, nur um eine zweite weiß glänzende Schachtel vorzufinden, die mit demselben blutroten Band umwickelt ist wie die letzte.

»Was für ein totes Tier hat er uns denn diesmal hinterlassen?«, faucht Lita, während ich mich hinknie und Axel die Kojotenspur verfolgt, die aus zwei getrennten Spuren für Hin- und Rückweg besteht.

»Du willst es doch nicht etwa aufmachen, oder?«, fragt Auden.

»Natürlich macht sie es auf«, sagt Xotichl. »Sie muss!« Als sie mein Zögern sieht, fügt sie hinzu: »Du machst es doch auf, oder?«

Ich nicke. Doch anstatt es auf die übliche Weise auszupacken, besinne ich mich auf die Magie, die ich zurzeit für fast alles verwende, um mein Können bestmöglich zur Entfaltung zu bringen.

»Ganz egal, wie oft ich das auch mit ansehe, es haut mich immer noch um.« Lita erschauert, als ich allein durch Entschlusskraft das Band aufknüpfe und den Deckel von der Schachtel hebe.

Diesmal ist ihr Inhalt von mehreren Schichten Seidenpapier bedeckt, das ich mit den Händen auseinanderfalte. Darunter verbirgt sich eine wunderschöne handgemachte Rabenmaske aus schwarzem Leder.

»O Mann – ist die schön!« Lita schlägt sich eine Hand vor den Mund, als sie begreift, was sie soeben gesagt hat. »Ich meine, ich weiß, dass sie von Cade ist, aber ihr müsst zugeben, dass er einen guten Geschmack hat.«

»Vielleicht ist sie gar nicht von Cade«, gibt Xotichl zu bedenken und sieht von der Maske zu mir. »Was, wenn sie von Dace ist? Du musst es zumindest in Erwägung ziehen, nachdem er sich jetzt den Richters angeschlossen hat.«

»Ein Besuch ist noch kein Anschluss«, zische ich und bereue sofort den scharfen Unterton in meiner Stimme, doch ich habe es wirklich satt, dass alle ihn schlechtmachen. Wenn er durch die Macht der Umstände böse wurde, kann man ihn ja kaum dafür verantwortlich machen. Er hat mit den besten Absichten seine Wahl getroffen, ohne die Konsequenzen zu bedenken. Wenn er es zurücknehmen könnte, würde er es tun. Wenn er das Monster kontrollieren könnte, würde er auch das tun. Dennoch will ich nicht glauben, dass er sich je gegen mich wenden würde, indem er mir ohne begleitende Worte ein solch rätselhaftes Geschenk schickt.

»Von wem auch immer es stammt, die Frage ist: Was willst du damit machen?«, fragt Auden.

Ich nehme die Maske heraus und betrachte sie.

»Behältst du sie?« Lita wirft mir einen nervösen Blick zu.

»Fürs Erste.« Ich lege die Maske wieder in die Schachtel und bedecke sie mit dem Seidenpapier.

»Wirst du sie tragen? Was, wenn sie verflucht ist? Oder noch schlimmer?«, will Xotichl wissen.

»Das sollten wir lieber das Pendel entscheiden lassen. Kommt.« Ich scheuche sie hinein. »Wir müssen noch üben, und da können wir genauso gut gleich damit anfangen.«

Zwanzig

Dace

Als ich am Rabbit Hole ankomme, macht mir erst mal der Gorilla am Eingang Stress, bis ich die Sonnenbrille hochschiebe und ihn einen Blick in meine glühend roten Augen werfen lasse; dann winkt er mich durch.

Anscheinend hat Cade meine Bitte ignoriert.

Noch ein weiterer Punkt auf der immer länger werdenden Liste von Dingen, die er noch bereuen wird.

Ich schlüpfe an einer Absperrung vorbei, die gerade niedergerissen werden soll, und bahne mir den Weg hinein. Kaum bin ich durch die Eingangstür getreten, als ich verblüfft innehalte. Der Raum ist so umfassend renoviert worden, dass er absolut keine Ähnlichkeit mehr mit seinem heruntergekommenen Vorgänger hat. Jede Spur der schäbigen alten Spelunke wurde erfolgreich ausgemerzt. An ihre Stelle ist ein schickes, modernes Lokal in edlem, minimalistischem Design getreten.

Eine Art Luxus-Kojotenbau.

Die Wände sind in einem Mix aus dunkelgrauen und braunen Erdfarben gestrichen, und die Böden bestehen aus Quarzit, während aus den Ecken hohe, echten Bäumen nachempfundene Metallskulpturen ragen und dem Raum eine coole Ausstrahlung verleihen.

Ich schlendere an einer Reihe niedriger, plüschbezogener Bänke und skulptural gestalteter Alutische entlang, die von Menschenhänden eingedrückt zu sein scheinen. Dabei fällt mir auf, dass ein vertrautes Symbol geblieben ist, nämlich der rote Kojote auf den Gläsern.

»Na, was sagst du?«

Es ist Leandros Stimme, und ich warte einen Moment, bevor ich reagiere.

»Eine eindeutige Verbesserung.« Ich wende mich um und lasse hinter meiner dunklen Brille den Blick über sein Gesicht schweifen. Ich suche nach einer Ähnlichkeit mit mir selbst in seiner dunklen Haarmähne und dem scharfen Blick. Auch wenn er mir nie ein Vater gewesen ist, besteht kein Zweifel daran, dass er mich gezeugt hat. In Wirklichkeit haben wir mehr gemeinsam, als wir ahnten. »Dann hast du also die Explosion überlebt«, sage ich und konstatiere damit das Offensichtliche. Doch auch wenn ich mit einem Plan hierhergekommen bin, ist es besser, nichts zu überstürzen.

»Hast du an mir gezweifelt?« Er mustert mich mit geübtem Blick. Sein Argwohn ist ihm vom Gesicht abzulesen.

Ich zucke die Achseln. Hake die Daumen in meine Gürtelschlaufen und bemühe mich um ein lässiges Auftreten. »Viele haben gewünscht, du wärst umgekommen.«

»Ach, *viele* würde ich nicht sagen.« Er lacht, doch es klingt hohl. »Aber es gab sicher ein paar. Da drängt sich mir doch die Frage auf – warst du auch einer davon?«

Ich fixiere ihn mit meinem Blick und stelle erstaunt fest, dass ich nicht um die Antwort verlegen bin. Dass sie mir überhaupt nicht schwerfällt und überraschend ehrlich ist. »Was für ein Sohn würde sich denn so was wünschen?«

Er kneift die Augen zusammen und sucht nach Anzeichen von Falschheit oder Spott, doch er wird bei mir nichts davon finden. Ich bin froh, dass er überlebt hat. Froher, als er je begreifen wird. Doch es hat den Anschein, als ließe sich

Leandro nur schwer überzeugen. »Ich fürchte, das kannst du mir nicht so ohne Weiteres verkaufen.«

»Warum sollte ich lügen?«

»Aus dem gleichen Grund, aus dem mich die meisten Leute anlügen. Um sich einen Gefallen zu erschleichen.«

»Ich will mir keinen Gefallen von dir erschleichen.«

»Nein?« Er runzelt die Stirn, und seine Lippen werden schmal. »Da hab ich was anderes gehört. Cade hat mich schon gewarnt, dass du kommen würdest. Er sagt, du willst deinen alten Job wiederhaben.«

»Dann lügt Cade.«

Leandro versteift sich, und seine Finger krümmen sich leicht, doch ist unverkennbar, dass er neugierig geworden ist.

»Ich habe kein Interesse daran, einer von vielen unterbezahlten Lakaien zu sein.«

Er verlagert das Gewicht auf die Fersen. »Was schwebt dir dann vor?«

»Ich will die Gehaltserhöhung, die du mir an Silvester versprochen hast.«

»Ach ja?« Seine Augenwinkel kräuseln sich belustigt. »Dann sag mal, Dace, was willst du tun, um das zu verdienen? Was für Dienste möchtest du leisten?«

»Was auch immer gebraucht wird. Du bist der Boss, sag du's mir.« Ich sehe mich einen Moment lang um und versuche abzuschätzen, wie viel diese Renovierung gekostet haben mag. Zweifellos hat sie alles ein bisschen zurückgeworfen, doch die Richters sind nach wie vor unermesslich reich. Was auch immer der Neubau kosten mag, sie können es sich leisten.

»Wir mussten gar nicht so viel aus der eigenen Tasche bezahlen.« Leandro tut so, als hätte er meine Gedanken gelesen, obwohl wir in Wirklichkeit beide wissen, dass es meine Körpersprache war, die mich verraten hat. »Zum Glück waren wir gut versichert. Nicht dass dich das etwas anginge.«

»Nein?«

Eine Gruppe Arbeiter marschiert vorbei. Sie nehmen letzte Veränderungen an der Anordnung der Möbel und der Beleuchtung vor, während Leandro sich zu mir beugt. »Willst du erben oder einen Teil der Gewinne einfordern?«

»Sowohl als auch. Ich würde sagen, wenn du stirbst, sollte mindestens die Hälfte an mich fallen. Vergiss nicht, ich bin zur Hälfte ein Richter.«

»Aber das ist nicht die Hälfte, die zählt. Wie du so wortreich am Silvesterabend erläutert hast.« Er legt den Kopf zurück. »Auch wenn ich das alles sehr interessant finde, muss ich sagen, dass du meine Geduld auf die Probe stellst. Ich bin ein viel beschäftigter Mann. Ich habe einen Club, der demnächst wiedereröffnet, und davor noch eine ganze Menge Dinge zu erledigen. Abgesehen von der Verantwortung für den Betrieb dieser Stadt und die Fürsorge für ihre Bürger, die sich zur Sicherung ihres Wohlergehens auf mich verlassen. Also warum kommst du nicht langsam auf den Punkt? Du willst einen Job, stimmt das?«

»Fürs Erste.«

»Und warum soll ich dich einstellen, wenn dich – wie ich höre – gerade erst die Tankstelle rausgeworfen hat? Wenn du nicht mal mit diesem einfachen Job klargekommen bist, wieso glaubst du dann, dass ich dir in meinem Lokal Arbeit gebe?«

Ich starre auf meine Füße und denke mir, dass es besser ist zu schweigen, als mich eilig selbst zu verteidigen. Wenn

Leandro das Bedürfnis verspürt, seine Überlegenheit zu demonstrieren und mir zu zeigen, wer der Alpha-Kojote ist, dann soll es mir recht sein. Ich habe kein Problem damit, meine Karten auf der Hand zu behalten, bis es an der Zeit ist, sie auszuspielen.

»Verzeih meinen Argwohn«, fährt er fort. »Aber vor nicht allzu langer Zeit wolltest du nichts mit mir zu tun haben. Wenn ich mich nicht irre, und ich irre mich nie, hast du es sogar gewagt, mich zu bedrohen. Du hast mir allen Ernstes an den Kopf geworfen: *Ich bin der Fehler, den du noch bereuen wirst.*«

Er hält inne und lässt mir mehr als genug Zeit, um mich zu erklären. Und da es an alle dem, was er gerade vorgebracht hat, nichts zu leugnen gibt, zucke ich mit den Schultern und sage: »Das war damals. Und jetzt ist jetzt.«

»Ja? Und was genau hat sich verändert?«

»Vieles. Ich habe mich verändert.«

»Was genau?« Er tritt von einem Bein aufs andere und späht verstohlen auf seine goldene Armbanduhr, womit er mir signalisiert, dass ich nur noch wenige Sekunden seiner Aufmerksamkeit habe.

»Genau … das hier.« Ich schiebe die dunkle Brille hoch und enthülle meine rot glühenden Augen. »Irgendwie konnte ich mein Schicksal doch nicht so kontrollieren, wie ich dachte. Man kann es nicht aufhalten. Nichts dagegen tun. Also schätze ich, wenn es das ist, wofür ich bestimmt bin, dann ist es an der Zeit, es zu akzeptieren.«

Leandro kommt näher, sein Gesichtsausdruck so unverstellt wie nie. Er hebt eine Hand an meine Wange und wispert mehrere Worte hintereinander, die ich zuerst nicht verstehe. Erst ein paar Momente später, nachdem ich sie in meinem Kopf noch einmal abgespult habe, begreife ich, dass er sagt: »Sohn, mein Sohn«, während er mich mit der Art von Verehrung ansieht, die normalerweise Heiligen vorbehalten bleibt.

Allerdings haben mein geschwärztes Herz und meine verfinsterte Seele für Leandro bestimmt einen ganz ähnlichen Reiz.

»Ich wusste es.« Er ist von meinem Blick gebannt. »Ich wusste es, als ich dich an Silvester gesehen habe. Trotz deines forschen Auftretens habe ich das Monster in dir wachsen spüren. Ich wusste, es würde nicht lange dauern, bis es sich bemerkbar macht – und jetzt das.«

Er legt mir je eine Hand auf beide Seiten meines Gesichts und presst mir die Daumen gegen die Schläfen. Diese simple, eigenartige Berührung genügt, um mir einen Schatz esoterischer Geheimnisse und mystischer Kenntnisse einzuhauchen, bis die gesamte Geschichte der Zauberkunst durch mein Blut strömt. Vieles davon kommt nicht überraschend, wenn man die unzähligen Male bedenkt, wie ich als Kind die privaten Gespräche der Stammesältesten belauscht habe. Es aus erster Hand vor mir ablaufen zu sehen und zu erkennen, dass das Geflüster wahr war, ist allerdings noch etwas ganz anderes.

Um komplett in die Zauberkunst eingeweiht zu werden, sei es nun Hautwandeln oder in meinem Fall der komplette Übergang zu dem bösartigen Ungeheuer, das zu sein ich bestimmt bin, besteht der Eintrittspreis darin, einen Verwandten zu töten.

Zumindest ist das das Nützlichste, was Leandro mir mitgeteilt hat.

Es könnte sich auch als die letzte bewusste Wahl erweisen, die ich noch treffen kann, bevor das Monster ganz die Oberhand erringt.

Es ist eine Tat, die kein Richter je vollbracht hat. Wie Leftfoot einst sagte, ist Leandro nicht bereit, auch nur den dümmsten Richter zu opfern. Was erklärt, warum Cades Verwandlungen stets nur vorübergehend sind. Kein Einziger von ihnen ist je bereit gewesen, die letzte Konsequenz zu ziehen – bis heute.

Ich habe die feste Absicht, der Erste zu sein.

Und ich weiß, wo ich anfangen muss.

»Vater.« Ich umfasse seine Hand. Wir beide stehen in unausgesprochener Solidarität beieinander, als Cade ihm von der anderen Seite des Raums etwas zuruft.

Zuerst ignoriert Leandro ihn, doch das veranlasst Cade nur dazu, noch lauter zu schreien. »Was willst du?«, bellt Leandro, ohne sich die Mühe zu machen, seinen Ärger zu verhehlen.

»Was soll das heißen, was ich will? Was zum Teufel treibst du mit *ihm*?« Rasch durchmisst Cade den Raum und herrscht ihn empört an. »Du ziehst doch nicht ernsthaft in Betracht, ihm seinen Job zurückzugeben, oder?«

»Natürlich nicht.« Leandro gönnt seinem Sohn einen flüchtigen Blick, gerade lange genug, um ihn sichtlich aufatmen zu sehen, dann konzentriert er sich wieder auf mich. »Ich gebe ihm *deinen* Job.«

»Was zum …?«, stammelt Cade. Er ist derart aufgebracht über die Situation, dass er kaum Worte findet. »Bist du komplett durchgedreht? Dace hasst uns! Er ist darauf aus, uns zu zerstören! Er arbeitet mit der Seelensucherin zusammen. Sie haben das von langer Hand geplant, und du läufst ihnen direkt ins Messer!«

Leandro sieht mich geradeheraus an. »Ist das wahr?«

»War es mal.« Ich werfe einen kurzen Blick auf Cade und genieße seinen verzweifelten Gesichtsausdruck. »Aber jetzt nicht mehr.« Meine glühend roten Augen bestätigen, was Worte nicht vermögen.

Leandro wendet sich an Cade, und seine Worte sind voller Abscheu. »Räum dein Büro aus und mach Platz für deinen Bruder. Wenn du damit fertig bist, melde dich beim Küchenpersonal und biete deine Hilfe an.«

»Nein. Ausgeschlossen.« Cade ist puterrot vor Wut. »Ich habe viel zu hart gearbeitet, um mir von dir alles kaputt machen zu lassen!«

»Nein?«, höhnt Leandro. »Nein? Und was willst du dagegen tun? Na los, zeig mir, warum ich deinen Bruder nicht dir vorziehen soll. Es ist schon ganz schön lange her, seit ich oder überhaupt irgendjemand dein reales Ich gesehen hat.«

Motiviert durch seinen Hass auf mich und seine feste Entschlossenheit, sich vor Leandro zu beweisen, verdunkelt sich Cades Gesicht, und sein Körper beginnt heftig zu zittern. Mit aller Kraft ringt er darum, sich zu verwandeln, doch die Transformation, die ihm einst so leichtfiel, dass er sie kaum verhindern konnte, will ihm nicht mehr gelingen.

»Genau, wie ich dachte.« Leandro mustert seinen Sohn mit blanker Verachtung und schubst ihn beiseite. »Ich hatte große Hoffnungen in dich gesetzt, aber ich habe deine Fähigkeiten eindeutig überschätzt.«

»Das ist doch Schwachsinn!«, brüllt Cade. »Es ist der übelste Trick, und du fällst darauf rein! Dace ist …«

»Dace ist der Grund dafür, dass du heute hier stehst. Vergiss das nie.« Leandro sieht ihn böse an. Sein Zorn ist so greifbar, dass ich regelrecht spüre, wie er aus ihm herausströmt. »Zuerst hast du mir beträchtlichen finanziellen Schaden zugefügt, als du den Turmalinmarkt überschwemmt hast. Dann hast du mir vorgelogen, du hättest die Seelensucherin getötet und deinen Bruder übrigens auch.

Dann hast du an Silvester die gesamte Familie in Gefahr gebracht, als du es nicht geschafft hast, dieses Mädchen und ihren verrückten Vater daran zu hindern, den Laden in die Luft zu sprengen, nachdem du mich angewiesen hast, mich nicht einzumischen, da du alles unter Kontrolle hättest …«

»Aber ich habe Paloma getötet! Hast du das ernsthaft vergessen? Oder vielleicht ignorierst du es absichtlich, weil es dir so peinlich ist, dass ich locker geschafft habe, woran du gescheitert bist!«

Obwohl er da nicht ganz unrecht hat, dient es nur dazu, Leandros Wut weiter anzufachen. Die Stimme zu einem Flüstern gesenkt, das weit bedrohlicher klingt, als es Gebrüll je sein könnte, kommt seine Entgegnung. »Du hast den tragischen Fehler gemacht, dir einzubilden, du wärst mir einen Schritt voraus, während du in Wirklichkeit Schande über die Familie gebracht hast, indem du sie auf jede nur erdenkliche Weise im Stich gelassen hast.« Er schlägt seinem Sohn unsanft gegen die Brust und erniedrigt ihn immer weiter. »Du hast für mich keinen Nutzen mehr. Bist kein geachtetes Mitglied von El Coyote mehr. Also reiß dich zusammen, finde dich mit deinem Versagen ab und zeig deinem Bruder ein bisschen Respekt. Soweit ich sehe, ist Dace der Einzige, der darauf hoffen lässt, mich eines Tages ersetzen zu können.« Leandro entlässt Cade mit einer unwirschen Kopfbewegung und legt mir einen Arm um die Schultern. »Komm, wir gehen in mein Büro und machen die Einzelheiten fest. Bis wir damit fertig sind, müsste dein neues Büro bereitstehen.«

Einundzwanzig

Daire

Als es an der Tür klingelt, rufe ich automatisch nach Axel, damit er aufmacht. Zu spät fällt mir ein, dass er gar nicht da ist.

Ich wische mir die Hände an meinen abgeschnittenen Jeans ab und sause die Rampe hinunter. Vor meinen Augen quetscht sich Jennika bereits mühevoll durch die Tür.

»Mom? Was machst du denn hier?« Ich beeile mich, ihr zu helfen. Sosehr ich mich auch freue, sie zu sehen, so verdutzt bin ich auch von ihrer Fähigkeit, mich immer wieder mit ihren unangekündigten, überfallartigen Besuchen zu überraschen.

»Ich hab dir doch gesagt, dass ich die Kleider bringe«, erwidert sie. Die Worte dringen erstickt hinter den drei dick aufgeblähten Kleidersäcken hervor, die sich so hoch auf ihren Armen stapeln, dass sie fast ihr ganzes Gesicht verdecken.

»Du hast gesagt, du *schickst* mir die Kleider.« Ich helfe ihr, den Stapel auf dem Sofa abzuladen, ehe ich sie umarme.

»Schicken – bringen – was macht das schon für einen Unterschied?« Sie grinst. »Hauptsache, sie sind hier. Und zwar gerade noch rechtzeitig, könnte ich ergänzen. Was nicht leicht war – der Verkehr ist der Wahnsinn.«

»Du bist gefahren?«

»Den ganzen Weg vom Flughafen in Albuquerque. Aber jetzt lass dich mal anschauen. Es ist schon viel zu lange her, seit ich mich am Anblick meiner Daire erfreuen konnte.« Sie macht sich los und hält mich auf Armeslänge von sich weg, um mich besser inspizieren zu können.

»Dabei kommt es mir fast so vor, als hätten wir gestern erst geskypt«, flöte ich, während ich mich bemühe, unter ihrem prüfenden Blick nicht zusammenzuzucken.

»Du siehst müde aus.« Sie äußert die Worte mit der gleichen Endgültigkeit wie ein Richter, der ein Urteil verliest.

»Nichts, was ein bisschen Concealer nicht beheben könnte.« Ich versuche, mich aus ihrem Griff zu winden, doch sie legt mir einen Finger aufs Kinn und hält mich fest.

»Das hab ich nicht gemeint. Du bist so hübsch wie immer, und deine Haut ist super. Es freut mich, dass du meine Warnungen beherzigst und deine Sonnencreme verwendest. Aber hinter deinen Augen spüre ich die Erschöpfung von jemandem, der um einige Jahrzehnte älter ist. Was ist los, Daire? Ich dachte, du hättest gesagt, an der Richterfront herrsche völlige Ruhe?«

Diesmal gelingt es mir, mich loszumachen, und ich nutze den Moment, um verstohlen auf ihren Ringfinger zu spähen. Erleichtert stelle ich fest, dass sie noch immer verlobt ist.

Jennika hat die Gewohnheit, vor allem Reißaus zu nehmen, was nach fester Bindung riecht. Und in den letzten neun Monaten, seit ich nach Enchantment gezogen bin, hat Palomas Haus ihr regelmäßig als Fluchtpunkt gedient, wenn ihr die Sache mit ihrem Verlobten zu heiß wurde.

»Wie geht's Harlan?«, frage ich, nur um mir bestätigen zu lassen, dass sie noch zusammen sind.

»Gut.« Sie grinst und fährt sich mit einer Hand durchs Haar, welches in einem schönen, weichen Blond, durchzogen von buttergelben Strähnchen, gefärbt ist. Allerdings weiß man nie, wie lange dieser Look sich halten wird. Jennika wechselt ihre Haarfarbe so oft wie andere Leute die Bettwäsche. »Er wäre gern mitgekommen, aber er ist gerade in Goa und macht dort Aufnahmen für eine Fotostrecke in einer Zeitschrift.«

»Hartes Leben.« Ich ringe mir ein Lächeln ab, doch es wirkt nicht überzeugend.

»Nicht annähernd so hart wie deines.« Sie verschränkt die dünnen Arme vor der Brust und setzt ihre Inspektion fort. Zu sehen gibt es nackte Füße mit leuchtend türkis lackierten Zehennägeln, abgewetzte Jeans-Shorts, ein weißes Top und zu einem unordentlichen Pferdeschwanz zurückgebundene Haare. Kein besonders erhebender Anblick, aber auch nichts Beunruhigendes. »Daire, ich mache mir Sorgen«, sagt sie dennoch.

»Nicht nötig. Mir geht's gut.« Ich drehe mich stehenden Fußes um und gehe in die Küche. Dank Axel ist das Haus einigermaßen aufgeräumt und der Kühlschrank sogar voll. Es hätte mir gerade noch gefehlt, wenn Jennika mitbekäme, wie chaotisch mein Leben geworden ist. Doch der Blick, den sie mir zuwirft, als ich ihr ein kühles Getränk anbiete, sagt mir, dass sie sich nicht täuschen lässt.

»Wie lange bleibst du?«, frage ich, als ich registriere, dass sie kein Gepäck bei sich hat. Andererseits könnte sie aber auch ihren Wust an Habseligkeiten in den Kofferraum ihres Mietwagens gestopft haben.

»Hab ich noch nicht entschieden.« Sie stemmt eine Hand in die Hüfte und sieht sich um. »Das hängt ja auch von dir ab.« Sie richtet den Blick wieder auf mich, und nun zucke ich doch unter ihrer eindringlichen Musterung zusammen.

Ich kann Dämonen erschlagen und den bösesten Richters entgegentreten, doch es genügt ein wissender Blick von meiner Mom, und ich bekomme weiche Knie.

Als wir uns im Januar voneinander verabschiedet haben, geschah dies unter der Bedingung, dass ich mich regelmäßig melden und sie auf dem Laufenden halten würde, während sie mich im Gegenzug das tun lassen würde, was ich tun muss. Auch wenn es ihr nicht gefällt, dass ich ein Soul Seeker bin, schien sie es doch als etwas zu akzeptieren, das sie weder verhindern noch verändern kann. Doch obwohl ich mich an meinen Teil der Vereinbarung gehalten habe, nimmt sie nun den windigsten Vorwand zum Anlass, um zum absolut ungeeignetsten Moment hier aufzutauchen.

Sie setzt sich an den Küchentisch, trinkt einen Schluck Eistee und sieht mich forschend an. »Wie geht's Dace?«

Oberflächlich betrachtet ist dies eine schlichte, unkomplizierte Frage ohne irgendwelche Fallstricke. Dennoch ist es so ziemlich das Schlimmste, was sie hätte fragen können. Dace ist zu einem derart heißen Eisen geworden, dass selbst meine Freunde aufgehört haben, nach ihm zu fragen.

Das heißt allerdings nicht, dass ich nicht über ihn nachdenke.

Denn das tue ich.

Fast jede Sekunde des Tages.

Dace ist immer bei mir, direkt unterhalb der Oberfläche. Doch ich habe schon so lange nicht mehr über ihn gesprochen, dass ich gar nicht weiß, was ich sagen soll.

Ich unterdrücke ein Seufzen, setze mich auf den Stuhl ihr gegenüber und beschließe, bei der Wahrheit zu bleiben. »Offen gestanden weiß ich es nicht. Es ist schon eine Weile her, seit wir uns zuletzt gesprochen haben.« Meine Schultern verspannen sich, ich knete krampfhaft die Finger und warte darauf, dass sie mit der alten Leier loslegt von wegen: *Ich hab's dir doch gesagt.*

Jennika war noch nie ein Fan von Dace. Von Anfang an

war sie der Überzeugung, dass er einzig und allein deshalb auf diese Erde platziert wurde, um mir das Herz zu brechen. Während diese Einschätzung in erster Linie ihre eigene wohlbekannte Angst vor festen Bindungen durchblicken lässt, ist es doch seltsam, wie sehr die Prophezeiung darin widerhallt.

Es hat lange gedauert, bis Jennika es akzeptiert hat. Und obwohl sie von unserer Beziehung nie begeistert war, hat sie sich damit abgefunden, dass wir zusammen sind.

Doch nun habe ich ihr mit ein paar einfachen Worten bewiesen, dass sie recht hatte.

Ich taste an der Unterseite der Tischplatte herum und warte auf ihre Reaktion. Jennika ist so hartnäckig wie ein Pitbull. Sie bleibt kaltlächelnd den ganzen Abend hier sitzen, wenn es sein muss, nur um mich zum Auspacken zu bewegen.

»Dace und ich machen gerade Beziehungspause.« Es ist eine Qual, diese Worte auszusprechen, und ich wappne mich vor einer ihrer sarkastischen Repliken. Doch als sie weiterhin schweigt, füge ich hinzu: »Es ist … kompliziert.«

»Versuch's mir trotzdem zu erklären.« Der Diamantstecker in ihrer Nase bebt und glitzert. Ihre grünen Augen fixieren mich.

Ich schlucke schwer und umklammere die Tischkante so fest, dass sich die Holzmaserung auf meiner Haut abzeichnet. Ich will nicht darüber reden. Ertrage es nicht, die Worte auszusprechen. Trotzdem platze ich im nächsten Moment mit der ganzen schlimmen Geschichte heraus. Die Worte überschlagen sich derart, dass ich gar nicht dazu komme, sie zu zensieren.

Man muss Jennika zugutehalten, dass sie sich jeden Kommentar verkneift. Sie nickt nur, nippt an ihrem Tee und seufzt an den passenden Stellen, bis mir die Worte und der Atem ausgehen. »Tja«, sagt sie und hebt das Kinn, »dann weißt du ja, was du zu tun hast, oder?«

Ich kipple auf dem Stuhl nach hinten, was sie hasst. »Ich weiß genau, was ich tun werde. Und wenn du so bist wie alle anderen, dann ist es nicht einmal annähernd das, was du jetzt denkst.« Die Worte sind schneidend, aber nicht so schneidend wie mein vorwurfsvoller Blick.

Ich war mir sicher gewesen, sie würde nach dem altbekannten Jennika-Drehbuch vorgehen: Meine traurige Geschichte dazu nutzen, um sich mir gegenüber damit zu brüsten, dass sie es ja schon immer gewusst habe. Ich hätte nie erwartet, dass sie meinen Kummer als Lehrstoff heranzieht, um mir einzubläuen, dass ich meinen Freund unschädlich machen soll.

»Du tust so, als hättest du eine Wahl, obwohl du doch eindeutig keine hast.« Langsam fährt sie mit dem Finger am Rand ihres Glases entlang.

»Sagt wer?« Ich will eigentlich noch etwas einwenden und setze bereits dazu an, etwas auszusprechen, was ich garantiert bereuen werde, doch dann überlege ich es mir anders und rede es mir selbst aus. Sich aufzuregen bringt gar nichts. Im Gegenteil – es wäre nur Wasser auf Jennikas Mühlen. Wenn sie mein Verhalten für unvernünftig hält, ist es meine Aufgabe, ihr das genaue Gegenteil zu beweisen.

»Wenn es Dace bestimmt ist, auf die dunkle Seite zu wechseln – wenn es ihm bestimmt ist, dich zusammen mit allen anderen zu töten –, dann wüsste ich nicht, was du daran ändern könntest. Es ist deine Pflicht, die Bürger von Enchantment zu schützen, Daire, oder zumindest ist das die Geschichte, die du mir einst erzählt hast. Wenn du es nicht schaffst, die drei Welten im Gleichgewicht zu halten

… Also, das Ergebnis mag ich mir gar nicht ausmalen. Es steht zu viel auf dem Spiel – du kannst es dir nicht erlauben, dich von deinem Herzen leiten zu lassen!«

»Es ist meine Pflicht, die Bürger von Enchantment zu schützen, ja, und für den Fall, dass du es vergessen hast, dazu gehört auch Dace! Mann, Jennika, eigentlich hätte ich gerade von dir erwartet, dass du es verstehst. Schön zu wissen, dass auch du gegen mich bist.«

»Ich bin nicht gegen dich, Daire, ich bin nur gegen deine Entscheidung. Ich finde, du bist leichtsinnig, gefährlich, tragisch irregeleitet, und ich bitte dich, dir das noch mal zu überlegen.« Sie steht vom Tisch auf und trägt ihr Glas zur Spüle. Dort lehnt sie sich gegen die geflieste Arbeitsfläche, dreht sich um und sagt: »Daire, ich weiß, dass du ihn liebst. Mir ist klar, dass er deine erste Liebe ist, was das Ganze noch gewichtiger macht. Aber wenn ich dir richtig zugehört habe, dann ist Dace nicht mehr wirklich Dace. Er ist nicht mehr der Junge, in den du dich verliebt hast. Er wird von diesem … diesem Monster, wie du es nennst, ausgehöhlt. Und es wird nicht mehr lange dauern, bis keine Spur mehr von ihm übrig ist. Damit musst du dich jetzt auseinandersetzen und dir darüber gedankliche Klarheit verschaffen, ehe es zu spät ist. Du musst dich auf die anstehenden schweren Entscheidungen vorbereiten. Du musst bereit sein, dich dem Unvermeidlichen zu stellen.«

»Da sind wir wohl unterschiedlicher Ansicht. Ich halte es nicht für unvermeidlich. Ich mag ja ein Neuling in der Liebe sein, aber wenn es eines gibt, was ich gelernt habe, dann, dass Liebe keine Grenzen kennt. Nicht, wenn sie echt ist. Die Gefühle zwischen Dace und mir können niemals durch ein Monster oder sonst etwas zerstört werden. Wir sind nicht wie andere Menschen. Wir passen nicht in eine praktische Schublade. Wir lassen uns nicht so einfach etikettieren und einteilen, wie du es gerne möchtest. Dace hat das für mich getan – um mir bei meinem Kampf gegen die Richters beizustehen. Er hat mit den edelsten Absichten gehandelt, und ich beabsichtige, ihm ein Opfer ähnlichen Umfangs zu bringen. Ich werde ihn nicht töten, und weiter gibt es dazu nichts zu sagen.«

Jennika seufzt. Ihre Miene ist so resigniert wie ihre Stimme, als sie sagt: »Weißt du, ich habe tausend Argumente gesammelt und abschussbereit im Kopf. Aber ich weiß ja, wie stur du bist – das hast du von mir. Ich werde dich nie überzeugen können, oder?«

Ich schüttle den Kopf.

»Aber das heißt nicht, dass ich es nicht weiterhin versuche.« Sie zieht eine Braue hoch.

»Daran hege ich keinen Zweifel.«

»Können wir dann einen Waffenstillstand schließen – zumindest fürs Erste?«

»Das tue ich in letzter Zeit ständig.«

Ich rutsche wieder auf meinem Stuhl nach unten, sicher, das Schlimmste überstanden zu haben, als sie auf den blauen Turmalin zugeht, den ich auf dem Geländer liegen gelassen habe, das zu meinem Arbeitszimmer führt. »Ist das das, was ich glaube?«, kreischt sie.

Sie greift nach dem Stein, doch ehe sie ihn zu fassen bekommt, setze ich Telekinese ein, um ihn in hohem Bogen ihrem Zugriff zu entziehen und in meine Hand zu praktizieren. Mit fassungsloser, empörter Miene fährt sie zu mir herum. »Antworte mir, Daire!«

»Ja.« Ich versenke den Stein tief in meiner vorderen Hosentasche.

»Und warum ist er hier? Was treibst du mit ihm? Und,

was noch viel wichtiger ist, ist er immer noch gefährlich?«

Ich antworte mit einem unklaren Blick.

»Aha.« Ihre Miene ist angespannt, ihr Tonfall verbissen. »Und trotzdem hältst du es für angebracht, ihn in der Hosentasche herumzutragen?«

»Es ist … kompliziert …«

»Den Satz hast du vorhin schon mal gebraucht.« Sie verschränkt die Arme. »In meinen Augen ist das einzig Komplizierte hier deine Argumentation. Zuerst erzählst du mir, dass dein Freund dazu ausersehen ist, die Welt und alle Menschen auf ihr zu zerstören, doch du ignorierst das lieber, weil du glaubst, dass eure Liebe siegen wird. Und dann klammerst du dich freiwillig an genau den Stein, der für den Tod deiner Großmutter verantwortlich ist.« Ich will etwas erwidern, doch ihre erhobene Hand genügt, um mich zum Schweigen zu bringen. »Entschuldige bitte, wenn ich das sage, aber mir drängt sich einfach die Frage auf, ob die beiden Dinge nicht zusammenhängen. Ob du so tieftraurig über das bist, was zwischen dir und Dace passiert, dass es dein Urteilsvermögen trübt und dich veranlasst, ungesunde Risiken einzugehen.«

»So ist es nicht. Du hast es völlig falsch verstanden.«

»Tja, solange du es mir nicht besser erklärst, bleibe ich bei meiner Meinung.«

»Es ist wirklich kompliziert. Nichts ist schwarz oder weiß. Nichts ist so, wie es scheint. Das ist die Grundregel in Enchantment, aber das hast du anscheinend vergessen.« Sie zieht die Brauen hoch, lässt mich aber weiterreden. »Dann setz das eben auch auf die Liste der Dinge, über die wir uns einig sind, uneinig zu sein.«

»Tut mir leid, Daire, aber ich kann nicht so aalglatt darüber hinweggehen. Was ist denn aus meiner vernünftigen, wenn nicht gar zynischen Tochter geworden?«

»Ich habe kürzlich etwas erkannt, was ich schon lange vermutet habe: Zynismus wird absolut überschätzt und überbewertet. Er ist der Schild, hinter dem sich die Leute in dem Irrglauben verstecken, dass er sie cool, stark und unangreifbar wirken lässt. Aber wahre Tapferkeit bedeutet nicht, der Masse zu folgen oder sich gleichgültig zu geben, sondern es geht darum, an sich selbst zu glauben und auch angesichts von Widerständen seinem Herzen treu zu bleiben. Wahrer Mut bedeutet, für die Menschen, die einem wichtig sind, Kopf und Kragen zu riskieren, weil es das Richtige ist.« Jennika sieht mich streng an, verkneift sich aber einen weiteren Kommentar. »Auch wenn es dich vielleicht aufbringt, auch wenn du es vielleicht verstörend findest, mein Antrieb, Dace zu retten, ist nicht annähernd so töricht, wie du glaubst. Ich weiß, was ich tue, Jennika. Ich habe lange und hart trainiert, um an diesen Punkt zu kommen. Doch trotz der Magie, die ich beherrsche, trotz der zahlreichen Dämonen, die ich erschlagen habe, trotz des Bösen, das ich aus erster Hand erfahren habe, setze ich letztlich mein Vertrauen in die Macht der Liebe. Im Vergleich dazu verblasst alles.«

Ich stehe vor ihr und weiß nicht, was als Nächstes kommt. Auch wenn ich sicher bin, das ich sie nicht überzeugt habe, scheine ich sie zumindest zum Schweigen gebracht zu haben. Doch eines muss noch gesagt werden – ein Versprechen, das ich ihr unbedingt abringen muss.

»Ich bitte dich lediglich, den Turmalin nicht gegenüber meinen Freunden zu erwähnen.« Flehentlich blicke ich sie an. »Oder vielmehr erwähne ihn bitte gegenüber überhaupt niemandem.«

»Es sieht dir gar nicht ähnlich, Geheimnisse zu haben, Daire.« Ihr Argwohn ist neu entfacht.

»Es ist kein Geheimnis. Zumindest nicht komplett. Die Stammesältesten wissen alle Bescheid. Chay hat mir den Stein sogar gebracht. Chepi hat einen Ring aus ihm gemacht.«

Jennikas Lippen werden schmal.

»Pass auf, ich will nicht lügen. Sie haben es mir nicht gerade angeboten. Aber sie sind auf meine Bitte eingegangen.«

»Ich hoffe, du weißt, was du tust.« Sie wirft einen misstrauischen Blick auf meine Hosentasche, als könnte sie den anstößigen Edelstein durch den Jeansstoff sehen.

»Dann sind wir ja schon zwei.«

Sie sieht mich lange nachdenklich an. Auch wenn meine Worte sie nicht trösten konnten, so waren sie zumindest ehrlich. Wir werden von dem Getöse unterbrochen, das Axel, Lita, Xotichl und Auden erzeugen, als sie zur Haustür hereinpoltern.

»Es lag schon wieder eine vor der Tür. Langsam wird das zur Gewohnheit.« Axel stellt eine rechteckige, glänzend weiße Schachtel auf den Küchentisch, ehe er Jennika registriert.

»Du musst Axel sein.« Sie streckt die Hand aus, bevor ich dazu komme, sie einander vorzustellen. »Als ich das letzte Mal hier war, warst du unsichtbar. Wir konnten uns gar nicht richtig bekannt machen.« Sie sagt dies mit solcher Lässigkeit, dass ich ganz erstaunt darüber bin, wie weit sie gekommen ist. Noch vor ein paar Monaten hat sie alles abgelehnt, was mit dem Übernatürlichen zu tun hatte, und sich darum bemüht, mich nach Los Angeles zurückzuzerren. Nachdem sie Auden begrüßt hat, umarmt sie Xotichl und Lita. Sie macht eine Bemerkung über Xotichls neue Brille und ihr wiedergewonnenes Augenlicht und betrachtet Lita noch mal mit etwas Abstand. »Du siehst strahlend aus. Verliebt zu sein steht dir gut.«

Lita wird rot. Ein seltener Anblick. Doch so hübsch der Moment auch sein mag, winde ich mich innerlich, da ich weiß, dass ihr Glück nur von kurzer Dauer sein wird.

»Apropos *Liebe* …« Lita nickt zu der Schachtel hin. »Wenn ich es nicht besser wüsste, würde ich glauben, Cade Richter ist in dich verliebt.«

»Das ist von Cade?« Jennika tritt auf die Schachtel zu und sieht zwischen ihr, meinen Freunden und mir hin und her.

Ich übergehe die Bemerkung, da sie einfach zu grotesk ist, und benutze meine Magie, um das Band aufzuknüpfen und den glänzend weißen Deckel abzuheben.

»Ganz egal, wie oft ich das auch sehe, es ist immer noch unheimlich.« Jennika reibt sich die Arme und unterdrückt ein Frösteln, obwohl es brütend heiß ist.

»Sind hier auch wieder tote Tiere drin?« Lita stellt sich auf die Zehenspitzen, um besser sehen zu können, während Xotichl einen Schritt zurücktritt und ich das weiße Seidenpapier beiseiteschlage. Unwillkürlich halte ich den Atem an, bis ich einen Bausch roter Seide entdecke und tief ausatme.

»Ist das – ein Kleid?« Jennika beugt sich vor, während ich das Stoffgebilde aus der Schachtel nehme, es an den breiten Trägern heraushebe und endlose Stoffbahnen in herrlichem Sonnenuntergangsrot freilege und zu Boden gleiten lasse. Das Kleid ist ein Traum, genäht aus weicher, schwerer Seide mit einem tiefen Dekolleté und einem noch gewagteren Rückenausschnitt, auf den eine enge Fältelung an der schmalen Taille folgt, ehe das Ganze in weichen Wellen zu Boden fällt, die wie Flammen zu tänzeln scheinen.

Ein exaktes Abbild des Kleids, das ich in meinem Traum trug. Dem Traum, in dem ich am Rand einer hohen Felsklippe stand, während mir Cade einen Turmalinring an den Finger steckte.

»Es ist atemberaubend.« Jennika sieht mich an. »Viel schöner als all die Kleider, die ich mitgebracht habe.«

»Aber warum ist es rot, obwohl es doch ein Schwarz-Weiß-Ball sein soll?«, fragt Xotichl.

»Was soll's!«, ruft Lita aus. »Sie wird es sowieso nicht anziehen.« Ihre Augen weiten sich, als sie meine Reaktion sieht. »Du ziehst es doch nicht an, oder?« Sie wirft mir einen Blick zu, den ich nicht recht einordnen kann. Ist es Neid – Spott – Warnung? Schwer zu sagen.

»Natürlich ziehe ich es an.« Mit entschlossener Miene und ebensolchem Tonfall spreche ich es aus, während mich meine Freunde ungläubig ansehen.

»Daire, das kann nicht dein Ernst sein.« Lita runzelt die Stirn. »Ich finde das Kleid ja auch umwerfend, aber wenn du es trägst, bringst du dich nur noch mehr in Gefahr, als du ohnehin schon bist. Von den Richters kriegt man nichts umsonst. Jeder Akt ihrer sogenannten Wohltätigkeit hat seinen Preis, und zwar einen hohen. Die Frage ist nur, warum tut er das?«

Ich halte mir das Kleid weiter an den Körper und fahre mit der Hand über den seidigen Stoff. Der Schnitt ist exquisit. Jede Naht, jeder Abnäher sitzt an der richtigen Stelle. Es betont meine Formen so exakt, dass es wie maßgeschneidert wirkt.

»Solange keine blauen Turmaline im Saum verborgen sind, wüsste ich nicht, warum ich es nicht tragen soll. Außerdem rechnet er ja gar nicht damit, dass ich es trage, und genau aus dem Grund werde ich es tun.« Ich spreize die

Finger gegen die Taille und wirble mir den Rock um die Beine.

»Ich kapier's nicht«, sagt Xotichl, und Jennika pflichtet ihr nickend bei.

»Hört mal, bis jetzt hat nichts funktioniert, was ich versucht habe, um Cade aufzuhalten. Also ist es an der Zeit für eine neue Strategie.« Ich sehe langsam einen nach dem anderen an, um ihnen klarzumachen, dass ich das todernst meine und nicht darüber verhandeln werde.

»Dann wirst du also auch die Rabenmaske tragen?«, fragt Lita mit finsterer Miene und ohne sich zu bemühen, ihre Missbilligung zu verbergen.

»Ich finde, sie passt blendend dazu. Meinst du nicht auch?« Ich falte das Kleid zusammen und lege es wieder in die Schachtel zurück.

»Daire, warum tust du das?« Jennika sieht mich an, und ich weiß, die Frage ist nicht annähernd so beschränkt, wie sie sich oberflächlich betrachtet ausnimmt.

Was sie wirklich meint, ist: *Warum das Kleid? Warum die Maske? Warum ignorierst du unsere Bedenken? Und, wichtiger noch, warum willst du unbedingt an ebenjenem Turmalin festhalten, der deine Großmutter getötet hat?*

Jennika meint es gut. Sie meinen es alle gut. Sie wollen mich nur beschützen. Trotzdem muss ich ihnen widersprechen. »Seit der erste Soul Seeker sich gegen den ersten Coyote gewehrt hat«, sage ich, »bestand das Ziel darin, dem Feind an jedem Punkt Widerstand zu leisten.«

»Ähm, ja. Ist das nicht in etwa die Jobbeschreibung für einen Soul Seeker?« Lita runzelt die Stirn.

»Bis jetzt schon. Aber was, wenn das gar nicht nötig ist? Was, wenn es einen anderen Weg gibt, mit ihnen fertigzuwerden?«

»Indem man ihnen direkt in die Hände spielt?« Xotichl verzieht den Mund, als fiele es ihr schwer, meinen Worten zu folgen. Sie möchte zwar nicht alles sofort von der Hand weisen, ist aber weit davon entfernt, es als zutreffend anzuerkennen.

»Zum Teil.«

»Das wirst du erklären müssen.« Lita schüttelt den Kopf und schaut sich Hilfe suchend zu Axel um, doch er legt ihr nur tröstend einen Arm um die Taille und hält sich klugerweise heraus.

»Schon mal das Sprichwort gehört: *Wenn du dich gegen etwas wehrst, wird es nur noch hartnäckiger*?«

Xotichl und Axel nicken, Jennika blickt nachdenklich drein, Auden starrt auf sein Smartphone, und Lita verschränkt die Arme.

»Das heißt im Grunde, dass die Dinge, gegen die wir uns wehren, die Vergangenheit, die Gegenwart, die Anteile unseres Ichs, deren wir uns schämen, dazu neigen, noch stärker hervorzutreten. Wir vergeuden so viel Zeit damit, Dinge, Gedanken oder Menschen, die wir nicht mögen, zu bekämpfen, dass das am Ende nur dazu führt, diesen Dingen in unserem Leben eine noch größere Bedeutung zu geben.«

»Wie zum Beispiel, als du plötzlich an der Milagro High aufgetaucht bist und ich, statt dich zu ignorieren und mich um meinen eigenen Kram zu kümmern, wie ich es hätte tun sollen, meine ganze Aufmerksamkeit auf dich konzentriert habe, bis es mir so vorkam, als wärst du überall, und ich dich noch stärker abgelehnt habe?«, will Lita wissen. Und auch wenn das ein Beispiel ist, das ich selbst nicht gewählt hätte, kann ich nicht bestreiten, dass es passt.

»Ja. So in der Richtung. Und was, wenn man das Gleiche in Bezug auf die Richters sagen könnte? Ich meine, Soul

Seeker haben unzählige Generationen damit verschlissen, sich gegen das Vordringen von El Coyote zu wehren. Aber was, wenn wir einfach damit aufhören? Was, wenn wir stattdessen einfach mitspielen? Oder zumindest so tun, als würden wir mitspielen?«

»Tja, dann bin ich mir ziemlich sicher, dass das in dem Weltuntergangsszenario aus der Prophezeiung enden und die Welt in ewige Dunkelheit stürzen würde«, meint Xotichl.

»Nicht unbedingt.«

Ich gehe auf den Berg aus sorgsam gefalteten, seidenen Stoffbahnen zu. »Das ist doch wieder nur einer von Cades bösen Scherzen. Also stellt euch nur vor, wie er reagieren wird, wenn ich ihn beim Wort nehme und von Kopf bis Fuß im El-Coyote-Style erscheine.«

Sie schweigen und brauchen offenbar einen Moment, um es sich auszumalen.

»Das wirft ihn komplett um, und dadurch gewinne ich genug Zeit, um ihn zu überwältigen, ehe er auch nur begriffen hat, was über ihn gekommen ist.«

»Das ist doch Wahnsinn!«, ruft Lita. »Ehrlich, Wahnsinn. Und entschuldige, wenn ich das so sage, aber damit spreche ich nur aus, was alle anderen denken. Ganz zu schweigen davon, dass du, wenn du Cade ausschaltest, zugleich Dace tötest. Und auch wenn du weißt, dass ich dafür bin, das Monster zu erledigen, bevor es uns erledigen kann, warst du doch letztens noch total dagegen, wenn ich mich recht erinnere.«

»Ich bin immer noch total dagegen. Ich habe nicht die leiseste Absicht, Dace zu töten, aber Cade muss aufgehalten werden, sonst sind wir alle dem Untergang geweiht. Ich kann mich doch nur auf meine Ausbildung, meine Magie und die Werkzeuge verlassen, die mir Paloma hinterlassen hat. Und wenn es hart auf hart kommt, flehe ich darum, dass mir nicht nur meine Ahnen helfen werden, sondern dass auch meine Liebe zu Dace sich als stärker als das Böse erweist – stärker als der Tod.«

Axel wirft mir einen betrübten Blick zu, Jennika schüttelt langsam den Kopf, während Auden und Xotichl auf ihre Füße starren und Lita die Stirn runzelt.

»Doch für den Moment ist das Letzte, was ich will, mich mit euch zu streiten. Ich weiß, ihr meint es gut, und ich weiß, ihr versucht nur, auf mich aufzupassen, was positiv ist, denn logischerweise schaffe ich das nicht allein. Ich habe einen Plan ausgearbeitet, in den ihr alle einbezogen seid. Also legen wir lieber mal los und nutzen die wenige Zeit, die uns noch bleibt.«

Zweiundzwanzig

Dace

Ich mache die Tür zu meiner schuhschachtelgroßen Wohnung hinter mir zu und weiß, es wird nicht mehr lange dauern, bis ich sie zum letzten Mal schließe.

Obwohl mir Leandro ein Zimmer im Gebäudekomplex angeboten hat, habe ich aus gutem Grund abgelehnt.

Genau wie bei Leftfoot ist auch bei Leandro alles eine Prüfung. Er mag ja über die Maßen stolz sein auf die in mir heranwachsende Dunkelheit, doch er vertraut mir nicht komplett. Die ganzen Jahre, die wir voneinander getrennt gelebt haben, verbunden mit meinen unverhohlenen Drohungen, lassen sich erst mit der Zeit allmählich überbrücken.

Nachdem ich auch bereits meinen Anspruch auf mein Erbe angemeldet habe, ist es außerdem am besten, nicht gleich von vornherein allzu profitgierig zu erscheinen. Er ahnt ja nicht, dass ich mitnichten vorhabe, mich mit der Hälfte zu begnügen. Nicht, wenn ich den ganzen Kuchen haben kann.

Ich setze mich hinters Steuer meines Mustangs, der mittlerweile in coolem Kirschrot lackiert ist und einen Motor unter der Haube hat, der schnurrt wie ein Panther. Ein Geschenk von Leandro, der meinte, kein Richter mit ein bisschen Selbstachtung sollte in einer solchen Kiste herumfahren.

Erstaunlich, was ein bisschen Magie und ein dickes Bündel Geldscheine an einem Auto ausrichten können.

Ich nehme den langen Weg zum Rabbit Hole und mustere die Umgebung mit der befriedigenden Gewissheit, dass sie nicht mehr lange so heruntergekommen aussehen wird. Es gibt Hoffnung für Enchantments Zukunft. Auch wenn ich selbst nicht mehr dazugehören werde, beabsichtige ich, meinen Stempel zu hinterlassen.

Meine Gedanken werden durchs Klingeln des Handys unterbrochen, doch sowie ich sehe, dass es meine Mutter ist, stelle ich es auf stumm.

Seit dem Tag in der Höhle haben sich die Stammesältesten rar gemacht. Doch trotz ihrer Warnungen weigert sich Chepi nachzugeben. Sie hält daran fest, dass ein Teil meines alten Ichs erhalten geblieben ist.

Obwohl sie damit durchaus recht hat, begreift sie nicht, dass dieser Teil inzwischen so reduziert ist, dass ich es nicht riskieren kann, mit ihr zu sprechen, geschweige denn sie zu treffen, selbst wenn es nur für einen letzten Abschiedsgruß wäre.

Das Monster in mir ist von einer unstillbaren Gier nach Beute erfüllt, und es macht keinen Unterschied zwischen seinen Opfern. Ich nehme diese Drohung sehr ernst, und wenn sie weiß, was gut für sie ist, nimmt sie sie auch ernst.

Daire hat mir einmal von dem Abend erzählt, als sie Cade nachspioniert hat, indem sie ihre Seele mit einer Kakerlake verschmolzen hat. Dabei hat sie gesehen, wie er sich mit denselben rohen, blutigen Tierfetzen vollgestopft hat, die er auch Kojote zum Fressen gegeben hat. Damals fand ich diese Geschichte widerlich.

Aber jetzt knurrt mir schon der Magen, und mir läuft das Wasser im Mund zusammen, wenn ich nur daran denke.

Auch wenn ich mich noch nicht auf diese Ebene hinabbegeben habe, wird der Drang mit jedem Tag stärker.

Komisch, dass mir nun, da ich mich verwandle, auf einmal alles an meinem Bruder einleuchtend erscheint. Sein Drang zu töten, zu fressen und zu zerstören, entspricht genau meinem eigenen und lässt ein Gefühl der Solidarität entstehen, das ich früher nie für möglich gehalten hätte.

Das heißt allerdings nicht, dass ich ihn nicht töten werde.

Er steht ganz oben auf meiner Liste.

Einen Verwandten zu töten ist der einzige Weg, um sicherzustellen, dass das Monster zu vollem Leben erwacht, was es mir erlauben wird, die anderen von ihnen ebenfalls zu erledigen.

Ich mag mich selbst verlieren, doch ich rette dabei Daire.

Und das ist das Einzige, was wirklich zählt.

Ich fahre an einem endlos scheinenden Band heruntergekommener Lehmziegelhäuser vorüber. Die schwindende Beleuchtung in den Fenstern zeugt von einem verschlafenen Kaff, das sich bereits zu Bett begibt, während ich gerade erst loslege.

Genau wie Kojote kann ich nachts am besten jagen.

Ich halte vorm Hintereingang und treffe im selben Moment ein wie Leandro.

»Fast wie abgesprochen, was?« Er grinst.

Ich reagiere mit einem angedeuteten Grinsen und steige aus dem Auto.

»Eine enorme Verbesserung.« Er bewundert die Sonderlackierung und die chromblitzenden neuen Zierleisten.

»Danke.« Ich zwinge mir die Worte über die Lippen und muss daran denken, wie gut er auf Dinge wie Lob, Anerkennung und umfassendes Ego-Hätscheln reagiert.

Er öffnet schwungvoll die Tür und führt mich in den Club, wo mir der intensive Geruch von Rabe derart in die Nase steigt, dass ich auf der Stelle erstarre.

Meine Nüstern beben. Mein Blick wird schärfer. Der Hunger wallt auf. Ich weiß zweifelsfrei, dass sie hier ist.

Daire.

Treibt sich an Orten herum, von denen sie genau weiß, dass sie sie meiden sollte.

»Alles okay?« Leandro sieht mich befremdet an, und mir ist unvorstellbar, dass er sie nicht riechen kann. Er hat keine Ahnung, dass sein Schlupfwinkel durch El Coyotes letzten verbliebenen Feind unterwandert worden ist – abgesehen von mir.

Ich nicke und lasse ihn an der Bar zurück, wo er sich einen steifen Drink mixt, während ich den Flur zu meinem Büro entlangeile, getrieben vom Lockruf ihres Dufts.

Als sie mich hört, presst sie sich dicht an die Wand, ein vergeblicher Versuch, ungesehen zu bleiben. Sie ahnt nicht, dass meine Augen seit der Verwandlung alles sehen.

Ich lehne mich gegen die Tür und gönne mir einen köstlichen Augenblick, um die Wellen ihres dunklen Haars zu betrachten, das ihr sanft über die Schulter fällt, das Rot ihrer Wangen, den Schwung ihres Halses und die Kurven ihrer Schenkel, die unter dem Schein der Sicherheitsbeleuchtung glänzen.

Beim Anblick ihrer weichen, cremeweißen Haut wird mein Rückgrat steif, meine Muskeln beginnen zu arbeiten und mein Puls zu rasen, und tief in meinem Inneren regt sich der Hunger.

Ich werfe den Kopf in den Nacken, hole tief Luft und sauge ihren süßen, hypnotischen Duft tief in mich ein.

Dabei spüre ich, wie ihr das Herz in der Brust hämmert.

Höre das leise Pfeifen des Atems, der über ihre Lippen streicht.

Wittere die salzigen Schweißtropfen zwischen ihren Brüsten.

Ihre Ausdünstung ist so verführerisch, so unwiderstehlich, dass der kleine Teil meines alten Selbst sich danach verzehrt, zu ihr zu laufen, ihr zu gestehen, wie sehr ich sie liebe und wie sehr sie mir gefehlt hat. Ihr zu sagen, dass sie recht hat – dass wir das alles gemeinsam tun können.

Leider sträubt sich das Monster mit aller Kraft dagegen. Es malt sich aus, welch großer Spaß es sein wird, sie ein bisschen zu zermürben, ehe es sie vernichtet.

Langsam, ganz langsam, schiebt sie eine Hand ihr Bein entlang und tastet nach dem Messer, das sie in ihrem Stiefel verborgen hat.

Komm, komm zu mir, lockt das Monster.

Seine Stimme übertönt meinen eigenen Drang, sie zu warnen und zur Flucht aufzufordern, solange sie noch kann.

Sie ergreift das Heft. Zieht das Messer aus der Scheide, bis die Klinge silbern glitzernd zum Vorschein kommt. Dann wartet sie darauf, dass ich den ersten Schritt tue.

Überlässt mir die Entscheidung, wie es weitergeht.

Ein kluger Schritt, der ihr eine Schonfrist von einem weiteren Abend verschafft.

Ein außer Kontrolle geratenes Monster sollte man lieber nicht reizen.

Entschlossen zu verschwinden, bevor ich die Kontrolle völlig verliere, schlüpfe ich in mein Büro, schließe die Tür zwischen uns und verriegle sie sorgfältig.

Dreiundzwanzig

Xotichl

Erklär mir noch mal, warum wir ihn hier draußen treffen – buchstäblich mitten im Niemandsland?« Ich spähe durch die Windschutzscheibe, außerstande, mich von diesem Gefühl tiefer Beklommenheit zu befreien, geschweige denn, dessen Ursache auszumachen, abgesehen davon, dass nichts so aussieht, wie es sollte.

Als wir aufgebrochen sind, war der Himmel wolkenlos und sternenklar – eine typische heiße Sommernacht in Enchantment, nur noch heißer als sonst. Doch hier ist der Himmel voller dicker, dräuender Wolken, so weit das Auge reicht. Abgesehen von unzähligen umherwirbelnden Steppenhexen und dem schmalen Feldweg, der unter uns dahinfegt, gibt es hier nichts Erwähnenswertes.

Es ist genau die unheimliche, verlassene Landschaft, die man oft in Albträumen und Horrorfilmen sieht.

Ein gruseliger Ort der dunklen Geheimnisse und Freveltaten.

»Wir sind den ganzen Weg hier herausgefahren, weil das für Luther günstig ist. Er wollte sich hier mit uns treffen.« Auden beschleunigt und legt mir beruhigend eine Hand aufs Knie.

»Tja, aber findest du nicht, er hätte *uns* entgegenkommen sollen? Schließlich bist du derjenige, der den Vertrag unterzeichnet.«

»Genau.« Auden mustert mich durch die dichten, zerzausten Ponyfransen, die ihm in die Augen fallen. »Und wenn Luther nicht wäre, gäbe es überhaupt keinen Vertrag.«

»Mach dich nicht kleiner, als du bist. Luther ist doch derjenige, der am meisten davon profitiert. Wie man in Vegas sagt – das Haus gewinnt immer.«

»Was heißt, dass die Plattenfirma am meisten profitiert. Dann Luther. Dann ich. Vergiss das nicht. Ich bin nur der kleine Musiker.« Er lacht und wackelt an meinem Knie, um mich auch zum Lachen zu bringen oder mich zumindest aufzuheitern, doch es funktioniert nicht. »Hör mal«, fährt er fort, entschlossen, nicht lockerzulassen und mir wenigstens einen Teil meiner Anspannung zu nehmen. »Der Treffpunkt mag ja bescheuert sein, aber ich kann mich glücklich schätzen, hier zu sein. Schließlich standen die anderen nicht gerade Schlange, um mich unter Vertrag zu nehmen.«

»Das liegt daran, dass du fast nur im Rabbit Hole und in ein paar Clubs in Albuquerque aufgetreten bist. Schließlich sind wir hier nicht in Nashville, New York oder L. A. Du hast ja noch gar nicht richtig angefangen, dich selbst zu vermarkten.«

»Weil ich es nicht ausgehalten habe, von dir getrennt zu sein. Es schien die Sache nie wert zu sein.«

»Und jetzt kannst du es?«

»Mit Mühe.« Er beugt sich herüber und drückt mir einen Kuss auf die Wange. »Außerdem wusste ich zwar, dass wir okay waren, aber nicht gut genug. Ich wollte unseren Sound noch optimieren, ehe wir auf die größeren Bühnen gehen.«

»Aber jetzt bist nur du allein übrig geblieben. Den Rest der Band wollten sie ja nicht.«

»Deswegen hab ich immer noch ein schlechtes Gewissen.«

»Ich fand den Bandnamen ja eigentlich immer cool, aber vielleicht war er irgendwie doch ein bisschen zu prophetisch.«

Er sieht mich an.

»Du weißt schon, Epitaph bekommen ihr eigenes Epitaph, ihre eigene Grabinschrift …«

Seine Lippen werden schmal, während er sich wieder auf die Straße konzentriert, und wir verstummen beide. Erst nach ein paar Meilen ergreift Auden abermals das Wort. »Der Punkt ist, mein Sound ist noch immer nicht ganz da, wo ich ihn haben will, und auch nicht da, wo sie ihn haben wollen, aber zum Glück sind sie bereit, mit mir zu arbeiten.«

Ich zucke die Achseln und schaue aus dem Seitenfenster.

Das war vermutlich nicht die Reaktion, die er sich erhofft hat, denn er fragt: »Xotichl, freust du dich denn nicht für mich?«

»Nein.« Ich sehe in sein entgeistertes Gesicht und begreife auf der Stelle meinen Fehler. »Doch, natürlich, ja! Ich freue mich für dich. Und wie. Aber ich finde auch, dass du zu dankbar bist.«

»Seit wann ist Dankbarkeit etwas Negatives?«

»Im Allgemeinen ist sie das gar nicht. Aber wenn du an den Punkt kommst, dass du dir sagst: *Ich schätze mich so glücklich, dass ich so weit gekommen bin, dass ich mich mit allem abfinde* – dann wird es problematisch.«

»Das ist ja wohl kaum der Fall.«

»Nicht?« Ich sehe ihn herausfordernd an. »Du hast die Band, ohne mit der Wimper zu zucken, fallen lassen, und jetzt fahren wir bis ans Ende der Welt, nur weil es Luther so besser passt. Macht ja nichts, dass es für dich total abgelegen ist.«

Auden nimmt seufzend die Finger vom Lenkrad und

umfasst es dann erneut mit einem Griff, der doppelt so fest zu sein scheint. »Ganz so einfach ist es nicht. Es geht noch um mehr. Dinge, mit denen ich dich nicht belasten wollte. Das Wichtige ist doch, dass, wenn der Vertrag erst einmal unterschrieben ist, meine Songs aufgenommen und auf der ganzen Welt im Radio gespielt werden. Dann wird es ganz schön schwer für deine Mom werden, immer noch zu behaupten, ich sei nicht gut genug für dich.«

Ich rutsche auf meinem Sitz nach unten und weiß nicht, ob ich seiner Meinung bin. Auden ist mein allererster fester Freund, daher weiß ich es nicht hundertprozentig, aber ich bin mir ziemlich sicher, dass in den Augen meiner Mutter kein Junge jemals gut genug für ihre Tochter sein wird.

Zuerst dachte ich, ihr übertriebener Beschützerinstinkt käme von meiner Blindheit. Als beruhte er auf diesem mütterlichen Instinkt, mich vor der großen, bösen, gefährlichen Welt zu beschützen und abzuschirmen – vor allem vor der großen, bösen, gefährlichen Welt der Jungen.

Obwohl Auden den IQ eines Genies hat und die Schule extra früher abgeschlossen hat, damit er auf die Uni gehen konnte, war sie nicht beeindruckt. Und jetzt, seit ich wieder sehen kann, hat sie eine ganz neue Abwehrstrategie dafür entwickelt, warum wir nicht zusammen sein dürfen. Damit hat sie eine Phase, die eigentlich fröhlich oder sogar von überschäumendem Glück geprägt sein müsste, zu einer Reihe endloser Kämpfe umfunktioniert, sowohl kleinen als auch großen. Und ich muss zugeben, dass ihr Kriegszug wesentlich erfolgreicher ist, als es mir behagt.

Er führt dazu, dass ich mich zwischen den beiden hin- und hergerissen fühle.

Ich liebe Auden aus ganzem Herzen, genau wie er mich.

Und ich begreife einfach nicht, warum das nicht genügt.

»Das muss er sein.« Auden zeigt auf die Landschaft aus endlosen Meilen ödem Nichts. »Siehst du die Scheinwerfer, gleich da vorn, wo sich die beiden Straßen kreuzen? Das muss er doch sein, oder?«

»Entweder das oder ein aus der Anstalt entlaufener Irrer und frischgebackener Serienkiller, der nur darauf wartet, dass ein paar naive Teenager angefahren kommen.«

»Jetzt reicht's – du schaust mir keine Horrorfilme mehr an.« Mit leicht feucht gewordenen Fingern drückt er meine Hand. Irgendwie hab ich gar nicht gemerkt, wie nervös er ist, und alles, was ich gesagt habe, seit ich eingestiegen bin, hat ihn wahrscheinlich nur noch nervöser gemacht.

Ich muss mich mehr anstrengen. Auden hat sein Leben lang auf diesen Augenblick hingearbeitet. Und ich muss aufhören, jede winzige Kleinigkeit infrage zu stellen.

Er hält am Straßenrand an und kontrolliert sein Äußeres im Rückspiegel. Unterdessen spähe ich durch die Windschutzscheibe auf das Auto, das ganz allein auf der anderen Seite der Straßenkreuzung parkt.

Wieder einmal müssen wir zu ihm gehen. Er kann nicht einmal aus dem Auto aussteigen und uns auf halbem Weg entgegenkommen.

Ich presse die Lippen zusammen, bevor ich meinen Schwur breche und den Gedanken laut ausspreche. Meine Abneigung gegen den Mann ist irrational, und so behalte ich sie besser für mich. Er hat mir eigentlich nie einen konkreten Grund dafür gegeben, ihn dermaßen zu verabscheuen.

»Er hat noch einen anderen Termin in Albuquerque«, erklärt Auden. »Deshalb müssen wir uns kurzfassen.«

»Kurz ist mir recht.« Ich hebe den Saum meines Abendkleids, während Auden auf seiner Seite aussteigt und herüberkommt, um mir die Tür aufzumachen. Ein Relikt aus der Zeit, als ich nicht sehen konnte, aber nett ist es trotzdem.

Hier ist es sogar noch heißer als in Enchantment. Und angesichts der dicken Wolken am Himmel fühlt sich die Luft so drückend schwer an, als hätte man eine Heizdecke über uns gelegt. Auden verschränkt seine Finger mit meinen und führt mich über die unasphaltierte Straße zu dem Auto hinüber, dessen Schweinwerfer so hell leuchten, dass ich mir eine Hand vor die Augen halten muss, um sie vor dem grellen Licht zu schützen.

Ich lehne mich an Audens Schulter und suche Zuflucht in seiner Berührung, entschlossen, von diesem Augenblick an jede Sekunde zu genießen. Ich habe schon viel zu viel Zeit damit vergeudet, missmutig zu sein, und wir haben beide etwas Besseres verdient.

Obwohl Daire einen ziemlich guten Plan hat und wir ihn alle wieder und wieder studiert haben, bis wir unsere Aufgaben auswendig konnten, kann niemand wissen, wie das alles enden wird. Zumindest sollte ich jeden friedlichen Moment auskosten, den ich noch mit meinem Freund genießen kann.

Kurz vor dem anderen Auto bleibe ich stehen und sage: »Es freut mich für dich, Auden. Ganz ehrlich. Es tut mir leid, wenn ich etwas anderes vermittelt habe.«

Er haucht mir einen Kuss auf die Wange. »Ich weiß, Flower.« Er grinst. »Du passt nur auf mich auf. Behältst mich immer im Auge.« Dann führt er mich die letzten paar Schritte zu dem Auto, wo wir mit vor dem Licht abgewandten Gesichtern warten, bis Luther ausgestiegen ist.

»Entschuldigt die grellen Schweinwerfer. Es ist so finster hier draußen, dass ich dachte, wir könnten das Licht gebrauchen.« Dann sieht er mich an. »Xotichl, wow. Ich habe dich noch nie so strahlend gesehen.« Grinsend hält er mir die

Hand hin, und da ich keine gangbare Alternative sehe, die nicht enorm unhöflich wirken würde, umfasse ich sie mit meiner. »Wie kommst du denn zurecht?«, fragt er.

Ich entwinde mich seinem Griff und werfe ihm einen unsicheren Blick zu, da ich nicht genau weiß, was er meint.

»Auden hat mir erzählt, du kannst wieder sehen. Das muss echt eine unglaubliche Erfahrung sein.«

Ich kann nur nicken. Die Hitze ist so drückend und die Luft so dünn, dass mir ganz schwindelig und dermaßen flau ist, als würde ich gleich in Ohnmacht fallen.

»Aus einer Welt der totalen Dunkelheit in eine Welt aus Farben und Licht zu kommen … Ich kann mir gar nicht vorstellen, was für ein Gefühl das sein muss.«

Ich lasse den Blick über seinen absurden Pferdeschwanz und die doppelten Kreolen in seinen Ohrläppchen schweifen und konzentriere mich fest auf seine Lippen, um die Farbe seiner Worte zu erkennen. Doch seine Sprache fließt frustrierend farblos heraus. »Du würdest dich wundern«, entgegne ich, als ich meine Stimme endlich wiedergefunden habe. »Meine Welt war nicht annähernd so dunkel, wie du glaubst.«

Er zieht eine Braue hoch und starrt mich an.

Der beklommene Moment wird von Auden durchbrochen. »Vielleicht sollten wir lieber anfangen. Wir müssen ins Rabbit Hole, und ich weiß ja, dass du in Albuquerque erwartet wirst.«

Luther sieht Auden mit einem Blick an, den ich nicht zu deuten vermag. Dann wendet er das Gesicht ab. »Okay«, sagt er. »Dann mal los.«

Er lehnt sich in sein Auto, greift zum Beifahrersitz hinüber und nimmt eine edle Aktenmappe voller Papiere heraus, die er auf die Motorhaube legt.

»Ich weiß, es sieht nach viel aus.« Luther mustert mich von der Seite. »Aber es müsste eigentlich schnell gehen. Ein paar Minuten. Die Zeilen für die Unterschrift sind alle markiert. Auden muss nur noch unterschreiben, dann könnt ihr gleich wieder fahren.«

»Willst du es nicht wenigstens noch mal überfliegen?«, frage ich Auden, während ich mir selbst versichere, dass ich unterstützend handle, nicht etwa misstrauisch.

»Ich hab den Vertrag schon gesehen. Das hier ist nur eine Formalität, oder?« Auden sieht Luther fragend an.

»Wenn du das Ganze noch mal durchlesen willst, nur zu.« Luther grinst auf eine Weise, die seine Wangen wächsern und verkrampft wirken lässt, als wären sie an die Bewegung nicht gewöhnt. »Mach dir meinetwegen keine Gedanken. Ich kann auch ein paar Minuten zu spät kommen. Xotichl hat ja recht. Es geht um deine Zukunft. Du kannst nicht vorsichtig genug sein.«

Auden nimmt den Stapel Blätter und überfliegt rasch Seite für Seite. »Sieht gut aus«, sagt er und kramt einen Stift aus seiner Jackentasche.

»Ist das dein Ernst?« Luther mustert den Billigkuli. »Du willst doch nicht wirklich mit dem Ding da unterschreiben, oder?«

»Die Kappe ist ein bisschen angeknabbert, aber er funktioniert.« Auden blickt verlegen drein und scheint zu fürchten, es vermasselt zu haben, ehe es überhaupt richtig losgegangen ist.

»Mit dem Ding kannst du einen Song auf eine Serviette kritzeln, aber Augenblicke wie dieser verdienen etwas Besonderes.« Er zieht einen glänzend schwarzen Füller heraus und reicht ihn Auden. Seine Augen blitzen, als Auden den Stift auf seiner Hand hin und her rollen lässt.

»Sind das *Saphire*?« Er mustert die edelsteinbesetzte Kappe. »Das ist wohl der Unterschied zwischen einem popeligen Kuli und einem noblen Schreibgerät. Das Teil hat wahrscheinlich mehr gekostet als mein Auto!«

»Oh, es hat definitiv mehr gekostet als *dein* Auto.« Luther lacht und wirft einen verächtlichen Blick auf Audens ramponierten Kombi. »Die Kappe ist mit echten Edelsteinen besetzt, der Schaft ist aus Onyx, und die Feder ist aus Gold. Vierundzwanzig Karat.«

»Und was ist da für ein Muster eingraviert? Ich kann es nicht richtig erkennen …«

»Sonne und Mond.«

Auden blinzelt und hält den Füller ans Licht.

»Ich hab so einen Astronomiefimmel.« Luther verzieht schuldbewusst die Miene. »Aber egal …« Er zeigt auf die Papiere, die er auf der Motorhaube seines Autos ausgebreitet hat, während Auden die edelsteinbesetzte Kappe abdreht und sich auf den Moment einstimmt, von dem er schon als kleiner Junge geträumt hat, doch dann zuckt er heftig zusammen.

»Autsch!« Er steckt sich den Daumen in den Mund, während ein Tropfen Blut auf dem Vertrag landet, direkt unter der Linie für die Unterschrift. »Ich wusste nicht, dass es ein Füller ist. Ich muss mich an der Feder gestochen haben. Aber dummerweise ist jetzt auch noch Blut auf die Papiere getropft.«

Luther winkt ab, zieht ein frisch gebügeltes Taschentuch heraus und reicht es Auden. »Die meisten großen Erfolge erfordern ein bisschen Blutvergießen, nicht wahr? Ich hätte dich lieber warnen sollen; die meisten Leute benutzen ja gar keine richtigen Füller mehr, aber ich mag das Förmliche daran. Jedenfalls, solange du nicht schwer verletzt bist, kann ich mit ein paar Blutflecken leben. Es sei denn, es wäre dir lieber, wenn ich in ein paar Tagen mit einem sauberen Exemplar wiederkomme?«

»Soll das ein Witz sein? Ich war noch nie in meinem Leben so heiß auf irgendwas!«

Auden wickelt das Taschentuch um seinen noch immer blutenden Finger und macht sich daran, die Papiere zu unterzeichnen. Systematisch arbeitet er sich durch den Stapel, während sich Luther zu mir umwendet. »Ich kann dir gar nicht sagen, was für ein Gefühl es war, als ich ihn zum ersten Mal spielen gehört habe«, flüstert er mir leise zu. »Ich wusste sofort, dass ich einen großen Star vor mir habe. Der Junge hat alles, was dazugehört. Aussehen, Talent, das richtige Naturell, eine solide Arbeitshaltung und einen ganz ureigenen Sound. Oh, und er ist absolut hungrig und ehrgeizig genug, um es ganz weit zu bringen. Er kommt ganz groß raus, Xotichl. Bist du sicher, dass du dieses Ausmaß an Ruhm und alles, was es mit sich bringt, verkraftest?«

Eine seltsame Ansage mitten in einem eigentlich feierlichen Moment. Und sie kommt so unerwartet, dass es ein bisschen länger dauert, als mir recht ist, bis ich meine Stimme wiederfinde. »Wenn du damit lange Nächte auf der Straße und noch längere Schlangen von aggressiven Groupies meinst, damit kann ich umgehen. Ich bin mir Audens Liebe sicher und er sich meiner.«

Luther quittiert meine Worte mit einem Blick, den ich abermals nicht deuten kann. Dann sammelt er die Papiere zusammen und stopft sie wieder in seine Mappe.

»Cool, dich an Bord zu haben, Auden.« Sie schütteln sich die Hände. »Und Xotichl …« Er nimmt meine Hand und führt sie an seine Lippen. Die ganze Geste ist dermaßen schleimig, dass ich an mich halten muss, um nicht zurückzuzucken.

Er neigt den Kopf und geht zur Fahrertür, während ich mir die Hand an den Falten meines Abendkleids abwische.

»Hey, Luther – du hast deinen Füller vergessen!«, ruft ihm Auden nach.

Luther steckt den Kopf zum Seitenfenster heraus. »Behalt ihn!«

Auden sieht zwischen ihm und dem Füller hin und her. »Bist du sicher?«

Luther nickt. »Ist doch das Mindeste, angesichts dessen, was du für mich tun wirst. Außerdem gehörst du jetzt zur Familie.« Er lässt den Motor an, winkt und lässt uns in einer Wolke aus Staub und Hitze zurück.

»Und?« Ich greife nach seinem Arm, während wir zum Auto zurückkehren. »Behältst du ihn, oder verkaufst du ihn auf eBay?«

Auden lacht. »Kannst du dir vorstellen, dass das Ding mehr kostet als ein Auto?«

»Laut Luther wird es nicht mehr lange dauern, bis du dir hundert solche leisten kannst.«

»Bloß hundert?« Auden grinst und drückt mir einen Kuss auf die Nasenspitze. »Ich möchte ein schönes Haus und ein besseres Auto, aber abgesehen davon sind meine Bedürfnisse ziemlich simpel. Der Füller ist natürlich ein schönes Objekt, aber ein solcher Preis ist doch irgendwie ziemlich unverhältnismäßig, findest du nicht auch?«

Er bleibt neben dem Auto stehen und macht mir die Tür auf. Ihm entgeht völlig, dass die Wolken am Himmel sich verziehen. Sie bewegen sich so schnell, dass es scheint, als würden sie auf Albuquerque zurasen. Ihr plötzliches Verschwinden lässt Auden leuchten und ihn strahlend im

Sternenlicht stehen. Der gesamte Anblick ist derart unwiderstehlich, dass ich sein Revers packe und ihn an mich ziehe. Meine Lippen streben seinen entgegen, und ich brauche dringend die Versicherung, dass wir uns gegenseitig den Lebensweg gehen lassen, den wir verdienen. Dass wir uns aufgrund der Angst, den anderen zu verlieren, niemals gegenseitig daran hindern werden, die Menschen zu sein, die zu sein wir bestimmt sind.

Das ist ein hoher Anspruch an einen Kuss. Aber dass Luther meine Bereitschaft, mit Audens Erfolg umzugehen, infrage gestellt hat, hat mich anscheinend doch mehr verstört, als ich mir anmerken lassen wollte.

Ich will keine bedürftige, eifersüchtige Freundin sein.

Ich will Luthers Anspielungen nicht in meinem Kopf Wurzeln schlagen lassen.

»Wir haben's geschafft, Flower.« Auden macht sich los und fährt mir mit einer vom jahrelangen Gitarrespielen rau gewordenen Handfläche über die Wange. »Ohne dich wäre ich nie so weit gekommen.«

Er küsst mich erneut, und auch wenn ich die hübschen pink- und goldfarbenen Wirbel nicht mehr sehen kann, die früher um unsere Köpfe kreisten, heißt das nicht, dass sie nicht da wären.

»Wow.« Er grinst. Der Kuss hat ihn so atemlos gemacht wie mich.

»Wow, gar nichts«, spöttle ich. »Das war nur ein kleiner Vorgeschmack auf das Fest, das noch kommt.«

»Du meinst, es kommt noch mehr?«

»Oh, viel mehr. So viel mehr. Mehr, als du dir je träumen lassen würdest.« Ich mache mich los und steige ins Auto.

»Und wie lang genau muss ich auf dieses *Mehr* warten?

»Bis Daire sämtliche Richters erledigt hat, was ihren Aussagen zufolge nicht mehr allzu lange dauern dürfte.«

Er kniet sich neben mich und küsst mich abermals mit aller ihm zu Gebote stehenden Inbrunst. Schließlich macht er sich los. »Oops, ich fürchte, ich blute immer noch. Warte mal …« Er macht seinen Finger nass und wischt mir damit den Fleck von der Wange.

Dann wickelt er sich das Taschentuch erneut um den Finger, geht zur Fahrerseite hinüber und fährt uns nach Enchantment zurück.

Vierundzwanzig

Daire

Mich für den Abend im Rabbit Hole fertig zu machen ist wie mich für den Abschlussball fertig zu machen.

Nicht dass ich je auf einem Abschlussball gewesen wäre.

Aber ich habe genug Zeit auf Filmsets verbracht, die auf Abschlussbällen spielten, um zu wissen, dass aufwendige Kleider, aufgeregte Freundinnen und eine gewisse Nervosität dazugehören.

Was nicht dazugehört, ist ein in einem Stiefel verstecktes Blasrohr, ein an einen Schenkel gebundenes Athame, ein in eine komplizierte Steckfrisur geknüpftes Wildlederbeutelchen und ein Plan, das Böse vom Antlitz der Erde zu tilgen.

»Was meinst du?« Lita steht vor dem hohen Spiegel und sieht in ihrem engen schwarzen Kleid und der mit schwarzen Strasssteinen besetzten Schädelmaske aus venezianischem Filigran hinreißend aus.

Axel reißt die Augen auf, und sein Unterkiefer klappt nach unten, doch es kommt kein Wort heraus, was Lita zum Lachen bringt.

»Du siehst wunderbar aus.« Jennika sprüht einen letzten Hauch Haarspray auf Litas Locken, ehe sie einen Schritt zurücktritt und ihr Werk betrachtet. »Du auch, Axel.«

Die Maske, die er sich ausgesucht hat, ist mit Litas Maske nahezu identisch, außer dass seine weiß ist, um zu seinem weißen Anzug zu passen, der laut Jennika erst kürzlich von einem weltweit umschwärmten Filmstar in einem teuren

Remake getragen wurde. Nicht dass sich Axel besonders für Mode oder Hollywood interessieren würde. Lita ist mehr oder weniger das Zentrum seines Universums. Alles andere ist nur Kulisse.

Lita tritt beiseite, damit mir Jennika einen letzten Tupfer Lipgloss auftragen kann, ehe sie mir die Rabenmaske überstreift. »Als deine Mutter müsste ich eigentlich über den Schnitt dieses Kleids besorgt sein.« Sie zeigt auf das tiefe Dekolleté, das nur unwesentlich züchtiger ist als der Rückenausschnitt. »Aber ich muss zugeben, du siehst umwerfend aus.« Sie beißt sich auf die Lippe und blinzelt mehrmals, um die Tränen abzuwehren. »Ich hoffe nur, du weißt, was du tust.«

Das hoffe ich auch.

Während ich meine Zweifel für mich behalte, wirble ich mir den Rock um die Beine. »Glaubst du, es wird ihm gefallen?«, frage ich und verfolge, wie die Farbe von Orange über Burgunderrot in ein sattes Scharlachrot übergeht.

»Ich hoffe, das sollte ein Witz sein.« Lita runzelt die Stirn. »Aber so oder so, du wirfst mich um.« Sie mustert mich, und ich sage mir, dass sie mehr aus Sorge spricht als aus Ärger. »Ich habe Angst um dich.« Ihr Tonfall wird weicher und ihre Haltung entspannter. »Wir sind alle …« Sie schüttelt den Kopf und lässt den Rest unausgesprochen. »Ich sehe, dass du noch immer deinen Schlüssel umgehängt hast. Oder willst du ihn hierlassen?« In ihrer Stimme schwingt eine Hoffnung mit, die zunichtegemacht wird, als ich den Kopf schüttle und mir die schwarze Seidenschnur auf der Brust zurechtschiebe. Als ich jedoch den blauen Turmalinring aus einer tief in den Falten meines Kleids verborgenen Tasche ziehe und ihn mir an den Finger stecke, fährt sie sich mit einer Hand an die Kehle und lässt sich gegen Axel sinken, als stünde sie kurz vor einem Ohnmachtsanfall. »Ach du liebes bisschen – ist es das, was ich denke?« Sie fächelt sich mit einer Hand Luft zu, und ihre Reaktion ist ein bisschen zu theatralisch, aber vermutlich nicht ganz unbegründet. »Warum bin ich die Einzige, die darauf reagiert?« Sie blickt zwischen Axel und Jennika hin und her. »Wisst ihr darüber Bescheid?«

Axel schüttelt den Kopf, während Jennika widerwillig nickt.

»Dann war es also ein Geheimnis?« Obwohl der größte Teil ihres Gesichts hinter der Maske verborgen ist, verrät ihre Stimme ihren Ärger.

»Passt mal auf ...« Ich wende mich vom Spiegel ab. Es ist wohl an der Zeit, eine Erklärung abzugeben, ehe alles noch schlimmer wird. »Ihr müsst mir vertrauen. Ich weiß, was ich tue. Mich in diesem Kleid und mit diesem Ring am Finger zu sehen ist das Letzte, womit Cade rechnet. Es bringt ihn garantiert total aus dem Konzept, und das gibt mir genug Spielraum, um einen Vorsprung zu ergattern.«

Lita mustert ihre Schuhspitze, während Jennika mit dem Bund ihres Pullovers spielt. Und auch wenn dies nicht unbedingt das Bild der Solidarität ist, auf das ich aus war, ist es momentan alles, was ich habe, und es ist höchste Zeit, dass ich in die Gänge komme. »Also, was haltet ihr davon, wenn wir losziehen und unseren Plan umsetzen?«

Axel reagiert als Erster und bugsiert Lita zur Tür.

Jennika ergreift das Wort. »Ich bin da, falls du mich brauchst. Ich bleibe hier, bis ihr heil zurück seid. Und falls ihr nicht wiederkommen solltet ...« Sie schluckt schwer und drückt meine Hand so fest, dass meine Knöchel vor Protest knacken. »Dann mache ich selbst Jagd auf diese Richters. Und glaubt mir, die werden es bereuen, sich mit mir angelegt zu haben, wenn ich richtig sauer bin.« Ihr Blick ist flammend, ihr Kinn entschlossen gereckt, sodass kein Zweifel daran bestehen bleibt, dass sie jedes Wort ernst meint.

Da ich diesen Gesichtsausdruck mitnehmen will, sage ich ihr schnell Gute Nacht und husche hinaus zu Litas Auto.

Das Erste, was mir auffällt, als ich am Rabbit Hole eintreffe, sind die zahlreichen Flutlichter. Als ob man das Haus in einer Stadt mit einem einzigen Club übersehen könnte.

Das Zweite, was mir auffällt, ist, wie diese Flutlichter von der mit schwarz glänzendem Onyx verkleideten Fassade reflektiert werden und das Gebäude wie einen leuchtenden Monolithen strahlen lassen.

Als ich das letzte Mal hier war, war der Bau noch teilweise durch die Absperrungen verborgen. Doch jetzt, nach seiner Enthüllung, ist sonnenklar, dass die Zeiten des bescheidenen Lehmziegelbaus vorbei sind. Dieses neue Rabbit Hole ist modern, elegant und doppelt so groß wie sein Vorgänger. Die fehlenden Fenster und die kühlen Steinwände geben ihm Aussehen und Wirkung eines massiven Mausoleums, was es ja irgendwie auch ist. Das Material wurde extra ausgewählt, um Standhaftigkeit und Kraft zu vermitteln, während es dazu dient, die Geister früherer Richters zu bewahren.

Doch wie ich bereits von meinem vorherigen Besuch weiß, spielt sich die wahre Umwandlung drinnen ab.

Lita pfeift leise. »Puh – ich fühle mich, als wäre ich in eine viel coolere Stadt als Enchantment gebeamt worden. Es ist so luxuriös und loungemäßig und ... Ich geb's ja nicht gerne zu, aber es ist echt ziemlich umwerfend.«

Ich sehe mich ausgiebig um und registriere, wie sehr es sich von damals unterscheidet, als ich eines Abends hier eingedrungen bin und gezwungen war, meinen Weg mithilfe des matten, gelben Scheins der Notbeleuchtung zu finden. Bis Dace und Leandro kamen und ich mich ins Dunkle drängte, um nicht entdeckt zu werden.

Und obwohl ich wieder hinausschlüpfen konnte, ohne erwischt zu werden, bin ich überzeugt davon, dass Dace mich gesehen hat.

Es gab einen Augenblick im Flur, in dem wir nur wenige Schritte voneinander entfernt waren. Und obwohl es mich meine gesamte Willenskraft kostete, mich nicht sofort in seine Arme zu stürzen, weiß ich zweifelsfrei, dass er meine Anwesenheit ebenso wahrgenommen hat wie ich seine.

Die Tatsache, dass er sich dafür entschied, es Leandro zu verschweigen, schenkt mir ein kleines bisschen Hoffnung, an das ich mich klammere.

Es ist die Hoffnung, die mich durch die einsame Zeit ohne ihn getragen hat.

Es ist die Hoffnung, auf die ich mich heute Abend stützen werde.

Dace ist nach wie vor auf meiner Seite. Entgegen dem, was alle denken, ist er entschlossen, mir zu helfen.

Unsere Liebe reicht aus, um das Monster zu besiegen.

»Gar nicht so voll, wie ich erwartet habe.« Ich schüttle den Gedanken ab und mustere die Bar mit der darüber angebrachten Mosaikskulptur einer Schlange, deren gläserne Fliesen auf eine Weise glitzern, dass sie sich zu winden scheint.

Lita packt Axel am Handgelenk und sieht auf die Uhr, die sie ihm zu ihrem Drei-Monats-Jubiläum geschenkt hat. »Glaub mir, sie tauchen schon noch auf. Kein Einwohner von Enchantment, der etwas auf sich hält, lässt sich die Gelegenheit entgehen, sich in Schale zu werfen und Gratisdrinks zu süffeln. In zehn Minuten müssen wir um unsere Plätze kämpfen.«

Tatsächlich beginnt sich der Raum bereits fünf Minuten später zu füllen. Lita zeigt zur Tür. »Sind das nicht Jacy und Crickett?« Sie nickt in ihre Richtung. »Ich habe sie seit Silvester nicht mehr gesehen. Witzig, dass sie selbst mit den Masken so leicht zu erkennen sind.«

»Geh doch mal hin und sprich mit ihnen.« Ich folge ihrem Blick und sehe zu, wie ihre früheren Freundinnen nervös an ihren Haaren zupfen und sich an ihre Begleiter klammern. Wie alle anderen Frauen im Raum tragen sie die Turmalinanhänger um den Hals, die sie an Silvester in den Geschenktüten bekommen haben, während – laut Lita – die Männer Lederarmbänder mit eingeflochtenen Turmalinen erhalten haben.

Lita rümpft die Nase, um mir zu bedeuten, dass sie den Auftrag nicht gern übernimmt. »Uns verbindet nichts. Ich wüsste nicht mal, was ich mit ihnen reden soll. Und außerdem – sollen wir nicht auf Auden und Xotichl warten? Sie müssten doch längst hier sein.«

»Xotichl hat mir eine SMS geschickt. Sie verspäten sich. Aber sie kommen.«

»Das will ich hoffen.« Lita runzelt die Stirn. »Wir bauen auf sie.«

»Ich kümmere mich darum, du kümmerst dich um die beiden. Es könnte gut sein, dass sie etwas Nützliches wissen. Als ich sie das letzte Mal gesehen habe, standen sie eindeutig unter Cades Bann. Womöglich tun sie das ja immer noch.« Als sie noch immer zögert, füge ich hinzu: »Falls du es nicht gemerkt hast, sie starren Axel hemmungslos an. Vielleicht solltest du ihn ihnen aus der Nähe präsentieren.«

Litas Augen blitzen unter der Maske hervor. Die Gelegenheit, sich vor ihren früheren Freundinnen in Szene zu setzen, würde sie sich um keinen Preis entgehen lassen. Nachdem sie Axels Revers zurechtgezogen und ihm eine widerspenstige Locke zurückgestrichen hat, führt sie ihn quer durch den Raum und überlässt mich meinen eigenen Plänen.

Ich schlängle mich zwischen den Gruppen niedriger Sitzbänke hindurch, an den hohen, wie Bäume geformten Eisenskulpturen vorbei, bis ich wie angewurzelt und mit bleiernen Beinen stehen bleibe.

Mein Mund wird trocken.

Ein Frösteln überläuft mich.

Meine Knie fangen leicht zu zittern an.

Genau wie in meinem Traum spüre ich ihn, bevor ich ihn sehe.

Doch als ich mich zu ihm umdrehe, brauche ich nur in seine dunklen, unergründlichen Augen zu sehen, um zu wissen, dass ein Teil von ihm fehlt.

Er verwandelt sich bereits in das Monster, das zu sein er bestimmt ist.

Ich presse mir eine Hand flach gegen das Mieder meines Kleids und ringe um Fassung, entschlossen zu sagen, was ich zu sagen habe, solange ich noch kann.

»Dace …«, beginne ich, doch er unterbricht mich sofort.

»Du bist wunderschön.« Sein Blick sucht meinen, doch da seine Augen nicht mehr reflektieren, kann ich den Anblick nicht ertragen. »Du bist eine Augenweide. Umwerfend – atemberaubend – hinreißend …«

Wenn ich die Augen schließe, kann ich ohne Weiteres so tun, als hätte sich nichts verändert. Doch sowie ich sie aufschlage, ist die Illusion verschwunden, und ich ertappe mich selbst bei dem Wunsch, dass er aufhört.

Ich räuspere mich, hebe das Kinn und richte den Blick exakt rechts an ihm vorbei, enttäuscht, dass er gar nicht zu registrieren scheint, was ich getan habe. Er erkennt mein Kleid nicht als das, das ich ihm aus dem Traum beschrieben habe. Findet es nicht im Geringsten seltsam, dass ich auf einem Schwarz-Weiß-Ball Rot trage. Was mich darüber nachgrübeln lässt, was er noch alles vergessen hat – über mich – über uns.

»Danke«, sage ich mit gepresster Stimme. »Es wundert mich, dass du das Kleid nicht erkennst – es kommt von deinem Bruder.« Dace setzt eine finstere Miene auf, und seine Augen werden so rot und wild, dass ich hastig weiterrede. »Du trägst keine Maske.«

Er reibt sich das Kinn, eine Geste, die ich aus der Zeit kenne, als er noch der alte Dace war. »Glaub mir, Daire, ich trage eine. Das ist nötig, um dieses Gesicht zu wahren – mein anderes willst du gar nicht sehen. Ich flehe darum, dass du es nicht sehen musst.«

Ich richte mich auf, stärke meine Entschlusskraft, doch das trägt nichts dazu bei, dass ich mich besser fühle. Beim Anblick des mühsam mit sich selbst ringenden Dace schmerzt mir das Herz. Ich muss einen Weg finden, zu ihm durchzudringen, ihn an das Licht zu erinnern, das nach wie vor in ihm wohnt.

Er lässt den Blick an mir entlangwandern und hält an dem tiefen V-Ausschnitt meines Kleids inne, ehe er an dem kleinen goldenen Schlüssel auf meiner Brust hängen bleibt. Seine Miene ist so undurchdringlich, dass ich mich unwillkürlich frage, was er mit seinem gemacht hat. Trägt er ihn noch? Und, wichtiger noch, weiß er noch, was er einst bedeutet hat?

»Dace«, sage ich in eindringlichem Tonfall, voller Angst,

ihn ganz zu verlieren. »An dem Abend neulich, als du mich bei meinem Einbruch hier erwischt hast, warum hast du mich da laufen lassen? Was hat dich davon abgehalten, es Leandro zu verraten?«

Er schließt die Augen. Ballt die Hände zu Fäusten. Sein inneres Ringen ist so greifbar, dass ich beschließe, es gut sein zu lassen. Stattdessen stelle ich mich auf die Zehenspitzen, presse ihm die Lippen ans Ohr und flüstere so, dass nur er es hören kann. »Bitte versuch dich daran zu erinnern, wer du wirklich bist. Bitte versuch dich daran zu erinnern, dass du nicht immer so warst. Du und ich sind füreinander bestimmt, aber nicht auf die Art, wie das Monster es will. Du musst dagegen ankämpfen, Dace. Du musst zu mir zurückkommen – zu uns. Gemeinsam können wir El Coyote schlagen und uns die Zukunft aufbauen, die wir uns wünschen. Bitte, Dace, lass dein Licht nicht erlöschen.« Ich löse mich von ihm, lese begierig in seinem Blick, nur um festzustellen, dass meine Worte auf taube Ohren gefallen sind.

Abgesehen von seinen glühend roten Augen sieht er noch immer fast genauso aus wie immer. Doch im Inneren wird er vom Instinkt geleitet, einem Splitter Erinnerung und einem Monster, das so bösartig und abscheulich ist, dass es mich ohne Skrupel töten würde.

Er legt den Kopf schief und sieht mich neugierig an. Doch ich lasse die Hände sinken und trete einen Schritt zurück. Ich kann ihn aus ganzem Herzen lieben, und das tue ich auch. Doch zum ersten Mal erkenne ich, dass ich das nicht allein tun kann – es braucht zwei, damit es funktioniert.

Meine Augen werden feucht, und meine Kehle fühlt sich so kratzig und trocken an, dass ich die Worte regelrecht herauspressen muss. »Bitte vergiss nie, dass es dein Glaube an deine Dunkelheit ist, der dein Licht erstickt. Du magst ja vielleicht die falsche Wahl getroffen haben, doch das hast du aus den absolut richtigen Gründen getan. Du hast es für mich getan – für uns –, und es ist noch nicht vorüber. Du hast immer noch die Chance, dich selbst zu retten. Aber wenn du so weitermachst, kann keine noch so große und noch so intensive Menge an Licht jemals mehr die Mauern durchdringen, die du dagegen errichtet hast. Es sind deine Mauern, Dace. Und das heißt, dass du als Einziger dazu imstande bist, sie einzureißen.«

Er begegnet meinen Worten mit einem kalten, leeren Blick, und ich wende mich ab. Ich habe getan, was ich konnte.

Es mag ganz und gar nicht so aussehen, wie ich hoffte, doch es ist an der Zeit, meinen Plan in die Tat umzusetzen.

Fünfundzwanzig

Dace

Hab dich mit der Seelensucherin reden sehen. Was läuft da ab?«

Ich sehe Daire durch den Raum gehen, wie eine rote Flamme inmitten eines Meers aus farblosem Nichts. »Anscheinend hab ich mich in ihr getäuscht.« Ich fange Leandros Blick hinter seiner lächerlichen Kojotenmaske auf und fixiere ihn, so lange es nötig ist, um mir über meine Wahrheit klar zu werden.

Er schlingt mir einen Arm um die Schulter und kichert, als hätte ich ihn über die Maßen mit Stolz erfüllt. »Wenn du wüsstest, über wie viele Frauen ich das schon gesagt habe!« Er lacht mich verschwörerisch an. »Trotzdem sind sie manchmal ganz nützlich.« Er zwinkert übertrieben, als hätte ich seine Anspielung missverstehen können.

»Wie oft genau?«, frage ich in humorlosem Tonfall und blicke ihn dabei ernst an.

»Was?« Seine Stirn legt sich in Falten. Die Belustigung schwindet von seiner Miene.

»Wie oft genau hast du das schon gesagt?«

Er mustert mich eingehend und weiß nicht, wie er reagieren soll. Weiß nicht, wie er mit mir umgehen soll. Also ringe ich mir einen verständnisinnigen Gesichtsausdruck ab. Als wären wir einfach nur zwei Typen, die ihre Trophäen vergleichen. Und so entspannt er sich genug, um mir die Antwort zu geben, die ich haben will.

»Hunderte von Malen«, sagt er. »Tausende.« Seine Augen leuchten eingedenk der Erinnerung an den endlosen Strom von Eroberungen, und ich frage mich unwillkürlich, ob meine Mutter auch darunter ist. »Anders ausgedrückt hast du einiges nachzuholen, Sohn. Aber keine Sorge, ich weiß schon, wo du anfängst …«

Er drückt meine Schulter und macht Anstalten, mich auf die andere Seite des Raums zu führen, doch ich habe kein Interesse daran, mich mit irgendjemandem aus Leandros Stall verkuppeln zu lassen.

»Was ist dein Problem?« Mit verbissener Miene funkelt er mich an.

»Wahrscheinlich bin ich dir doch nicht so ähnlich, wie du dachtest.«

Seine Züge werden scharf, und sein Mund verzieht sich vor unausgesprochenem Zorn zu einem Strich.

»Ich strenge mich gern dafür an. Genieße das Gefühl, etwas erreicht zu haben. Es macht keinen Spaß, wenn es einem einfach so in den Schoß fällt.«

Er schweigt. Wartet einen Moment, um zu sehen, ob noch mehr kommt. Dann, nachdem er sich gesagt hat, dass ich mich bloß exzentrisch gebe, wirft er den Kopf in den Nacken und brüllt vor Lachen.

»Du steckst voller Überraschungen«, sagt er.

»Du machst dir keinen Begriff«, erwidere ich und ringe mir ein Grinsen ab.

»Was ist denn mit deiner Maske passiert?« Er wirft einen kritischen Blick auf mein Gesicht. »So solltest du wirklich nicht herumlaufen.« Er zeigt auf meine rot glühenden Augen. »Du erschreckst die Leute noch. Ich habe Cade extra gesagt, er soll dir eine in dein Büro legen.« Seine Miene verfinstert sich, während er sich im Club nach seinem so enttäuschenden Sohn umsieht, damit er ihn sogleich wegen seines schlimmen Versäumnisses zurechtweisen kann.

»Er hat mir eine hingelegt.« Ich zucke die Achseln. »Ich habe mich dagegen entschieden, sie zu tragen.«

»Falls du es vergessen haben solltest, du bist jetzt ein Mitglied von El Coyote.« Leandro beugt sich zu mir, seine Stimme klingt leise und bedrohlich. »Es wurde bei der Zeremonie besiegelt.«

Die Zeremonie. Wie könnte ich das vergessen? Was für die anderen ganz alltägliche schwarze Magie sein mag, war für mich völliges Neuland und barg nicht die geringste Ähnlichkeit mit irgendetwas, das mir Leftfoot je beigebracht hat. Und während das Monster in mir ganz verzückt war, so erforderte es doch jedes Fitzelchen der von meinem alten Ich übrig gebliebenen Willenskraft, sie daran zu hindern, tatsächlich ein echtes Pferd zu töten, um den Tod meines früheren Geisttiers zu symbolisieren. Was allerdings auch einen gewissen Argwohn ausgelöst hat.

»Ich bin viel mehr als El Coyote«, sage ich. »Ich bin drauf und dran, jeden Einzelnen von euch zu übertrumpfen.«

»Das mag ja stimmen, aber es bleibt trotzdem noch eine letzte Aufgabe zu erledigen. Und bis dahin vergiss nicht, dass ich derjenige bin, der hier das Sagen hat.« Die Worte klingen so scharf, wie sie gemeint sind.

Noch eine letzte Aufgabe zu erledigen …

Ich schließe die Augen, hebe das Kinn und atme lang und tief ein. Ich rieche meinen Bruder in dem Gewimmel von Leibern. Er stinkt nach Wut, Vergeltung und der Endlosschleife von Rachefantasien, die er zum Leben braucht. Doch in Wirklichkeit ist er erbärmlich und schwach, außerdem mangelt es ihm leider an der angemessenen Menge Furcht für jemanden in seinem gefährdeten Zustand.

Aber schließlich hat er ja auch keine Ahnung davon, was mit ihm geschehen wird.

Keine Ahnung davon, dass Leandro ihn als den bestimmt hat, den ich töten soll, damit ich den Übergang zu meiner Bestimmung vollziehen kann.

»Hier.« Leandro nimmt seine Maske ab und drückt sie mir in die Hand. »Ich bestehe darauf, dass du sie trägst.«

Da mir klar ist, dass Widerspruch schlecht ankäme und seinen Argwohn nur noch weiter anheizen würde, ziehe ich mir die Maske über den Kopf und konzentriere mich erneut auf meinen Bruder, indem ich jeden seiner Schritte durch die Augen von Kojote verfolge.

Sechsundzwanzig

Daire

Nachdem Dace von Leandro in Beschlag genommen wurde, Lita und Axel mit Jacy und Crickett reden und Xotichl und Auden jeden Moment auftauchen müssen, schlängle ich mich durch die Menschenmenge und mache mich auf die Suche nach dem Portal. Ich muss wenigstens bereits in dessen Nähe sein, ehe die Richters es erreichen können. Ich folge dem Weg, den ich mir an dem Abend gemerkt habe, als ich unerlaubt hier eingedrungen bin. Allerdings bin ich mir nicht ganz sicher, ob ich wirklich auf der richtigen Spur bin, da das unerwartete Erscheinen von Dace und Leandro mich daran gehindert hat, das Portal tatsächlich ausfindig zu machen.

Dennoch bin ich mir sicher, dass es existiert. Portale bestehen aus der reinsten Form von Energie. Man kann sie blockieren, aber nie zerstören.

Um mich herum strömen unentwegt Leute herbei. Scheinbar immun gegenüber der anhaltenden Ausstrahlung von Schmerz und Zerstörung – dem gezielt verübten Bösen und den verlorenen Leben, Phyre eingeschlossen, die im Lauf der Jahre hier zu beklagen waren.

Auf mir lastet das Gefühl schwer. Man kann ein Gebäude dem Erdboden gleichmachen und es von Grund auf neu errichten, doch die Energie vergangener Ereignisse löst sich nie ganz auf. Die Essenz bleibt zurück. Und dass die Richters schwarzen Onyx verwendet haben, sorgt dafür, dass diese Erinnerungen für alle Ewigkeit darin eingebrannt sind.

Ich bleibe an der Stelle stehen, wo Dace mich entdeckt hat, und als der Turmalinring warm wird, nehme ich das als Zeichen dafür, dass ich entweder nahe am Portal angelangt bin oder Cade Richter mich in seine Falle gelockt hat.

Während ich mir sage, dass das eine wie das andere als Gewinn zu verbuchen wäre, gehe ich weiter. Augenblicklich registriere ich eine Veränderung der Atmosphäre, eine erhöhte Vibration, und so raffe ich meinen Rock und beschleunige meine Schritte. Doch ich schaffe es nur ein Stück weit, als ich von einer zitternden Hand mit feuchtkalten Fingern aufgehalten werde, die mich am Handgelenk packt.

Cade.

Cade ist hier. Das Portal ist in der Nähe. Und ich habe keine klare Vorstellung davon, wer es kontrolliert.

Er reißt mich zu sich zurück, steckt die Nase in die Kuhle an meinem Hals und holt lange und tief Luft. »Es geht doch nichts über den Geruch von Rabe am Abend«, sagt er mit schwankender Stimme. »Ich muss allerdings sagen, du siehst umwerfend aus.« Er zieht grob an meinem Arm und dreht mich zu sich um. »Trotzdem frage ich mich, wo du so eilig hinwillst.«

Ich mache mich los und sorge für einen erträglichen Abstand zwischen uns. Während ich mir die Stelle am Handgelenk reibe, wo seine Finger sich eingegraben haben, verkneife ich mir eine giftige Reaktion und zwinge mich, sein Spiel mitzuspielen. »Was glaubst du wohl, wo ich hinwill?«

»Ich hoffe doch, du hast nach mir gesucht.« Er grinst auf eine Weise, dass sich seine Lippen krampfhaft auseinanderziehen und sich seine Lider derart in Falten legen, dass die Augen kaum mehr auszumachen sind, während sein Kopf nach rechts ruckt. Er wirkt manisch und reichlich durchgedreht, und ich weiß nicht, was ich davon halten soll.

An den finsteren, höhnischen Cade bin ich gewöhnt. Mit dem kann ich umgehen. Doch diese unausgegorene Version ist mir ein bisschen suspekt.

»Es ist gut, dich zu sehen, Daire. Ich hätte nicht gedacht, dass du kommst.« Er senkt den Blick und zieht sich die Maske übers Gesicht, als hätte er einen plötzlichen Anfall von Schüchternheit erlitten.

»Schwer, sich eine so spannende Einladung entgehen zu lassen«, erwidere ich, während ich seine aufwendig verzierte Maske studiere, auf der sich ein silberner Mond vor eine goldene Sonne schiebt.

Wenn Schatten die Sonne verfinstert –
dann soll der Seher fallen

Diese Wahl ist kein Zufall; die Botschaft alles andere als unaufdringlich. Es ist Cades Art, mir zu sagen, dass er über die Prophezeiung Bescheid weiß – dass er sich selbst als den Schatten betrachtet, der zu herrschen bestimmt ist.

»Dann hat dir die Einladung also gefallen? Da war ich mir nicht sicher.« Er hebt das Kinn und sieht mich hoffnungsvoll an. Seine Energie ist so chaotisch, dass ich sie nicht lesen kann.

»Was könnte einem daran nicht gefallen?« Ich lächle kokett und wähle meine Worte mit Bedacht, überzeugt davon, dass ihn der leiseste Misston aus der Fassung bringen wird, und das ist ein Risiko, das ich nicht eingehen darf. Für den Moment ist es das Beste, das Spiel nach seinen Regeln zu spielen.

»Ich hatte schon befürchtet, der Rabe könnte womöglich

die falsche Botschaft übermitteln, aber ich bin froh, dass du das alles durchschaut und die wahre Bedeutung verstanden hast.« Sein Blick ist scharf und taxierend. »Es war natürlich symbolisch gemeint, wie du sicher erkannt hast. Etwas, das mich – wie ich zugeben muss – stolz macht.«

Ich nicke ermunternd, da ich erst noch mehr hören muss. Ich habe keine Ahnung, worauf er hinauswill.

»Es ist das Ende unserer alten Rollen, Daire. Es ist an der Zeit, dass wir Kojote und Rabe abschütteln und neu beginnen. Es ist an der Zeit für Richter und Santos, sich zusammenzuschließen. Angesichts der Macht, die wir gemeinsam besitzen, sind die Möglichkeiten unbegrenzt. Du und ich könnten die Welt beherrschen. Und der Punkt ist – ich weiß, dass wir dazu bereit sind. Dein Kommen heute Abend, in dem Kleid und der Maske, die ich dir geschickt habe, na ja, das sagt mir, dass du es offenbar auch gespürt hast.«

Mein Lächeln wird angestrengter, doch er ist derart in seiner Wahnwelt gefangen, dass er gar nicht wahrzunehmen scheint, wie sehr ich kämpfen muss, um diese Farce aufrechtzuerhalten.

Es ist weiß Gott nicht das erste Mal, dass er versucht, mich dazu zu überreden, mich seinem Feldzug zur Beherrschung der Welt anzuschließen. Allerdings ist er noch nie zuvor so … so ernsthaft poetisch geworden.

Ich lasse den Blick an seinem schicken weißen Smoking, seiner blutroten Fliege und dem Kummerbund entlangwandern. Witzig, dass Dace beschlossen hat, Schwarz zu tragen, und sein Bruder Weiß. Yin und Yang, genau wie Cade es in dem Traum erklärt hat, in dem er mir den blauen Turmalinring an den Finger gesteckt hat.

»Ich habe es sofort verstanden.« Ich beuge mich zu ihm, in der Hoffnung, so etwas wie Intimität und Vertrauen zu schaffen. »Aber was ich mich immer wieder frage, ist, ob du auch Kojote den Hals gebrochen hast. Du weißt schon, als symbolische Geste, um das Ende deiner Rolle zu signalisieren.« Ich setze eine Unschuldsmiene auf, als wäre ich lediglich neugierig und wollte ihn überhaupt nicht in die Falle locken.

»Peinlicherweise muss ich zugeben, dass ich darauf gar nicht gekommen bin. Aber jetzt, wo du es erwähnst, leuchtet es mir sofort ein.« Sein Blick flimmert. Er flimmert tatsächlich. Und wenn ich genau genug hinsehe, erkenne ich darin ein winziges Fleckchen mit meinem Spiegelbild, das mich anstarrt.

Ich blinzle einmal, zweimal, um mich zu vergewissern, dass es wirklich stimmt – dass Cades Augen tatsächlich so reflektieren, wie es die von Dace einst taten.

Der verblüffende Anblick, verbunden mit seiner Bereitschaft, seinen geliebten Kojoten zu töten, nur um mir einen Gefallen zu tun, zwingt mich, alles zu überdenken, was ich über ihn zu wissen glaubte.

Obwohl nie eindeutig feststand, inwiefern der Tod eines Geisttiers dessen Besitzer in Mitleidenschaft zieht, darf ich dieses Risiko angesichts der mystischen Verbindung zwischen Cade und Dace nicht eingehen. »Ich glaube nicht, dass das nötig ist«, säusle ich und berühre ihn kurz am Arm, ehe ich den Schwung einer Gruppe rasch vorbeigehender Leute nutze, um selbst einen Schritt vor ihm zurückzuweichen und damit dem Portal hoffentlich ein bisschen näher zu kommen.

»Es ist deine Entscheidung, Daire.« Seine Stimme bleibt auf beklemmende Art an meinem Namen hängen, als würde er unausgesprochene Emotionen auslösen. »Es wird dich wahrscheinlich erstaunen, das aus meinem Mund zu hören, aber wie sonst könnte ich die Ernsthaftigkeit meines Angebots vermitteln? Außerdem hast du mir eine große Freude damit gemacht, dass du das Kleid und die Maske trägst. Ich hätte nie gedacht, dass du das tatsächlich tun würdest – und ich muss sagen, es sieht sogar noch besser aus, als ich mir hätte träumen lassen.« Er schiebt die Maske hoch und lässt meinen Anblick auf sich wirken. Dabei scheint er gar nicht zu registrieren, wie sich der Abstand zwischen uns mehr und mehr vergrößert.

»Niemals könnte ich ein Geschenk von solcher Großzügigkeit und Schönheit zurückweisen. Ich habe mich wie Aschenputtel gefühlt, als ich das Kleid angezogen und gesehen habe, wie perfekt es passt.« Ich blicke am Oberteil herab, auf den tiefen Ausschnitt, und lächle scheu, während ich einen weiteren Schritt nach hinten riskiere.

Cades Blick folgt mir. Seine Finger zucken, und er verlagert das Gewicht von einem Bein aufs andere. Seine Bewegungen sind so unsicher und ruckartig wie bei einer Marionette mit lockeren Fäden.

»Allerdings fand ich es seltsam, dass du für einen Schwarz-Weiß-Ball ein rotes Kleid gewählt hast.« Mein rechter Fuß gleitet nach hinten. Der linke zieht bald nach. »Das hab ich nicht begriffen. Kannst du's mir erklären?«

»Locker.« Er grinst, wobei seine Augen leuchtend klar aufblitzen. »Du bist nicht wie die anderen, Daire. Ein Mädchen wie du sollte sich immer von der Masse abheben.« Er starrt auf mein Dekolleté, und ich muss gegen den unwillkürlichen Drang ankämpfen, den Arm zu heben, um mich zu bedecken. Doch es dauert nicht lange, da registriert er mein Unbehagen, lässt den Blick sinken und gibt wieder den Schüchternen. Das allein wäre schon reichlich sonderbar, doch als ich sehe, wie er zitternd die seitlich herunterhängenden Hände ballt, begreife ich, dass ein eigentümlicher innerer Konflikt in ihm tobt. »Die Maske – das Kleid – das alles hab ich extra für dich anfertigen lassen.« Er scharrt mit der Schuhsohle über den gefliesten Boden. »Aber du musst wirklich diesen albernen Schlüssel ablegen. Er ruiniert den ganzen Look.« Er hebt den Blick wieder und sucht meinen, und das Flimmern schwindet, bis er wieder der Cade ist, an den ich gewöhnt bin. Der dunkle, übertrieben selbstsichere Cade. Der Cade, dessen Augen alles um ihn herum aufsaugen. »Und was ist mit den Schuhen?« Er zeigt missbilligend mit einem Finger auf Jennikas Designer-Bikerboots, die unter dem Saum hervorlugen.

»Findest du die nicht gut?« Ich ziehe den Saum ein wenig in die Höhe, damit er sie besser sehen kann. Seine finstere Miene sagt mir, dass ich es nur schlimmer gemacht habe. »Na ja, es ist sicher von Vorteil, dass man in ihnen wesentlich besser rennen kann als in High Heels.«

Er ballt die Fäuste noch fester. »Und wovor genau rennst du davon?«

»Also, normalerweise vor dir. Aber jetzt stehst du da, direkt vor mir, und ich denke nicht einmal daran.« Dabei presse ich mir eine Hand außen an den Schenkel, bereit, mir mein Athame zu schnappen, falls ich es brauche. Ich spähe über Cades Schulter hinweg und sehe Auden einen Soundcheck nach dem anderen machen, während sich die Menge allmählich in Richtung Tanzfläche bewegt. Es wird nicht mehr lange dauern, bis Cade seinen letzten Atemzug tut.

»Irgendwie überzeugen mich deine Worte nicht. Ich kann machen, was ich will, du siehst mich immer nur als Feind«, sagt er, so in den Gedanken verstrickt, dass er gar nicht merkt, wie ihn jemand anrempelt und ihn ein gutes

Stück auf mich zu stößt.

Und schon ist mein Abstand dahin.

»Ich versichere dir, das stimmt nicht.« Ich wedle seitlich mit den Fingern, in der Hoffnung auf ein Energiekribbeln, irgendeinen Hinweis darauf, dass ich auf der richtigen Spur bin, dass irgendwo in der Nähe ein Portal wartet.

»Wenn ich das nur glauben könnte.« Er legt den Kopf schief und sieht mich misstrauisch an.

»Also, erst einmal bin ich hier, trage das Kleid und rede mit dir.« Ich versuche einen weiteren Schritt nach hinten, wobei ich mir wünsche, Auden würde langsam in die Gänge kommen und den Plan ins Rollen bringen.

»Stimmt.« Cade folgt mir nach. Entweder will er mich nicht aus den Augen lassen, oder er steht wirklich auf mich – es ist unmöglich zu sagen.

»Und ich tue all das, was ich gerade erwähnt habe, obwohl du für den Tod meiner Großmutter verantwortlich bist. Das muss doch etwas heißen.« Ich stehe aufrecht vor ihm, nur noch wenige Meter vom Portal entfernt, wenn ich den Energiestrom hinter meinen Händen richtig deute. Und auch wenn ich fest entschlossen bin, dort einzudringen, muss ich dies lange vor Cade tun. Es ist seine Aufgabe, mich zu jagen.

Achselzuckend tut er meine Worte ab. »Ich weiß, was sie dir bedeutet hat, aber Paloma war entschlossen, uns voneinander fernzuhalten, und du musst zugeben, wir würden jetzt nicht hier stehen, nur du und ich, wenn ich sie nicht getötet hätte.« Er spricht das so lässig aus, dass ich ohne jeden Zweifel weiß, dass das, was auch immer sich in seinem Inneren abspielt, wesentlich schlimmer ist, als ich dachte. Der alte Cade hätte mich hemmungslos gequält. Hätte in allen Einzelheiten geschildert, wie viel Spaß es ihm gemacht hat, sie zu töten. Dieser neue Cade ist dagegen völlig unberechenbar, was ihn nur noch gefährlicher macht.

»Ich habe sie geliebt«, sage ich, obwohl ich weiß, dass ich es nicht auf die Spitze treiben, nicht vom Drehbuch abweichen darf. Doch ich bin außerstande, über meine Gefühle zu lügen, wenn es um Palomas Tod geht. Außerdem ist es nur noch eine Frage der Zeit, bis Cade Richter Geschichte ist. »Es vergeht kein Tag, an dem ich sie nicht vermisse«, füge ich hinzu. Trotz Chays Warnungen spüre ich, wie mit jedem Wort meine Wut anwächst, bis ich sie kaum noch in Schach halten kann. »Trotzdem muss ich sagen, dass Paloma wohl nie diese … diese Gefühle … verstanden hätte, die wir füreinander haben.« Die Worte schmecken bitter auf meiner Zunge.

Cade zieht ein versöhnliches Gesicht und fasst nach meiner Hand, und auch wenn ich ihn noch so abstoßend finde, muss ich noch ein paar Sekunden lang gute Miene zum bösen Spiel machen.

»Menschen sterben, Daire.« Er schnaubt kaum hörbar, und sein Gesicht rötet sich vor Empörung, als ärgere er sich über den Mangel an Gerechtigkeit auf der Welt – als hätte er nicht allen Ernstes Palomas Blut an den Händen. »Das ist der Lauf der Welt. Das solltest gerade du besser wissen als jeder andere. Mann.« Er lässt meine Hand fallen und ballt zornig die Fäuste. Der Wutanfall dauert nur einen Augenblick, ehe er wieder weich wird und sagt: »Es tut weh, ich weiß. Aber ich bin so froh, zu sehen, dass du allmählich darüber hinwegkommst und dich auf die Zukunft konzentrierst, die du verdienst.«

Ich senke den Blick und nutze die Pause, um einen weiteren Schritt nach hinten zu tun.

»Du hast so viele so schnell verloren, dass es schon fast

unfair erscheint. Aber es gibt einen Grund für alles, und jeder Schritt führt zum nächsten. Jetzt bist du allein, nachdem Paloma tot ist, Dace einen anderen Weg eingeschlagen hat und Jennika …«

»Was ist mit Jennika?« Ich falle ihm ins Wort, ehe er zu Ende gesprochen hat. Der Klang des Namens meiner Mutter auf seinen Lippen bringt mich derart aus der Fassung, dass ich am liebsten meinen gesamten Plan über den Haufen werfen und ihn auf der Stelle töten möchte.

»Ganz ruhig.« Er streift sich die Maske übers Gesicht und lacht, ein seltsames, ersticktes Geräusch. »Ich wollte nur gerade sagen, dass eines Tages selbst Jennika gehen wird. Herrje, Daire, seit wann bist du denn so empfindlich?«

Doch die Art, wie er den Kopf schief legt und seine Stimme stockt, lässt mich grübeln, ob nicht noch etwas anderes dahintersteckt. Er ist instabil. Unzuverlässig. Was bedeutet, dass er sozusagen zu allem imstande ist.

»Na, egal, genug davon. Höchste Zeit, dass wir unsere Differenzen beilegen. Komm her.« Erneut greift er nach meiner Hand. »Du kannst von Glück sagen, dass ich dich gefunden habe. Weißt du, dass ein Tötungsbefehl auf dich erlassen ist?«

»Ja. Und du bist derjenige, der ihn ausgegeben hat. Schon vergessen?« Ich lasse die Fassade fallen, denn mittlerweile habe ich meine Grenzen in Bezug auf ihn und seinen Wahnsinn erreicht.

»Sei nicht albern. Du hast keine Ahnung, was sich hier wirklich abspielt. Aber wenn du bei mir bleibst, schaffst du es vielleicht lebend wieder raus.«

Ich spähe an Cades ausgestreckter Hand vorbei auf die Bühne.

Das Spiel ist vorbei.

Der Plan ist angelaufen.

Und er hat keine Ahnung, dass ich ihn genau dort habe, wo ich ihn haben wollte.

Als die Soundchecks beendet sind, stellt Auden die Band vor, während Xotichl mithilfe des Amethyst-Pendels, das sie um den Hals trägt, die Richters ausfindig macht. Lita zieht unterdessen zwei der drei Federn in ihrem Haar heraus und benutzt sie, um sich selbst, Auden, Xotichl und Axel mit magischen und umwandlerischen Kräften auszustatten. Die Adlerfeder – die für das Senden von Wünschen und Gebeten vorgesehen ist – spart sie sich für später auf. Axel zieht unterdessen die Rassel aus Litas Tasche und legt sie sich bereit, während er darauf wartet, dass Auden sein erstes Lied anstimmt.

Als das Schlagzeugsolo beginnt, steckt Auden den Kopf seiner Gitarre in Palomas Trommel, die er neben sich aufgestellt hat, während Axel die Rassel schwenkt. Die beiden schicken eine mystische Vibration durch den ganzen Raum, während ich gespannt warte und darum flehe, dass es funktioniert.

Dies ist die Stunde der Wahrheit.

Es gibt keinen Plan B.

Ich schließe einen Moment lang die Augen und spreche ein ganz privates kleines Gebet, und als ich sie wieder aufschlage, fahre ich blitzschnell herum und sehe, dass es funktioniert hat.

Das Portal ist nur wenige Schritte hinter mir, und dank der Trommel und der Rassel ist es auf eine Weise beleuchtet, die nur meine Freunde und ich sehen können.

Ich wirble herum und beginne darauf loszulaufen, als Cade mich hinten am Kleid packt, woraufhin ich ihm die Faust mitten aufs Kinn dresche. Meine Knöchel prallen brutal auf ihrem Ziel auf, sodass er zurückweicht und taumelnd zu Boden geht, während seine Maske sich löst und durch den Raum fliegt.

Doch im nächsten Moment geht er schon wieder auf mich los – oder zumindest hat er das vor.

Es ist unbedingt erforderlich, dass er mich angreift.

Aber erst, sobald ich einen sicheren Abstand zwischen uns gelegt habe.

Ich löse das Wildlederbeutelchen aus meinem Haar und hänge es mir um den Hals, ehe ich meinen Rock raffe und durch das Portal stürme.

Siebenundzwanzig

Xotichl

Auden tritt von der Trommel weg und springt von der Bühne. Er nimmt meine Hand fest in seine, und wir spurten zusammen mit Lita und Axel auf das Portal zu, während die Richters sich beeilen, um uns nachzukommen.

Das Problem ist, dass sie nicht gerade allein sind. So wie es aussieht, bringen sie den halben Club mit.

Der Plan war, die Richters auf eine wilde Jagd durch das Portal zu locken, während die Stammesältesten mit ihrer Magie die Ausgänge blockieren. Damit wäre die Sicherheit der Einwohner von Enchantment gewährleistet gewesen, während Cade, Leandro und die anderen Daires Zorn ausgesetzt gewesen wären und wir als Verstärkung gedient hätten, falls sie eine gebraucht hätte.

Doch wenn sich jetzt all diese Leute an der Jagd beteiligen, läuft die Sache nicht wie geplant.

Lita wirft einen besorgten Blick über die Schulter und hält Ausschau nach Auden und mir, doch eine Menge Leute eilen vorüber, und im nächsten Moment verliere ich Audens Hand und stürze dem Boden entgegen. Ich strecke die Hände aus, um mich abzufangen, doch kurz bevor ich auftreffe, packt mich jemand hinten am Kleid, reißt mich nach oben und bewahrt mich damit vor dem sicheren Tod durch Zertrampeltwerden.

»Danke.« Ich streiche mir das Haar aus den Augen und

ringe um Atem. »Ich glaube, du hast mir gerade das Leben gerettet.«

»Vielleicht sollte ich eher dir danken.«

Ich schaue ins Gesicht eines Mannes mit schwarzen, undurchdringlichen Augen und einem hässlichen Grinsen. Entgegen allem Anschein sage ich mir, dass es nicht so ist, wie ich glaube. Ich bilde mir eindeutig nur etwas ein.

»Ich dachte, du wolltest nach Albuquerque?« Rasch taxiere ich seinen fiesen Blick, seinen für einen Mann mittleren Alters absurden Pferdeschwanz und seine doppelten Möchtegern-Hipster-Ohrringe. Ausgerechnet Luther.

»Es hat sich so ergeben, dass ich hier gebraucht wurde.« Sein Grinsen wird so breit und hohl wie der Blick in seinen Augen.

»Wer hat dich gebraucht – Auden?« Mir wird schlecht vor Angst, während ich in Gedanken krampfhaft nach einer einfachen Erklärung suche.

»Auden?« Er verzieht angewidert das Gesicht. »Nein, Flower. Auden hat bereits alles gegeben, was er zu geben hatte. Aber ich muss seinen enormen Ehrgeiz bewundern. Wenn du es unbedingt wissen willst, Leandro hat mich gerufen.«

Mir dreht es fast den Magen um, während es in mir schreit: *Hab ich's nicht gleich gesagt?* »Woher kennst du Leandro? Das begreife ich nicht.« Doch sowie ich die Worte ausgesprochen habe, geht mir in entsetzlicher Klarheit ein Licht auf.

»Oh, aber jetzt begreifst du es doch allmählich, oder nicht, Flower? Du bist doch ein kluges Mädchen. Die Plattenfirma, für die ich arbeite, gehört den Richters. Leandro ist mein Cousin. Eigentlich hätte ich gedacht, du wärst von selbst draufgekommen. Aber anscheinend siehst du nicht mehr so gut wie früher. Eigentlich siehst du fast überhaupt nichts mehr, stimmt's? Zumindest nichts, was wirklich von Belang oder Tragweite ist. Es ist ja so traurig, zusehen zu müssen, wie jemand mit so viel Macht und einem so unbegrenzten Potenzial genauso verblödet wie alle anderen in dieser Stadt.«

»Du hast das verursacht! Du steckst hinter alldem!«

»Ich würde es zwar gern für mich reklamieren, aber das warst leider ganz allein du. Stell dir nur vor, Flower, was war denn immer der einzige Faktor, der uns daran gehindert hat, deine Wahrnehmung zu verändern?«

Ein Schwall Galle strömt mir in den Hals.

Meine Blindheit.

Wie Paloma mir einst erklärt hat: *Die Richters brauchen dein Sehvermögen, um deine Wahrnehmung zu verändern. Wenn du es lernen kannst, deine Blindheit als einen Segen zu begreifen, dann kann ich dich lehren, das zu sehen, was den meisten verborgen bleibt ...*

»Ach, und es geht sogar noch tiefer.« Er nimmt meine Hand in seine, und ehe ich ihn daran hindern kann, schickt er einen Strom von Bildern in meinen Kopf. Bilder, die so grauenhaft, so schrecklich sind, dass meine Knie weich werden und nachgeben.

Nein.

Meine Hände treffen auf dem Boden auf.

Der Rest meines Körpers folgt.

Nein, das kann nicht sein!

Ich blicke auf und sehe ihn flehentlich an. »Du musst es rückgängig machen! Du musst ...«

Er steht bedrohlich über mir. Wirft mir ein gehässiges Grinsen zu. »Ein unterschriebener Vertrag ist bindend. Ein mit Blut unterschriebener Vertrag ist für alle Ewigkeit bindend. Und apropos Blut …« Er fährt mir mit seinem dicken Finger übers Gesicht. An genau derselben Stelle, wo Auden versehentlich auf mich geblutet hat. »Sieht so aus, als wäre da jemand markiert worden.« Sein sardonisches Lachen hallt in meinem Kopf wider. »Das war wirklich einer meiner besten und erstaunlicherweise leichtesten Fänge. Zwei zum Preis von einem – wer hätte das gedacht?« Er senkt den Kopf. »Und jetzt, falls du nichts dagegen hast, steht meines Wissens als Nächstes an, zwei Welten zu erobern, ganz zu schweigen davon, eine Seelensucherin zu töten. Ich kann mir keine bessere Weise vorstellen, das Ende deiner Welt zu feiern!«

Er stürmt auf das Portal zu und verschwindet so schnell, wie er erschienen ist. Unterdessen komme ich mühsam auf die Beine und ringe darum, diese grauenhafte Wendung der Ereignisse zu verarbeiten. Vage registriere ich eine Hand, die hinter mir hervorgeschossen kommt, während jemand mit abgehetzter Stimme sagt: »Da bist du ja, Flower. Ich suche dich schon überall!«

Und ehe ich etwas entgegnen kann, zieht mich Auden bereits durch den schimmernden Schleier.

Achtundzwanzig

Lita

Ich drehe mich um und halte Ausschau nach Xotichl und Auden, doch ich erhasche nur einen kurzen Blick auf sie, ehe sich eine Menschenmenge dazwischendrängt und sie aus meinem Blickfeld verschwinden.

Wo wollen all diese Leute hin? Das gehört doch nicht zu unserem Plan!

Ich sehe Axel an und frage mich, ob er wohl das Gleiche denkt wie ich. Doch er umfasst lediglich meine Hand fester und zieht mich durch den schimmernden Schleier, wo wir lange genug innehalten, um uns zu orientieren und uns darauf einzustellen, dass es ganz anders aussieht als bei unserem letzten Besuch.

Wann immer im Rabbit Hole eine Party stattfindet, feiern die Richters vor diesem Hintergrund gern ihre eigene Privatparty. Es gilt als enorme Ehre, dazu eingeladen zu werden, vor allem, weil alles total geheimnisumwittert ist und hinter verschlossenen Türen abläuft. Dazu gehören Dinge wie Augenverbinden und Zigaretten, wobei letztere – wie ich später erfuhr – dazu dienten, die Dämonen am Eingang gnädig zu stimmen.

Doch jetzt ist alles ganz anders.

Nicht genug damit, dass keine Dämonen mehr den Eingang bewachen, sondern das, was einst eine bizarre Luxushöhle mit edlen Antiquitäten und unbezahlbaren Kunstgegenständen war, ist jetzt nur noch eine ausgebrannte Hülle, die in ein Brachland aus Meilen und Abermeilen mattgelbem Sand mündet, das Daire zufolge eigentlich viel weiter weg liegen müsste. Zumindest hat sie uns genaue Anweisungen gegeben, den blechernen Fußweg entlangzugehen, durch die nobel möblierte Höhle hindurch und dann durch das dahinterliegende zweite Portal, das eigentlich erst in das sandige Tal führen soll.

»Die Landschaft ist ganz falsch.« Ich klammere mich fest an Axel, aus Angst, ihn in den Menschenmassen um uns herum, die kein klares Ziel vor Augen zu haben scheinen, zu verlieren. Ihre glasigen Augen und die ruckartigen, beinahe roboterhaften Bewegungen lassen vermuten, dass sie nicht ganz aus eigenem Antrieb handeln.

»Das ist noch das Mindeste von allem, was nicht stimmt.« Axels Miene verspannt sich, und um seine Augen bilden sich Sorgenfalten. »Schau dir mal die Turmalinanhänger an, die die Mädchen alle tragen.«

Ich folge seinem Blick und sehe die Edelsteine leuchten und blinken, als wäre ein magischer Schalter angeknipst worden.

»Jacy und Crickett tragen solche Anhänger – und Daire hat den Ring. Wir müssen ihnen helfen!« Mich durchzuckt ein Adrenalinstoß, ausgelöst durch meinen Drang, sie alle zu retten, doch dann betrachte ich meine Umgebung genauer, sehe zu, wie die Welt im Chaos versinkt, und muss begreifen, dass ich dieser Aufgabe nicht einmal ansatzweise gewachsen bin. Das hier geht viel weiter als irgendwelche Kräfte, die mir ein paar Federn beschert haben mögen. »Das ist eine Katastrophe!« Meine Schultern sinken herab, und meine Augen brennen. Ich breche zusammen, erliege dem Druck, verbunden mit der zunehmenden Gewissheit, dass es noch viel schlimmer kommen wird. »Wie konnte das geschehen, nachdem alles wie geplant gelaufen ist?«

Axel mustert mich mit ernster Miene, während er mich neben sich her durch das sandige Tal zerrt. »Anscheinend hatten die Richters schon die ganze Zeit alles unter Kontrolle.«

Neunundzwanzig

Dace

Als die Trommel erklingt und das Portal aufleuchtet, hebt Leandro sein Glas und stößt mit mir an. »Wie ein Uhrwerk.« Er grinst, nimmt noch einen letzten Schluck und stellt seinen Scotch auf die Bar. »Möchtest du die Honneurs übernehmen?«

Ich schüttle den Kopf, was ihn erneut in Zweifel über mich stürzt.

»Mach du zuerst«, sage ich, im Bemühen, ihn friedlich zu stimmen. »Aber geh sanft mit ihr um. Sei nicht zu grob. Ich habe ein großes Finale geplant. Und ich will, dass die Seelensucherin bei ausreichend klarem Verstand ist, um es zu würdigen.«

Leandros Grinsen wird breiter. Endlich spreche ich seine Sprache. »Nur damit du's weißt, Gabe wird ihr auch eins verpassen wollen. Und Marliz auch. Sie hat sie schon immer gehasst.«

»Dann sollen sie sich lieber mal hinten anstellen. Und du sieh zu, dass du in die Gänge kommst, ehe sie einen allzu großen Vorsprung bekommt.«

Das Gesicht vor Vaterstolz leuchtend, tätschelt er mir erst noch kurz den Rücken und rast dann blitzschnell davon. Ich kann unterdessen meinen Bruder auf der anderen Seite des Raums studieren. Er liegt nach wie vor dort, wo Daire ihn umgenietet hat.

Steh auf, du Idiot.

Er bewegt den Kopf. Dreht die Augen zu mir.

Wenn ich es nicht besser wüsste, würde ich glauben, er hat es gehört.

»Leandro hat recht.« Ich gehe auf ihn zu und bin mit wenigen raschen Schritten bei ihm. »Du bist eine Schande für uns alle.«

Er funkelt mich böse an, stößt einen leisen Fluch aus und kommt mühsam auf die Beine. Sein Kinn ist von Daires Faust lädiert. In seinem Kopf tobt ein Sturm aus Selbstmitleid und Wut.

Ihn zu töten wird lächerlich einfach sein.

Ich flitze an ihm vorbei zum Portal. Dabei remple ich ihn so unsanft an der Schulter an, dass er das Gleichgewicht verliert und beinahe wieder zu Boden geht. »Reiß dich zusammen«, sage ich. »Leandro jagt der Seelensucherin nach, und du hast schon genug Ärger. Wenn du schlau bist, machst du dich auf die Socken und schnappst sie dir als Erster.«

Dreißig

Daire

Der Sand kommt zu früh. Und schlimmer noch, er kommt sogar in gewaltigeren Massen als bei meinem letzten Aufenthalt hier.

Trotzdem versuche ich, positiv zu bleiben. Versuche, mir selbst zu versichern, dass es zwar nicht ganz das ist, was ich erwartet habe, sich aber so als besser erweisen könnte. Zumindest garantiert es, dass es keinen Ort gibt, wo sich die Richters verstecken können.

Ich schließe die Augen, hebe die Arme und gönne mir einen Moment der stillen, zufriedenen Einsamkeit. Ich weiß, dass die Stammesältesten dort draußen sind, ihre Magie wirken und die Ausgänge schließen, während meine Freunde unterwegs sind, um mir zu Hilfe zu eilen, falls ich sie brauche.

Doch ich habe nicht vor, sie zu brauchen.

Abgesehen von dem Sand läuft alles wie geplant.

Bald, sehr bald, werde ich jeden einzelnen Soul Seeker rächen, der jemals einem Richter zum Opfer gefallen ist.

El Coyote wird um Gnade winseln.

Als Anführer des Clans steht Leandro ganz oben auf meiner Liste, dicht gefolgt von Cade.

Das Trommeln zahlreicher eilig laufender Füße in der Ferne sagt mir, dass sie schon unterwegs sind. Der Moment, auf den ich gewartet habe, steht kurz bevor.

Mein Herz klopft vor Vorfreude.

Ich konzentriere mich auf mein Ziel und halte mein Messer bereit.

Nachdem ich so lange auf diesen Moment gewartet habe, kann ich kaum glauben, dass er wirklich gekommen ist.

Ich schwenke mein Athame hoch über den Kopf, um meinen Freunden zu signalisieren, dass alles in Ordnung ist. Es mag vielleicht nicht so aussehen, wie wir geplant haben, doch es gibt nichts zu befürchten.

»Lauft weiter!«, rufe ich. »Haltet auf den Hügel zu und wartet dort auf mich.«

Als ich nach Lita, Axel, Xotichl und Auden Ausschau halte, muss ich erkennen, dass sie nicht da sind – stattdessen rückt die Menge von der Party immer näher.

Eine Flutwelle maskierter Leute in Abendkleidung prescht auf mich zu. Ihre Turmalinanhänger und Armbänder blitzen und blinken, während sie wie von einer äußeren Kraft angetrieben durch den Sand stapfen.

Als nur noch wenige Meter zwischen uns liegen, gibt der Untergrund nach, der Sand fällt in sich zusammen, und wir werden tief in die Erde gezogen. Hilflos rutschen wir der Unterwelt entgegen, wo wir auf einen Haufen zerfetzter Leichen fallen.

Ich befreie mich aus dem Gliedergewirr und taste nach meinem Messer, das sich beim Sturz gelöst hat.

Kaum erreichen meine Fingerspitzen das Heft, da kickt Leandro das Athame mit dem Absatz seines Stiefels weg, während er sich drohend über mir aufbaut. »Danke, Seeker«, sagt er. »Das lief ja alles wie am Schnürchen.«

Einunddreißig

Daire

Leandro funkelt mich von oben herab böse an.

Kickt mein Athame außer Reichweite.

Diese einzige, simple Bewegung signalisiert mir, dass mein Plan fehlgeschlagen ist – dennoch lässt sich nicht leugnen, dass ich ihn genau da habe, wo ich ihn haben will. Jetzt brauche ich nur noch mein Messer.

Ich breite die Hand flach aus, spreize die Finger und versuche, an mein Athame zu kommen. Das vertraute Prickeln überläuft mich, ein sicheres Zeichen dafür, dass es funktioniert, bis Leandro einen bösartigen rechten Haken setzt, der mitten auf meinem Kinn landet.

Mein Kopf klappt nach hinten, die Füße fliegen unter mir davon, und mein Körper sackt dem Erdboden entgegen, während mir der Kopf von der Absurdität dessen schwirrt, was nun auf mich zukommt: Mein Freund ist ein Dämon, und sein Vater hat mich soeben niedergeschlagen.

Ich rolle mich zur Seite und blinzle durch die Sternbilder hindurch, die an mir vorbeiwirbeln, wobei ich Leandro als Anführer einer Armee von Dämonen, Richters und betäubten Partygängern sehe, wie sie eine Spur der Verwüstung durch das Land ziehen, das zu beschützen ich geschworen habe.

Die Unterwelt befindet sich im Chaos.

Die Oberwelt wird bald folgen.

Als Auden Palomas Trommel geschlagen hat, wurde offensichtlich nicht nur das Portal im Rabbit Hole illuminiert, wie wir geplant hatten.

Es wurden sämtliche Portale illuminiert.

Dabei wurden die leuchtenden Tore weit aufgeschwenkt – und den Richters somit ein universeller Passierschein zu Dimensionen erteilt, die ihnen lange verschlossen geblieben waren.

Erneut war mir El Coyote einen Schritt voraus.

Und hat jede meiner Handlungen vorausgesehen, wenn nicht gar manipuliert.

Während die Menge sich allmählich auflöst und Leandro längst verschwunden ist, stehe ich auf, hole mein Athame zurück und kauere mich hinter eine kleine Baumgruppe, wo ich hoffe, unbemerkt zu bleiben, bis mir ein Weg einfällt, um uns neu zu formieren.

Ich greife nach dem Wildlederbeutel an meinem Hals, überzeugt davon, dass, wenn es je einen Zeitpunkt gab, an dem ich die Hilfe meiner Ahnen und Talismane brauchte, dieser jetzt gekommen ist. Mir fällt etwas ein, was mir Paloma einst gesagt hat: *Eines Tages wirst du uns anrufen müssen wie nie zuvor – benutze dein Licht.*

Okay, ich benutze mein Licht, meine Talismane, meinen Willen, meine Entschlusskraft – ich benutze jeden Trick, den mir meine Großmutter beigebracht hat, um sie mit aller Kraft anzurufen. Doch nach einigen Momenten Stille ist nirgends ein Zeichen von ihnen zu erkennen. Nicht einmal Rabe kommt mir zu Hilfe.

Ich bin allein.

Ganz allein.

Genau wie der einsame Rabe, der an dem Tag, als ich Paloma begraben habe, über ihrem Grab seine Kreise zog.

Offenbar sind meine Ahnen, genau wie mein spirituelles Leittier, fest entschlossen, mich zu ignorieren.

Ich löse mich von den Bäumen, will meine Freunde ausfindig machen und alles tun, was ich kann, um wenigstens ansatzweise wieder die Kontrolle zu erringen. Auf einmal flüstert Chay aus nächster Nähe meinen Namen.

»Unsere Magie hat versagt.« Mit kummervoller Miene schleppt er sich auf mich zu und hält sich mit einer Hand die Seite. »Wir waren hier unten an der Arbeit. Es lief alles wie geplant. Aber dann …« Er verstummt, und wir beide wissen, dass er angesichts der schlagenden Beweise um uns herum gar nicht zu Ende zu reden braucht.

»Es ist eine Katastrophe«, sage ich. »Ich dachte, ich hätte alles unter Kontrolle, aber wieder einmal hat El Coyote die Strippen gezogen.«

Schon will ich mir den Turmalinring vom Finger reißen, überzeugt davon, dass Chay recht hatte. Ich hätte ihn nie dazu veranlassen sollen, ihn auszugraben. Er diente lediglich dazu, El Coyote direkten Zugriff auf mich zu gewähren.

»Nicht.« Er schüttelt den Kopf und legt mir eine Hand auf den Arm, während ich ihn fragend ansehe. »Wenn er wirklich gegen dich arbeitet, wird es nicht lange dauern, bis die Richters dich gefunden haben. Sie werden ihr Eindringen in alle drei Welten damit krönen wollen, dass sie die Seelensucherin töten. Was bedeutet, dass du immer noch die Chance hast, sie zu erwischen, ehe sie dich erwischen.«

»Leandro ist schon auf mich losgegangen.« Ich reibe mir die wehe Stelle im Gesicht, wo seine Faust mein Kinn getroffen hat. »Aber dann ist er verschwunden. Wahrscheinlich erschien ihm ein Überfall auf die Oberwelt attraktiver.«

»Er wird nicht derjenige sein, der dich tötet. Diesen speziellen Triumph wird er für einen seiner Söhne aufsparen.«

Er spricht die Worte ganz sachlich aus, doch seine Augen verraten das Ausmaß seines Kummers.

»Wie selbstlos von ihm.« Ich verdrehe die Augen und ringe mir ein sardonisches Grinsen ab, das Chay notdürftig erwidert. »Woher weißt du eigentlich so viel?« Ich mustere ihn aufmerksam, überzeugt davon, dass mehr abläuft, als er mir mitzuteilen bereit ist.

»Als Tierarzt und lebenslanger Einwohner von Enchantment kann ich einfach nur sagen, dass ich mit den Schlichen von El Coyote gut vertraut bin. Ich habe schon immer damit gerechnet, dass dieser Tag einmal kommt.«

»Es war vorherbestimmt.« Ich presse kurz die Augen zu; die Worte treffen mich bis ins Mark. Ich muss an den Tag denken, als ich erfuhr, dass Dace für mich bestimmt war. Wie glücklich ich war. Wie sicher mir meine Zukunft erschien. Keine Sekunde lang hätte ich gedacht, dass wir dafür ausersehen wären …

Mein Magen schmerzt vor Trauer, das Atmen fällt mir schwer, und ich greife instinktiv nach dem Schlüssel um meinen Hals – dem Symbol für die Liebe zwischen Dace und mir. Ich schlinge die Finger darum und suche die Sicherheit, die er mir bisher stets geschenkt hat.

Ich kann nicht aufgeben.

Werde nicht aufgeben.

Die Richters haben mir bereits zu viel genommen – sie werden nicht auch noch Dace an sich reißen.

Ich hebe die Hand vor Augen und sehe den Turmalin glitzern und blinken, als hätte er ein Eigenleben angenommen. Dann blicke ich mich in alle Richtungen um. Sehe eine einst friedvolle Welt nun in Ruinen daliegen, und es kann nur noch schlimmer werden.

»Das ist das Merkmal für den Beginn der Prophezeiung.«

Chays Stimme klingt rauer als gewohnt, als wäre jedes Wort ein Kampf. »Womöglich hat es gar nichts mit dem Ring zu tun.«

»Entweder das, oder Cade ist mal wieder ungeduldig geworden und hat beschlossen, die Ereignisse zu beschleunigen.«

»Auch wenn wir die Antwort womöglich nie erfahren werden, findest du vielleicht einen Weg, den Stein *für* dich arbeiten zu lassen. Was hast du mir noch mal über seine Eigenschaften erzählt?«

»Er ist ein schamanisches Werkzeug, aktiviert das dritte Auge, und in schweren Zeiten kann er einen in die Sicherheit geleiten …« Ich mache große Augen, als es mir dämmert. »Willst du damit sagen, ich soll ihn dazu benutzen, dass er mich zu den Richters führt, statt ihn sie zu mir führen zu lassen?«

Seine Augen leuchten, soweit sie es angesichts der Umstände vermögen. »So oder so, ihr werdet zwangsläufig aufeinandertreffen. Aber wenigstens wärst du auf die Art Herrin der Lage.«

Ich begreife schnell, dass er recht hat. Doch bevor ich meinen neuen Plan umsetze, muss ich erst wissen, ob die Stammesältesten in Sicherheit sind. »Wo sind die anderen?«, frage ich. »Leftfoot, Cree und Chepi?«

»Sie sind alle irgendwo hier. Ich dachte, es sei das Beste, sich zu trennen, denn wenn es hart auf hart kommt, kriegen uns die Richters nicht alle auf einmal.«

Ich schließe die Augen. Kann kaum glauben, in was für eine Gefahr ich sie alle gebracht habe.

»Na komm. Es ist keine Zeit für Reue.« Chay tippt mir mit einem Finger aufs Kinn. »Wir stecken von Anfang an in diesem Kampf. Schon lange, bevor du geboren wurdest.

Was von diesem Moment an in Zukunft passiert, ist nicht deine Schuld. Hörst du?«

Ich nicke, weil er das von mir erwartet, aber ich kann meine Gewissensbisse nicht so ohne Weiteres abschütteln.

»Wenn du dir um irgendjemanden Sorgen machen willst, dann spar es dir für Jennika auf.«

Ich reiße die Augen auf.

»Ich konnte sie nicht aufhalten. Sie hat darauf bestanden mitzukommen.«

»Sag mir, dass du das gerade nicht ernst gemeint hast«, flehe ich und frage mich, wie es nur sein kann, dass alles immer noch schlimmer wird. Doch sein Blick bestätigt mir, dass es die Wahrheit ist. »Ist sie wenigstens bewaffnet?« Wenn schon nichts mehr zu ändern ist, ist es besser, sich um die praktische Seite zu kümmern. »Und damit meine ich, ob sie mit etwas anderem bewaffnet ist als mit einem starken Mutterinstinkt, der sie antreibt, ihr Junges um jeden Preis zu beschützen?«

Chay setzt zu einem Grinsen an, kommt aber nicht sehr weit, denn er erbleicht von der Anstrengung. »Sie hat uns gesagt, sie sei recht gut im Bogenschießen, also hat Leftfoot sie ausgerüstet.«

»Recht gut?« Ich runzle die Stirn und denke an früher zurück, als sie in Drehpausen ein paar Stunden Unterricht genommen hat, aber ich kann mich nicht erinnern, dass sie Bogenschießen auf ihre kurze Liste von Hobbys gesetzt hätte. »Sie ist bestenfalls Amateurin«, sage ich und werde unbegreiflich wütend auf Jennika, weil sie ihr Können übertreibt und sich selbst in große Gefahr bringt.

»Tja, es wird genügen müssen.« Chay fährt sich mit einer Hand über die Stirn und wischt sich den Schweißfilm ab. »Bist du bereit?«

Ich sehe ihn an.

»Der Spaß geht gerade erst los.«

»Das nennst du Spaß?«

»Das ist wie bei allem eine Frage der Perspektive.«

Er streift den Adlerring vom Finger, hält ihn sich hoch über den Kopf und stößt eine Reihe von Pfeiftönen aus, die den gellenden Schrei des Adlers perfekt nachahmen.

»Was machst du denn?«, frage ich, voller Angst, dass er Richters und Dämonen anlockt, ehe ich bereit bin, mich ihnen zu stellen.

Chay legt sich eine Hand flach auf den Bauch. Als er meinen besorgten Blick sieht, reckt er einen Finger gen Himmel und zeigt auf den herrlichen Adler, der in immer weiter werdenden Kreisen über uns schwebt. »Er jagt nach den Richters«, sagt er und beobachtet sein großartiges Geisttier bei der Arbeit, was mich zwangsläufig überlegen lässt, was aus meinem geworden ist.

»Wird er sie zu uns bringen?«

Chay versucht zu lachen, doch es gelingt ihm ebenso wenig wie das Grinsen. »Unwahrscheinlich. Aber wenn du ihm folgst, führt er dich zu ihnen. Betrachte ihn einfach als zusätzliche Stütze neben dem Turmalin.«

Ich schaue zu Chay hinüber und zähle sämtliche Anzeichen für körperliches Unwohlsein zusammen, die er seit seinem Eintreffen an den Tag gelegt hat, woraufhin meine Überzeugung, dass irgendetwas entsetzlich schiefgegangen ist, immer stärker wird. »Wenn *ich* ihm folge? Was ist mit dir? Kommst du denn nicht mit?«

Traurig schüttelt er den Kopf. Er schlägt die Jacke auf und präsentiert die Stelle, an der aus einer unter seinem Hemd verborgenen Wunde kontinuierlich Blut herausquillt. »Offenbar bist du nicht die Einzige, die mit Leandro aneinandergeraten ist.« Sein Gesicht wird noch bleicher, sein Blick stumpfer und abwesend, doch als ich ihm zu Hilfe eilen will, stößt er mich weg.

»Ich bin Heilerin! Ich kann dir helfen!«, schreie ich und gehe in Gedanken die kurze Liste der schnellen Hilfs- und Heilmittel durch.

»Das ist ein Nebenjob.« Er packt meine Hände und umfasst sie mit seinen. »In allererster Linie bist du Seelensucherin, was heißt, dass du es dir nicht leisten kannst, dich durch mich ablenken zu lassen. Geh, Daire. Du hast eine Aufgabe zu erfüllen. Ich komme schon klar.«

»Aber was, wenn nicht?« Meine Lippen beben, meine Augen brennen, und wenn ich es nicht besser wüsste, würde ich schwören, dass mein Herz in Tausende scharfkantige Splitter zerborsten ist. »Ich schaffe das nicht alleine! Ich kann dich nicht auch noch verlieren!«

»Aber eines Tages wirst du mich verlieren.« Sein Blick ist resigniert und lässt keinen Zweifel daran, dass es ihn große Mühe kostet, lange genug durchzuhalten, um mich zum Aufbruch zu überreden. »Wenn nicht heute, dann irgendwann, und das ist auch ganz in Ordnung so. Paloma wartet auf mich, und wenn meine Zeit vorüber ist, gehe ich gern. Also mach dir keine Sorgen. Mein Atem mag aufhören, aber meine Seele zieht weiter. Also geh, Daire. Vertrau auf deine Fähigkeiten. Vertrau auf Palomas Lehren. Vertrau auf die Weisheit deiner Ahnen. Aber vor allem vertrau auf dein Herz. Es wird dich nie in die Irre führen.«

Ich fange seinen Blick auf und weiß instinktiv, dass er von Dace spricht.

»Die Liebe ist eine gewaltige Macht. Wenn ihn irgendjemand retten kann, dann du. Also geh. Geh und tu das, wofür du geboren wurdest.«

Ich umfasse sein Gesicht, stelle mich auf die Zehenspitzen und presse ihm die Lippen auf die Stirn. In der Hoffnung, dass er irgendwie all die Worte erspürt, die ich in meiner Erschütterung nicht aussprechen kann. Dann wende ich mich schweren Herzens ab und laufe los, um Adler einzuholen.

Zweiunddreißig

Xotichl

Sowie ich erkenne, dass wir in der Unterwelt gelandet sind, ist mein erster Instinkt zu fliehen.

Der Ort, den ich einst unbedingt besuchen wollte – der Ort, den ich einst so geliebt habe – der Ort, der mir das gegeben hat, was ich einst als das unfassbarste Geschenk erachtet habe, indem er mein Augenlicht wiederhergestellt hat – ist zu einem derart schrecklichen Inferno verkommen, dass es wie ein Spiegelbild des Gefühlschaos wirkt, das in mir tobt.

Ich dresche die Fäuste in den Staub.

Ich trete, schlage aus und schreie mit aller mir zu Gebote stehenden Kraft.

Getrieben von einem verzehrenden Hass auf diesen Ort, dem ich vorwerfe, meine Träume befeuert und mich in dem Glauben gewiegt zu haben, mein altes Ich sei nicht gut genug und müsse dringend verbessert werden.

Doch vor allem hasse ich mich selbst dafür, dass ich fast ohne nachzudenken mein Blindsehen preisgegeben habe, aus dem Wunsch heraus, *normal* zu sein, wie alle anderen.

Es ist der Grund, warum ich nicht in Luther lesen konnte.

Weshalb ich Auden nicht davor warnen konnte, diesen Vertrag zu unterschreiben. Daire nicht davor warnen konnte, dass etwas Entsetzliches im Schwange war.

Und deshalb liegen die drei Welten genau wie unsere Leben in Ruinen vor uns.

Es waren keine Saphire, mit denen der Füllhalter besetzt war, sondern blaue Turmaline aus Cades Mine.

Und das Blut, das Auden auf den Vertrag verspritzt hat – das Blut, das er auch versehentlich auf meine Wange getropft hat –, bindet uns bis in alle Ewigkeit an die Richters.

Weil er eingewilligt hat, die Trommel zu schlagen, die die Portale erleuchtet und El Coyote ungehinderten Zugang zu den ihnen lange verschlossenen Welten gewährt hat, wird Auden über grenzenlosen Reichtum, sagenhaften Ruhm und gigantischen Erfolg verfügen.

Er wird das Leben seiner Träume führen.

Doch der Ruhm wird von kurzer Dauer sein.

Der Erfolg hält nur eine Lebenszeit lang.

Während unsere Seelen für alle Ewigkeit verdammt sind.

»Flower, hey, alles in Ordnung mit dir?« Auden kommt zu mir her und legt mir eine Hand auf die tränenüberströmte Wange. »Bist du verletzt?«

Ich schüttle den Kopf.

»Hast du Angst?«

»Nicht so, wie du vielleicht denkst.«

»Also was dann?« Er fährt mir mit einer Hand durchs Haar und schiebt mir die Strähnen hinters Ohr. Seine Berührung ist so zart, sein Blick so fürsorglich, dass ich es nicht über mich bringe, ihm die Wahrheit zu sagen.

Ich vermute allerdings, dass er sie mir vom Gesicht abliest, denn er nimmt meine Hand und sieht mich ernst an. »Wie lange weißt du es schon?«, fragt er in beklommenem Tonfall und mit bedrückter Miene.

»Vermutlich noch nicht so lange wie du.«

»Xotichl …« Er drückt meine Hand. »Es tut mir so leid. Ich hab's vermasselt. Ich hab mir das so sehr gewünscht, aber nur weil ich wollte, dass du an mich glaubst. Ich wollte, dass deine Mutter an mich glaubt – ich wollte gut genug für sie sein – von ihr akzeptiert werden …«

Mir schnürt es die Kehle zu. »Ach, Auden. Kapierst du es denn nicht? Niemand wird meiner Mutter je gut genug sein. Sie ist einfach so, wenn es um mich geht. Aber mir warst du schon immer mehr als gut genug – ist das denn nicht das Einzige, was zählt?«

»Sollte es eigentlich. Aber ich war so begierig auf ihre Zustimmung, dass ich …« Er schüttelt den Kopf, schließt blinzelnd die Augen, als könnte er es nicht ertragen, etwas zu sehen oder gesehen zu werden. »Und deswegen habe ich dich jetzt in Gefahr gebracht.«

»Vielleicht, vielleicht auch nicht.«

Auden öffnet die Augen und sieht mich an.

»Nur weil unser Plan gescheitert ist, heißt das nicht, dass wir nicht improvisieren können. Es muss einen Weg geben, die ganze Sache umzudrehen, und ich bin fest entschlossen, ihn zu finden. Ich habe die Nase voll von den Richters. Sie kriegen unsere Seelen nicht so leicht zu fassen, nicht ohne Widerstand.« Ich stehe auf und verschränke meine Finger mit seinen. Dann setze ich eine tapfere Miene auf und beginne mit ebenso tapferer Stimme zu sprechen. »Zuerst müssen wir unsere Freunde finden und uns vergewissern, dass ihnen nichts fehlt. Und dann rechnen wir ein für alle Mal mit den Richters ab.«

Dreiunddreißig

Lita

Sowie der Sand unter unseren Füßen davonrutscht, zieht mich Axel eng an seine Brust und schlingt fest die Arme um mich, um den Fall abzupolstern.

Er ist immer für mich da.

Passt immer auf mich auf.

In nur sechs kurzen Monaten ist er ein so unverzichtbarer Teil meines Lebens geworden, dass ich mir nicht vorstellen kann, jemals ohne ihn zu sein.

Wir kommen unsanft auf dem Boden auf, Axel unten, ich oben. Und nachdem wir festgestellt haben, dass wir beide scheinbar unverletzt überlebt haben, vergrabe ich das Gesicht an seiner Brust und suche Kraft in seiner Berührung. Ich schätze, ich werde sie brauchen, da die Welt – soweit ich es erkennen kann – vor die Hunde gegangen ist.

»Alles okay?« Axel lockert seinen Griff und zieht uns beide in die Höhe, während ich die Träger meines Kleids zurechtschiebe und mich rasch selbst untersuche.

»Ja«, sage ich. »Glaube ich zumindest. Die Maske ist längst verschwunden, aber auf die kann ich gut verzichten. Ich bin nur froh, dass ich mich von Daire habe überreden lassen, diese Stiefel zu tragen.« Ich hebe den Saum meines Kleids und blicke auf die hässlichen Wanderstiefel hinab, die ich eigentlich gar nicht anziehen wollte. »Die High Heels, die ich eigentlich tragen wollte, hätten den Sturz niemals überlebt.« Grinsend rüttle ich an seiner Schulter, um eine

Reaktion hervorzurufen. Doch er weicht bereits zurück. »Was? Was ist denn?« Ich folge seinem seltsam glitzernden Blick und beobachte, wie er mit weit aufgerissenen Augen in einen glühend roten Himmel starrt.

»Es ist die Oberwelt.« Mit schmerzerfüllter Miene dreht er sich zu mir um. »Sie ist überfallen worden.«

Ich mustere ihn eingehend, erschrocken davon, wie seine Iriden immer heller leuchten, bis sie in allen Regenbogenfarben schillern. »Vielleicht ist das nur ein weiterer von Cades dummen Zaubertricks. Ich meine, es wäre nicht das erste Mal. An Heiligabend ließ er Feuer vom Himmel regnen. Er hat praktisch die ganze Stadt mit Feuer bombardiert.«

»Das ist nicht Cade.« Sein Tonfall ist so betrübt wie seine Miene. »Ich höre meine Leute schreien vor Pein.«

Er weicht weiter zurück. Seine Bewegungen sind so mühelos, dass es scheint, als werde er von einer viel stärkeren Gewalt angetrieben.

»Axel!« Ich greife nach seiner Hand, zwinge ihn, mich anzuschauen. »Was tust du?«, schreie ich, obwohl die Antwort eindeutig ist. Sein Blick enthüllt alles. »Nein.« Meine Stimme zittert, doch das ist noch gar nichts im Vergleich zu meinen Knien. »Nein! Du kannst nicht dorthin zurück! Du lebst jetzt hier!«

»Lita …« Er wendet sich lange genug um, um mein Gesicht in beide Hände zu nehmen. Seine Berührung ist so sanft, dass ich mich leicht ablenken lassen könnte, wenn sein Blick nicht so endgültig wäre.

»Willst du mich veralbern?« Meine Stimme klingt so schrill, dass es mir unter normalen Umständen peinlich wäre, doch jetzt nicht mehr, nicht wenn alles, was ich liebe, drauf und dran ist, in Trümmer zu fallen. »Du kommst in mein Leben, machst mich Hals über Kopf verliebt in dich, nur damit du mich in der Sekunde fallen lassen kannst, in der die Welt vor die Hunde geht?« Ich packe ihn fest am Arm, will eine Antwort erzwingen, doch als er hartnäckig schweigt, versuche ich es mit einem anderen Ansatz und appelliere an seine pragmatische Seite. »Axel, ich weiß nicht, was du denkst, aber du kannst mich nicht mutterseelenallein hier draußen lassen. Es ist gefährlich, es gibt Dämonen, und ich bin völlig unbewaffnet!«

»Du bist nicht unbewaffnet.« Er zieht mir die letzte verbliebene Feder aus den Haaren und fährt mir mit der Federfahne leicht über die Wange. »Es ist ein Wunder, dass du sie im Fallen nicht verloren hast. Das muss ein Omen sein.«

»Ein Wunder? Seit wann gilt eine Feder als Wunder?« Da mir schon allein ihr Anblick verhasst ist, schlage ich sie mit dem Handrücken weg, dass sie davonfliegt. »Als ob mich die Feder jemals vor einem Richter schützen würde!« Ich funkle ihn an, so wütend, so unglaublich gekränkt, dass ich schreien könnte. Doch irgendwie schaffe ich es, es mir zu verkneifen.

»Es ist nicht nur eine x-beliebige Feder. Es ist eine Adler…«

»Ich weiß, was für eine Feder es ist!« Ich reibe die Lippen aufeinander. Schlucke den Wortschwall hinunter, den ich mein Leben lang bereuen würde. Ich weiß, dass es besser ist, vernünftig aufzutreten oder am besten gleich ganz gefasst. »Axel«, zwinge ich mich zu sagen, »ich schwöre, wenn du mich hier zurücklässt, werde ich …«

Er drückt mir einen Finger auf die Lippen, was mich lediglich dazu reizt hineinzubeißen. Nicht dass das irgendetwas nützen würde. Er würde nur ein bisschen golden bluten, ehe sich die Wunde wieder schlösse, als hätte sie nie existiert.

»*Glaube*, Lita. Das ist alles, was ich von dir verlange. Glaube und Entschlusskraft bilden den Kern jeder Magie. Ohne das kann sie nicht funktionieren.«

Ich will seine Hand schon beiseitestoßen, doch sowie meine Finger auf seine treffen, umklammere ich sie unwillkürlich. »Und zu wem genau soll ich beten? Zu dir? Erfüllst du mir meinen Wunsch, wenn du dort angekommen bist?«

»Wenn ich kann.«

»Und wenn nicht?« Mit flehendem Blick sehe ich ihn an und warte auf seine Antwort.

Er drückt meine Finger fest und hält sich meine Hand dicht an die Brust. »Ehrlich gesagt hoffe ich momentan erst noch darauf, dass mein eigenes Gebet erhört wird. Aber, Lita, du musst wissen, dass Gebete wie Wünsche sind. Wenn du sie leichtfertig für Nebensächlichkeiten vergeudest, fehlen sie dir, wenn du sie für etwas Ernsthaftes brauchst. Also bitte denk lange und genau nach, ehe du sie einsetzt.« Er drückt mir die Feder in die Hand und schließt meine Finger um den Kiel.

»Das ist dein Ernst. Du tust es wirklich, stimmt's?« Mir bricht die Stimme, und ich kann kaum glauben, dass das tatsächlich passiert. Dass Cades Prophezeiung von unserer dem Untergang geweihten Liebe wirklich eintrifft.

Axel legt mir die Hände um die Wangen und sagt mir mit seinen schimmernden lavendelfarbenen Augen all das, was Worte nicht ausdrücken können. Doch es tut zu weh. Ich kann nicht hinsehen. Und so schließe ich die Augen, stelle mich auf die Zehenspitzen und hebe meine Lippen den seinen entgegen. Dann tauche ich in den Genuss einer so zarten, so hypnotisierenden Berührung ein, die so liebevoll ist, so flüchtig …

Und schon im nächsten Augenblick ist er in einer Explosion flammend roten Lichts verschwunden.

Vierunddreißig

Daire

Ich folge Chays Adler zu einem wüsten Haufen von Dämonen, die sich damit vergnügen, eine Schar Kaninchen zu terrorisieren.

Weshalb sie mich nicht bemerken.

»Häschen? Im Ernst?« Ich schwenke mein Athame vor mir. »Wisst ihr, die Regeln sind eigentlich ganz einfach, und trotzdem brecht ihr sie immer wieder. Also, wenn ich euch vielleicht daran erinnern darf: Erstens, Geisttiere werden weder terrorisiert noch getötet noch gefressen …«

Sie hören mit ihren Quälereien auf und wenden sich mir zu, voller Erwartung, was als Nächstes kommt. So ist das bei Dämonen – sie sind zwar unbestreitbar hässlich, böse und unglaublich gefährlich und können schwere Verwüstungen anrichten, doch sie lassen sich auch kinderleicht ablenken.

Ganz zu schweigen von ihrer Dummheit.

»Und zweitens …«

Ich lasse den Blick über sie schweifen, halte Ausschau nach dem Anführer und komme zu dem Schluss, dass es nicht der ist, der schnaubt, knurrt und als Erster auf mich losgeht. Trotzdem zögere ich nicht, ihm das Athame mitten durch seinen dicken, schuppigen Hals zu ziehen – wenn auch einzig und allein aus dem Grund, um eine Botschaft an die anderen zu senden.

Sein Körper zuckt und bäumt sich in einem kurzen Adrenalinrausch auf, ehe er neben seinem Kopf zu Boden stürzt.

»Wie ich schon sagte, bevor ich so rüde unterbrochen wurde …« Ich schüttle den Schleim von meiner Waffe und halte sie vor mich, bereit, den nächsten Ansturm abzuwehren. »Die Ober- und die Unterwelt sind euch streng verboten. Das heißt, ihr könnt entweder jetzt gleich verschwinden oder euch mit mir anlegen. Wie ihr wollt.«

Sie kommen wie eine Welle aus Schweifen und Hörnern und monströsen Schädeln auf mich zu, während mein Athame einen nach dem anderen so lässig aufschlitzt wie eine Weihnachtsgans. Ich zähle jedes abgehackte Teil als kleines Siegeszeichen, während mir die ganze Zeit über klar ist, dass ich es wahrscheinlich nicht in dem Maße genießen sollte, wie ich es tue.

Schließlich herrscht kein Mangel an Bösem. Da, wo sie herkamen, gibt es noch weitaus mehr.

Ganz zu schweigen davon, dass irgendwo hier draußen El Coyote lauert.

Ich stelle die ausgeklügelten Schritte und Finten ein und konzentriere mich stattdessen darauf, die Sache zu Ende zu bringen. Methodisch eliminiere ich sie einen nach dem anderen, bis das ganze Nest ausgelöscht ist und ich Adler zum nächsten folge. Dann zu dem danach. Und all denen, die folgen. Schließlich habe ich so viele Dämonen getötet, dass die Geisttiere nach und nach aus ihren Verstecken kommen und sich an meine Seite gesellen.

Eine Schar von Kaninchen, Schildkröten, Bisons, Widdern und Luchsen wird schon bald von unzähligen anderen ergänzt, die ihr Territorium zurückerobern wollen.

Doch auch jetzt fällt auf, dass Rabe fehlt.

Pferd ebenfalls.

Da ich alle Hände voll zu tun habe, darf ich mich jedoch nicht ablenken lassen. Ich behalte Adler genau im Auge, der in weitem Bogen nur wenige Meter vor mir am Himmel kreist und mir signalisiert, dass ein weiterer Trupp Dämonen in der Nähe lauert. Gerade als ich auf sie losgehen will, schwebt er so dicht an meiner Schulter vorbei, dass seine Schwingen wie ein Kuss über meine Wange streichen, ehe er wieder außer Sichtweite verschwindet.

Ein Frösteln fährt mir in den Nacken und überzieht meinen ganzen Körper.

Meine Knie werden weich.

Meine Finger zittern dermaßen, dass ich beinahe das Athame fallen lasse.

Mein Körper erfasst augenblicklich die Botschaft, gegen die mein Verstand vergeblich ankämpft.

Chay.

Wieder einer, der durch die Hand der Richters verloren ging.

Ich sinke zu Boden, taumle unter dem Gewicht des Verlusts. So überwältigt bin ich vom Schmerz, dass es eine Weile dauert, bis ich das gellende Stimmengewirr ganz aus der Nähe wahrnehme.

Angetrieben von Wut, Kummer und Rachegelüsten springe ich auf und laufe auf das Geschrei zu. Ich wundere mich über den Unwillen der Geisttiere, sich mir anzuschließen, doch dann platze ich in eine Szenerie hinein, die ihr Zögern verständlich macht.

Selbst von mir abgewandt lässt der Anblick der herrlichen, bernsteinfarben glänzenden Haarmähne, die ihr in Wellen über den Rücken fällt, des schwarzen Ledermieders, der überirdisch durchscheinenden Haut und des aus unzähligen, sich heftig windenden lebenden Schlangen bestehenden Rocks keinen Zweifel daran, dass ich der Knochenhüterin über den Weg gelaufen bin.

Derjenigen, die über die unterste Ebene der Unterwelt herrscht.

Derjenigen, die über den Tag der Toten herrscht und die Knochen der Verstorbenen als Eintrittspreis für das Leben nach dem Tod kassiert.

Kein Wunder, dass ihr die Geisttiere lieber aus dem Weg gehen – sie ist jetzt ebenso furchterregend wie am Tag unserer ersten Begegnung.

»Dann kehrt die Seelensucherin also zurück.« Ihre Stimme klingt kehlig und tief, als sie über die Schulter blickt und die schöne Version ihres Gesichts präsentiert. Die großen onyxschwarzen Augen – den üppigen Mund, mit dem sie Sterne verschluckt. Eine atemberaubende Fassade, die im Handumdrehen zu einem sonnengebleichten Schädel mit grausigen leeren Höhlen anstelle von Augen umschlagen kann. »Auch wenn du mit dem Niedermetzeln der Dämonen gute Arbeit geleistet hast, bild dir bloß nichts ein. Dämonen nutzen mir nichts, deshalb habe ich sie dir überlassen. Die hier sind meine, du kriegst nichts davon ab.« Sie zeigt auf eine große Gruppe Richters, die das Pech hatten, in ihre Falle zu gehen.

Das ist die Gemeinsamkeit, die uns verbindet: Die Knochenhüterin hasst El Coyote fast genauso sehr wie ich. Jahrhundertelang haben deren Tote ihr die Knochen verweigert, und die Knochenhüterin vergisst nie, was man ihr schuldig geblieben ist.

Diejenigen, die noch leben, drängen sich angstvoll und mit großen Augen aneinander und sehen zu, wie ihr unerschöpfliches Schlangenheer seine Zähne ins Fleisch der Gefallenen schlägt, diese sorgsam von Muskeln und Fleisch befreit und so die Knochen bloßlegt, nach denen sie giert.

Ich mustere sie einen nach dem anderen und halte speziell nach dreien von ihnen Ausschau, wobei ich hoffe, dass sie nicht auf dem Haufen derer liegen, die bereits von den Schlangen zerfleischt wurden. Ich habe meine eigenen Folterpläne.

»Ich bin zwar nicht gekommen, um dich …« Ich sehe mich in dem Gemetzel um und suche nach der passendsten Formulierung, um die von ihr choreografierte Horrorshow zu beschreiben. »… beim *Knochensammeln* zu stören, aber ich glaube, ich sollte dich warnen – der da gehört mir.« Ich zeige auf den einen auf meiner Liste und lasse keine Zweifel daran aufkommen, wen ich im Blick habe, während ich mir den Weg durch dicke Schlangenbündel bahne.

Entschlossen will ich meinen Anspruch durchsetzen, als sich die bleiche Hand der Knochenhüterin brutal um mein Handgelenk schließt. »Ich verhandle nicht.« Ihre Augen funkeln mich an.

Ich lege meine Hand über ihre, löse mich aus ihrem Griff und reibe mir die Stelle, wo ihre Nägel mir beinahe die Haut durchbohrt haben. »Komisch. Das habe ich anders in Erinnerung.« Ich sehe sie böse an und denke an die Abmachung, die wir am Tag der Toten getroffen haben, als ich die Seelen bekommen habe und sie die Knochen behalten hat. »Ganz zu schweigen davon, dass heute nicht *Día de los Muertos* ist. Du hast keine Rechte auf sie.«

Sie grinst. Ihre Lippen öffnen sich weit und entblößen eine Reihe glitzernder Zähne und eine mit Sternenstaub gesprenkelte Zunge. Das Schauspiel ist seltsam bestrickend, bis ihr Gesicht sich in einen Schädel verwandelt und die Illusion geschwunden ist. »Falls du es nicht bemerkt hast, die Welten haben sich verschmolzen, Seeker. Die alten Regeln gelten nicht mehr.«

»Eine vorübergehende Schonfrist, die schon bald abläuft.« Ich spreche mit erheblich mehr Selbstsicherheit, als ich momentan besitze. »Und zufälligerweise bedeutet der hier den ersten Schritt dazu, es geschehen zu lassen.« Ich schiebe mich an ihr vorbei, bis ich direkt vor ihm stehe. Während ich den Ausdruck schieren Entsetzens auf Gabes Miene genieße, presse ich ihm die Spitze meines Athame von unten ans Kinn. Ich bin zugegebenermaßen enttäuscht, dass es nicht Leandro oder Cade ist, doch es ist trotzdem ein guter Anfang. »Von mir aus kannst du seine Knochen haben. Aber ich will diejenige sein, die ihn vernichtet.«

»Na, so was.« Das Kichern der Knochenhüterin klingt derart unnatürlich, dass ich regelrecht zusammenzucke. »Offenbar ist das Echo nicht der Einzige, der hier dunkel geworden ist.«

»Was weißt du davon?« Ich drehe mich um und blicke zwischen ihr und Gabe hin und her.

»Das Gleiche wie schon immer. Es wird lustig werden zuzusehen, wie es endet. Aber wahrscheinlich mehr für mich als für dich. Ich bin mir ziemlich sicher, dass deine Glückssträhne nicht mehr lange anhält.«

»Glück? Du glaubst, ich verlasse mich auf Glück?« Nun ist es an mir zu lachen, ein bitteres, sarkastisches Lachen, das mir keinerlei Freude bereitet. Ich wende mich wieder zu Gabe um und stoße die Spitze meines Messers in sein Fleisch, sodass eine hellrote Blutspur herabzurinnen beginnt. »Das Glück hat keinen Platz, wo es um Pflicht geht. Ich habe hart für diesen Augenblick trainiert. Ich tue nur das, wozu ich geboren bin, und nicht mehr.«

»Wenn du meinst«, sagt sie nachdenklich. »Trotzdem ist es ein seltenes Schauspiel, einen Soul Seeker einen Menschen töten zu sehen. Das ist das Metier von El Coyote, nicht deines.«

»Offenbar haben sich die Regeln geändert.«

»Tatsächlich? Oder rechtfertigst du damit nur deine Wut über all das, was du verloren hast?«

Ich drehe mich um und sehe sie böse an. Wenn sie nicht so Furcht einflößend wäre, wäre sie die Nächste auf meiner Liste. »Was kümmert es dich?«

»Tut es nicht. Mir ist es ganz egal. Am Ende bekomme ich auch deine Knochen. Und es hat ganz den Anschein, als würde das nicht mehr lange dauern. Apropos ... hast du ihn gesehen? Hast du das zum Monster gewordene Echo gesehen?« Sie reckt den Kiefer. Ihre Wangen werden breit. Das Geräusch von Knochen auf Knochen ist so unerträglich wie Fingernägel auf einer Wandtafel – bis sie einen tiefen Seufzer ausstößt und ihr Gesicht wieder die Fleisch-und-Blut-Form annimmt. Ihre Haut ist so durchscheinend wie Wachspapier, während ihr angesichts der Erinnerung ein wollüstiges Leuchten in die Augen tritt.

Und obwohl ich gerne wegsehen und es ignorieren würde – wenn sie irgendeine Ahnung hat, wo sich Dace befindet, dann muss sie es mir sagen. Ich verstärke meinen Griff um Gabe, der sonderbarerweise keinerlei Fluchtversuch unternimmt, und wende mich wieder zu ihr um. »Also, für jede Information darüber, wo Dace sich aufhält, wäre ich dir enorm dankbar.«

»Das kann ich mir denken.« Sie wendet sich wieder ihren Schlangen zu und gibt mir zu verstehen, dass sie nicht die Absicht hat, mir zu helfen, und so konzentriere ich mich abermals auf Gabe.

»Du bist erledigt«, sage ich. »Dein Terrorregime ist hiermit beendet. Sofort.«

»Dann beeil dich und tu's endlich«, sagt er, neigt den Kopf nach hinten und präsentiert seinen Hals.

Der böse Gabe Richter bittet darum, erlöst zu werden?

Mir erstarrt das Messer in der Hand.

Soll das eine Art Trick sein?

Ich folge seinem Blick dorthin, wo die Knochenhüterin ihre Schlangen dirigiert, damit sie einen weiteren seiner Cousins niederreißen und, noch während er atmet, damit beginnen, ihm das Fleisch von den Knochen zu reißen.

Der Anblick ist so verstörend, die Schmerzensschreie so grauenhaft, dass ich mich nur mit Mühe aufrecht halte. Ich habe schon alle möglichen Grässlichkeiten gesehen, doch etwas so Schlimmes noch nie. Kein Wunder, dass Gabe es vorzieht, durch meine Hand zu sterben.

»Du wirst mich nicht töten«, sagt Gabe, doch im Grunde verstehe ich seine Worte über den schaurigen Schmerzensschreien kaum, über dem verzweifelten Kreischen und Jammern, dem Zischen und Gleiten der Schlangen und dem langsamen, gequälten Rasseln des Todes, begleitet von – *dem Kreischen der Knochenhüterin?*

Ich fahre zu ihr herum und sehe verständnislos zu, wie sie ein weites, silbernes Netz über ihre Beute wirft, ihre Schlangen zu sich ruft und mit ihrem klappernden Knochenschatz im Schlepptau die Flucht ergreift. Gerade drehe ich mich wieder zu Gabe um, der schnell das Messer unter seinem Kinn wegschlägt, sich aus meinem Griff windet und mit wenigen Schritten den Platz neben Dace einnimmt.

Requiem

Eine Seelensucherin muss lernen,
im Finstern zu sehen
und sich auf das zu verlassen,
was sie in ihrem Herzen weiß.

Paloma Santos

Fünfunddreißig

DACE

Der Anblick, wie Gabe auf mich zustürzt, als wäre ich eine Art Retter, ist bestenfalls komisch – und schlimmstenfalls verfehlt.

Er wäre besser beraten gewesen, wenn er sein Glück bei der Knochenhüterin versucht hätte.

Oder sogar bei der Seelensucherin.

Doch ich werde ihn bald aufklären.

»Schnapp sie dir!«, brüllt er. »Sie steht direkt vor dir – reif zum Töten!« Er zeigt mit dem Daumen auf Daire, als könnte ich sie übersehen.

Als wäre ich mit meinen neuerdings so geschärften Sinnen außerstande, sie zu wittern, zu orten und jedes Ein- und Ausatmen von ihr zu spüren.

Dennoch versage ich mir nicht die Gelegenheit, gierig ihren Anblick in mich aufzusaugen. In einer Schönheit zu baden, die so strahlend, so betörend ist, dass sie von innen zu leuchten scheint.

»Was zum Teufel glotzt du sie an wie ein liebeskranker Idiot? Sie entkommt noch, wenn du nicht bald was machst! Leandro hat mich schon davor gewarnt, sie dir zu überlassen, aber wenn du sie nicht umbringst, dann …«

»Dann was?« Im nächsten Moment packe ich ihn schon mit einer Hand am Hals. »Sag mir genau, was du mit der Seelensucherin vorhast.«

»Was zum Teufel treibst du da?«, keucht er mit vor Empörung verzerrter Miene. »Lass mich los, du Blödmann. Ich bin auf deiner Seite!«

»Das mag ja sein.« Ich hebe ihn hoch. Hebe ihn so hoch, dass er mit den Füßen nach Halt sucht, die Zehenspitzen in Richtung Boden ausstreckt, während sein Körper zappelt wie ein Fisch an der Angel. »Das Problem ist nur, dass ich nicht auf deiner bin.« Er baumelt von meiner Hand, kämpft, schlägt aus und schreit Zeter und Mordio. Oder vielmehr, er würde Zeter und Mordio schreien, wenn ich ihm nicht die Luft abgeschnitten hätte.

Ich habe ihnen allen zu einem Vorsprung verholfen.

Habe Leandro, Gabe und Cade ermuntert, als Erste auf Daire loszugehen, damit sie das Vergnügen hat, sie alle niederzumetzeln.

Stelle mir vor, was für ein Gefühl es sein mag zuzusehen, wenn nach all der langen Zeit Rabe endlich über Kojote siegt.

Den Anblick hätte ich gerne genossen.

Doch anscheinend sind Pläne genau wie Schicksale Veränderungen unterworfen.

Und nachdem die Portale sperrangelweit aufgesprungen sind und El Coyote völlig außer Kontrolle geraten ist, muss ich diese spezielle Beute für mich selbst reklamieren. Doch Daire kann zumindest zusehen.

Ich ziehe Gabes Gesicht näher zu mir her, spähe in seine blutunterlaufenen Augen und lockere meinen Griff nur gerade so weit, dass er bei Bewusstsein bleibt. Es wäre ein Jammer, wenn er die letzten Momente nicht mehr mitbekäme.

»Es dürfte dich nicht überraschen, dass du hier gelandet bist. Schließlich ist allgemein bekannt, wie sehr ich dich schon immer gehasst habe. Du bist eine Schande, ein Frauenfeind, ein Schläger, eine penetrante Nervensäge, und nur damit du's weißt, deine Witze sind auch nicht lustig. Alles in allem eine ganz schlechte Kombination, Gabe. Ein solches Benehmen wird hier nicht mehr geduldet.«

»Bist du komplett verrückt geworden?« Gabes Augen treten hervor, während er die Worte mühsam herauspresst. Bestimmt ist es schwer, deutlich zu sprechen, wenn man den Hals in einem Schraubstockgriff stecken hat.

»Nö, nicht verrückt.« Ich greife fester zu. »Du bist derjenige, der verrückt ist, wenn du auch nur eine Sekunde lang glaubst, wir stünden auf der gleichen Seite. Ich gehöre nicht zu El Coyote. Ich gehöre zu überhaupt niemandem. Wie du noch begreifen wirst, bin ich etwas weitaus Schlimmeres, als dein kleiner Kopf erfassen kann.«

Sowie er meine Worte verdaut hat, wird der Trotz, der einst in sein Gesicht eingebrannt zu sein schien, von Panik abgelöst. Offenbar bin ich endlich zu ihm durchgedrungen.

»Noch irgendwelche letzten Worte?« Die Frage ist eine reine Formalität. In mir rumort das Monster vor Vorfreude, und es wird sich nicht mehr lange bezähmen lassen.

Gabes Unterkiefer fällt herunter, und seine Zunge baumelt hin und her, doch alles, was herauskommt, ist ein krankes, ersticktes Gurgeln, das zu entschlüsseln ich nicht die Geduld habe.

Das Monster hungert.

Verlangt, gefüttert zu werden.

Und ich bin nichts als ein ergebener Diener, stets zu seinem Befehl.

Tut mir leid, Daire. Eigentlich wollte ich dir das Vergnügen überlassen, Gabe zu erledigen, doch je früher es geschieht, desto besser für alle.

»Weißt du, ich habe keine Ahnung, was du sagen willst. Und ehrlicherweise interessiert es mich auch nicht so be-

sonders. Tja, ich schätze, dann heißt es Abschiednehmen.«
Ich packe fester zu und verfolge, wie die Angst in seinen Augen aufsteigt, während sein Körper einen letzten Versuch unternimmt, nach meinen Händen zu greifen und mir gegen die Knie zu treten. Ein wenig unterhaltsamer Todestanz, den ich mit einer einzigen Handbewegung beende.

Sein Genick bricht.

Sein Kopf knickt schlaff zur Seite.

Und es fühlt sich so verdammt gut an, dass ich es wieder tun würde.

Indem ich diese Vollstreckung Daire widme, drehe ich Gabes Kopf ganz herum, bis er in die andere Richtung zeigt.

Dabei schwillt mir vor Stolz auf meine Leistung das Herz an, und eine Stimme ruft im Siegestaumel.

Wir schaffen das.

Ich kann ihr helfen.

Ein essenzieller Teil von mir existiert noch!

Ich habe sie aufgefordert, sich zu entfernen – nur für den Fall, dass ich mich geirrt habe –, doch da ich offenbar nach wie vor die Kontrolle habe, werde ich nie wieder einen weiteren Tag ohne sie durchstehen müssen.

Ich sehe es so klar, wie ich sie vor mir stehen sehe. Daire, ich und das Monster – wir arbeiten zusammen, um die Welt von den Richters zu befreien!

Das ist mein letzter Gedanke, ehe das Monster ganz erwacht und ich restlos von ihm übermannt werde.

Das Letzte, was ich ausspreche, ist ihr Name, den ich unter Qualen herausschreie.

Ich habe verloren.

Das Monster hat gewonnen.

Was auch immer noch von mir übrig war, ist nun verschwunden.

Es dehnt sich aus und wird immer größer, bis es auch noch die letzte Spur des Menschen getilgt hat, den ich einst als *Ich* kannte. Es tritt Gabes zerstörten Körper beiseite und konzentriert sich auf das dunkelhaarige Mädchen in dem roten Seidenkleid, das nur wenige Meter entfernt steht.

Sechsunddreißig

Daire

Seine glühend roten Augen fixieren mich und beweisen mir damit ohne jeden Zweifel, dass das Monster die Kontrolle übernommen hat.

Der Junge, in den ich mich unsterblich verliebt habe – der Junge, der nur Güte und Licht war –, wurde von der blutrünstigen Kreatur ausgelöscht, die jetzt mit finsterer Miene vor mir lauert.

Meine Hände zittern. Meine Knie drohen nachzugeben.

Erschüttert von den Ausmaßen all dessen, was wir verloren haben, verbunden mit der schrecklichen Wahrheit, dass er das für mich getan hat.

Überzeugt, dass er die Dunkelheit unter Kontrolle hätte, nur um zu spät zu erkennen, dass das Schicksal seinen eigenen Gesetzen folgt.

Abgesehen von den Augen und den schwarzen Federbüscheln, die sich an seinem Scheitel zu bilden beginnen, ist er so hübsch wie immer. Doch ich lasse mich nicht von seinem Äußeren täuschen. Seit dem Moment, in dem er Gabe getötet hat, ist er ganz aufgenommen.

Nun wird es nicht mehr lange dauern, bis die Verwandlung komplett ist.

Trotzdem senke ich mein Messer und weigere mich, es zu benutzen, bis ich mir restlos sicher bin, dass kein Teil von ihm mehr lebt. Solange das Monster atmet, könnte immer noch ein Teil von Dace vorhanden sein.

Als er sieht, wie ich wehrlos vor ihm stehe, wirft er den Kopf in den Nacken und stößt ein tiefes, gutturales Lachen aus. Doch es ist nicht Dace, der mich verhöhnt. Es ist das Monster. Obwohl ich nicht leugnen kann, dass es mich verletzt, schärfe ich mir ein, das niemals zu vergessen.

»Bist du dir sicher, dass du das tun willst, Seeker?« Die Worte klingen barsch, doch sein Tonfall ist gelassen, als wollte er sich ausgiebig Zeit nehmen, um mich auf seine Art zu töten. »Nicht dass ich dir einen Vorwurf machen würde. Ein Messer wie das könnte dich niemals retten. Es kümmert mich nicht, wessen Essenz es enthält.«

Trotz der enthaltenen Drohung schenken mir die Worte die Hoffnung, dass ich auf der richtigen Spur bin. Wenn er sich korrekt an den Tag erinnert, als ich ihm davon erzählt habe, dass Valentinas Geist in mein Athame eingesiegelt ist, dann hat eindeutig ein Stückchen von ihm überlebt.

Ich wische mir die Haare aus den Augen und beuge mich zu ihm. Entschlossen, an den Teil von Dace zu appellieren, der noch existiert, löse ich die letzte Spange aus meiner Steckfrisur und beobachte, wie sein Blick liebevoll dem Fall meines Haares folgt.

Doch sowie er sich ertappt fühlt, wird seine Bewunderung von einer so unerbittlichen Drohhaltung abgelöst, dass ich nur mit Mühe die Ruhe bewahre.

»Du hast gesehen, was ich mit meinem Cousin gemacht habe«, knurrt er. »Hast gesehen, wie leicht es war.«

»Ich habe alles gesehen.« Ich presse mir das Messer an die Hüfte. »Am liebsten hätte ich laut gejubelt. Ich habe Gabe auch gehasst.«

Er legt den Kopf schief und ballt immer wieder die Fäuste, als würde er über meine Worte nachdenken.

»Du hast der Welt einen Gefallen getan, Dace. Mann,

vor allem hast du Marliz einen Gefallen getan. Gabe war wirklich ein peinlicher, unangenehmer Typ, ein totaler Frauenfeind, ein brutaler Verbrecher, und seine Witze waren komplett bescheuert. Ein Glück, dass er weg ist, sage ich.«

»Und weißt du, was ich sage?«

Er geht auf mich zu, und ich muss an mich halten, nicht zu flüchten. Wieder und wieder sage ich mir, dass Dace da drinnen steckt. Irgendwo. Er muss da sein.

»Ich sage dir, du hättest davonlaufen sollen, als du noch die Chance hattest.«

»Ich laufe nicht vor dir davon, Dace.« Ich recke die Schultern und bleibe ungerührt an meinem Platz stehen. Wenn ich ihn weiterhin mit seinem Namen anspreche, dringt es vielleicht zu ihm durch. »Nicht solange du noch da drinnen bist – und wir wissen beide, dass du da bist. Es muss nicht so weitergehen, Dace. Du kannst es überwinden. Du kannst …«

Ehe ich zu Ende sprechen kann, beginnt seine Jacke an den Nähten zu platzen, während ihm unfassbar lange Krallen aus den Fingern schießen und eine Haube aus schwarzen Federn seinen Kopf umschließt. »Die Tatsachen sprechen doch eher dagegen.« Er zuckt die Achseln, woraufhin seine Jackenärmel neben ihm zu Boden fallen.

Ich umfasse das Athame fester und versuche, Chays Rat zu folgen und auf mein Herz zu hören. Doch da das Monster rasch die Lücke zwischen uns schließt, wird jegliche Weisheit, die mein Herz bergen mag, vom Schatten der drohenden Niederlage überdeckt.

Unsicher trete ich einen Schritt zurück, doch die Bewegung kommt zu spät. Seine Reflexe sind jetzt blitzschnell, und seine Kraft hat sich vervielfacht, sodass er mich mühelos am Handgelenk packt und es so fest drückt, dass ich Angst habe, es könnte brechen.

»All die stundenlangen Work-outs, all die Magie und die täglichen Zehn-Kilometer-Läufe, und jetzt versuchst du dich nicht mal zu wehren?« Er reißt mich an sich, bis mein Rücken dicht an seinen Oberkörper gepresst wird, und verstärkt den Druck, bis meine Finger schlaff werden, ihm das Athame vor die Füße fällt und er es außer Sichtweite davonkickt.

»Ich bin hier, um gegen den Feind zu kämpfen, nicht gegen dich. Du scheinst zu vergessen, dass wir das gleiche Ziel haben. Wir sind beide hinter den Richters her, und es gibt keinen Grund, warum wir sie nicht gemeinsam besiegen könnten.«

Er lacht und schmiegt sein Gesicht an meines. Dabei lösen sich mehrere Federn, die auf meine Wangen fallen. »Ich arbeite allein«, knurrt er mit animalischer Stimme. »Ich brauche keine Partner.« Er fährt mir mit einem Finger über die Brust und hält einen Moment lang an dem Schlüssel inne, als würde dieser eine entfernte Erinnerung auslösen, die es ihm schwer macht fortzufahren.

Ich ziehe scharf den Atem ein und flehe innerlich darum, dass ich recht habe, als er eine Kralle, die so lang und so scharf ist wie ein Schnappmesser, direkt über mein Herz platziert.

»Im Gegensatz zu dir verlasse ich mich nicht auf Messer und Blasrohre und alberne Talismane, die nur nach dem Zufallsprinzip funktionieren«, sagt er. »Mein Körper ist die einzige Waffe, die ich brauche. Ich könnte dich innerhalb eines Herzschlags töten.«

»Dann fühlst du dich bestimmt sehr mächtig«, murmle ich, bemühe mich, die zunehmende Taubheit zu ignorieren, die sich meinen Arm entlang ausbreitet, und konzentriere mich stattdessen darauf, wie seine Finger meine Haut liebkosen, als protestierten sie gegen seine Worte.

Er zieht mir einen Nagel über den Arm und bringt seine Lippen an mein Ohr – seine rasiermesserscharfen Schneidezähne ritzen meine Haut. »Das wirst du wohl bald herausfinden.«

Ich winde mich und versuche, mehr Blut in meine Finger zu pumpen, bereue es jedoch augenblicklich, als ich begreife, dass das Monster dies als Furcht missdeutet.

»Zuerst wirst du nach Luft schnappen«, sagt er von meinem Unbehagen angespornt. »Trotz meiner zahlreichen Warnungen verdrängst du alles so hartnäckig, dass du es nicht kommen sehen wirst. Dann wird das Blut aus der Wunde strömen und dein hübsches rotes Kleid ruinieren. Und nicht lange danach wirst du für immer von dieser Erde getilgt werden.«

Auch wenn kein Zweifel daran besteht, dass er dies ohne Weiteres umsetzen könnte, ist seine Berührung sanft und weich und seine Stimme so beruhigend wie ein Schlaflied, sodass sie überhaupt nicht zu seinen Worten passt.

Außerdem – wenn er mich wirklich töten wollte, hätte er das inzwischen längst getan.

»Das hat dein Zwilling schon versucht. Hat nicht ganz so geklappt, wie er es sich vorgestellt hatte.«

»Mag sein, aber diesmal bist du allein. Kein Rabe, keine Stammesältesten, kein kleiner leuchtender Mann, der dir beispringt. Du bist mir hilflos ausgeliefert, und glaub mir, ich kenne keine Gnade.«

Da bin ich mir nicht so sicher …

Als auf einmal Laub raschelt und Füße über den Boden scharren, fährt das Monster zu dem Geräusch herum und zieht mich mit. Alle beide sehen wir zu, wie Leftfoot gebückt und mit erhobenen Händen aus den Büschen geschlichen kommt.

»Lass sie gehen.« Vorsichtig wagt er einen weiteren Schritt auf Dace zu und bleibt dann nur wenige Meter vor ihm stehen. »Nimm mich stattdessen«, sagt er und senkt ergeben den Kopf.

»Stattdessen?« Das Monster lacht, und sein heißer Atem trifft auf meine Wange. »Warum soll ich wählen, wenn ich mir locker euch alle beide schnappen kann?«

Die Kralle bleibt auf meiner Brust, doch zunächst einmal geht er nicht weiter. Und obwohl ich Leftfoot einen warnenden Blick zuwerfe und ihm bedeute, dass er fliehen soll, kommt er noch näher.

»Ich bin derjenige, der dich den Seelensprung gelehrt hat. Ich bin derjenige, der dich auf die Idee gebracht hat, die Dunkelheit für sich zu beanspruchen. Ich bin verantwortlich dafür, was aus dir geworden ist.«

Das Monster brüllt vor Lachen. »In dem Fall werde ich natürlich nicht vergessen, dir zu danken, bevor ich dich töte. Aber jetzt halt mich nicht länger auf.«

Er wendet sich wieder mir zu, während zugleich Leftfoot einen Hechtsprung auf seine Füße zu macht. Die Bewegung kommt so schnell, so unerwartet, dass ich ihn nicht aufhalten kann.

Das Monster schreit empört auf, wirft mich beiseite und geht schnurstracks auf Leftfoot los. Doch ehe es bei ihm anlangt, kommt es ins Stolpern und fällt hin, wobei es einen peinvollen Schmerzensschrei ausstößt und sich mühsam wieder aufrappelt. Versehentlich fährt es dabei mit einer Kralle über Leftfoots Hals, bevor es mit einem Pfeil in seiner linken Schulter davonhumpelt.

Die ganze Szene läuft dermaßen schnell ab, dass ich sie kaum begreife, als Jennika mit dem Bogen in der Hand aus ihrem Versteck im Gebüsch hervorkommt.

»Warum hast du auf Dace geschossen?«, herrsche ich sie mit zorniger Miene an, während ich mich neben Leftfoot knie und meine Hände auf die Wunde presse, um die Blutung zu stoppen.

»Machst du Witze, Daire? Ich hatte doch gar keine Wahl – er wollte dich töten!« Sie funkelt mich an, und ihr Hass auf Dace beziehungsweise das Monster zeichnet sich klar auf ihrer Miene ab.

»Nein, wollte er nicht. Wenn das der Fall gewesen wäre, hätte er es längst getan!«

»Ach, und wie erklärst du das?« Sie zeigt auf Leftfoot.

»Das war ein Unfall. Er hat das Gleichgewicht verloren, als du auf ihn geschossen hast.«

»Dann war es also meine Schuld?«

»Es ist ...« Ich schüttle den Kopf, da ich keinen Sinn in einer Auseinandersetzung sehe. Stattdessen ziehe ich ihr den Schal vom Hals. »Hier, drück das da drauf.« Ich lege das Seidenstück auf Leftfoots Wunde und ihre Hände auf den Stoff, während ich aufstehe und mich zum Gehen wende.

»Wohin willst du?«, schreit sie mit bleichem, panischem Gesicht, während sie entsetzt zwischen dem alten Medizinmann und mir hin- und herschaut. Wir sehen hilflos zu, wie die Lebenskraft aus seinen Augen schwindet.

»Ich jage Dace nach.«

Sie sieht mir in die Augen. »Du weißt, dass du ihn töten musst. Um Gottes willen, Daire – du hast keine Wahl.«

Ich greife nach dem Wildlederbeutel an meinem Hals und sende einen letzten Hilferuf an meine Ahnen, indem ich sie bitte, Leftfoot zu Hilfe zu eilen. Dann hänge ich den

Beutel Jennika um den Hals. »Ich weiß, du bist keine Santos«, sage ich, »aber du wurdest einst von einem Santos tief geliebt. Die Kraft von Djangos Bär steckt in diesem Beutel. Er wird dir zu Hilfe kommen, aber dazu musst du daran glauben.«

Sie schließt die Finger um den Beutel, wirft einen kurzen Blick auf Gabes leblosen Körper mit dem grotesk verdrehten Kopf. »Daire, ich meine das im vollen Ernst. Wenn du es nicht tust, tue ich es. Du hast die Pflicht, uns zu beschützen – oder hast du das vergessen?«

Obwohl sie die Worte wie eine Frage ausspricht, genügt mir ein einziger Blick, um zu erkennen, dass ich sie in ihren Augen alle im Stich gelassen habe. Dass ich die Liebe über die Pflicht gestellt habe. Dass man sich nicht darauf verlassen kann, dass ich sie rette.

Ich wende mich ab. Weiß nur zu gut, dass die Zeit allmählich knapp wird. Dass ich eingreifen muss, ehe jemand anders zu Ende zu bringen beschließt, was Jennika begonnen hat. Und so folge ich der Spur aus Blut und Zerstörung, die Dace auf seinem Weg hinterlassen hat.

Siebenunddreißig

Daire

Für seine gewaltigen Ausmaße bewegt sich das Monster blitzschnell. Und da die Unterwelt mehr und mehr in einen Zustand völliger Verwüstung versinkt, wird es immer schwerer, seine Spuren auszumachen.

Bäume wurden entwurzelt und Sträucher platt gewalzt, während einst blühende Blumenbeete von unzähligen umgekippten Steinen und Felsbrocken zerquetscht wurden. Und nachdem Adler längst weg und Rabe nach wie vor verschwunden ist, kann ich mich lediglich auf den Ring verlassen, in der Hoffnung, dass er mich zu den Richters führt, wo ich sicher auch das Monster antreffen werde.

Ich halte den Ring vor mich, studiere seine glitzernden Facetten und die zarten Veränderungen seiner Farbtöne, die sich im Einklang mit meiner zunehmenden Angst zu wandeln scheinen. Ich versuche ein Gefühl dafür zu bekommen, wer den Ring kontrolliert, doch in Wahrheit kann ich das gar nicht sicher wissen, bevor ich ihn einsetze.

Ich gehe davon aus, dass er für mich arbeitet, da er mir schon einmal unbemerkt von Leandro und Cade Zugang zum Rabbit Hole gewährt hat, und beginne die umgekehrte Version des Heiß-Kalt-Spiels. Jedes Mal, wenn der Stein heiß wird und mich angeblich in die Sicherheit leitet, wechsle ich den Kurs, bis er abkühlt und ich – mutmaßlich – wieder auf den Feind zusteuere. Ich denke mir, dass wir uns früher oder später ohnehin gegenüberstehen werden. Nur hoffe ich, dass dies zu meinen Bedingungen geschieht, auf meine Art.

Doch nachdem ich meilenweit umhergezogen bin und noch immer kein Zeichen von ihnen oder überhaupt irgendwem entdecken konnte, stehe ich kurz davor aufzugeben und etwas anderes zu versuchen, als der Stein auf einmal spürbar kühler wird und ich auf eine Ansammlung willkürlich verstreuter Dämonenkadaver stoße, die derart übel zugerichtet sind, dass es nur das Werk eines Monsters sein kann.

Nachdem ich mein Athame eingebüßt und das Wildlederbeutelchen Jennika überlassen habe, bleibt mir nur noch das Blasrohr, das in meinem Stiefel steckt.

Ebenjenes Blasrohr, das Dace in meine Obhut gegeben hat, wobei ich ihm versprechen musste, es gegen ihn zu verwenden.

Ein Gedanke, der jetzt ebenso unvorstellbar ist, wie er es damals war.

Trotz allem, was er getan hat, weigere ich mich, ihn aufzugeben.

Wenn er mich wirklich hätte töten wollen, hätte er dies längst getan.

Er hätte mir ohne Weiteres die Luftröhre abdrücken oder mir mit einer Kralle das Herz durchbohren können. Und sobald das erledigt war, hätte er sowohl Leftfoot als auch Jennika zerfleischen können.

Was hat ihn also aufgehalten?

Bestimmt nicht Jennikas Pfeil.

Nein, Dace lebt noch dort drinnen. Übt noch einen letzten Rest Kontrolle aus. Bleibt nur die Frage – wie viel länger kann er das Monster in Schach halten?

Die ganze Zeit hat Dace das Wesen des Monsters wesentlich besser verstanden als ich.

Hat sich keine Illusionen darüber gemacht, welche Macht es ausüben würde.

Doch andererseits lebt er schon wesentlich länger damit, als ich zunächst angenommen habe. Es nahm seinen Anfang an Silvester, als Dace Verbindung zu den Schlangen aufgenommen und sie dazu gebracht hat, Suriel anzufallen. Was sich im Nachhinein als sein erstes Todesopfer entpuppte. Das Opfer, das seinen Appetit anregte, der inzwischen zu unstillbarer Blutgier angewachsen ist.

Mit jeder dunklen Tat wächst die Dunkelheit in Dace an. Wie Dünger nährt und stärkt sie das Monster, dessen Bestimmung es ist, uns zu zerstören.

Und nun, nach Gabes Tod, ist Dace unwiderruflich in die dunklen Künste eingeführt. Wenn wir uns das nächste Mal begegnen, wird er vollständig umgewandelt sein.

Eine Umgebung aus verbrannter Erde unter mir, eine flammend rote Wolkendecke über mir, begleitet von den Schmerzensschreien der zum Kampf gerufenen Geisttiere und ihrer Führer, folge ich der Spur des Gemetzels. Muss daran denken, wie Paloma mir einst von dem Tag erzählte, an dem mein Vater begraben wurde – und sich die Beerdigung unter einem blutrot glühenden Himmel abspielte.

Eine komische Vorstellung, dass ich unter ähnlichen Umständen enden könnte.

Während die Temperatur des Steins sich dem Gefrierpunkt nähert, umfasse ich das Blasrohr fester und lege mehr Kraft in meine Beine, während ich einen anstrengenden Pfad mit zahlreichen Kurven und Kehren hinaufsprinte, der mit jeder Biegung enger und steiler wird. Schließlich endet er an einer Stelle, wo die Atmosphäre dünn wird, die zuvor über uns hängenden Wolken herabsacken und der Schotter in einen Streifen schroffen roten Fels übergeht.

Ich tappe vorsichtig bis zum Rand des Felsabhangs und spähe in den Abgrund. Meine Stiefelspitzen ragen gefährlich über den Rand hinaus, als ich mit einem Augenblick Verspätung begreife, dass alles an dieser Szene – das Kleid, der Ring, die Landschaft, ja selbst Cade, der nun auf einmal hinter mir steht – exakt dem Traumbild entspricht.

Hat er mich hierhergelockt?

Hat er mir den Traum in den Kopf gepflanzt?

Oder hat mich lediglich der Ring meiner Bestimmung zugeführt und verlangt, dass ich mich ihr stelle?

»Spring nicht!«, ruft Cade, halb im Ernst, halb im Scherz. »Es könnte nämlich sein, dass ich dich diesmal nicht rette.«

»Dann hattest du den Traum also auch.« Ich wende mich zu ihm um. »Das hab ich mich schon immer gefragt.« Ich musterte sein sorgfältig gestyltes Äußeres – den piekfeinen Smoking, die frisch polierten Schuhe, das triumphierende Grinsen. Drei Welten sind in einen Zustand völliger Verwüstung gefallen, und typischerweise ist er so untadelig gekleidet wie immer.

Doch wenigstens weiß ich jetzt, was mit Rabe passiert ist.

»Traum? Was für ein Traum?« Seine Augen blitzen auf, während er sich mit der Zunge durch die Backe fährt. Ich sehe mich zu dem armen Rabe um – in einen goldenen Käfig gesperrt, einen glitzernden Turmalin an einer schwarzen Seidenschnur um den Hals, während Kojote neben ihm lauert und sich die Schnauze leckt, als könnte er es gar nicht erwarten, ihn zu verschlingen. »Aber da wir gerade dabei sind – ich sollte dir wohl dafür danken, dass du meinen größten Traum in Erfüllung hast gehen lassen. Schließlich bin ich jetzt endlich in der Oberwelt angelangt, und das hätte ich ohne dich nicht geschafft. Ich hab dir ja gesagt, dass wir ein gutes Team abgeben, aber du wolltest es mir nie glauben.«

Die Oberwelt?

Da sind wir jetzt?

Obwohl mein Aufenthalt dort nur von kurzer Dauer war, ist die Landschaft um uns herum ganz anders, als ich sie in Erinnerung habe. Sie ist überhaupt nicht wiederzuerkennen. Es ist alles noch viel schlimmer, als ich dachte.

»Ja, die Oberwelt, Seeker.« Er grinst, offenbar hocherfreut darüber, dass ich meinen Schock nicht verhehlen kann. »Es war noch nicht so, als ich den Aufstieg das erste Mal gemacht habe. Und obwohl es einige Mühe gekostet hat, muss ich zugeben, dass ich mit den Ergebnissen recht zufrieden bin. Dieser Look gefällt mir wesentlich besser. Zuvor war das Ganze ein bisschen allzu sehr auf Glanz und Grünzeug gebürstet. Die neue Landschaft passt viel besser zu Kojotes Bedürfnissen.«

Kahle, schroffe Hochebenen, trügerische Felsabhänge, lediglich Spuren von Gesträuch und absolut keine brauchbaren Schlupflöcher für Geisttiere und Führer – schnell wird mir klar, warum El Coyote davon angetan ist. Ihnen lag noch nie an einem fairen Kampf.

»Wie du sicher weißt, versuchen die Richters schon seit Jahrhunderten oder vielmehr Jahrtausenden hier einzudringen, hatten aber nie auch nur den Hauch einer Chance, bis ich gekommen bin. Ich kann es gar nicht erwarten, dass Leandro anerkennt, was ich alles erreicht habe.« Sein Gesicht leuchtet angesichts der Vorfreude. »Ich habe jeden Richter übertroffen, der vor mir kam. Und das Lustige ist, es war so leicht! Du und dein Trupp von Idioten habt brav eure Rollen gespielt und genau nach Drehbuch agiert. Ihr habt alle so perfekt funktioniert, dass es jammerschade ist, dass keiner von euch mehr übrig ist, um es zu würdigen.« Er schlägt sich eine Hand vor den Mund und verzieht die

Miene in vorgetäuschtem Schuldbewusstsein, während es mir vor lauter Angst davor, was er als Nächstes sagen wird, flau im Magen wird.

»Du hast doch sicher von Chay und Leftfoot gehört, oder?« Er hält inne und wartet darauf, dass ich antworte, doch als ich ihn nur weiter böse anfunkle, fährt er fort: »Schau nicht so traurig, sie waren ja schon ziemlich alt. Sie hatten nicht mehr massenhaft Zeit vor sich. Ich habe ihnen einen Gefallen getan, indem ich ihnen die Demütigung von Demenz und Inkontinenzwindeln erspart habe, die das Alter unweigerlich mit sich bringt.«

»Warum versuchst du, es zu verbrämen?« Ich mustere ihn aufmerksam und registriere, dass er sich von Leandro und Dace verübte Taten zugutehalten will, ganz zu schweigen von seinem Drang, sich zu erklären. Der alte Cade gefiel sich in Hohn und Spott, ja er lebte praktisch dafür. Kein einziges Mal hat er sich darum bemüht, seine Taten zu rechtfertigen oder die Schläge abzumildern.

»Ich versuche nicht, es zu verbrämen!« Er ballt seitlich die Fäuste und funkelt mich aus schmalen Augen an. »Du hast nur so ausgesehen, als würden dich die Neuigkeiten betrüben, und da …«

»Und das stört dich?« Ich gehe einen Schritt auf ihn zu und werfe einen raschen Blick auf Rabe, um mich zu vergewissern, dass es ihm einigermaßen gut geht, ehe ich mich wieder an Cade wende. »Meine Traurigkeit löst in dir das Bedürfnis aus, deine Handlungen zu rechtfertigen?«

Seine Züge werden schärfer, und seine Miene verfinstert sich, doch weiter kommt er nicht. Er bringt einfach nicht mehr zustande. Und das wissen wir beide.

»Ich dachte, ich hätte mich klar ausgedrückt. Du bist nicht diejenige, die hier Regie führt, Seeker. Das bin nämlich ich. Und nur damit du's weißt, deinen Freunden geht's auch nicht so besonders. Glaub mir.« Er packt Rabes Käfig und lässt ihn so heftig baumeln, dass Rabe ein langes, ersticktes Krächzen ausstößt, während seine violetten Augen nach hinten kippen und er mit den Klauen die Sitzstange umkrallt, um nicht herunterzufallen. Seine Not ist so plastisch, dass ich schon eingreifen will, doch da senkt Cade den Käfig wieder zu Boden. »Dein Vögelchen hier kommt noch relativ ungeschoren davon. Was deine Freunde angeht, tja, Lita hatte es jedenfalls wesentlich besser, als sie noch mit mir zusammen war. Doch dank dir ist sie jetzt mutterseelenallein. Nicht, dass ich sie nicht gewarnt hätte. Genau wie ich vorhergesagt habe, hat Axel keine Sekunde gezögert, sie sitzen zu lassen, als alle drei Welten die Tore weit geöffnet haben. Hat keinen zweiten Gedanken daran verschwendet, sie gegen die leuchtenden Mädchen in seiner alten Heimat einzutauschen. Und dann hat er sie noch mit nichts als einer Adlerfeder sitzen lassen, als könnte die ihr irgendwie helfen. Ich vermute, sie ist kurz darauf den Dämonen zum Opfer gefallen. Aber jetzt schau nicht so finster, es wird dich freuen zu hören, dass Xotichl und Auden wohlauf sind und El Coyote bis in alle Ewigkeit die Kontrolle besitzt. Anscheinend sind sie auf den ältesten Trick aller Zeiten reingefallen. Es war schon fast zu simpel. Erstaunlich, was Leute für ein bisschen Ruhm zu opfern bereit sind. Natürlich kennt sich Lita damit ganz gut aus. Oder vielmehr sollte ich sagen, sie *kannte* sich ganz gut damit aus. Lita *kannte* sich damit aus. Lita existiert nicht mehr in der Gegenwart.«

Ich wahre einen neutralen Gesichtsausdruck. Er versucht mich zu provozieren, doch darauf springe ich nicht an. Da er Jennika nicht erwähnt hat, hoffe ich nur, dass sie es geschafft hat, seiner Aufmerksamkeit zu entgehen, und nicht, dass er sich den saftigsten Brocken für später aufspart.

»Sehen wir mal den Tatsachen ins Auge: Du hast versagt, Seeker, und zwar komplett. Du hast deine Freunde, deine Ahnen und deinen Raben im Stich gelassen.« Er stößt den Käfig mit dem Fuß an, schiebt ihn näher zu Kojote hin, der begeistert mit dem Schwanz wedelt. »Du hast alle im Stich gelassen. Aber vor allem dich selbst. Und jetzt hast du dein Haltbarkeitsdatum leider überschritten. Du riechst allmählich ein bisschen … ranzig, wie man so sagt.« Er lacht herzlich über seinen Scherz, während ich genervt die Augen verdrehe. »Na egal, genug davon. Es ist Zeit, dass ich zu Ende bringe, was ich begonnen habe. Was bedeutet, dass es für dich an der Zeit ist, dich zu deinen Ahnen zu gesellen.«

Die Lücke, die mich von der anderen Seite der Felswand trennt, misst mindestens zwei Meter, wenn nicht mehr. Trotzdem bin ich mir ziemlich sicher, dass ich den Sprung schaffe, wenn es sein muss.

Aber nur, wenn es sein muss.

»Und wie willst du das bewerkstelligen?«, frage ich, um Zeit zu schinden, bis ich mein Blasrohr in Position gebracht habe, da ich weiß, dass er sich gerne selbst reden hört.

»Was? Ich soll den Überraschungseffekt zerstören?« Er kniet sich neben Rabes Käfig und gibt Kojote strikte Anweisung, das Signal abzuwarten, ehe er sich wieder mir zuwendet. »Was ist denn mit deiner Maske passiert?« Er stemmt die Hände in die Hüften und runzelt die Stirn, als hätte er gerade erst bemerkt, dass sie fehlt. »Ich hab mir immer ausgemalt, dass du sie trägst, wenn ich das Licht in deinen Augen lösche und Kojote dein Geisttier verschlingt.«

»Tja, da müsst ihr wohl beide improvisieren. Außerdem trägst du auch nicht deinen Mond und deine Sonne.«

»Ich brauche keine Symbole, wenn es zur Sache geht.«

»Tut es das?« Ich trete einen Schritt auf ihn zu. »Glaubst du das?«

»Das *weiß* ich. Der Schatten wird bald die Sonne verdunkeln, und das heißt, dass du, Seeker, fallen wirst. Ich habe das Angebot zurückgezogen, dass du an meiner Seite herrschen darfst. Du bist der Aufgabe nämlich nicht gewachsen. Und nur der Vollständigkeit halber – ich habe deine Fassade durchschaut. Deine ungeschickten Versuche, zu flirten und Interesse an mir zu heucheln, waren bestenfalls lächerlich.«

»Wirklich? Wie war es dann, als ich dich niedergeschlagen und auf dem Hintern habe landen lassen? Wie hast du dich da gefühlt?«

»Netter Versuch, Seeker. Du willst mich nur von meiner Aufgabe ablenken. Doch du bist im Hintertreffen. Du hattest das Spiel nie unter Kontrolle. Du glaubst mir nicht? Dann sieh dich mal gut um. Die Prophezeiung ist angelaufen, und es gibt keine Möglichkeit, sie zu stoppen. Ach, und nur damit du's weißt, ich werde dich nicht vermissen, wenn du abtrittst.«

»Nein, das hab ich auch nicht vermutet. Aber nicht aus dem Grund, den du meinst.«

Er zieht eine Braue hoch und legt den Kopf schief.

»Ich trete nicht ab, Cade.«

»Du bist lustig.«

»Ich bin vieles. Wie du noch erleben wirst.«

Ich hebe das Blasrohr, das ich von Dace bekommen habe und von dem er wollte, dass ich es gegen ihn verwende, und richte es auf seinen Bruder. Ich verlasse mich darauf, dass das Monster Dace am Leben lassen wird, wie es bereits an Silvester der Fall war.

»Du willst doch nicht etwa diese Antiquität gegen mich

einsetzen?« Cade grinst höhnisch und nimmt mich kein bisschen ernst. Zu seinem Pech ist das ein Fehler, den zu bereuen sein kurzes Leben nicht mehr ausreichen wird.

Ich schließe ein Auge, ziele und puste.

Sehe zu, wie der Pfeil direkt auf sein Ziel zufliegt. Der Augenblick, den ich mir ausgemalt habe, steht kurz bevor.

Bis sich Cade duckt, der Pfeil über seinen Kopf hinwegsaust und mir Cade im nächsten Moment den Schädel in den Bauch rammt.

Meine Füße fliegen unter mir davon, mein Rücken knallt unsanft auf den Fels, rasch gefolgt von meinem Kopf. Der Schlag kam so unerwartet, dass mir die Luft wegbleibt.

Ich blinzle und ringe darum, durch den Wirbel aus kleinen weißen Sternchen zu blicken, die mir die Sicht vernebeln. Kaum kann ich Cade ausmachen, der drohend über mir steht, die Faust zum Schlag erhoben.

»Sag Adieu, Seeker.« Er grinst und will gerade an derselben Stelle ansetzen wie sein Vater, als seine Augen meinen begegnen und ich erneut einen Splitter meines eigenen Spiegelbilds darin erblicke.

Das war jetzt das zweite Mal. Und der Punkt ist, dass Cades Augen früher nie reflektiert haben.

Auch wenn sie rot glühten, wenn er komplett zum Dämon geworden war, haben sie nie reflektiert. Sie konnten nur absorbieren, wie der Abgrund, der sie sind.

Das war es, was es ihm ermöglicht hat, Menschen zu kontrollieren, indem er ihre Wahrnehmung veränderte – er hat einfach ihre Energie aufgesogen, bis sie seiner Kontrolle unterstanden.

Gerade will er seinen Treffer landen, als ich auf die Füße springe und ihn am Handgelenk packe. »Bist du sicher, dass du das tun willst?« Ich drehe ihm den Arm um, bis er vor

Schmerz das Gesicht verzieht. »Denn es sieht irgendwie danach aus, als wolltest du nicht.«

»Träum weiter«, schnaubt er. Doch auch wenn sein Tonfall, genau wie seine Miene, trotzig wirkt, stimmt etwas nicht mit ihm. Etwas, das über seinen seltsamen Blick hinausgeht.

Denn wenn es ihm ernst wäre, hätte er mich längst weggeschubst und niedergeschlagen. Mein Griff ist nicht so fest.

Doch stattdessen beugt er unsicher die Finger. Als würde er sich absichtlich gegen mich lehnen und nur so tun, als wollte er sich aus meinem Griff befreien, während er insgeheim den Kontakt meiner Haut auf seiner genießt.

Genau wie sein Bruder zögert er, seine Drohung wahr zu machen.

Bis Leandros Stimme grollend von der anderen Seite der Schlucht ertönt.

Achtunddreißig

Daire

»Es reicht, Cade! Worauf wartest du – auf einen Abschiedskuss?« Leandros Stimme gellt über die Schlucht herüber. »Bring sie endlich um. Wenn du dir überhaupt noch Hoffnungen darauf machen willst, dich zu bewähren, dann tu es jetzt! Du hast bisher komplett versagt. Töte die Seelensucherin, Cade, sonst komme ich rüber und tue es für dich!«

Cade windet sich aus meinem Griff. Unschlüssig blickt er zwischen Leandro und mir hin und her, wobei sein Körper unkontrolliert zuckt, während sein gruseliger Kojote neben Rabe, der sich an die Rückseite des Käfigs krallt, abwechselnd knurrt und jault.

»Ich habe nicht versagt!«, brüllt Cade. Sein Gesicht ist wutverzerrt, seine Stimme erstickt. »Ich bin der Grund, aus dem du hier bist! Ich bin derjenige, der die Portale geöffnet hat. *Ich* – nicht Dace!« Er schlägt mir eine Hand auf die Kehle und versucht, die Finger um meinen Hals zu schlingen, doch er kommt nicht besonders weit, ehe er wieder loslässt und sich dem Abgrund nähert.

»Du hast bestenfalls eine kleine Nebenrolle gespielt«, schreit Leandro. »Jetzt mach schon und schlag zu! Bring sie um, und zwar schleunigst!«

Leandro beschimpft ihn unentwegt weiter, während Cade der Felskante gefährlich nahe kommt. Nach wie vor zuckend brabbelt er vor sich hin, während ich mich aufrappele, nach meinem Blasrohr greife und ziele.

Gerade will ich schießen, als Cade zu mir herumfährt und mich anfaucht. »Verdammt noch mal, Seeker, leg das Ding weg! Zwing mich nicht zu wählen!«

Wählen?

Ich halte den Atem an und schieße noch nicht. Seine Worte haben mich derart verblüfft, dass ich nicht weiß, wie ich reagieren soll.

Hat er wirklich geglaubt, er muss zwischen Leandro und mir wählen?

»Die Uhr tickt, Cade, jetzt mach schon!«, schreit sein Vater, während Cade vor mir regelrecht einzuschrumpfen droht. Seine Schultern sacken herab, er neigt den Kopf und senkt den Blick. Dann bohrt er sich die Fäuste in die Augenhöhlen. Zwickt sich unsanft in die Wangen. Dazu murmelt er unablässig eine endlose Kette unverständlicher Worte. Er wirkt komplett durchgedreht, wie ein Mensch, der völlig aus dem Tritt geraten ist.

»Was zum Teufel hast du mit mir gemacht?« Seine Augen sind eingefallen und blutunterlaufen, als er mich vorwurfsvoll anfunkelt.

Und auf einmal, durch diese simple Frage, wird mir alles restlos klar.

Das Spiegelbild in seinem Auge.

Sein Widerwillen, mich zu töten.

Es passt alles zusammen.

Und es beweist, dass Dace recht hatte! Es gibt nur eine Macht, die stärker ist als das Böse: die Liebe.

Cade ist der schlagende Beweis dafür.

Er wurde durch Liebe verändert. Es ist die Liebe in seinem Herzen, die es ihm nicht erlauben will, mich zu töten.

»Ich hab überhaupt nichts gemacht. Das hast du dir selbst zuzuschreiben«, erwidere ich und muss an etwas denken, was Phyre an dem Tag sagte, als wir entdeckten, dass sie Dace die Seele entwendet hatte. Als sie das Stückchen Dunkelheit in ihm erkannte und sich fragte, ob dann wohl in Cade ein Stückchen seines Lichts enthalten war.

Damals war ich in zu großer Sorge darüber, die Seele von Dace zu retten, um Phyres philosophischen Grübeleien viel Aufmerksamkeit zu widmen, doch jetzt begreife ich, dass ihre Mutmaßungen richtig waren.

»Als du dich an der Liebe zwischen Dace und mir gelabt und sie dazu benutzt hast, dich selbst zu stärken, hast du übersehen, dass Dunkelheit nicht am selben Ort wie Licht existieren kann. Die Liebe, die du in dich aufgenommen hast, hat deine Dunkelheit ausgelöscht und dich von innen heraus verändert.«

Ein Blick reinen Entsetzens huscht über seine Miene, doch er ahnt nicht, dass das nur ein Teil der Geschichte ist. Was ich nicht ausspreche, ist mein Verdacht, dass Dace, als er den Seelensprung in Cade vorgenommen hat, um ihm ein Stück seiner Dunkelheit zu rauben, ein Stückchen seines Lichts zurückgelassen hat.

Genau wie in meinem Traum ist die Verbindung zwischen ihnen nicht mehr nur auf das Mystische beschränkt, sondern ins Physische übergegangen.

Ein Teil hell, ein Teil dunkel.

Yin und Yang.

Verbunden.

Aneinander gefesselt.

Jeder mit einem Stück des anderen in sich.

Leandro tobt weiter auf der anderen Seite der Schlucht, was Cade nur noch mehr durcheinanderbringt.

»Hör nicht auf ihn.« Ich hebe die Stimme im Bestreben, Leandro zu übertönen. »Es ist alles in Ordnung mit dir.

Eigentlich ist es alles in allem sogar recht erstaunlich. Du bekommst eine zweite Chance, das Richtige zu tun und dich zu bewähren. Kämpf nicht dagegen an, Cade. Kämpf nicht gegen mich …« Ich lasse das Blasrohr sinken und gehe langsam auf ihn zu. Er ist so instabil, dass man nicht wissen kann, wie er reagieren wird.

»Verzieh dich, Seeker!« Er duckt sich von mir weg und blickt sehnsüchtig über den Canyon. »Und hör auf, mich anzuschauen!«

Ich tue wie geheißen und halte ganz still, bis er sich genug entspannt hat, dass ich einen weiteren Schritt auf ihn zu wagen kann. »Cade, durchschaust du denn nicht, was hier abläuft?« Ich zeige auf die Landschaft um uns herum. »Es ist genau wie in dem Traum. Ich weiß, dass du ihn auch hattest. Daher hattest du ja die Idee mit dem Kleid.«

Er rauft sich nervös die Haare und scharrt unsicher mit den Füßen.

»Und schau nur, ich trage sogar den Ring.« Ich hebe die Hand und nötige ihn hinzusehen. Dabei werden seine Gesichtszüge stumpf und seine Augen glasig. »Aber es ist nicht so schlimm, wie du denkst. Du bist nicht in mich verliebt. Du hast nur noch nie ein so starkes Gefühl erlebt und bist jetzt von dessen Wucht dermaßen überwältigt, dass du es auf mich projizierst. Du hast einmal behauptet, wahre Magie gebe es nur in den dunkelsten Menschen. Und vielleicht hast du damit recht. Aber es ist doch so: Du bist kein solcher Mensch mehr. Wenn du dein Licht leuchten lässt, bist du zu der Art von Wundern imstande, die deine Magie wie das Werk eines drittklassigen Partyzauberers aussehen lassen.«

Seine Schultern entspannen sich. Und ich atme ein bisschen ruhiger, da ich weiß, dass ich zu ihm durchgedrungen bin.

Bis Leandro den nächsten Schwall von Beleidigungen ausstößt und Cade auf mich losgeht, fest entschlossen, mich zu verletzen – nur dass das in ihm aufgeflammte Licht ihm nicht erlaubt zuzuschlagen.

Ihm nicht erlaubt, das Einzige zu tun, was seinen Vater stolz machen würde.

Denn es ist Leandro, den er liebt.

Es ist Leandro, den er um jeden Preis beeindrucken will.

Er hat sich die letzten sechzehn Jahre verzweifelt abgestrampelt, um die Anerkennung seines Vaters zu gewinnen, nur um von dem Zwilling übertrumpft zu werden, den sie einst alle beide gehasst haben.

Selbst wenn Cade am allerdunkelsten war, hat dieses kleine Stückchen Menschlichkeit in ihm überleben können.

Ich könnte ihn in null Komma nichts umbringen. Doch da ich weiß, was ich weiß, erscheint es mir nicht mehr richtig.

Er ist kein Monster mehr – das Licht hat ihn menschlich gemacht. Und wie die Knochenhüterin sagte: Menschen zu töten ist nicht das Metier der Soul Seeker.

Auf der anderen Seite der Schlucht tritt Leandro näher an die Felskante. »Das war's, Cade«, brüllt er. »Du hast deine Chance gehabt. Ich hätte es deinem Bruder überlassen sollen, wie ich es versprochen habe. Dann wäre es jetzt vorbei. Aber da du nicht einmal die eine Sache zustande bringst, um die ich dich bitte, komme ich jetzt rüber und erledige sie für dich!« Er geht in die Hocke und macht sich bereit für den Absprung, als neben ihm das Monster auftaucht, Chepi unsanft hinter sich herzerrend.

Neununddreißig

Daire

Der Abgrund klafft gähnend zwischen uns auf, und ich flehe innerlich darum, dass ich es schaffe. Wenn ich mich in Dace täusche, hat Chepi keine Chance.

Ich raffe meinen Rock, tue, wie es mich Paloma gelehrt hat, und denke vom Ende her. Das Bild von mir, wie ich sicher auf der anderen Seite lande, fest in meinem Kopf verankert, will ich bereits losspringen, als Chepi auf einmal schreit: »Daire, nein! Bleib, wo du bist!«

Leandro brüllt vor Lachen, als wäre die Szene gerade erst enorm amüsant geworden, während Chepi sich wieder auf das Monster konzentriert. Ihr resignierter Blick sagt mir, dass sie nicht im Geringsten überrascht davon ist, was aus ihrem Sohn geworden ist.

Hat sie deshalb so verzweifelt versucht, ihn vor diesem mystischen Vermächtnis zu bewahren, genau wie vor der schrecklichen Wahrheit hinter seiner Zeugung?

Hat sie seit jeher befürchtet, dass dieser Tag irgendwann kommen würde?

Genau wie ich vermutet habe, ist Dace mittlerweile komplett verwandelt. Weit über alles hinaus, was Cade je hätte werden können, ist er zu etwas derart Düsterem, derart Grauenhaftem herangewachsen, dass ich den Blick nicht abwenden kann.

Seine gewaltige Größe, die Muskelberge, die glühend roten Augen und die Krone aus schwarzen Federn um seinen

Kopf herum geben ein Bild ab, das ebenso faszinierend wie diabolisch ist. Und daran, wie Leandro neben ihm vor Stolz strahlt, sieht man, dass er eindeutig davon angetan ist.

Indem sie sich weigert, ihn so zu sehen, wie er ist, besteht Chepi hartnäckig darauf, an das Fitzelchen Menschlichkeit zu appellieren, von dessen unverrückbarem Vorhandensein sie überzeugt ist. Und obwohl ich ihr noch vor einem Moment aus vollem Herzen zugestimmt hätte, muss ich jetzt, da ich sie so verletzlich und wehrlos sehe, an das denken, was Jennika gesagt hat.

Es ist meine Pflicht, sie zu beschützen.

Wenn sich herausstellt, dass ich mich irre, wird das Monster sie bald töten.

»Du hast deine Nützlichkeitsdauer überschritten, Alte«, höhnt Leandro und schaut zwischen dem Monster und Cade hin und her. »Tu es!«, drängt er. »Alle beide, schlagt jetzt zu! Du kriegst eine letzte Chance, dich zu bewähren, Cade. Töte die Seelensucherin, während Dace seine Mutter tötet. Befreit die Welt von diesen lästigen Gutmenschen, und ihr werdet mich mit Stolz erfüllen.«

Cade schleicht sich von hinten an, doch selbst in seinem instabilen Zustand mache ich mir wesentlich weniger Sorgen darum, was er anrichten könnte, und wesentlich mehr darum, was Chepi zustoßen könnte. Ein Hieb mit der Pranke des Monsters genügt, um sie ein für alle Mal vom Antlitz der Erde zu tilgen, und ich bin die Einzige, die es vielleicht verhindern kann.

Von irgendwo tief im Erdinneren beginnt der Boden zu beben und zu zittern, während der Himmel in einem dunklen, blutgetränkten Rot erglüht. Und als sich zu meinen Füßen ein Wirbelwind bildet, lässt sich nicht mehr leugnen, dass die Prophezeiung eingesetzt hat.

Es wird nicht mehr lange dauern, bis der Wind zu einem Sturm anwächst und alle drei Welten von Flammen verzehrt werden.

Es sei denn, ich kann es aufhalten, bevor es so weit kommt.

Solange Dace Chepi in seiner Gewalt hat, darf ich nicht das Risiko eingehen danebenzuschießen. Und so tappe ich vorsichtig an die Felskante heran, hebe das Blasrohr an die Lippen und ziele stattdessen auf Leandro. Ich schieße im selben Moment, als Cade heftig an meinem Kleid reißt und mich zu sich zurückzerrt. Die Bewegung lässt den Pfeil komplett vom Kurs abkommen, ehe er im Abgrund verschwindet.

Das Monster schnaubt und knurrt. Es packt Chepi am Hals und hält sie in die Höhe, als würde es über die beste Methode nachdenken, sie zu zerstören. Unterdessen befreie ich mich aus Cades Griff, entferne mich aus seiner Reichweite und lade meine Waffe nach. Mir ist vollkommen bewusst, dass sein Versuch bestenfalls halbherzig war und nur dazu dienen sollte, Leandro glauben zu lassen, er meine es ernst, doch ich habe keine Zeit für seine Spielchen.

Ich ziele erneut, bereit zu schießen, als Cade von hinten herangestürmt kommt. Er lässt mir keine andere Wahl, als ihn mit einem raschen Tritt gegen das Kinn umzunieten, sodass er zu Boden geht und eine Felsplatte entlangschlittert, wobei es ihm ein Loch in den Ärmel reißt und die Haut tief aufschürft.

»Verdammt noch mal, Cade«, schreit Leandro. »Steh auf! Wenn du sie jetzt tötest, gehört die Welt uns! Uns fehlen nur noch zwei Opfer bis zur Herrschaft über alle drei Welten!«

Das Monster knurrt, und der tiefe, gutturale Klang

dröhnt durch die Schlucht. Seine glühend roten Augen bohren sich in meine, während ich erneut auf Leandro ziele.

Ich schieße den Pfeil genau in dem Augenblick ab, als das Monster eine Hand hebt und gerade Chepis Gesicht entfernen will, als es im letzten Moment umschwenkt, Chepi aus der Gefahrenzone schubst und stattdessen Leandro das Gesicht abreißt.

Leandros Züge fallen ab wie eine abgelegte Maske, wobei sein zu Matsch zerfallener Mund einen kurzen Schrei der Empörung ausstößt, ehe er schlaff neben seinem alten Gesicht zusammensackt.

Chepi sieht voller Entsetzen zu und denkt wahrscheinlich das Gleiche wie ich.

Ein weiterer Richter ausgeschaltet.

Ein weiterer Verwandter getötet.

Wie wird das Monster wohl darauf reagieren?

Nur eines ist klar: Dace hat es mittlerweile geschafft, seinen Zwilling auf ganzer Linie zu übertrumpfen.

Cade geht in einem von Wut, Kummer und tief sitzender Scham gespeisten Ausbruch auf mich los, nachdem er bei seiner einzigen Chance versagt hat, seinen Vater stolz zu machen, indem er mich umbringt.

Mit seitlich geballten Fäusten und am ganzen Körper bebend wirft er den Kopf in den Nacken und heult auf eine so wilde, so beängstigende Art, dass Kojote schlagartig mit einstimmt.

Doch ganz egal, wie verzweifelt Cade versucht, sich in die monströse doppelköpfige, schlangenzüngige Version seiner selbst zu verwandeln, er bringt die Verwandlung nicht zustande.

Da er mich für sein Scheitern verantwortlich macht,

schlurft er auf mich zu, während Kojote weiterhin an seiner Seite jault und ich mit dem Blasrohr auf ihn ziele. Die ganze Zeit flehe ich ihn an aufzuhören, es nicht durchzuziehen, sondern den Kampf aufzugeben, solange er noch kann.

»Es ist vorbei. Er hat dich freigelassen. Du begreifst es jetzt noch nicht, aber so ist es. Es ist genau so, wie du immer wolltest – wir können zusammenarbeiten. Doch statt dass ich mich auf deine Seite stelle, kannst du dich meiner anschließen.«

Er ballt die Hände erneut zu Fäusten und bleibt wie angewurzelt stehen, sodass nur ein paar Meter zwischen uns liegen.

»Komm schon, Cade. Du musst das nicht tun. Wenn wir beide, du und ich, zusammenarbeiten, können wir die Prophezeiung aufhalten.«

»Es ist zu spät, Seeker.« Obwohl sein Blick voller Hass ist, können seine Fäuste offenbar nicht reagieren.

Sie sind nutzlos.

Außerstande zuzuschlagen.

Und so wendet er sich an Kojote, der nach wie vor neben ihm steht und jault, und konzentriert sich hart auf Rabes geborenen Feind, bis ihm die Lider herunterzufallen beginnen, die Knie unter ihm nachgeben und sein Körper bewusstlos zu Boden sinkt

»Nein!«, schreie ich und laufe los, um Abstand zu gewinnen. Doch ich bin zu spät. Mein Stiefel bleibt im Saum meines Kleids hängen, das Blasrohr fällt mir aus der Hand, und ich lande unbewaffnet in einer Wolke aus schimmernder roter Seide. Während ich außerstande bin, irgendetwas anderes zu tun, als mich hilflos umzublicken, fletscht Kojote, dessen Seele jetzt mit der von Cade verschmolzen ist, die

Zähne und springt mich an. Rabe rüttelt unterdessen heftig an den Gitterstäben seines Käfigs und müht sich vergeblich darum, zu entkommen.

Rabe und ich beobachten gemeinsam, wie Kojote auf mich losgeht.

Wir wissen, es wird nicht mehr lange dauern, bis wir fallen und die Prophezeiung ein für alle Mal wahr geworden ist.

Mehr oder weniger wehrlos hebe ich den Ring in die Höhe, in der Hoffnung, er möge Kojote von seinem Ziel ablenken, und sehe voller Entsetzen zu, wie der Edelstein die letzten Strahlen der untergehenden Sonne auffängt und mein Kleid zu einem wirbelnden Flammentaumel werden lässt.

Ich schreie. Versuche es zu ersticken, indem ich mich auf dem Fels hin und her wälze.

Bis ich begreife, dass die Flammen kein Unheil anrichten, sondern meiner Kontrolle unterstehen.

Als er den ersten Rauchschwaden in die Nase bekommt, jault Kojote auf und versucht, den Kurs zu wechseln, doch es ist zu spät.

Ich habe mich bereits zur Seite gerollt.

Bereits das Blasrohr wieder an mich gerissen.

Bereits mitten auf seine Stirn gezielt.

Bereits meinen Schuss abgefeuert.

Seine Schnauze kommt so nahe, dass das Letzte, was ich spüre, sein heißer, stinkender Atem ist, der mir auf die Wange schlägt, ehe seine Pupillen nach hinten kippen und er schlaff zu meinen Füßen zusammenbricht. Ein einzelner Giftpfeil ragt aus seinem Kopf, während aus der Wunde schwallartig das Blut strömt.

Mit schwelendem Kleid springe ich auf und stürme auf

Cade zu, nur um festzustellen, dass er die gleiche Verletzung hat wie Kojote.

Ich presse ihm eine Hand auf die Stirn. Versuche, die Blutung zu stoppen. Sage mir, dass Kopfwunden immer heftiger bluten als andere. Dass es nicht annähernd so schlimm ist, wie es aussieht. Doch das tröstet mich nicht.

Nach so langer Zeit habe ich es endlich geschafft, ihn zu töten.

Komisch, dass es sich überhaupt nicht so anfühlt, wie ich es mir vorgestellt habe.

Ich fahre mir mit einer Hand über die Stirn, krampfhaft bemüht, mir etwas Beruhigendes einfallen zu lassen, um ihm das Sterben zu erleichtern, als ich registriere, dass er singt.

Da ich vermute, dass es dasselbe Lied ist, das er auch gesummt hat, als ich ihm in Gestalt einer Kakerlake nachspioniert habe, senke ich ein Ohr an seine Lippen und begreife, dass ich alles missverstanden habe.

Cade nutzt den letzten Rest seiner Kraft, um mich an die Prophezeiung zu erinnern.

Wenn Luft verbrennt und Wasser verdunstet
Wenn Sturmwinde über feuerversengten Ebenen wüten
Wenn Schatten die Sonne verfinstert –
dann soll der Seher fallen
Und drei Welten in ewige Dunkelheit stürzen lassen.

»Du kannst es nicht aufhalten, Seeker.« Seine Stimme ist heiser. Seine Mundwinkel wandern nach oben, als bereitete es ihm großes Vergnügen, mich an meine Bestimmung zu erinnern. »Die Prophezeiung ist angelaufen. Du bist dazu bestimmt zu fallen. Leandro hat sich geirrt. Ich habe nicht versagt. Ich habe ihn kein einziges Mal im Stich gelassen.«

Seine Augen schließen sich.

Sein Atem stoppt.

Und als die Flammen erlöschen und der Himmel um mich herum dunkel wird, begreife ich, dass er recht hat.

Die Prophezeiung ist eingetroffen.

Aber nicht seinetwegen.

Sondern weil ich die Sonne ausgelöscht und die Herrschaft dem Schatten überlassen habe.

Vierzig

Daire

Chepi schreit, packt seinen Arm, doch das Monster schüttelt sie ab, tritt Leandros Leichnam beiseite und geht auf die Felskante zu.

Jeder Schritt lässt die Sonne weiter herabsinken.

Den Himmel dunkler werden.

Als er schließlich den Sprung über die Schlucht vollführt hat und vor mir steht, sind alle drei Welten schwarz geworden.

Sein heißer Atem wallt vor mir auf. Sein Hunger ist so greifbar, dass ich ihn regelrecht in ihm grollen spüre. Dies ist die einzige Art, wie ich ihn wahrnehmen kann, nachdem ich ihn nun nicht mehr sehe.

Nur noch im Besitz eines einzigen mir verbliebenen Pfeils hebe ich das Blasrohr an die Lippen und umfasse es fester. Ich denke an die Zeit, als ich Angst vor der Dunkelheit hatte und ohne den Schein eines Nachtlichts nicht einschlafen konnte, bis Jennika es geschafft hatte, mich davon zu überzeugen, dass es nichts zu fürchten gab.

Du musst dich an die Dunkelheit gewöhnen, damit das Licht dich finden kann.

Ein so frappierendes Gegenstück zur Überzeugung der Soul Seeker, die Paloma mir nahebrachte, als ich mit der Ausbildung anfing: *Eine Seelensucherin muss lernen, im Finstern zu sehen und sich auf das zu verlassen, was sie in ihrem Herzen weiß.*

Ich atme tief ein und verfolge das Monster, während mir Chays Worte durch den Kopf gehen: *Die Liebe ist eine gewaltige Macht. Wenn ihn irgendjemand retten kann, dann du. Also geh. Tu das, wofür du geboren wurdest.*

Ich wurde geboren, um zu beschützen – um die Richters in Schach und die drei Welten im Gleichgewicht zu halten.

Ich muss nicht weit blicken, um zu erkennen, dass ich in jeder Hinsicht versagt habe.

Meine Freunde sind alle entweder verschollen oder tot.

Die Welten befinden sich im Chaos.

Und obwohl die Richters letztlich besiegt wurden, hat nun das Monster ihren Platz eingenommen.

Es gibt nur eine Macht, die stärker ist als das Böse – die Liebe, hat Dace behauptet.

Vertrau auf dein Herz, hat Chay gesagt. *Es wird dich nie in die Irre führen.*

Allerdings weiß ich in meinem Herzen, dass die Wahl nun nicht mehr bei mir liegt.

Das Schicksal hat sie bereits für mich getroffen.

Wenn ich irgendeine Hoffnung aufs Überleben haben will, irgendeine Hoffnung, meine Freunde zu retten, dann muss ich bei Dace auf das Herz zielen.

Ich blinzle durch meine Tränen, geleitet durch das Geräusch seines Atems, das seine Gegenwart anzeigt, während ich mit dem Grauen davor ringe, genau das Fleisch zu durchbohren, das ich einst liebkost habe.

Er trottet näher heran.

Ich hebe das Blasrohr an die Lippen. Flüstere eine letzte Bitte: *Dace, bitte, wenn du dort drinnen bist, dann hör jetzt auf – zwing mich nicht dazu, das zu tun!*

Er knurrt. Schnaubt. Kommt näher. Holt nach mir aus,

wie er es bei Leandro getan hat, und verfehlt mich nur knapp.

Noch ein Schritt – und er hat mich.

Noch ein Schritt – und ich bin Geschichte.

Ich schließe die Augen. Verlasse mich darauf, dass meine Instinkte mich leiten.

Mit tränennassen Wangen schieße ich meinen letzten Pfeil ab. Mit leisem Surren überwindet er die Distanz zwischen uns, ehe er hart gegen den kleinen goldenen Schlüssel prallt, den Dace um den Hals hängen hat, um dann mit einem dumpfen Schlag zu meinen Füßen zu landen.

Ich habe nicht getroffen.

Die drei Welten gehören jetzt ihm.

Es tut mir so leid.

Das ist das Letzte, was ich denke, ehe das Monster auf mich losstürmt.

Einundvierzig

Das Monster

Eine ältere Frau ruft mir etwas nach. Ihre Stimme hallt von der anderen Seite der Schlucht herüber. Sie muss mich mit jemandem verwechseln. Ruft mich andauernd bei einem Namen, den ich nicht kenne.

Sie ist lästig.

Kann nicht einfach Ruhe geben und froh sein, dass sie verschont geblieben ist.

Bin mir immer noch nicht sicher, warum ich sie nicht getötet habe, als ich die Gelegenheit dazu hatte. Irgendetwas tief drinnen wollte es einfach nicht zulassen.

Ein Fehler, den ich nicht noch einmal machen werde.

Ich wende meine Aufmerksamkeit dem Mädchen vor mir zu. Eine Schönheit mit smaragdgrünen Augen, glänzend dunklen Haaren und einem zerfetzten roten Seidenkleid, klammert sie sich an einen winzigen Hoffnungsschimmer, der schon längst erloschen ist. Die Dunkelheit hat sie blind gemacht.

Im Gegensatz zu mir. Ich habe die Nacht auf meiner Seite.

Ich schließe die Distanz zwischen uns und atme das herrliche Parfüm ihrer Haut ein, wobei ich mich frage, wie irgendetwas so betörend duften kann, während sie eine flehentliche Bitte an einen Jungen sendet, den sie einst geliebt hat, ehe sie ihre Waffe auf mich richtet.

Sie zielt genau, doch ihr Herz ist zögerlich und voller Bedauern.

Ein Kampf zwischen Emotion und Intellekt, Pflicht und Sehnsucht. Kein Wunder, dass sie danebenschießt und der Pfeil den kleinen goldenen Schlüssel trifft, den ich unerklärlicherweise um den Hals hängen habe.

Es muss irgendein Schutzamulett sein, das aus der Zeit stammt, als ich noch ein Mensch war.

Ich fasse es als Beweis dafür auf, dass ich aus einem bestimmten Grund hier bin.

Ich stelle mich über sie, suche nach dem Blick der Enttäuschung, der Empörung und der Angst, den ich an der Letzten gesehen habe, finde jedoch lediglich stille Resignation. Selbst als ich den Kopf in den Nacken werfe und ein donnerndes Gebrüll ausstoße, sieht sie mich weiterhin mit einem Herzen voller Liebe an.

Ich hebe einen Arm. Bewege ihn in hohem Bogen auf sie zu. Doch meine Hand greift erneut ins Leere. Stumm starre ich in ihr schönes Gesicht, ergriffen von etwas, das ich nicht eindeutig ausmachen kann, als mein Körper auf einmal schlaff wird und ich auf die Knie falle. Hilflos wanke ich ein paar Sekunden hin und her, ehe meine Beine nachgeben, mein Herz ins Stottern gerät und ich unsanft auf der Seite lande.

Das Mädchen kniet sich neben mich und mustert besorgt mein Gesicht. Ihre Miene sagt mir, dass dies die Entscheidung ist.

Das Monster stirbt.

Doch sonderbarerweise stirbt es nicht allein.

Die Krallen schrumpfen.

Ein Wust schwarzer Federn fällt zu Boden.

Das Mädchen streichelt mir sanft die Stirn und sagt: »Es ist nicht dieser Atemzug, sondern der nächste, welcher darüber entscheidet, ob du lebst oder stirbst. Konzentrier dich auf den nächsten, Dace, und den danach. Bitte, was auch immer du tust, versuch weiterzuatmen.«

Dace?

Es ist derselbe Name, mit dem mich auch die ältere Frau gerufen hat. Er muss ihnen etwas bedeuten.

Das Mädchen nimmt meine Hand in ihre, drückt mir den kleinen goldenen Schlüssel in die Handfläche und faltet meine Finger darum, bis mich die Wahrheit mit aller Macht überfällt und auf einmal wieder alles zusammenpasst.

Der Schlüssel ist mehr als ein Talisman – er ist ein Schlüssel zur Vergangenheit. Ein Passierschein, der in eine Zukunft führt, die mir nicht mehr offensteht. Er ermöglicht den Zugang zu einem Schatz von Erinnerungen, die nun in rasender Geschwindigkeit über mich hereinbrechen – das Mädchen hat einen Namen – eine Identität – einen Ehrenplatz in meinem Leben. Blitzschnell durchströmt mich das Wissen.

»Du hattest tatsächlich recht«, flüstert sie mit großen, glänzenden Augen. »Es gibt nur eine Kraft, die stark genug ist, um das Böse zu besiegen – die Liebe. Unsere Liebe.«

Sie hebt die Lippen zu meiner Wange, während ich so mühsam zu einem Atemzug ansetze, dass ich sicher bin, es ist mein letzter. Die Zeit reicht nicht mehr, um ihr zu sagen, wie leid es mir tut, dass ich sie mit so vielen unerfüllten Träumen zurücklassen muss. Wie glücklich ich mich schätze, sie die kurze Zeitspanne, die mir vergönnt war, zu kennen – und zu lieben.

Zweiundvierzig

Daire

Es ist eine halbe Prophezeiung.

Ein halber Sieg.

Halb dunkel – halb hell.

Genau wie die Zwillinge, die alles ins Rollen gebracht haben.

Obwohl die Richters letztlich aufgehalten wurden, ist das angesichts dessen, dass Dace mir gerade unter den Händen wegstirbt und alle drei Welten dunkel geworden sind, alles andere als ein Grund zum Feiern.

Ich knie mich neben ihn und werfe meinen Körper über seinen. Klammere mich an das Hoffnung verheißende Pfeifen und Keuchen in seiner Brust, während ich die Ungerechtigkeit einer Bestimmung verfluche, die mehr fordert, als ich leisten kann.

Sein Puls wird schwächer.

Ein unheilvolles Gurgeln entringt sich seinen Lippen.

Das Todesrasseln.

Es wird nicht mehr lange dauern, bis es ganz verstummt.

Ich hebe das Gesicht zum Himmel und stoße einen so tiefen Klagelaut aus, dass die Erde unter mir zu rumoren beginnt und ein Windstoß meinen Körper erschüttert, während zugleich ein Hagelschauer auf mich herunterprasselt.

Wieder geht der Witz auf meine Kosten.

Ich bin mächtig genug, um die Elemente zu manipulieren, aber jämmerlich hilflos, wenn es darauf ankommt, meine Liebsten zu retten.

Ich setze mich neben ihn, fahre ihm mit einem Finger über die Stirn und wische meine Tränen ab, die auf seine Wangen fallen. »Du hast einmal gesagt, Wunder seien nichts anderes als der wahrste Ausdruck von Liebe.« Ich presse die Lippen auf sein Ohr. »Wenn du das immer noch glaubst, dann spür meine Liebe jetzt, Dace. Und atme. Bitte atme …«

»Es war Leftfoot, der ihn das gelehrt hat.« Die Stimme kommt von hinten herangeweht, und obwohl ich sie nicht sehen kann, weiß ich, dass sie von Paloma stammt.

Sie ist hier!

Ich spüre ihre Essenz überall um mich herum.

Offenbar wurden meine früheren Gebete doch nicht überhört.

»Und Jolon hat es Leftfoot beigebracht. Jolon war ein weiser und begabter Heiler. Er soll in direkter Verbindung zum Göttlichen gestanden haben. Er hat viele Wunder gewirkt, sie sich aber nie als eigenes Verdienst zugutegehalten, da er der Meinung war, dass ein Heiler nie alleine arbeitet. Alle Heilungen beruhen auf der mitfühlenden Unterstützung durch die Geister, hat er gesagt. Und das stimmt auch. Deshalb sind wir jetzt für dich da.«

Sowie sie es ausspricht, fühle ich die Gegenwart von Django, Valentina, Alejandro und all den anderen. Zahllose Generationen von Santos-Ahnen sind um mich herum versammelt, bereit, mich zu leiten.

Paloma legt mir eine Hand auf die Schulter. Ihre Berührung ist so beruhigend, dass ich mich mit einem Herzen voller Hoffnung wieder Dace zuwende. Ich streiche mit den Händen über seinen Oberkörper und suche nach einer

Wunde. Doch rasch erkenne ich, dass das Äußere so intakt ist wie immer. Es ist das Innere, das erlischt.

»Der Schaden ist innerlich. Irgendetwas sagt mir, dass sein Herz zu versagen droht.« Ich strenge mich an, durch die Dunkelheit die schemenhaften Gestalten auszumachen, die mich leiten. Auch wenn sie ungesehen bleiben, kann ich sie doch spüren, und es ist Django, der als Nächster spricht.

»Daire, meine wundervolle Tochter, ich beobachte dich seit dem Tag deiner Geburt, und ich bin unglaublich stolz auf dich. Du hast dich nicht nur der Aufgabe gestellt, der ich so unbedingt entfliehen wollte, sondern du hast auch in all den Punkten Erfolg gehabt, an denen ich gescheitert bin.«

»Der einzige Weg, um Dace zu heilen, besteht darin, ihn zu lieben.« Das war Valentinas Stimme. »Jolon hatte recht mit den Wundern – sie sind nichts anderes als gelebte Liebe. Doch es wird dir schwerfallen, ein Wunder zu wirken, wenn du es nicht schaffst, zuerst dich selbst zu lieben.«

Ich schlucke schwer und greife mit einer Hand nach dem Schlüssel, den Dace um den Hals hängen hat, während ich mit der anderen nach meinem eigenen Schlüssel fasse.

»Wenn du deine Bestimmung verfluchst, verfluchst du dich selbst«, sagt Django. »Ich bin ein Paradebeispiel dafür. Aber du bist die Seelensucherin, Daire. Und Dace war so stolz auf dich, dass er dir das Werkzeug gegeben hat, das es dir erlaubt hat, ihn zu überwältigen. Er hat nur allzu gut verstanden, wozu du berufen werden würdest, und hat dir schon lange vergeben. Jetzt ist es an der Zeit, dir selbst zu vergeben. An der Zeit, dich selbst zu lieben. Das ist die einzige Hoffnung, die Dace noch bleibt, aber du kannst nichts geben, was du nicht hast.«

Mich selbst lieben.

Ein ziemlich anspruchsvoller Auftrag angesichts der Umstände.

Doch ich will es auf jeden Fall versuchen. Ich kann nur verlieren, wenn ich es nicht tue.

Die Worte meines Vaters erinnern mich an den Tag, als ich Palomas Grab besucht habe – als ich den Berg betrachtet und mich erneut meinem Erbe und der Bestimmung verschrieben habe, die einzulösen ich geboren wurde.

Ganz egal, was aus mir wird – ich werde nicht kampflos untergehen. Die Richters werden für die ruchlosen Taten bezahlen, die sie verübt haben – an dieser Stadt – an meinen Liebsten – an der Unter-, Ober- und Mittelwelt, die im Gleichgewicht zu halten meine Aufgabe ist.

Von dem Moment an, als ich Cade getötet habe, habe ich mein Wort wenigstens zur Hälfte gehalten. Der drei Welten muss ich mich jedoch noch annehmen.

Allerdings hat niemals jemand einen mühelosen Sieg versprochen. Und Paloma hat mir stets eingeschärft, dass das Leben eines Soul Seekers enorme Opfer erfordert.

Doch was, wenn das gar nicht sein muss?

Wie ich bereits gesehen habe, sind Prophezeiungen nicht konkret.

Was, wenn ich die Zukunft tatsächlich selbst in der Hand habe?

Ich beuge mich zu Dace hinab und drücke unsere Schlüssel aneinander, bis die Kanten genau aufeinanderpassen. Ich reinige mein Herz von Reue und ersetze sie durch ein Übermaß an Liebe. Dann senke ich meine Lippen auf seine herab und küsse ihn voller Inbrunst.

Doch es genügt nicht.

Sein Atem wird unregelmäßig. Stockt. Und ich habe keine Ahnung, was ich als Nächstes tun soll, bis Paloma flüstert: »Es ist genau, wie ich es dir beigebracht habe, *nieta*. Du musst durch die Dunkelheit spähen und mit dem Herzen sehen – wenn du seines sehen willst.«

Ich schließe die Augen und sperre alles aus außer dem Jungen, der vor mir liegt. Indem ich die Dunkelheit durchdringe, tauche ich in seinen Körper ein und blicke auf ein Herz hinab, das von einem wirren Netz aus Dunkelheit erstickt wird, welches erst entfernt werden muss, wenn Dace auch nur die geringste Chance haben soll zu überleben.

Und jetzt mach dein Licht an.

Die Hände direkt über seiner Brust, beschwöre ich mein Licht herauf und projiziere es auf ihn. Sehe zu, wie es die Dunkelheit wegfrisst, bis sie schwach genug geworden ist, um sein Herz anschwellen und sich ausdehnen zu lassen.

Doch ehe die Dunkelheit zur Gänze ausgemerzt werden kann, tut Dace einen schweren Atemzug, gefolgt von einem zweiten.

»Keine Sorge«, sagt Valentina. »Das bisschen Dunkelheit, das noch bleibt, schadet ihm nicht. Jeder hat eine Schattenseite. Das macht ihn nur menschlich. Doch es gibt noch mehr zu tun – deine Hilfe ist nur von begrenzter Dauer.«

Ich äuge in die Dunkelheit. »Er atmet – was kann ich noch tun?«

»Obwohl dein Licht dazu gedient hat, seine Dunkelheit zu erhellen – als du seinen Zwilling getötet hast, hat er ein Stück von Daces Seele mitgenommen«, sagt Paloma. »Ohne das wird er wohl leider nicht überleben.«

Nein.

Nein!

Ich setze mich auf die Fersen zurück und kann kaum glauben, dass ich so total danebengelegen haben soll. Ich war mir sicher, dass der einzige Weg, Cade zu töten, ohne Dace zu schaden, darin bestand, ihn im Monstermodus – oder in seinem Fall im Kojotenmodus – zu erwischen. Offensichtlich habe ich mich geirrt.

Ein Bruder erledigt.

Es wird nicht mehr lange dauern, bis der andere folgt.

»Doch es gibt eine Möglichkeit …« Django schwebt an meiner Seite. »Ich habe deine Seele gesehen, Daire. Sie ist stark – gespeist von so viel Liebe und Licht, dass ich wette, du hast mehr als genug davon.«

Ich blicke mich um und erspähe ihn für einen Sekundenbruchteil, sehe ihn wirklich ganz real vor meinen Augen. Der Vater, den ich nur von alten Fotos kannte, nickt mir lächelnd zu und ermutigt mich zu handeln, bevor es zu spät ist.

Ich wende mich wieder Dace zu, ohne zu wissen, was ich tun soll.

»Stell es dir wie einen Seelensprung vor«, sagt Paloma.

»Nur dass du diesmal ein Stück von deiner Seele zurücklässt«, ergänzt Valentina. »Ihr werdet für immer verbunden sein – aber ist das nicht das, was ihr beide wollt?«

Verbunden.

Füreinander bestimmt.

Auf die Art, wie wir es uns immer erträumt haben.

Endlich bekommt der Albtraum, der diese Reise ins Rollen gebracht hat, ein neues Ende.

Ich konzentriere mich mit aller Macht auf Dace und registriere dabei vage, dass mein Körper erschlafft, während ich in seine Welt eindringe und meine Seele mit seiner verschmilzt.

Ich sehe Dace als kleinen Jungen, wie er neugierig die Welt erforscht.

Dace als Teenager, an dem Tag, als er mich zum ersten Mal gesehen hat.

Dace als das Monster, wie er die letzten Reste seines Willens zusammennimmt, um mich vor seinem Tötungsdrang zu verschonen.

Seine Liebe zu mir kann sich nur mit meiner Liebe zu ihm messen. Ich lasse ein Stück meiner Seele in ihm und ziehe mich langsam aus ihm zurück.

Als ich mich wieder in meinem eigenen Körper finde, muss ich feststellen, dass die Welt noch immer dunkel ist.

Meine Ahnen sind verschwunden.

Und Dace liegt reglos vor mir.

Ich habe versagt.

Komplett versagt.

Jetzt bleibt nichts anderes mehr zu tun, als auf das Ende zu warten.

Bei dem Gedanken werde ich sonderbar still und traurig – bis Dace lang und tief Luft holt und mich in seine Arme zieht.

Dreiundvierzig

Xotichl

In der Sekunde, als die Welt sich verdunkelt, umklammert Auden meine Hand, und wir verfallen beide in einen Zustand sprachlosen Schweigens.

Wir brauchen nicht zu sprechen, da wir beide genau wissen, was es bedeutet.

Daire ist tot.

Das Monster hat gewonnen.

Die dunklen Tage sind angebrochen.

Und unser Leben ist vorbei, noch ehe es richtig angefangen hat.

Doch Audens und mein Leben waren schon lange davor in Gefahr.

»Auden, ich …« Ich will ihm mein Bedauern darüber ausdrücken, dass ich nicht imstande war zu sehen, wie die Richters uns schon die ganze Zeit manipuliert haben, als ich plötzlich einen helleren Spalt um ihn herum entstehen sehe.

Zuerst ist es kaum wahrnehmbar. Nicht mehr als ein Schimmern. Doch es dauert nicht lange, da dehnt es sich zu einer herrlichen Lichtwolke aus, die ihn ganz umgibt. Sich nach allen Seiten ausbreitet, bis er komplett von Licht umgeben ist.

»Auden«, flüstere ich. »Du leuchtest! Kannst du es sehen?«

»Ist das dein Ernst? Ich kann nicht mal die Hand vor Augen erkennen.« Er hebt die Hand zwischen uns und wackelt mit den Fingern, um seine Aussage zu unterstreichen.

»Warte.« Ich schweige eine kleine Weile, lange genug, um mich zu vergewissern, ob meine Vermutungen zutreffen.

»Xotichl, was ist denn?« Er drückt meine Finger, doch das Leuchten ist jetzt verschwunden, und ich kann ihn nicht mehr sehen.

»Wenn ich mich nicht irre, habe ich vielleicht gerade einen Weg gefunden, um uns hier rauszuführen.« Meine Stimme prallt von Audens Körper ab und lässt ihn erneut aufleuchten, was mir die Richtigkeit meiner Mutmaßung bestätigt. »Es ist ein bisschen wie die Arbeit mit einem Echolot, nur dass ich, statt die Schallwellen des Objekts vor mir zu spüren, das, was sich vor mir befindet, tatsächlich *sehen* kann.«

»Du kannst mich sehen? Wirklich? Im Ernst?«

»Ich kann dich nicht in aller Deutlichkeit sehen, aber ich kann zweifelsfrei erkennen, dass du es bist. Weißt du, als ich angefangen habe, zu Paloma zu gehen, habe ich sie gebeten, mir zu zeigen, wie man das macht, vor allem, als wir gemerkt haben, dass ich von Fledermaus geleitet werde. Aber Paloma meinte, sie könne mir noch was Besseres zeigen, und hat mich gelehrt, wie ich mit meinem Blindsehen arbeiten kann. Aber seit ich wieder normal sehen konnte, war dieses Können verloren. Bis jetzt.«

»Was, glaubst du, hat sich verändert?«

»Ich glaube, es hängt damit zusammen, dass ich noch nie Angst vor der Dunkelheit hatte. Bevor ich Paloma kennengelernt und angefangen habe, Energie zu lesen, war die ewige Nacht mein ständiger Begleiter. Jedenfalls bin ich mir ziemlich sicher, dass ich uns, solange ich weiterrede, hier rausführen kann.« Ich mache einen Schritt vorwärts und ziehe an Audens Hand, in der Erwartung, dass er mitkommt, doch er bleibt regungslos stehen.

»Wo wollen wir denn hin, Flower? Wenn es hier dunkel ist, ist es überall dunkel. Es ist ganz egal, wo du uns hinführst. Letztlich kommt es alles aufs Gleiche raus.«

Auch wenn er damit nicht ganz unrecht hat, lässt sich nicht leugnen, dass ich gerade ein Geschenk bekommen habe, und das werde ich garantiert nicht ignorieren. »Ehrlich gesagt«, erwidere ich, »habe ich keine Ahnung, wo wir landen werden. Aber wir werden nie von hier wegkommen, wenn wir es nicht wenigstens versuchen. Solange unsere Freunde noch da draußen rumlaufen, gebe ich nicht auf. Wir müssen wenigstens versuchen herauszufinden, was mit ihnen passiert ist.«

Vierundvierzig

Lita

Sowie die Welt sich verfinstert, sinke ich ergeben auf die Knie.

Überwältigt von einer Mischung aus Erschöpfung und einem Gefühl, dass jetzt sowieso schon alles egal ist, erkläre ich den Kampf offiziell für beendet.

Ich bin jetzt schon so lange vor Dämonen und Richters auf der Flucht, dass ich die Stunden gar nicht mehr zählen kann. Und nachdem Daire nun eindeutig tot ist, sehe ich keinen Sinn mehr darin, weiterhin zu flüchten.

Es gibt keinen Zufluchtsort.

Es gibt nichts zu sehen.

Es ist nur eine Frage der Zeit, bis das Böse mich einholt.

Ich lasse den Kopf in die Hände sinken. Gestatte mir zu weinen. Doch erstaunlicherweise kommen keine Tränen. Statt der Panik, mit der ich gerechnet hatte, finde ich mich sonderbarerweise in einer Woge der Gelassenheit wieder.

Es liegt wohl wirklich Frieden in der Gewissheit.

Selbst wenn die Sache, deren man sich sicher ist, das eigene schreckliche Ableben ist, ist das immer noch besser als die Beklommenheit, die das Nicht-Wissen mit sich bringt.

Und ich erkenne die Ironie daran sehr gut.

Als Axel ging, hatte ich zuerst das Gefühl, es wäre das Ende der Welt. Aber da hab ich mich eindeutig geirrt. Das Ende fühlt sich ganz anders an, als ich es mir vorgestellt habe.

Es macht mich überhaupt nicht panisch.

Lässt mein Herz nicht so sehr schmerzen, dass ich fürchte, es wird bald platzen.

Es fühlt sich lediglich endgültig an.

Unmittelbar bevorstehend.

Unausweichlich, wenn es so weit ist.

Da ich nichts anderes tun kann als warten, lege ich mich auf den Boden und rolle mich seitlich zusammen. Ich lege den Kopf auf den Arm, drücke das Kinn auf die Brust und lasse die Augen zufallen, als irgendetwas Weiches, Schwebendes mich an der Nasenspitze kitzelt.

Ich schnappe nach Luft. Springe auf. Überzeugt davon, dass sich irgendein ekliges Tier, vorzugsweise eine Kakerlake, da die ja angeblich die Erde übernehmen sollen, im Ausschnitt meines Kleids häuslich niederlassen will, klopfe ich mich hektisch ab, bis das Ding von meinem Oberteil gleitet und mir vor die Füße fällt, wo ich entdecke, dass es überhaupt nichts mit einem Insekt gemein hat.

Es ist die Adlerfeder, die mir Axel gegeben hat, ehe er gegangen ist.

Dieselbe Feder, die ich in meinem BH aufbewahrt habe, in der Meinung, sie wäre nutzlos.

Doch jetzt, da ich nichts mehr zu verlieren habe, halte ich sie vor mich hin und blinzle in die Dunkelheit. Mühsam kann ich ihre gebogene Form ausmachen, sehe jedoch nicht mehr als die schattenhafte Biegung ihrer Fahne, woraufhin ich erneut die Augen schließe und einen Wunsch äußere.

Einen Wunsch, der alles andere als leichtfertig ist.

Falls Axel recht hat und Glaube und Entschlusskraft tatsächlich die Grundlage für Wunder und Magie sind, dann muss ich das hier einfach ernst nehmen. Ich raffe jedes Fitzelchen Glauben zusammen, das mir noch zu Gebote steht, und projiziere es auf die Feder. Ich sträube mich dagegen, mir dumm vorzukommen, sträube mich gegen jedes andere Gefühl als meine feste Entschlossenheit, dafür zu sorgen, dass es klappt.

Ich stelle mir vor, wie die Szene sich ausnehmen mag. Wie ich mich fühlen könnte, sowohl innerlich als auch äußerlich. Bis ich von dem Bild derart gebannt bin, dass ich ruckartig die Augen aufschlage und erwarte, dass es sich vor mir manifestiert, jedoch feststellen muss, dass ich ringsum von undurchdringlicher Schwärze umgeben bin.

Ich kauere mich erneut auf die Erde, ziehe die Knie bis zur Brust hoch und schlinge die Arme darum. Dabei tröste ich mich mit dem Gedanken, dass ich es wenigstens versucht habe. *Zumindest habe ich alles unternommen, was ich konnte.* Auf einmal schlägt mir jemand mit der Hand auf die Schulter, und Xotichl sagt: »Hey, Lita. Alles okay?«

Fünfundvierzig

Dace

An wie viel erinnerst du dich?«

Daire legt eine Hand auf meine Stirn, und ich fasse rasch hin und umschließe sie mit meiner. Dabei stoße ich unentwegt stille Dankgebete für die Dunkelheit aus, die mich umgibt.

Während ich froh bin, dass das Monster eliminiert worden ist, und dankbar dafür, mit der Liebe meines Lebens wiedervereint zu sein, kann ich mich leider an jede ruchlose Tat erinnern.

Jeden bösen Drang.

Mein Zerstörungszug lebt in einer Reihe grauenhafter Bilder fort, die mich bis ans Ende meiner Tage verfolgen werden, und ich könnte es nicht ertragen, dass sie mich so sieht.

Doch zu Daire sage ich nur: »Ich erinnere mich an vieles. Genug, um zu wissen, dass ich niemals imstande sein werde, alles, was ich angerichtet habe, wiedergutzumachen …«

Sie legt mir einen Finger auf die Lippen und stoppt meinen Redefluss. »Die Richters sind weg. Du hast Chepi verschont. Und obwohl du mich mehrmals locker hättest töten können, hast du es stets unterlassen.«

»Und was ist mit Leftfoot?« Meine Stimme klingt wie ein Krächzen. Ich vergrabe das Gesicht in den Händen. Gequält vom Bild meines Mentors und Freundes mit seinem aufgeschlitzten, blutigen Hals. »Er war kein Dämon. Nicht einmal ein Richter. Er war wie ein Vater für mich. Wie soll ich damit Frieden schließen?«

Daire verstummt und lässt sich einen Moment Zeit, um ihre Gedanken zu ordnen, bevor sie antwortet. »Es war ein Unfall – Jennika hat einen Pfeil auf dich abgeschossen, und bei deinem Fluchtversuch hast du ihm versehentlich den Hals aufgeschlitzt.« Ich drehe den Kopf zur Seite und kann ihr nicht recht glauben. »Hör mal, womöglich kannst du niemals Frieden mit deinen Taten schließen, aber du musst die Dinge akzeptieren, die du nicht ändern kannst. Sonst wird dir in allen Lebensbereichen der Frieden versagt bleiben, nicht nur in denen deiner Wahl.«

Ich ziehe sie an mich. Schlinge die Arme fest um sie. Spüre ihren sanften, gleichmäßigen Atem und die kühle Glätte ihrer Haut. Erschauere angesichts dessen, wie nahe sie davor war, durch meine Hand zu sterben. Doch aus irgendeinem Grund konnte ich es selbst in Gestalt des ausgewachsenen Monsters nicht vollziehen.

Der alles verzehrende Drang danach, Leandro für das bezahlen zu lassen, was er meiner Mutter angetan hat, hat allerdings nie nachgelassen.

Ich bin froh, dass er endlich tot ist.

Und ich finde Trost in dem Wissen, dass er nie wieder irgendjemandem etwas zuleide tun kann, der das Pech hatte, seinen Weg zu kreuzen.

Doch das ändert nichts an dem Schaden, den er bereits angerichtet hat.

Dennoch, wenn Chepi gelernt hat, damit zu leben, wenn sie einen Weg gefunden hat, um über die schmerzliche Erinnerung daran hinauszublicken, wie ich gezeugt worden bin, dann kann vielleicht auch ich eines Tages lernen, es zu akzeptieren.

»Also, wie machen wir jetzt weiter?« Ich wende mich wieder Daire zu.

»Zuerst finden wir einen Weg, um Ordnung in die drei Welten zu bringen, und dann suchen wir unsere Freunde.« Ihre Stimme klingt entschlossen. »Und wenn das alles erledigt ist, feiern wir dieses Ereignis als den Sieg, den es bedeutet.«

»Irgendwelche Ideen, wo wir anfangen?«

Daire grinst. Obwohl ich es nicht sehen kann, spüre ich es daran, wie ihre Energie leichter wird und sich hebt. »Da kommt Rabe ins Spiel.«

Ich sage nichts und stelle die Frage durch mein Schweigen. Rabe ist irgendwo weit weg, eingesperrt in einen Käfig.

»Rabe fliegt in die Dunkelheit, um das Licht hervorzubringen.«

»Noch eine Seelenverschmelzung?«, frage ich, und mein Tonfall verrät meine Sorge. Auch wenn sie es nicht erwähnt hat, fühle ich ihre Anwesenheit durch mich strömen. Im Gegensatz zu dem Monster ist sie jedoch eine Präsenz, die ich genieße. Sie ist der Grund, aus dem ich hier bin. Der Grund für jeden Atemzug. Und auch wenn ich so dankbar bin, dass Worte es nicht auszudrücken vermögen, habe ich doch Angst, dass ein weiterer Versuch sie restlos erschöpfen wird.

»Keine Sorge«, sagt Daire. »Nach all der langen Zeit habe ich endlich begriffen, was Paloma mich wirklich lehren wollte. Ich muss nicht mit Rabe verschmelzen, um Rabes Macht zu beschwören. Er leitet mich. Er ist in mir. Ich muss lediglich seine Weisheit anzapfen. Es gibt eine alte Geschichte darüber, wie Rabe Kojote, der die Welt unbedingt in Finsternis gehüllt lassen wollte, die Sonne raubt. Das war zu Valentinas Zeit. Sie war eine der ersten Soul Seeker und hat große Risiken auf sich genommen, um die Ereignisse ihres Lebens zu dokumentieren, und sie ist oft diejenige, die in Notzeiten zu mir kommt. Trotz der Jahrhunderte, die uns trennen, scheint mein Leben oft ein Spiegelbild von ihrem zu sein. Aber nachdem die Richters jetzt endlich weg sind, bin ich entschlossen, ein wesentlich glücklicheres Ende herbeizuführen, als Valentina es für sich bewirken konnte. Es ist, als wäre ich es uns beiden schuldig.«

»Und was hat Rabe damit zu tun?«

»Er macht die dahinterliegende Wahrheit der Geschichte klar. Das Licht, das Rabe zutage fördert, ist nicht einfach nur dort draußen, es ist hier drinnen.« Daire packt meine Hand und presst sie sich fest auf die Brust. »Paloma hat mich immer dazu angehalten, mein Licht einzusetzen, weil sie meinte, das sei es, was mir den Weg weisen würde. Damals habe ich das einfach nur unter Hokuspokus meiner *abuela* abgetan. Ich habe das Ganze nicht für besonders glaubwürdig gehalten. Aber es lässt sich nicht leugnen, dass es mein Licht war, das dich zurückgeholt hat. Und ich hoffe, dieses Licht dazu zu benutzen, die drei Welten wieder zu erleuchten. Es ist höchste Zeit, dass ich meine Verbindung zu den Elementen für etwas anderes nutze als ein Ventil für Kummer.«

Sie lässt meine Hand los, erhebt sich und stellt sich aufrecht neben mich. Ganz leise summt sie die ersten Takte eines Lieds, als sie auf einmal vom entfernten Gepolter von Schritten unterbrochen wird.

Weitere Richters.

Oder vielleicht sogar Dämonen.

Wer sonst würde so rücksichtslos durch die Nacht trampeln?

Dann hab ich sie wohl doch nicht alle so erwischt, wie ich dachte.

Ich stehe vor Daire. Breitbeinig und die Hände in die

Hüften gestemmt, höre ich zu, wie sie ihr Lied weitersingt und keine Zeile auslässt. Wir haben keinen Ort, an dem wir unterschlüpfen könnten, und stehen ohne jede Deckung da. Doch ich werde tun, was immer nötig ist, um mein Mädchen zu beschützen.

Das bisschen Dunkelheit, das Daire nicht ausgemerzt hat, rumort und summt, getrieben von der Möglichkeit eines weiteren Gewaltausbruchs, eines Racheakts.

Nur dass diesmal, im Gegensatz zum letzten Mal, die Dunkelheit meiner Kontrolle untersteht.

Ich werde tun, was erforderlich ist, und nicht mehr.

Ich werde mich nicht von Rachefantasien leiten lassen – und nicht mehr Schaden anrichten, als die Situation gebietet.

Der Boden bebt unter meinen Füßen.

Ein heftiger Wind weht über das Land.

Während sich der Nachthimmel öffnet und einen prasselnden Regenguss herabsendet.

Und der Feind sich unaufhaltsam nähert.

Daire singt die Lieder von Wind – Feuer – Erde – Luft – ebenjene Harmonien, die ihr offenbart wurden, nachdem sie im Rahmen ihrer Ausbildung eine Reihe brutaler Initiationsriten überstanden hatte. Doch während ihr die Lieder gestatten, die Elemente zu manipulieren, kann sie damit nicht das Licht wieder in die drei Welten zurückholen.

»Komm«, sagt sie und bricht ihr Lied ab. »Gemeinsam sind wir stärker.«

Ich zögere und möchte nur ungern dem Feind den Rücken zuwenden, wenn so viel auf dem Spiel steht.

»Hast du ernsthaft an das geglaubt, was du mir erzählt hast?«, fragt sie. »Als du gesagt hast, dass die Liebe die einzige Macht ist, die stärker ist als das Böse?« Ihre Stimme klingt ungeduldig, und das aus gutem Grund. Doch als ich zögere, spricht sie weiter. »Liebe ist der Grund, warum du hier bist. Liebe ist es, was dich gerettet hat. Und das ist der einzige Beweis, den ich brauche. Jetzt hoffe ich, dass sie stark genug ist, um uns alle zu retten. Also komm gar nicht erst auf die Idee, uns mit deinen Fäusten zu beschützen, sondern nimm meine Hand, ehe es zu spät ist.«

Ohne Zögern tue ich, was sie sagt. Gemeinsam stehen wir in einer Mauer aus Liebe und Solidarität, einen Hauch von Hoffnung fest in unseren Herzen verankert. Und warten darauf, dass entweder die Sonne auf- oder die Welt untergeht.

Was auch geschieht, wir werden es gemeinsam durchstehen.

Sechsundvierzig

Daire

Vor Sonnenaufgang ist es stets am dunkelsten.

Oder zumindest sage ich mir das, um mir eine griffige Erklärung dafür zurechtzulegen, dass die Erde unter unseren Füßen rumort, der Wind durch unsere Körper peitscht und der Regen erbarmungslos auf uns herunterprasselt.

Falls ich der Grund dafür bin, falls ich diejenige bin, die die Elemente manipuliert, und es kann kein Zweifel daran bestehen, dass ich das bin, warum hat es dann den Anschein, als wäre ich nur zur Zerstörung imstande?

Ich umfasse die Hand von Dace fester. Angetrieben von seiner Energie, seiner Liebe, seiner Bereitschaft, an mich und an meine Fähigkeit zu glauben, alles Geschehene rückgängig zu machen, summe ich weiter fast unhörbar alle vier Lieder vor mich hin. Erde, Luft, Wasser, Feuer – Lieder, die ich unter großen Gefahren empfangen habe. Lieder, die mir erst offenbart wurden, nachdem ich die dazugehörigen Prüfungen bestanden hatte.

Ihre Texte verbinden mich mit den Elementen auf ganz ähnliche Weise, wie Dace einst mit Cade verbunden war. Jeder war um seiner Existenz willen auf den anderen angewiesen.

Meine Fingerspitzen beginnen zu vibrieren und zu summen, und es dauert nicht lange, bis ich registriere, dass das die Folge meines Kontakts mit Dace ist. Unsere gemeinschaftliche Energie bildet eine Kraft, die lebendig und greifbar ist.

Und auf einmal verstehe ich die ganze Wahrheit unserer Existenz. Es waren nicht nur die Zwillinge, die verbunden waren – wir sind alle verbunden. Jeder Einzelne von uns hat eine Rolle, eine Aufgabe – nämlich die Pflicht, alle anderen zu unterstützen und die Welt im Gleichgewicht zu halten.

Genau das hat Paloma gemeint, als sie mir versichert hat, dass ich nie allein sei. Auch wenn sie sich damit in erster Linie auf meine Ahnen und eine weitaus größere Macht als mich bezogen hat, erkenne ich jetzt, dass es viel tiefer reicht, als ich anfangs begriffen habe.

Wie die Vision, die ich in einem der allerersten Träume gehabt habe, mit denen alles begann – der Augenblick, als Dace mich küsste und mir ein regelrechtes Feuerwerk von Bildern durch den Kopf raste, bis ich endlich verstand, was er mir sagen wollte – dass ich ein unabdingbarer Teil von allem bin – und dass alles ein untrennbarer Teil von mir ist.

Der Gedanke erfüllt mich mit so viel Freude, dass ich die Augen schließen muss, um nicht in Tränen auszubrechen. Ergriffen vom Staunen darüber, wie es sein kann, dass mein Herz eine solche Fülle empfindet, obwohl ich nahezu alles verloren habe, was mir einst so lieb und teuer war.

Doch in Wirklichkeit habe ich überhaupt nichts verloren.

Ich spüre Paloma an meiner Seite, wie sie mich anfeuert.

Ich höre Valentina ermutigende Worte in mein Ohr flüstern.

Ich spüre Djangos Gegenwart überall um mich herum, wobei er mir sagt, wie stolz er auf seine Tochter ist.

Sie sind alle hier. Und wir packen die Sache gemeinsam an.

»Denk vom Ende her«, rate ich Dace. »Such die Sonne

in deinem Kopf und stell sie hoch an den Himmel. Spür ihre Wärme. Genieß ihr Licht. Glaub an deine Fähigkeit, ein Wunder zu wirken, und verschmilz deine Seele mit der der Erde – der Elemente – der Geisttiere. Du musst es aus ganzem Herzen wollen – mehr als du je irgendetwas anderes in deinem Leben gewollt hast. Und du musst deine ganze Entschlusskraft darauf konzentrieren, es durchzuführen. Ach, und darüber hinaus solltest du vielleicht jedes bisschen Magie einsetzen, das dich Leftfoot gelehrt hat. Wenn wir das hinkriegen, dann spricht nichts dagegen, dass wir es schaffen.«

Meine Stimme klingt weit; getragen vom Wind, hallt sie durch den Canyon.

Ich singe mit allem, was ich in mir habe.

Singe, bis meine Stimme heiser und rau wird.

Registriere, wie Dace neben mir leuchtet – seine Magie spendet der Erde neues Leben, sodass der kahle rote Fels unter unseren Füßen einer dichten, saftigen Wiese Platz macht.

Ich höre Rabe rufen; er ist aus seinem Käfig ausgebrochen und landet nun auf meiner Schulter. In seinen Ruf stimmen schon bald Palomas weißer Wolf, Djangos Bär, Chays Adler, Valentinas Waschbär und viele andere mit ein, die ich nicht auf Anhieb erkenne.

Wir alle schließen uns solidarisch zusammen – uns eint der Wunsch, Frieden und Gleichgewicht in allen Welten wiederherzustellen.

Und als Dace meine Hand drückt und mich drängt, die Augen aufzuschlagen, begrüßt mich der herrliche Anblick einer golden leuchtenden Sonne, die vor unseren Augen aufgeht.

Ohne dass ich es auch nur mitbekommen habe, hat irgendwann während meines Lieds der Regen ebenso aufgehört wie die Erdstöße, der Wind hat sich gelegt, und die Dunkelheit ist dem Licht gewichen.

Und was die Nacht einst als den Feind maskierte, hat das Tageslicht nun als das Grüppchen unserer schwer gebeutelten Freunde und Verwandten enthüllt.

Xotichl geht voraus, flankiert von Auden und Lita, während Jennika, Chepi und Leftfoot folgen.

Sie alle sind schmutzig und erschöpft, strahlen aber dermaßen, wie ich es noch nie erlebt habe.

Siebenundvierzig

Daire

»Django ist gekommen.« Jennika sieht mich mit großen Augen an, als könnte sie es selbst kaum glauben.

»Du hast ihn tatsächlich gesehen? Du meinst, er hat sich vor dir manifestiert?«, frage ich.

Lächelnd schlingt sie mir einen Arm um die Taille und drückt mir einen dicken Schmatz mitten auf die Stirn. Das bringt Rabe aus der Ruhe, der von seinem Platz auf meiner Schulter auf einen Baum in der Nähe flattert. »Es sei denn, ich hatte Halluzinationen, was gut sein kann.«

»Tu das nicht«, sage ich. »Zweifle nicht an deinem Erlebnis. Deine wenigen Besuche in Enchantment sollten dich zumindest gelehrt haben, dass mehr im Verborgenen bleibt, als zutage tritt.«

Sie legt mir den Kopf auf die Schulter und seufzt. Einen Moment lang genießt sie das Schweigen, ehe sie weiterspricht. »Kann es denn sein, dass eine der schlimmsten Nächte deines Lebens sich letztlich als eine der besten erweist?« Ich sehe sie an und warte auf mehr, doch sie schüttelt nur den Kopf und behält die Einzelheiten lieber für sich. »Eine sehr lange Geschichte für einen anderen Tag. Sagen wir einfach, es war ein verblüffendes Wiedersehen. Django hat mir nicht nur dabei geholfen, Leftfoot zu heilen und sein Leben zu retten, sondern auch dabei, mein eigenes Leben zu retten. Endlich bin ich angekommen, Daire. Endlich bin ich so weit, dass ich nicht mehr davonlaufen muss, sondern die Chance ergreifen kann, etwas aufzubauen, das sich als dauerhaft erweisen kann oder auch nicht, aber egal, wie es ausgeht, ich bin absolut damit einverstanden.« Ich umarme sie fest und weiß, dass sie von ihrer Zukunft mit Harlan spricht, was mich unendlich freut. Ich habe mich für die Beziehung der beiden eingesetzt, seit ich ihn zum ersten Mal gesehen habe.

»Ich muss dir so vieles erzählen, aber das kann alles warten. Du sollst nur wissen, dass ich unglaublich stolz auf dich bin. Und auch wenn ich nie wirklich an dir gezweifelt habe, hatte ich doch Angst um dich.«

»Aber das ist ja dein Job, nicht wahr?« Ich grinse. »Ich meine, das willst du doch nicht einfach aufgeben, nur weil ich die drei Welten vor der kompletten Zerstörung gerettet habe.«

»Natürlich nicht, sei nicht albern.« Sie fährt mir mit einem Finger unter dem Auge entlang und entfernt mehr aus Gewohnheit als aus wirklicher Überzeugung, dass es etwas nützen könnte, einen Mascarafleck. Ich bin völlig verunstaltet. So schmutzig, dass nur noch eine ausgiebige heiße Dusche helfen kann. Doch die Tatsache, dass sie es überhaupt versucht, bringt uns beide zum Lachen.

»Möchtest du vielleicht auch meinen Lipgloss auffrischen? Ich fürchte fast, irgendwo zwischen meinem siebten und achten Dämonenmord muss er restlos abgegangen sein.«

»Das versuche ich lieber gar nicht erst.« Sie lacht. »Du siehst viel strahlender aus, als du dir träumen lässt. Außerdem solltest du dich vielleicht mal um deine Freunde kümmern.« Sie nickt in Richtung Lita. »Vor allem um sie. Ihr geht's nicht so gut.«

Ohne ein weiteres Wort mache ich mich in ihre Richtung

auf. Bleibe kurz neben Dace stehen, der mit Leftfoot und Chepi spricht.

»Nicht«, sagt er, wobei seine Miene voller Reue über seine Taten als Monster ist. »Bitte seid nicht so nachsichtig. Ich habe es nicht verdient. Ich hätte euch beinahe umgebracht – alle beide.«

»Hast du aber nicht«, erwidert Chepi. »Ich wusste, dass du da drinnen steckst. Ich habe nicht eine Sekunde an dir gezweifelt.«

»Ich schon«, sagt Leftfoot. Dace sieht betreten zur Seite. »Bis ich den Blick in deinen Augen gesehen habe, nachdem du mich aufgeschlitzt hast. Sowie ich deine Reue erkannt habe, wusste ich, dass es ein Versehen gewesen war.«

Ich sehe Dace in die Augen, und auch wenn Chepi und Leftfoot ihn noch lange nicht überzeugt haben, ist das zumindest mal ein Anfang.

Ich gehe auf Lita zu, und als mich nur noch wenige Schritte von ihr trennen, dreht sie sich zu mir um und sagt: »Er hat mich verlassen. Mich einfach sitzen lassen. *Mich.* Lita Winslow. Kannst du dir das verdammt noch mal vorstellen?«

»Er muss einen guten Grund gehabt haben«, sage ich. »Axel liebt dich. Er würde dich nicht einfach sitzen lassen, es sei denn, ein sehr triftiger Grund hätte ihn dazu veranlasst.« Die Worte kommen schnell, ohne dass ich nachdenke, doch tief in meinem Inneren bin ich mir gar nicht so sicher, wie ich tue. Ich muss daran denken, wie mich Paloma vor einer derartigen Entwicklung warnte und meinte, dass die noch junge Beziehung der beiden kein gutes Ende nehmen würde. Offenbar hatte sie mal wieder recht.

»Natürlich gab es einen Grund.« Lita wischt sich mit der Handfläche übers Gesicht und nimmt dabei eine Tränenspur mit, die sie postwendend auf ihr Kleid überträgt. »Wahrscheinlich wartet in der Oberwelt schon irgendeine Glitzertussi auf ihn. Irgendeine, die Gold oder vielleicht Platin blutet, was weiß ich. Schwer, mit so einer zu konkurrieren. Selbst für mich.«

»Unwahrscheinlich.« Ich lege ihr eine Hand auf die Schulter und versuche, sie von derart selbstzerstörerischen Gedanken abzubringen. Dabei weiß ich nur allzu gut, wie leicht es ist, auf eine solche gedankliche Schiene zu geraten, und wie schwer es ist, wieder herauszufinden. »Lita, mal im Ernst. Jeder konnte sehen, dass das zwischen euch etwas Ernstes war. Schließlich bist du Axels erste Liebe, und …«

»Ich habe nicht gesagt, dass er sein Platin blutendes, leuchtendes Mädchen *liebt*. Vielleicht ist er nur …« Sie hält inne und schüttelt den Kopf, als könnte sie es nicht ertragen, weiter in dieser Richtung zu denken. Schließlich zupft sie sich eine Feder vom Oberteil ihres Kleids und verdreht die Augen. »Die ist das Einzige, was er mir dagelassen hat. Ich weiß nicht einmal, warum ich sie behalte. Schließlich hat sie überhaupt nicht funktioniert.«

Sie will die Feder schon beiseitewerfen, doch ich fange sie auf, bevor sie auf der Erde auftrifft.

»Hast du dir etwas gewünscht?«, frage ich.

Sie nickt. Wischt sich mit einer Hand über die Augen.

»Dann wirf sie nicht weg. Warte lange genug, damit sich der Traum manifestieren kann.« Ich drücke ihr die Feder wieder in die Hand.

»Hab ich. Glaub mir, das hab ich. Ich habe so lange gewartet, wie es nur irgend möglich war, und jetzt bin ich offiziell darüber hinweg. So. Total. Darüber hinweg.«

»Bist du dir da ganz sicher?« Ich spähe über ihre Schulter und versuche die Gestalt in der Ferne auszumachen.

»Hast du überhört, als ich sagte, *total*?« Seufzend fährt sie sich mit einem Finger unterm Auge entlang, plustert ihre Locken auf und zieht das Oberteil ihres Kleids zurecht, um ihren Ausschnitt besser zur Geltung zu bringen. Manchmal trägt Lita ihre Schönheit wie eine Rüstung – einen Schutzwall, um die Leute auf sicherer Distanz zu halten. Doch direkt hinter der schillernden Fassade steckt ein verletzliches Mädchen, das Angst davor hat, durchschaut zu werden.

»Tja, das ist aber schade.« Ich sehe sie mitfühlend an. »Dann trifft der Spruch wohl zu, dass alles nur vom richtigen Timing abhängt. Offenbar kommt Axel ein paar Sekunden zu spät.«

Beim Klang seines Namens fährt sie so hastig herum, dass ich nur noch einen Wirbel aus fliegenden Haaren, verschmierter Wimperntusche und einem schwarzen Seidenkleid mit einem abgerissenen Träger und ziemlich ausgefranstem Saum sehe.

Doch ein Blick in Axels Gesicht sagt mir, dass sie eindeutig der Stoff seiner Träume ist.

Und es ist genau dieser Blick aus aufrichtiger Bewunderung und Liebe, der Lita wieder zu voller Form auflaufen lässt.

»So, du glaubst also, du kannst einfach auf deinem schwarzen Pferd hier angeritten kommen wie ein Ritter in glänzender Rüstung, und ich soll dann vergessen, dass du mich verlassen hast und ich mich allein durchschlagen musste?«

»Lita, bitte.« Axel lässt sich von Pferds Rücken gleiten, womit das hinreißende Mädchen sichtbar wird, das direkt hinter ihm sitzt.

Ihr Anblick lässt Lita scharf nach Luft schnappen, während ihre Augen schmal werden und ihre Hände zu zittern beginnen. »Oh«, sagt sie. »Oh, ich verstehe. Jetzt ist mir alles klar. Das ist ja wirklich super, Axel. Das ist einfach so nett … so ehrlich von dir … so …« Ihre Augen füllen sich mit Tränen, und ihr Gesicht verzerrt sich im unerträglichen Schmerz über seinen Verrat. »Ach, egal«, murmelt sie, wendet ihm den Rücken zu und macht Anstalten davonzugehen, doch sie kommt nicht sehr weit, ehe Axel sie am Arm packt und eng an sich drückt.

»Es musste sein.« Seine Stimme klingt gepresst, und seine Miene ist gequält. »Und ich verspreche, den Rest meines Lebens damit zu verbringen, es wiedergutzumachen. Aber Lita, bitte, du musst mir glauben, wenn ich dir sage, dass es nicht meine Entscheidung war. Es musste so geschehen.«

Lita bleibt stur und gibt keinen Millimeter nach. »Das wirst du mir schon genauer erklären müssen. Ich wäre da draußen fast gestorben. Mehr als einmal.« Sie presst ihm die Handflächen auf die Brust und stößt ihn weg, während Axel sich umsieht und das Mädchen bittet, ihm beizustehen.

»Das ist Zahra«, sagt er und nickt in ihre Richtung, während sie sich von Pferds Rücken gleiten lässt und zu uns herüberkommt. »Sie ist Daires Geistführerin«, fügt er hinzu. Ich reiße die Augen auf und bekomme eine trockene Kehle, während ich ihre dunkle Lockenmähne mustere, ihre glänzende, braune Haut, ihre überirdischen Iriden im gleichen silbernen Pinkton wie ihr Kleid.

Es passt alles so genau zusammen, dass ich nicht weiß, warum ich es nicht schon längst begriffen habe.

Das Mädchen, das versucht hat, meine Flucht aus der Oberwelt zu unterbinden, ist meine Geistführerin.

»Axel hätte nie hierherkommen dürfen.« Sie stellt sich neben ihn. Ihre stoische Miene und ihre majestätische Gestalt bilden einen scharfen Kontrast zu ihrer Stimme, die weich und wohlklingend ist und auf der Stelle beruhigend wirkt.

Das funktioniert allerdings nicht bei Lita.

»Dann lass ihn eben zurückkehren. Ich meine, ich weiß nicht einmal, warum ihr euch überhaupt die Mühe gemacht habt hierherzukommen. Das ist doch eindeutig das, was er will, also warum müsst ihr es mir auch noch unter die Nase reiben?« Lita kehrt den beiden den Rücken zu und verschränkt die Arme. Ihre zornige Abwehrhaltung dient als dünne Tarnung dafür, dass sie ganz eindeutig an schwerem Liebeskummer leidet.

»Ich fürchte, für Axels Rückkehr ist es zu spät«, sagt Zahra, doch Lita bleibt ungerührt. »Von dem Augenblick an, in dem du mithilfe der Adlerfeder deinen Wunsch geäußert hast, war es besiegelt.«

»Was?« Lita gibt ihre Trotzhaltung auf und fährt zu den beiden herum. »Wovon redest du? Was meint sie?« Sie wendet sich an mich, als ob ich auch nur die leiseste Ahnung davon hätte, was wirklich vor sich geht, doch ich zucke nur die Achseln. Ich bin genauso unwissend wie sie.

»Bevor sich die Portale auftaten, konnte Axel nicht in die Oberwelt zurückkehren. Also hat er, sowie er eine Öffnung sah, die Gelegenheit ergriffen.«

»Du brauchst es mir nicht zu erklären. Schließlich habe ich es aus erster Hand mit angesehen.«

»Tja, das sagst du, aber in Wirklichkeit steckt noch ein bisschen mehr dahinter. Zuerst dachten wir alle, er wäre zum Helfen da. Als die Portale aufgingen und den Richters Zugang gewährten, brauchten wir eine Weile, um uns über alles klar zu werden und eine geeignete Verteidigung zu entwickeln. Es hat nicht lange gedauert, bis wir es geschafft haben, sie auf diesen begrenzten Raum zurückzudrängen, was Axels Mithilfe zu verdanken ist. Doch als alles schon mehr oder weniger unter Kontrolle war, gestand er mir, dass der einzige Grund für seine Rückkehr in die Oberwelt der war, die Erlaubnis zu erbitten, dauerhaft von seinen Pflichten und seinem Status befreit zu werden, damit er für immer hier mit dir leben kann.«

Lita presst sich eine Hand auf die Brust und blickt wie gebannt auf ihre massiv abgeschabte Stiefelspitze.

»Ehrlich gesagt fand ich das unfassbar dumm von ihm, genau wie die meisten anderen. Ich konnte mir nicht vorstellen, warum er sich für ein Leben in der Mittelwelt entscheiden sollte, bei all dem damit einhergehenden Leid und all den Schwierigkeiten, da er doch bei uns ein wesentlich unbeschwerteres Dasein genießen könnte.«

»Und was hast du gesagt?« Lita hebt den Blick zu Axel. Ihre Miene ist undurchdringlich, doch der hoffnungsvolle Unterton in ihrer Stimme verrät sie.

»Ich habe ihr gesagt, dass ein Leben, zu dem du gehörst, jeden schwierigen oder schmerzlichen Augenblick wert ist, der mir begegnen mag.«

Lita muss ein paarmal blinzeln, um die Tränen wegzudrücken, doch es nützt nichts.

»Und ich habe ihm gesagt, dass es komplett idiotisch von ihm ist«, meint Zahra, und ihre Miene vermittelt, dass sie ihre Meinung nicht geändert hat. »Also haben wir uns auf einen Kompromiss geeinigt und beschlossen, ihn bei uns festzuhalten, bis du die Feder dazu benutzt, dir seine Rückkehr zu wünschen. Wir mussten sicher sein, dass du das Gleiche für ihn empfindest wie er für dich.«

Lita bleibt reglos stehen. Ihre Unterlippe bebt, und ihre Wangen sind nass von Tränen.

»Er hat auf seine Gaben, seine Magie verzichtet, um

ein Mensch werden zu können. Um mit dir zusammen zu sein.« Zahra sieht ungerührt zu, als Lita ihre Gefühle nicht mehr länger im Zaum halten kann und in Axels ausgestreckte Arme eilt. Von ihrer Wiedervereinigung nicht im Geringsten beeindruckt, schüttelt Zahra nur den Kopf. »Das ist ja alles schön und gut«, sagt sie. »Aber was ihr alle geflissentlich überseht, ist, dass sie erst sechzehn ist. Sie hat keine Ahnung, was sie in einem Jahr wollen wird, ganz zu schweigen vom Rest ihres Lebens.«

»Siebzehn«, korrigiert Lita sie und vergräbt das Gesicht in Axels Hals. »Ich hatte inzwischen Geburtstag. Das hast du wohl leider nicht mitgekriegt.«

»Der Punkt ist jedenfalls, dass du jung bist. Beeinflussbar. Mit den romantischen Vorstellungen eines Teenagers von der Liebe. Es kann sehr gut sein, dass du nicht immer so empfindest, wenn sich erst einmal die Realität eines langen gemeinsamen Lebens einstellt.«

»Zahra ...« Axel löst sich widerwillig aus Litas Umarmung. »Ich glaube, wir haben bereits aus nächster Nähe miterlebt, dass keiner von uns die Zukunft vorhersagen kann. Selbst wenn uns die Zukunft prophezeit wurde, ist sie dennoch Veränderungen unterworfen. Und so danke ich dir zwar dafür, dass du mir diesen Wunsch erfüllt hast, aber nun ist es an der Zeit, dass du mich den Beginn meines neuen Lebens mit meinem Mädchen genießen lässt.«

Er legt Lita einen Arm um die Schultern und führt sie weg, und da registriere ich die auffälligste Veränderung, die mir bis jetzt entgangen ist.

Ich meine, natürlich ist Axels Augenfarbe von einem weichen, überirdischen Lavendelton zu einem tieferen, menschlicheren Violett übergegangen. Und ja, sein Teint ist jetzt, da richtiges Menschenblut durch seine Adern fließt, wesentlich weniger bleich und durchscheinend. Doch während seine Bewegungen früher nur Licht ausstrahlten, werfen die beiden, als sie aneinandergeschmiegt davongehen, jetzt separate Schatten.

Zahra wendet sich mir zu, und ihre Missbilligung legt sich allmählich. »Ich bin nicht hier, um dich zu holen, falls du das denkst.«

»Das könntest du auch gar nicht.« Ich verschränke die Arme, aber mehr aus Erschöpfung als aus irgendeinem anderen Grund. Sie mag eine Zynikerin sein, sie mag eine der am wenigsten romantischen Personen sein, die mir je begegnet sind, aber in Wahrheit muss ich zugeben, dass ich sie mag. Vor allem weil sie mich daran erinnert, wie ich selbst war, bevor ich nach Enchantment gekommen bin. Bevor ich den Wert von Freunden, Verwandten und Liebe erkannt habe.

»Offen gestanden bin ich froh, dass du geflohen bist.« Sie mustert mich mit einem belustigten Grinsen. »Rückblickend will ich mir gar nicht ausmalen, was aus uns geworden wäre, wenn du nicht geflohen wärst.«

»Aber wäre irgendetwas von alldem ohne meine Beteiligung überhaupt passiert?« Dieser Frage bin ich bisher ausgewichen.

»Vielleicht, vielleicht auch nicht. Allerdings neige ich eher zu der Ansicht, dass es sogar noch früher passiert wäre. Deshalb habe ich ja die ganze Reise hierher damit verbracht, mir eine geeignete Art auszudenken, um dir zu danken.«

»Mir zu danken?« Meine Stimme hebt sich vor Erstaunen. Das ist so ziemlich das Letzte, was ich erwartet hätte.

»Dankbarkeit ist die Währung der Oberwelt, weißt du.«

»Was genau bist du?«, frage ich. »Meine Geistführerin oder meine gute Fee?«

»Heute bin ich vermutlich etwas von beidem.« Sie hebt die Schultern und grinst auf eine Weise, dass sich ihre Lippen kräuseln, ihre Wangen breit werden und ihre Augen in einem herrlich silbrigen Pink aufleuchten.

»Ist das dein Ernst?«

Mit einem Nicken bestätigt sie mir, dass es tatsächlich ihr Ernst ist.

Und so gönne ich mir einen Moment, um die lange Liste von Dingen durchzugehen, um die ich sie bitten könnte. »Bring mir Chays Leichnam«, sage ich schließlich. »Damit ich eine angemessene Beerdigung für ihn ausrichten kann.«

Sie schüttelt den Kopf und sieht mich streng an. »Nein«, erklärt sie mit strenger Stimme. »Kommt nicht infrage. Ich will dir einen Wunsch erfüllen, der *dir* nützt – nicht jemand anderem.«

»Aber das ist es ja gerade. Es *ist* für mich. Chay war mein Mentor, mein Freund. In vieler Hinsicht war er wie ein Vater für mich, und ich habe ihn im Stich gelassen. Wenn du dich nur dazu durchringen könntest, mir diesen Wunsch zu erfüllen, würde ich mich wesentlich besser fühlen, und das würde mir ganz enorm nützen.«

»Zuerst einmal hast du ihn nicht im Stich gelassen. Chay ist bei der Tätigkeit umgekommen, die er immer am besten beherrscht hat, nämlich anderen zu helfen. Obwohl ich zugeben muss, dass wir, als das Ganze hier oben hektisch wurde, euch da unten aus den Augen verloren haben. Aber schließlich ist Adler durchgekommen und hat uns alarmiert, und nicht lange danach ist Chays Geistführer nach unten gegangen, um ihn zu begrüßen. Er ist jetzt an einem guten Ort, das schwöre ich dir. Sie haben seinen Leichnam neben der Quelle begraben, die du so magst, drunten in der Unterwelt.«

»Die verzauberte Quelle?«

Sie grinst. »Ich weiß, dass es einer deiner Lieblingsorte ist. Deshalb haben wir ja die Stelle ausgewählt. So kannst du ihn besuchen, wann immer du willst. Aber wie du ja bereits weißt, musst du nicht dorthin gehen, um ihn zu finden …«

»Er ist jetzt ein Teil von allem.« Ich gestatte mir den Anflug eines Lächelns. Eine weitere Lektion von Paloma. »Aber wie ich kürzlich entdeckt habe, muss man gar nicht unbedingt sterben, um das zu schaffen – wir alle sind mit allem um uns herum verbunden.«

»Du bist eine gute Schülerin«, lobt Zahra. »Und ein noch besserer Soul Seeker. Trotzdem bleibt noch eine letzte Aufgabe zu erledigen.«

Ich blinzle und habe keine Ahnung, was sie meint. Die Richters sind weg. Die drei Welten sind geheilt. Was könnte noch unerledigt geblieben sein?

Sie zeigt auf den Turmalinring an meinem Finger. »Benutze ihn, um die Einwohner von Enchantment zu erlösen. Wir haben sie nach Hause geführt, doch sie sind orientierungslos, verwirrt und ohne Schwung. Es ist deine Aufgabe als Soul Seeker, sie wieder zu ihrer alten Form zurückzuführen und ihnen zu helfen, ihren Weg zu finden.«

»Wie?«

»Das findest du schon heraus.« Als sie lächelt, leuchtet ihr ganzes Wesen auf. »In der Zwischenzeit denk bitte über mein Angebot nach. Und wenn du dich für einen Wunsch entschieden hast, der einzig und allein dir zugutekommt, dann bitte Lita um die Adlerfeder, und ich verspreche, dafür zu sorgen, dass er in Erfüllung geht. Angesichts all dessen, was du vollbracht hast, will ich großzügig sein. Also kann ich gern auch noch jedem deiner Freunde einen Wunsch freistellen. Doch jetzt …« Ich sehe sie an. »Ich will nicht unhöflich sein, aber es ist an der Zeit, dass ihr in eure Welten zurückkehrt. Die Portale werden bald schließen, und wenn ihr euch noch länger hier aufhaltet, bleibt ihr für immer. Ihr wisst, wie ihr zurückkommt?«

»Auf demselben Weg, auf dem wir gekommen sind?«

»Ja. Nur dass die Reise diesmal nicht annähernd so gefährlich sein wird.«

Als sie sich zum Gehen wendet, überkommt mich ein seltsames Verlustgefühl. Und ehe ich es mir verkneifen kann, platze ich heraus: »Sehe ich dich wieder?«

»Ich sehe dich jeden Tag. Ich bin immer bei dir, Daire. Aber falls du es schaffst, nicht wieder in Schwierigkeiten zu geraten, rechne ich nicht damit, dich in absehbarer Zeit hier wiederzusehen.«

Ich will sie so vieles fragen, muss so viele Rätsel lösen, doch bevor mir die richtigen Worte einfallen wollen, weicht sie ein paar Schritte zurück und verschwindet in einem wundersamen Schwall weißen Lichts.

Achtundvierzig

Daire

Erst als wir in der Unterwelt haltmachen, um Chay unseren Respekt zu erweisen, entscheide ich mich für einen Wunsch, der nur mir allein zugutekommt.

Das Besondere daran, ein Soul Seeker zu sein, ist, dass meine Heilkräfte und Erkenntnisse in erster Linie darauf gerichtet sind, anderen zu helfen. Wenn es um meine eigenen Angelegenheiten geht, bin ich so unwissend wie alle anderen und kann mich nur auf ein Bauchgefühl verlassen, dem zu vertrauen ich erst allmählich lernen muss.

Dennoch ist es das Einzige, was mir einfällt, und wenn ich es mit den richtigen Parametern ergänze, könnte es sich als sehr erfreulich erweisen.

Doch zuerst lasse ich meinen Freunden den Vortritt. Und so bitte ich Lita um die Feder, halte sie vor mich hin und berichte alles, was mir Zahra erzählt hat.

»Glaubt mir«, sagt Lita, während sie sich selig in Axels Arme schmiegt. »Das ist eine Gelegenheit, die ihr euch nicht entgehen lassen dürft. Diese Feder ist magisch.«

Als Zeichen des Respekts für die Stammesältesten, die so viel gegeben haben, halte ich sie zuerst Leftfoot hin, doch er lehnt ab, indem er behauptet, er habe alles, was er sich nur wünschen könne, nachdem er nun habe erleben dürfen, wie Enchantment aus dem Würgegriff der Richters befreit wurde. Er gibt sie weiter an Chepi, die sie fest mit beiden Händen umfasst. »Ich wünsche mir, dass mein Sohn Frieden und Vergebung für das findet, was er getan hat«, sagt sie und mustert dabei Dace, der wiederum meine Hand drückt.

Die Nächste ist Jennika, die sich wünscht, niemals die Dinge aus den Augen zu verlieren, die Django ihr beigebracht hat. Dann reicht sie sie Axel, der sich Lita zuwendet und sagt: »Mein Wunsch steht direkt neben mir.«

Dann kommt Xotichl dran, und wir sehen zu, wie sie den Federkiel zwischen beide Finger nimmt und einen nach dem anderen von uns aufmerksam ansieht, als wollte sie sich unsere Gesichtszüge genau einprägen. »Ich wünsche mir, dass ich wieder so werde, wie ich war, bevor ich in die Unterwelt gekommen bin«, sagt sie.

»Xotichl!«, japst Lita. »Du hast nur einen einzigen Wunsch frei! Wie konntest du …«

»Ist schon gut.« Xotichl zuckt die Achseln. »Ehrlich. Die meisten von euch kennen mich schon ewig, also müsstet ihr eigentlich wissen, dass ich mein Augenlicht nicht brauche, um zu sehen. Vor allem, da ich ohne wesentlich besser sehe. Wahre Erkenntnis hängt nicht von den Augen ab. Ich glaube, in der Theorie wusste ich das schon immer, aber jetzt weiß ich es auch in der Praxis.«

Sie lehnt sich an Auden, und er schlingt einen Arm um sie und flüstert ihr etwas ins Ohr. Er ist derart gerührt von ihrem Wunsch, dass er einen Augenblick braucht, bis er seinen eigenen äußern kann. »Nachdem die Richters nun tot sind, sind wir wahrscheinlich aus dem Schneider, aber nur für alle Fälle bitte ich darum, dass Xotichl und ich aus dem Vertrag raus sind, den mich Luther hat unterzeichnen lassen. Ich will wieder mit Epitaph in den lokalen Clubs spielen und auf altmodische Art Erfolg haben – weil wir und unsere Musik es verdient haben, nicht weil ich für Geld und Ruhm meine Seele verkauft habe.«

Xotichl zwinkert ihm zu, und ihre Augen stehen voller Tränen, während Auden ihr einen Kuss auf die Stirn drückt. Wir alle wenden uns ab, um ihnen einen Moment der Ungestörtheit zu gönnen.

Als Dace an die Reihe kommt, sagt er einfach: »Ich will dasselbe, was ich seit dem Tag will, an dem Daire Lyons Santos in mein Leben getreten ist.«

Und als er mir die Feder reicht, halte ich sie fest und sage: »Ich will einen Blick in die Zukunft werfen. Ich will eine gute Sache sehen, an der ich mich festhalten kann, falls sich alles wieder zum Schlechten wenden sollte.«

Dace drückt meine Schulter, während ich die Augen schließe und warte, dessen gewiss, dass gleich die Vision in meinem Kopf erscheinen wird. Doch stattdessen höre ich Valentina lachen.

Mach die Augen auf, drängt sie, also tue ich es.

Ich schlage die Lider auf, und plötzlich blicke ich auf ein Bild von mir, aber ich bin nicht mehr in der Unterwelt, sondern in ... *in einem Klinikbett?*

Aber ich habe doch darum gebeten, eine gute Sache zu sehen!

Sieh weiter hin, ermahnt sie mich.

Ich bin verschwitzt.

Klebrig.

An manchen Stellen blass, an anderen gerötet.

Meine Haare wesentlich kürzer, als sie jetzt sind, kaum schulterlang.

Zarte Linien umranden meine Augen, meinen linken Ringfinger ziert ein schmaler Goldreif, und ich scheine irgendwie unter Stress zu stehen. Vielleicht bin ich aber auch nur erschöpft; es ist schwer zu sagen.

Eines steht fest – ich hätte es besser wissen müssen.

Hätte nie um einen Blick in die Zukunft bitten sollen.

Nie zuvor habe ich mich zu so etwas hinreißen lassen, also warum riskiere ich es jetzt? Nur weil die Richters tot sind, heißt das nicht, dass das hier besser ausgehen wird.

Ich meine, was kommt als Nächstes? Eine Vision der Knochenhüterin und ihres unheilvollen Schlangenrocks, von dem sie mich zerfleischen lässt, um an ihre Beute zu gelangen?

Daire, bitte, sagt Valentina. *Hab ich dich je enttäuscht?*

Tja, es gab Momente, in denen du nicht aufgetaucht bist, aber jetzt weiß ich, dass du immer in der Nähe warst und mich meinen eigenen Weg hast finden lassen.

Und genau das tue ich auch jetzt. Schau weiter zu.

Ich löse mich von Zweifel und Angst und verfolge die Szene vor mir, und da begreife ich es endlich.

Da wird mir allmählich klar, was sich wirklich vor meinen Augen abspielt.

Und ehe ich es aufhalten kann, strömen mir die Tränen übers Gesicht, während ich Dace vor mir stehen sehe, mit kurz geschnittenem Haar, die Figur nach wie vor schlank und durchtrainiert, doch seine Züge ein bisschen kantiger, als sie es jetzt sind. Er ist immer noch so umwerfend attraktiv wie eh und je, wenn nicht noch mehr, trotz allem, was wir zusammen durchgemacht haben. Und neben ihm steht eine junge Frau, die ich augenblicklich als eine von mir selbst ausgebildete Hebamme erkenne und die ihm nun in jeden seiner Arme ein neugeborenes Baby legt.

Zwillinge!

Und es sind unsere?

Du bist Ärztin für ganzheitliche Medizin. Dace ist Bürgermeister von Enchantment. Und das sind eure Kinder – ein Junge und ein Mädchen.

»Genieß dein *etwas zum Festhalten*«, sagt Valentina lachend, schlingt die Arme um mich und drückt mich mit einem solchen Übermaß an bedingungsloser Liebe, dass ich unter der Wucht fast zusammenbreche. Gemeinsam sehen wir die Zukunft wieder verblassen. Und als sie nur noch eine Erinnerung ist, verschwindet Valentina mit ihr und lässt mich schluchzend vor Verwandten und Freunden zurück.

»Ich hoffe ja sehr, dass das Freudentränen sind«, sagt Lita.

Ich nicke. Wische mir mit dem Handrücken die Wangen und bestätige es ihr.

»Willst du uns erzählen, was du gesehen hast?«, fragt Xotichl.

»Und die Überraschung verderben?«, schniefe ich kopfschüttelnd, nach wie vor von dem Wunder in Bann geschlagen. »Kommt nicht infrage.« Ich grinse. »Aber eines Tages werdet ihr es selbst sehen, versprochen.« Ich schlinge mir die Arme um die Taille und kann die Woge aus Glück und Freude kaum bezähmen, die in mir aufwallt. Ich kann mich nicht erinnern, wann ich je so froh gewesen wäre. Und so kehre ich in die Gegenwart zurück, zu dem Leben, das ich mir geschaffen habe, den wundervollen Menschen um mich herum, und lege die Feder auf Chays Grab.

Als alles erledigt ist, sieht Leftfoot uns an und sagt: »Ich glaube, wir sollten uns langsam auf den Heimweg machen.«

Alle murmeln zustimmend und schicken sich an, ihm zu folgen, außer Dace und mir. Wir bleiben noch.

»Kommt ihr nicht mit?« Jennika mustert mich mit rot geränderten Augen, während ihr das Haar in weichen, ungeordneten Wellen um das verschmierte Gesicht fällt. Ihre zerfetzten, schmutzigen Kleider legen Zeugnis von all dem ab, was sie riskiert hat, um mir zu helfen.

»Geh nach Hause. Ruh dich aus.« Ich beuge mich vor,

um sie zu umarmen, wobei ich ihr zu vermitteln hoffe, wie dankbar ich für alles bin, was sie mir zuliebe geopfert hat – und zwar nicht nur heute, sondern so ziemlich an jedem Tag, seit sie mich zur Welt gebracht hat. »Dace und ich bleiben noch ein bisschen. Wir treffen uns dann später.«

Sie nickt. Fährt mir mit einem Finger über beide Wangen und streicht mir das Haar hinter die Ohren. »Pass auf dich auf.« Sie streift sich das Wildlederbeutelchen über den Kopf und hängt es mir um.

»Djangos Bär.« Ich betaste das Zugband und will es schon aufziehen, um ihn ihr zu geben. »Willst du ihn? Zur Erinnerung?«

»Ich brauche ihn nicht.« Sie schmunzelt. »Ich habe meinen Wunsch geäußert. Er ist schon so gut wie in Erfüllung gegangen.«

Dace und ich stehen beieinander und sehen zu, wie Leftfoot die anderen davonführt. Dann zieht mich Dace in seine Arme und küsst mich auf die Nasenspitze. »Jetzt, da die anderen weg sind, verrätst du es mir aber, oder?«

»Was soll ich verraten?« Ich lege den Kopf schief und hebe den Blick zu ihm. Natürlich weiß ich genau, was er meint, aber es macht solchen Spaß, ihn zu necken.

»Komm schon, nur ein kleiner Tipp.« Er drückt mir Küsse auf Stirn und Wangen, ehe er sich meinen Lippen nähert.

»Und die Überraschung verderben? Kommt nicht infrage!« Meine Lippen verschmelzen mit seinen zu einem Kuss, der zuerst weich und liebevoll ist, doch es dauert nicht lange, bis ein loderndes Verlangen nach mehr aufflammt.

Obwohl ich völlig erschöpft bin, obwohl ich aus erster Hand weiß, was mit dem Begriff *todmüde* gemeint ist, sprudelt hier, umarmt von Dace, ein erhebendes Gefühl von

Triumph und Lebendigkeit in mir auf. Endlich erkenne ich wirklich und wahrhaftig, was für eine Großtat wir vollbracht haben.

Die komplette Bandbreite unseres Sieges geht weit darüber hinaus, lediglich El Coyote außer Gefecht zu setzen.

Durch unsere Zusammenarbeit haben wir eine Prophezeiung vereitelt.

Diesmal allerdings auf eine Weise, die unleugbar das Böse ausmerzt und das Gute feiert.

Die Welt wurde aufgrund unserer Fähigkeit zu lieben errettet, selbst wenn das nicht leicht war.

Dace macht sich los, und meine Lippen erkalten in seiner Abwesenheit. »Sollen wir?« Er nickt zur Quelle hin. Ihr dunstig sprudelndes Wasser wirkt einladend.

»Ich finde, wir haben es verdient, meinst du nicht?«

Er grinst, wobei seine eisblauen Augen meine finden und mein Abbild tausendmal widerspiegeln. »Du siehst genau so aus, wie ich mir dich an dem Tag in der Höhle vorgestellt habe.«

Ich lege den Kopf schief und begreife zuerst gar nicht, worauf er hinauswill.

»Als ich während deiner Visionssuche zu dir kam und die schöne, strahlende Frau beschrieben habe, die du eines Tages werden würdest, wenn du nur durchhältst.«

»Ich erinnere mich«, entgegne ich mit belegter Stimme angesichts der Erinnerung.

»Du hast es geschafft, Daire.«

»Wir haben es beide geschafft.«

»Es ist, als hätte sich der Kreis geschlossen. Hier hat alles begonnen, mit dem Traum, den wir beide hatten. Allerdings können wir jetzt, da die Richters weg sind, das Ende selbst bestimmen.«

Wir ziehen uns aus und steigen in das Becken. Als uns das Wasser bis zur Taille reicht, fassen wir uns bei der Hand und tauchen ganz hinein, um geheilt und erquickt wieder herauszukommen.

Ich gehe auf ihn zu, falte die Hände um seinen Hals und ziehe ihn zu mir herab. Meine Finger streicheln die weiche Stelle unten an seinem Nacken, und meine Zunge sucht seine. Zuerst frage ich mich, was diesen Kuss so sehr von all den anderen unterscheidet, die ihm vorausgingen, doch als Dace mit beiden Händen mein Gesicht umfasst und mir tief in die Augen schaut, erkenne ich schlagartig, dass der eine Bestandteil, der bisher stets gefehlt hat, die Gewissheit ist, dass Dace und ich nun eine gemeinsame Zukunft haben.

Eine wesentlich rosigere Zukunft, als ich mir je zu erträumen gewagt hätte.

»Sind wir glücklich?«

Ich drehe ihm das Gesicht zu und weiß nicht genau, was er meint.

»In der Zukunft. In der Vision, die du gehabt hast. Sind wir glücklich?«

Ich nicke.

»So glücklich wie jetzt?«

Ich grinse und lasse meine Finger über die Rundung seiner Schulter wandern, über seinen festen Brustkorb, wo ich an dem Schlüssel innehalte, ehe ich ins Tal seines Bauchs und noch tiefer hinabgleite. »Das kommt darauf an«, sage ich, immer noch grinsend. »Was würdest du sagen, wie glücklich du jetzt bist?«

Seine Züge werden weich, und sein Blick wird verhangen. »Sehr«, haucht er. »Extrem glücklich. Und du?« Er lässt seine Finger forschend weiterwandern, während er mich aus dem Wasser führt und mich auf das weiche Gras bettet, wo wir Seite an Seite liegen und zufrieden in den herrlichen, türkisblauen Himmel über uns schauen.

»Weißt du, bis jetzt hab ich dir nie geglaubt.« Ich drehe mich um, stütze mich auf den Ellbogen und halte mir mit einer Hand den Kopf. »Als du es mir zum ersten Mal gesagt hast, dachte ich, es sei nur wieder eine von Leftfoots Geschichten. Aber jetzt weiß ich, dass ich nie an dir hätte zweifeln dürfen. Es war alles andere als eine Fabel.«

»Wovon redest du?« Er fährt mit einem Finger über mein Schlüsselbein und spielt mit dem kleinen goldenen Schlüssel zwischen meinen Brüsten.

»Das hier.« Ich sehe zu, wie er das Kinn hebt und der Spitze meines Zeigefingers zum glühenden Ball der Sonne über uns folgt. »Es gibt tatsächlich eine Sonne in der Unterwelt. Wer hätte das gedacht?«

Er wirft den Kopf in den Nacken und lacht, und es klingt tief und wahr. »Ich wusste es«, sagt er, während er ein Bein in meines hakt und mich näher an sich zieht. »Ich habe nie an einer von Leftfoots Geschichten gezweifelt, ganz egal, wie verrückt sie mir zum jeweiligen Zeitpunkt auch vorkamen.«

Er fährt mir mit der Handfläche an der Seite entlang und spürt den Kurven und Tälern meines Körpers nach. Seine Berührung ist so betörend, dass ich auf der Stelle dahinschmelze, obwohl das noch gar nichts ist im Vergleich zu dem Gefühl, das seine Lippen auslösen, als sie dem von seinen Händen vorgezeichneten Weg folgen.

Ich umfasse sein Gesicht mit beiden Händen und ziehe ihn an mich. Der Blick, den wir uns schenken, sagt mehr, als Worte es je könnten. Die Vergangenheit liegt hinter uns, und die Zukunft dehnt sich vor uns aus. Doch das Wichtigste ist dieser Augenblick. Und so versinken wir in der Gegenwart und dem absoluten Wunder unseres Zusammenseins.

»Und was sollen wir jetzt mit unseren Gaben anfangen?«, fragt Dace, als wir nach einem weiteren Liebesmarathon alle beide verschnaufen. Er fängt meinen verständnislosen Blick auf. »Du weißt schon, unsere Magie? Es erscheint mir falsch, darauf zu verzichten, nur weil wir unser Ziel erreicht haben. Andererseits kommt es mir liederlich vor, sie für banale Aufgaben einzusetzen, wie die Wohnung aufzuräumen und die Fernbedienung ausfindig zu machen.«

Ich lege den Kopf schief und mime die Nachdenkliche. »Aber genau so wollte ich meine Magie nutzen. Hast du eine Ahnung, wie viele Leute sich wünschen, sie könnten so locker einen Haushalt managen?«

Er drückt mir einen Kuss auf den Kopf, erhebt sich und hilft mir beim Aufstehen. Dann hält er die offenen Handflächen vor sich hin. »Na gut, wenn du darauf bestehst«, sagt er.

Unterdessen sammle ich mein zerfetztes rotes Kleid und die Überreste seines Smokings zusammen, der nur noch aus schwarzen Pseudo-Shorts und einem fleckigen, löchrigen Unterhemd besteht.

»Sehen wir nicht umwerfend aus?« Ich schüttle den Kopf und ziehe mir einen völlig zerschlissenen Träger über die Schulter.

»Für mich siehst du immer umwerfend aus. Die Frage ist nur, siehst du auch in der Zukunft umwerfend aus?«

Scherzhaft versetze ich ihm einen Klaps auf den Po. »Da wirst du schon lange genug dableiben müssen, um das herauszufinden.«

Ich ziehe den tiefen Ausschnitt meines Kleids zurecht und

fühle mich unter der hell leuchtenden Sonne allzu entblößt, als mir plötzlich der blaue Turmalinring aus der Tasche fällt und ich an Zahras Anweisungen denken muss.

»Was machen wir damit?« Dace bückt sich, um ihn aufzuheben, und legt ihn mir auf die ausgestreckte Hand.

»Zahra hat mich angewiesen, ihn zu benutzen, um all die anderen zu befreien. Was sie allerdings nicht gesagt hat, ist, wie ich das anstellen soll.«

Dace wirft mir einen besorgten Blick zu, und zunächst bin ich auch noch besorgt. Doch dann fällt mir wieder ein, wie ich den Ring einst eingesetzt habe, um unversehens das Feuer zu entfachen, das mich letztlich davor bewahrt hat, von Kojote zerfleischt zu werden. In der Annahme, dass es ein weiteres Mal funktioniert, hebe ich den Stein hoch, der Sonne entgegen, und drehe ihn so, dass er das Licht absorbiert.

»Vielleicht solltest du dir lieber etwas vor die Augen halten«, warne ich. »Nur für alle Fälle. Es ist bloß eine Ahnung, aber etwas anderes fällt mir nicht ein.«

Im nächsten Moment werden der Stein und der Ring um ihn herum dermaßen heiß, dass ich ihn schon fallen lassen will, als er auf einmal in unzählige glitzernde Splitter und Staubwolken zerbricht, die sich um unsere Füße herum ausbreiten.

»Tja, man kann wohl sagen, dass der Stein damit erledigt ist«, sage ich, während wir beide auf die Überreste starren. »Trotzdem werden wir nie erfahren, was aus den anderen geworden ist, ehe wir nach Enchantment zurückkehren.«

»Vielleicht auch schon früher.« Dace schiebt eine Hand in die Tasche. Als er sie wieder herauszieht, ist sie voll von Turmalinsplittern und tropfender blauer Tinte. »Das ist alles, was von dem Füller übrig ist, den Luther nach der

Vertragsunterzeichnung Auden geschenkt hat. Auden hat ihn mir gegeben und mich gebeten, ihn irgendwie zu entsorgen. Ich schätze, das hab ich gerade getan.«

»Dann dürfen wir also annehmen, dass die anderen Turmaline ebenfalls zerstört worden sind? Ich meine, da waren eine ganze Menge …«

»Es ist die logische Schlussfolgerung. Und für den Moment können wir uns nur daran halten.«

»Seit wann ist in Enchantment jemals irgendwas auch nur ansatzweise logisch gewesen?«

Ich beobachte, wie er versucht, die Tinte an seinem Hosenbein abzuwischen, doch es ist mehr oder weniger vergeblich. Seine Hand wird noch eine Woche lang blau sein.

»Es ist ein neuer Tag.« Er gibt auf und fasst mit seiner sauberen Hand nach meiner. »Das heißt, es gibt für uns eine völlig neue Stadt zu entdecken.«

»Bei dir klingt das so aufregend.« Ich lehne mich an ihn, erfasst von einem unerklärlichen Widerwillen aufzubrechen.

»Das liegt daran, dass es wirklich aufregend *ist*. Außer vielleicht für dich.« Er tippt mir mit einem Finger unters Kinn. »Was ist los? Angst vor der Rückkehr?«

»Ein bisschen.« Ich zucke die Achseln. »Anscheinend hab ich mich so an das böse Enchantment gewöhnt, dass ich gar nicht weiß, ob ich auf die neue, bessere Version gefasst bin. Ganz zu schweigen davon, dass die einzige echte Herausforderung, mit der ich jetzt fertigwerden muss, darin besteht, das letzte Schuljahr zu bestehen. Wie lässt sich das mit der Rettung dreier Welten vergleichen? Glaubst du, ich habe meinen Karrieregipfel zu früh erreicht?«

»Ich glaube, du hast gerade erst begonnen.« Er haucht mir einen Kuss auf die Wange, hilft mir auf Pferds Rücken, und wir beginnen die Rückreise zum Portal, wobei Pferd intuitiv den Weg findet und Rabe uns hoch auf meiner Schulter thronend begleitet.

Es ist ein Ritt, den wir schon unzählige Male in ähnlicher Weise gemacht haben, jedoch noch nie unter solch begeisterter Anteilnahme wie jetzt.

Überall kommen Tiere aus Büschen, Höhlen und ausgeklügelten Tunnelsystemen, die sie tief in die Erde gegraben haben, und rufen uns auf ihre jeweils eigene Art an.

»Bist du bereit?«, fragt Dace und rutscht von Pferds Rücken, während ich es ihm nachtue.

Wir bleiben dicht vor der Stelle stehen, wo die Vibration stärker ist und die Energie sich schneller bewegt. Ich nehme mir ausreichend Zeit, um mich überall umzusehen, obwohl ich weiß, dass ich noch oft hier sein werde. Doch ich will mir den Ort so einprägen, wie er jetzt im Moment aussieht. Nachdem wir uns von Pferd und Rabe verabschiedet haben, nimmt Dace meine Hand, und wir treten durch das Portal. Gemeinsam wirbeln wir in Spiralen durch die Erde, Seite an Seite, nur um festzustellen, dass dieses spezielle Portal direkt zum Rabbit Hole führt.

»Seltsam, es so leer zu erleben.« Das ist das Erste, was ich sage, als wir den verlassenen Club betreten. »Mit den Musikinstrumenten, die noch auf der Bühne stehen, und den Tischen voller Flaschen und Gläser sieht es richtig gespenstisch aus, fast, als wäre das Lokal evakuiert worden.«

»In gewissem Sinne war es ja auch so«, sagt Dace. »Aber das ist doch wohl nicht das erste Mal, dass du es so gesehen hast, oder?« Seine Lippen gehen an den Mundwinkeln nach oben, seine Augen blitzen mich an, und ich brauche einen Moment, bis ich die Anspielung kapiere.

»Dann hast du es also gewusst?«

Er nickt.

»Und du hast mich trotzdem gehen lassen?«

Er blinzelt und reibt sich das Kinn. »Leicht war es nicht. Es hat mich meine ganze Kraft gekostet, dir nicht nachzugehen. Zum Glück war da noch ein kleiner Teil von mir, der sich gehalten hat. Und es war dieser Teil, der darauf bestanden hat, dich zu verschonen. Außerdem hat es Spaß gemacht zuzusehen, wie Rabe direkt unter Leandros Nase in den Kojotenbau eindringt.«

Wir spazieren an den plüschbezogenen Nischen vorüber, an der extra langen Bar mit dem spiegelblanken Tresen und der darüber aufgehängten Glitzerschlange. Ihre gläsernen Mosaikfliesen blitzen und blinken, sodass es wirkt, als würde die Schlange sich winden, was mich augenblicklich an Marliz' Tattoo erinnert.

Endlich ist sie frei. Frei von Gabe, frei vom Würgegriff der Richters, frei, ihr eigenes Leben zu leben, auf ihre eigene Weise. Vielleicht schafft sie es sogar aus Enchantment heraus und findet einen Ort, wo sie ihr Leben umkrempeln und neu aufbauen kann. Zumindest hoffe ich das.

»Was soll aus alledem werden?« Ich wende mich an Dace und lenke meine Gedanken weg von Marliz und stattdessen wieder praktischeren Überlegungen zu. »Du bist der letzte überlebende Richter, was dich zum Alleinerben macht. Was willst du tun, wenn das alles dir gehört?«

Dace sieht sich um. »Ich kann mir überhaupt nicht vorstellen, dass ich das alles besitzen soll.«

»Aber was, wenn es darauf hinausläuft?« Ich studiere ihn aufmerksam und lasse den Blick über seine glatte Stirn, die perfekt gemeißelten Wangenknochen und den Dreitagebart an seinem Kinn schweifen.

»Wäre doch ein Jammer, es vor die Hunde gehen zu lassen. In den Neubau wurde eine Stange Geld gesteckt, und du musst zugeben, dass es ihnen ganz gut gelungen ist …« Er blickt verlegen drein, als bäte er um Erlaubnis dafür, das in Besitz zu nehmen, was ihm von Rechts wegen zusteht. Wir wissen alle beide, dass das hier schon immer ein Ort voller schlechter Energie und noch schlechterer Taten gewesen ist, und der schwarze Onyx, den sie verwendet haben, garantiert, dass die Energie erhalten bleibt. Aber was, wenn wir das ändern können? Auch wenn es stimmt, dass Energie niemals umkommt, lässt sie sich doch verwandeln. »Außerdem«, sagt er, »braucht Enchantment dringend ein Lokal, wo die Leute sich treffen und Party machen können.«

»Gut, dann behalt es. Ich werde dich nicht daran hindern. Aber nur unter einer Bedingung …« Ich sehe ihn aus schmalen Augen an. »Du musst versprechen, dass du sämtliche Bilder von Kojoten entfernst.«

»Und sie durch Raben ersetze?« Er zieht die Brauen hoch, und seine Mundwinkel zucken.

»Wäre mir recht!« Ich grinse und lehne mich an ihn, während er die Arme um mich schlingt und mich fest drückt.

»Bereit?« Er bleibt vor der Tür stehen.

»So bereit, wie ich nur sein kann.« Ich hole tief Luft und halte mir eine Hand vor die Augen, während er mich ans Tageslicht führt, wo die Sonne bereits hoch am Himmel steht. Und auch wenn es hier draußen eindeutig warm ist, ist es nicht annähernd so heiß, wie es war, als all das anfing. Hoffentlich bedeutet das den Beginn einer kühleren Periode.

Wir machen einen kurzen Abstecher zu dem Maschendrahtzaun, an den ich letzte Weihnachten zum Zeichen unserer Liebe das kleine goldene Schloss gehängt habe. Alle beide stellen wir erstaunt und erleichtert fest, dass es noch da ist. Trotz allem, was geschehen ist, trotz allem, was gegen uns arbeitet, hat unsere Liebe überlebt.

Und als er mich zu seinem frisch überholten Mustang führt, schnappe ich unwillkürlich nach Luft. »Wow. Lita und Xotichl haben mir schon davon erzählt, aber es ist etwas völlig anderes, es selbst zu sehen. Er sieht sagenhaft aus!«

»Ein Geschenk von Leandro«, sagt Dace und hilft mir hinein, ehe er sich selbst hinters Lenkrad setzt. »Vermutlich sollte ich ihn abstoßen. Du weißt schon, schlechte Energie und so weiter ...«

Ich zucke die Achseln. »Ich finde, du solltest ihn behalten. Und zwar nicht nur, weil er total cool ist, sondern auch weil wir, wenn wir uns darauf versteifen, jede Spur von Leandro und El Coyote auszulöschen, zu überhaupt nichts anderem mehr kommen. Ob es uns nun passt oder nicht, sie haben diese Stadt gegründet. Jetzt ist es an uns, etwas aus ihr zu machen, damit sie ihrem schönen Namen gerecht wird.«

Der Motor springt bei der ersten Drehung des Schlüssels an, im Gegensatz zu den drei oder vier Versuchen, die früher nötig waren, und ich lehne mich bequem zurück und schaue aus dem Fenster. Ich sehe tief gefurchte Feldwege, die unregelmäßigen Umrisse heruntergekommener Lehmziegelhäuser und die majestätische Silhouette der Sangre-de-Cristo-Berge dahinter. Irgendwie finde ich, dass alles ein bisschen besser aussieht, ein bisschen sonniger, oder vielleicht kommt es mir auch nur so vor, jetzt, da ich weiß, was ich weiß.

»Schon komisch.« Ich drehe mich zu Dace um. »Bis jetzt ist es mir nie so richtig aufgefallen, aber der Horizont in Enchantment wirkt genauso unerreichbar wie der in der Ober- und der Unterwelt.«

Dace sieht mich an, legt mir eine Hand aufs Knie und

drückt es. »So ist es eben mit dem Horizont. Jeder Schritt führt dich ihm näher entgegen, doch du kannst ihn nie ganz erreichen. Aber vielleicht ist das ja auch gut so? Vielleicht ist das die Art der Natur, uns zu ermahnen, nie aufzugeben, sondern uns immer weiter anzustrengen.«

Seelenverwandte

Epilog

Daire

Sechs Monate später

Ich erwache von polternden Geräuschen in der Küche und dem Geruch von etwas Angebranntem, der unter der Tür durchzieht.

Alle Anzeichen weisen darauf hin, dass Sonntag ist.

Lita probiert's mal wieder.

»Ist es das, was ich denke?« Dace rollt sich zu mir herüber, packt mich an der Taille und zieht mich an sich, während er das Kinn an meinem Nacken bettet. Sein Körper ist so warm und einladend, dass ich mich zu ihm umdrehe, gerade als das Gepolter aufhört, die Backofentür zuknallt und eine lange Tirade von Schimpfwörtern ertönt.

Ich unterdrücke mein Lachen, doch es hat keinen Zweck. Mein Gekicher ist so ansteckend, dass Dace bald mit einstimmt und wir in die Kissen prusten müssen, bis wir uns wieder gefangen haben.

»Sie ist fest entschlossen, ihre Muffins zu perfektionieren«, sagt Dace. »Und ich weiß ja nicht, wie's dir damit geht, aber mein Magen hält keinen weiteren Versuch durch, so zu tun, als würden sie mir schmecken. Ich bin mir ziemlich sicher, dass Muffins nicht außen verkohlt und innen flüssig sein sollen.«

»Erzähl das mal Axel. Er gibt vor, die Dinger zu lieben. Behauptet, es wären die besten, die er je gegessen hätte.«

»Und was glaubst du, wie viele Muffins er da oben in der Oberwelt gekriegt hat? Auch wenn ich mich nicht allzu ausgiebig dort oben umsehen konnte, hab ich doch irgendwie in Erinnerung, dass ein ausgeprägter Mangel an Bäckereien geherrscht hat.«

»Da ist allerdings was dran.« Ich bemühe mich um einen neutralen Gesichtsausdruck und den entsprechenden Tonfall, doch die Schimpfkanonade, mit der Lita die Muffinbackform verflucht, lässt sich einfach nicht überhören, und ich muss an mich halten, um nicht erneut vor Lachen loszuprusten.

»Außerdem – Axel liebt Lita, nicht die Muffins. Und das ist nur eine der Nebenwirkungen der Liebe«, sagt Dace und findet meine Lippen.

»Willst du damit etwa sagen, dass einen die Liebe unzurechnungsfähig macht?« Ich erwidere seinen Kuss. Einen richtigen Kuss. Nicht eines dieser verspielten Küsschen, die nichts bedeuten.

Er grinst und bewegt seine Lippen mit meinen. »In Axels Fall mit Sicherheit.« Er fährt mir mit einem Finger den Hals entlang und weiter nach unten, bis er an dem kleinen goldenen Schlüsselchen zwischen meinen Brüsten innehält. »Was hältst du davon, wenn wir irgendwohin zum Frühstücken fahren?« Er umfasst das Metall mit Zeigefinger und Daumen. »Ich lade dich ein.«

Angesichts dessen, wie er seinen Körper an meinen schmiegt, war ich mir eigentlich sicher, dass er mich zu einem ganz anderen Vergnügen einladen will, doch jetzt, da er es erwähnt, merke ich erst, wie hungrig ich bin. »Tja, wenn du mich einlädst, wie könnte ich da widerstehen?«

»Gestern Abend hab ich mir die Zahlen angeschaut. Offenbar wirft das Rabbit Hole ganz ordentliche Gewinne ab. Witzig, dass die Leute freizügiger mit ihrer Zeit und ihrem Geld umgehen, wenn man ihnen einen ordentlichen Lohn bezahlt und ihnen erlaubt, nach ihrer eigenen Fasson glücklich zu werden.« Er wirft mir ein ironisches Grinsen zu und fährt mir mit einer Hand erst um die Taille und dann über die Rundung meiner Hüften.

»Wer hätte das gedacht?« Ich küsse ihn auf die Wange, wickle mich aus den Laken und stehe auf. Dann schlüpfe ich genau wie Dace in Jeans und Pulli, greife nach dem weichen Wildlederbeutel auf dem Nachttisch und hänge ihn mir um den Hals. Dabei betrachte ich das gerahmte Bild von Jennikas und Harlans Hochzeit in Malibu, das ich neben die Fotos von Django, Paloma und Chay gestellt habe.

»Ich dachte, Lita würde nie mehr aus L. A. weggehen.« Dace tritt an meine Seite.

»Und ich dachte, sie würde das Brautjungfernkleid nie mehr ausziehen.« Bei der Erinnerung muss ich schmunzeln. Es war ein so fröhlicher Tag, und ich bin dankbar dafür, dass wir alle zusammen hinfahren konnten.

»Was hältst du davon, wenn wir die anderen mitnehmen?« Dace schlingt mir erneut einen Arm um die Taille und drückt mich an sich. »Es ist schon eine Weile her, seit wir alle zusammen gewesen sind.«

»Wenn man letzten Freitag in der Schule nicht mitzählt?« Ich sehe ihn an. Er ist umwerfend wie eh und je, mit den eisblauen, von bronzenen Flecken gesprenkelten Augen, in denen sich mein Bild nach wie vor tausendmal spiegelt. Witzig, dass ich mich immer noch dabei ertappe, wie ich das kontrolliere, obwohl die finsteren Tage längst vorbei sind. Ich muss nie wieder befürchten, dass das Monster zum Vorschein kommt.

»Was in der Cafeteria von Milagro High passiert, zählt

nicht. Außerdem war Auden nicht dabei. Und nachdem er jetzt wieder da ist, dachte ich, wir könnten in unser Lieblingslokal mit den Blaumais-Pfannkuchen fahren. Wir waren schon eine halbe Ewigkeit nicht mehr dort. Es könnte schön sein, wohin zu gehen, wo uns niemand kennt.«

»Klingt gut. Neben der Schule, den Hausaufgaben und den vielen Patienten, die Heilung suchen, fühle ich mich langsam ein bisschen eingeengt. Ich weiß nicht mal mehr, wann wir das letzte Mal in der Unterwelt waren.«

»Das war letzte Woche.« Dace grinst. »Und ich kann dir sehr gerne noch mal in Erinnerung rufen, was dort passiert ist.« Er nimmt mich in die Arme und marschiert mit mir zum Bett zurück, bis ich ihm die Hände auf die Brust stemme und ihn wegschubse.

»Ein andermal. Und glaub mir, ich komme darauf zurück. Aber zuerst musst du dein Versprechen einlösen, mir etwas zu essen zu besorgen.«

Wir machen uns auf zur Küche, wo Lita mit verschränkten Armen an der Arbeitsfläche lehnt und mit grimmiger Miene die Muffinform anfunkelt, als wäre sie der Feind, während Axel versucht, einen Muffin zu verspeisen.

»Stopp, leg den Muffin weg und steh auf!«, sage ich und nutze meine Magie, um das misslungene Gebäck aus Axels Hand zu reißen und es schnurstracks in den Müll zu befördern, wo es hingehört. »Wir machen einen Ausflug. Und das Beste daran ist, dass Dace uns einlädt.«

Nach kurzer Wartezeit führt uns die Bedienung an einen Tisch, der groß genug für sechs Personen ist. Und da wir bereits wissen, was wir wollen, bestellen wir zügig, sodass Dace und Auden gleich wieder über dasselbe Thema debattieren können, das sie schon seit Wochen in der Mangel haben: die endlosen Diskussionen darüber, wann Epitaph endlich Zeit haben, im Rabbit Hole aufzutreten.

»Ich finde wirklich, ich müsste ältere Rechte haben«, sagt Dace.

»Hast du ja auch«, lacht Auden. »Ich hätte nie gedacht, dass ich mich mal dafür entschuldigen müsste, wie es mit Epitaph auf einmal abgeht.« Er sieht Xotichl lächelnd an, und daran, wie sie sein Lächeln erwidert, erkenne ich, dass sie es genauso gut sehen kann wie zu der Zeit, als sie ihr Augenlicht noch hatte.

»Aber ihr spielt doch auf der Weihnachtsparty, oder?« Lita blickt zwischen ihnen hin und her. »Ihr wisst ja, die Weihnachtsparty war schon immer ein wichtiges Event für mich. Und nachdem es unser letztes Jahr auf der Highschool ist und so und wahrscheinlich meine letzte Weihnachtsparty …«

»Deine letzte Weihnachtsparty? Im Ernst?« Xotichl lacht. »Wow, das ist ja ein viel größerer Meilenstein, als ich dachte. Das Weihnachtswichteln wird einfach nicht mehr das Gleiche sein, wenn du es nicht so hindeichselst, dass du auch garantiert dein eigenes Geschenk kriegst.«

»Xotichl!« Lita nickt zu Axel hin und fährt sich drohend mit einem Finger über die Kehle, wobei sie genau weiß, dass Xotichl es spüren kann. »Als ob ich jemals so was tun würde.« Sie schüttelt den Kopf und bemüht sich nach Kräften, beleidigt auszusehen.

»Oh, und wie du so was tun würdest«, sagt Axel. »Aber mach dir keinen Kopf, das ist nur eine weitere Eigenschaft, die ich an dir liebe.«

»Krass.« Ich verdrehe die Augen und trinke einen Schluck Wasser.

»Puh.« Xotichl runzelt die Stirn.

Auden stöhnt in seine Serviette. »Ich glaube, ich spreche für uns alle, wenn ich Folgendes frage: Hat euer Liebestaumel eigentlich ein Verfallsdatum?«

»Das will ich nicht hoffen.« Lita lehnt sich an Axel, macht übertriebene Kussgeräusche und drückt ihm einen Schmatz nach dem anderen auf die Wange, bis wir alle lachen und sie bitten aufzuhören.

»Also, wie ich gerade gesagt habe …« Auden räuspert sich geräuschvoll und versucht, die beiden voneinander abzulenken. »Um deine Frage zu beantworten, ja. Es ist Tradition. Epitaph würden sich deine Weihnachtsparty nie und nimmer entgehen lassen.«

Lita grinst und macht sich von Axel los. »Hast du gesehen, was ich gerade gemacht habe? Ich habe dich durch übertriebene öffentliche Liebesbezeugungen derart unter Druck gesetzt, dass du sofort eingewilligt hast, auf der Weihnachtsparty zu spielen. Klappt jedes Mal!« Sie klatscht in die Hände und wendet sich Dace und mir zu. »Apropos Feiertage – bleibt ihr hier oder fahrt ihr nach L. A. und besucht Jennika und Harlan?«

»Wissen wir noch nicht.« Ich zucke die Achseln. »Ehrlich gesagt versuche ich nur, irgendwie durch das Semester zu kommen. Ganz zu schweigen von dem riesigen Stapel mit Collegebewerbungen, den ich abarbeiten muss.«

»Halb so wild«, sagt Xotichl und fährt mit dem Finger am Rand ihres Saftglases entlang.

»O bitte«, schnaubt Lita. »Was weißt du schon von unserer Angst und unseren Leiden? Du bist ja bereits vorab beim ersten College deiner Wahl angenommen worden.«

Xotichl zuckt die Achseln, von ihrer Leistung nicht annähernd so beeindruckt wie wir anderen.

»Es macht sie traurig, dass sie Enchantment ausgerechnet

dann verlässt, wenn alles gut geworden ist.« Auden drückt ihre Hand.

»Na, noch bist du ja nicht weg«, sagt Lita. »Außerdem bin ich immer für dich da, wenn du zu Besuch kommst. Und vergessen wir nicht, dass wir das Daire zu verdanken haben. Also, trinken wir auf die Vernichtung des Bösen und die Rettung unserer Stadt!« Sie hebt ihren Orangensaft hoch, und wir alle tun es ihr nach. Unsere Gläser und Kaffeetassen klirren gegeneinander. »Ich muss allerdings sagen, dass es sich gar nicht richtig wie Weihnachten anfühlen wird – ohne all das Böse und die Dämonen und die gruseligen Kojoten und den von Feuer lodernden Himmel.« Lita lacht. Und wir sind alle so froh und glücklich darüber, zusammen zu sein und eine lange, aussichtsreiche Zukunft vor uns zu haben, dass wir darauf gleich auch noch trinken.

Wir prosten uns immer wieder zu, mit Trinksprüchen, die von Mal zu Mal alberner werden, bis der Hilfskellner unsere Teller bringt und Xotichl losquiekt: »Die sehen ja noch besser aus, als ich sie in Erinnerung habe. Sie leuchten violett! Ein Jammer, dass ihr sie nicht so sehen könnt wie ich, sie sind nämlich echt traumhaft. Die Köchin macht ihren Job wirklich mit Herzblut!«

»Und welche Farbe haben Litas Muffins?«, fragt Dace und bringt uns damit erneut alle zum Lachen.

»Die letzten, die ich gesehen habe, waren kohlrabenschwarz«, witzelt Auden.

»Vielleicht für euch«, sagt Xotichl nachdenklich, »aber für mich leuchten sie in der Farbe ehrlichen Bemühens.«

»Oh, danke, Flower.« Lita grinst.

»Das heißt aber nicht, dass ich bereit wäre, sie zu essen«, spöttelt Xotichl.

»Und dafür auch vielen Dank.« Lita sticht mit der Gabel in ihren Stapel Pfannkuchen, und wir tun es ihr alle nach.

Alle sechs futtern wir in zufriedenem Schweigen vor uns hin, bis Dace nach der Bedienung ruft, damit sie ihm Kaffee nachschenkt. Ich folge seinem Blick und sehe einen wasserstoffblonden Pferdeschwanz, über dem oben am Kopf zwei Zentimeter dunkle Haarwurzeln zu sehen sind, über eine Schulter schwingen.

Die Bewegungen kommen mir seltsam vertraut vor, doch ich kann sie nicht zuordnen.

Erst als die Frau sich mit einer Hand über die Vorderseite ihrer Schürze fährt und die Kaffeekanne, die sie mit einer Hand umherschwenkt, fester umfasst, erkenne ich sie. Das aufwendige Schlangentattoo, das sich ihren Arm hinaufwindet, bestätigt es mir.

»Marliz.« Ich flüstere ihren Namen, während sie sich mit frostiger Miene zu mir umdreht. Sie ist nicht annähernd so erstaunt darüber, uns zu sehen, wie wir es im Gegenzug sind. »Ich habe dich nicht mehr gesehen, seit …«

»Seit du meinen Verlobten umgebracht hast.«

Sie hebt die freie Hand zu ihrem Haar und streicht sich die Ponyfransen aus dem Gesicht. Darunter kommen müde blickende Augen zum Vorschein, umgeben von Zeichen der Erschöpfung. Allerdings wirken ihre Wangen voller und ihr Teint rosiger und strahlender. Und auch wenn ich versucht bin zu erklären, dass es genau genommen eigentlich Dace war, der ihren Verlobten getötet hat, und nicht ich, verrät mir ihr hasserfüllter Blick, dass es zwecklos ist, mit ihr zu diskutieren.

»Nach Gabes Tod hatte ich keinen Grund mehr, in Enchantment zu bleiben, also bin ich abgehauen. Besonders weit bin ich allerdings nicht gekommen, nicht so wie damals, als ich mit deiner Mom nach L. A. gegangen bin. Trotzdem hab ich es geschafft, seit mittlerweile fünf Monaten von Enchantment wegzubleiben.« Ihre Mundwinkel heben sich ein bisschen, doch ihr Lächeln ist so angespannt, unecht und unterkühlt wie ihre Worte.

»Du könntest ja trotzdem wieder nach L. A. gehen«, sage ich. »Jennika ist dort. Sie lebt jetzt in Malibu. Hat Harlan geheiratet. Sie würden dir bestimmt helfen, dich dort einzuleben.«

Sie schüttelt übertrieben den Kopf, sodass ihr Pferdeschwanz hin und her fliegt. »Nein danke. Ich hab meine Zeit in LaLa-Land abgeleistet. New Mexico passt viel besser zu mir. Außerdem geht es nicht mehr nur um mich. Ich muss an meinen Sohn denken.« Sie legt sich eine Hand auf den Bauch, und da sehe ich es.

Da sehen wir es alle.

Die unverkennbare Wölbung, die ihre Schürze an den Rändern ausbeult.

»Siebter Monat«, sagt sie mit triumphierendem Grinsen, als hätte sie nur auf diesen Tag gewartet. »Ein Teil von Gabe wird wohl weiterleben.« Sie fasst sich in den Ausschnitt und zieht eine lange Goldkette hervor, die sie sogleich über ihrem Oberteil arrangiert. Den Verlobungsring mit dem Turmalin, den Gabe ihr geschenkt hat, trägt sie nun als Anhänger. Er liegt genau an der Stelle auf, wo ihr Bauch sich mit Gabes Kind zu wölben beginnt.

»Also, noch Kaffee?« Sie schwenkt die Kanne und lässt den Blick über uns schweifen, doch wir sind so schockiert von ihrem Anblick, dass Dace lediglich ein mühsames »Nein« hervorpresst, während ich kaum den Kopf schütteln kann.

Mein Puls hämmert, und meine Gedanken rasen, und ich

sehe nur noch verschwommen, während meine ganze Welt zu einer einzigen grausigen Tatsache zusammenschnurrt: Ein neuer Richter wird zur Welt kommen.

Mit einem solchen Schlag hätte ich nie gerechnet.

Ich war mir so sicher, dass wir jeden Einzelnen von ihnen erwischt hatten – doch der Gegenbeweis steht direkt neben mir, in Gestalt von Marliz' prall gewölbtem Bauch, zusammen mit dem einzigen Turmalin, der übrig geblieben ist.

Ich ringe um einen ruhigen Atem. Um die Beherrschung. Nur vage nehme ich wahr, wie Dace unter dem Tisch nach meiner Hand tastet, während ich den Blick zu Marliz hebe. Das Leuchten in ihren Augen signalisiert mir, wie sehr sie die Enthüllung genossen hat. Es bereitet ihr großes Vergnügen, unsere Welt auf den Kopf zu stellen.

Sie dreht sich abrupt um und geht davon. Dann blickt sie sich ein letztes Mal um, als wäre ihr nachträglich noch etwas eingefallen. »Richtet Enchantment schöne Grüße von mir aus«, sagt sie und setzt ein sardonisches Grinsen auf. »Komisch, ich ertappe mich ganz oft dabei, wie ich die Stadt vermisse. Sobald Gabe junior alt genug ist, um sie richtig zu würdigen, will ich zurückkehren. Und keine Sorge – dann schaue ich garantiert auch bei euch vorbei.«

Spirituelle Leittiere

Kaninchen

Kaninchen steht für Kreativität, Fruchtbarkeit und neues Leben. Kaninchen lehrt uns, wie man plant und wie man Pläne umsetzt. Als begehrtes Beutetier gräbt Kaninchen vorn und hinten offene Gänge in die Erde, durch die es im Notfall entkommen kann, und erinnert uns so daran, uns nie in die Ecke drängen zu lassen. Mit seiner Fähigkeit, aus einer wie erstarrten Pose mit hohem Tempo losspurten sowie schnelle Haken schlagen und Wendungen vollführen zu können, ermuntert uns Kaninchens Geist, flüchtige Gelegenheiten zu ergreifen. In der Morgen- und Abenddämmerung aktiv, fungieren Kaninchen als Führer in die mystische Welt und zeigen uns, wie man verborgene Lehren, intuitive Botschaften und Zeichen im Universum um uns herum erkennt.

Widder

Widder steht für Neubeginn, Gleichgewicht und Fantasie. Widder lehrt uns, unserer Fähigkeit zu vertrauen, sicher zu landen, wenn wir neue Gelegenheiten nutzen und neue Ziele verfolgen. Imstande, auch an einem winzigen Felssporn Halt zu finden, begleitet uns der Geist des Widders mit Mut und Gleichgewicht auf unserem Gang durchs Leben und auf unserem spirituellen Weg. Mit seinem spiralig gebogenen Horn als einem Symbol für Kreativität und Fantasie gibt Widder uns die Kraft, spontan zu sein und uns großen Abenteuern zu stellen.

Bison

Bison steht für Fülle, Dankbarkeit und die Heiligkeit des Lebens. Bison lehrt uns, mit dem natürlichen Rhythmus zu arbeiten, dem leichtesten Pfad zu folgen und unseren Weg durchs Leben nicht zu erzwingen. Mit seinem massigen Kopf und den buckeligen Schultern, die Symbole für gespeicherte Kraft und Fülle darstellen, erinnert uns Bisons Geist daran, dass wir, wenn wir unsere eigenen Anstrengungen mit jenen der göttlichen Welt vereinen, das Universum in all seiner Fülle genießen können. Bisons enorme Größe rät uns, geerdet zu bleiben und einem heiligen Pfad zu folgen, stets demütig und dankbar für die Gaben zu sein, die uns zufallen, sowie uns selbst und andere zu respektieren.

Schildkröte

Schildkröte steht für Ausdauer, Entschlossenheit und Langlebigkeit. Schildkröte lehrt uns Selbstschutz durch gewaltfreie Abwehrmechanismen. Als Küstentier, das zu Lande und zu Wasser leben kann, fordert Schildkröte uns auf, die Erde zu schützen, damit sie uns weiterhin ernähren und ihre Fülle bereitstellen kann. Als eines der ältesten Reptilien der Welt lehrt uns der Geist der Schildkröte, mit unserem ursprünglichen Wesen in Kontakt zu treten, uns nach innen zurückzuziehen, das Tempo zu reduzieren und unsere Gedanken erst dann zum Ausdruck zu bringen, wenn sie ausgegoren sind. Mit ihrer geschärften Fähigkeit, Vibrationen durch Haut und Panzer zu spüren, ermuntert uns Schildkröte, unsere Sinne sowohl körperlich als auch geistig zu wecken.

Rotluchs

Rotluchs steht für Geduld, Erkenntnis und Alleinsein. Er lehrt uns, mit uns selbst allein zu sein, ohne uns einsam zu fühlen. Als versierter Jäger, der auf Strategie, Unsichtbarkeit und Geduld vertraut, erinnert uns Rotluchs daran, dass wir, um unsere Ziele zu erreichen, klug planen, wendig sein und vor allem Geduld beweisen müssen. Mit seinen sensiblen Pinselohren und seinem scharfen Blick ermuntert uns der Geist von Rotluchs, die unsichtbare Welt anzuzapfen und verborgene Bedeutungen zu ergründen, um den spirituellen Pfad, auf dem wir unterwegs sind, besser zu verstehen. Sein kurzer, wippender Schwanz, an der Spitze schwarz und an der Unterseite weiß, ist ein Symbol für das Vermögen, die kreativen Kräfte des Lebens ganz nach Bedarf zu nutzen.

Alyson Noël

ist eine preisgekrönte Autorin, die bereits mehrere Romane veröffentlicht hat. Mit ihrer »Evermore«-Serie stürmte sie auf Anhieb nicht nur die internationalen, sondern auch die deutschen Bestsellerlisten und eroberte unzählige Leserinnenherzen. Die Übersetzungsrechte für ihre Bücher wurden bisher in 35 Länder verkauft und auch die Filmrechte schnell vergeben. Alyson Noël lebt in Laguna Beach, Kalifornien.
Weitere Informationen auf www.alyson-noel.de, www.alysonnoel.com und auf facebook.

GOLDMANN
Lesen erleben